FRANZ KAFKA

O CASTELO

O

FRANZ KAFKA

CASTELO

Tradução: Jéssica F. Alonso

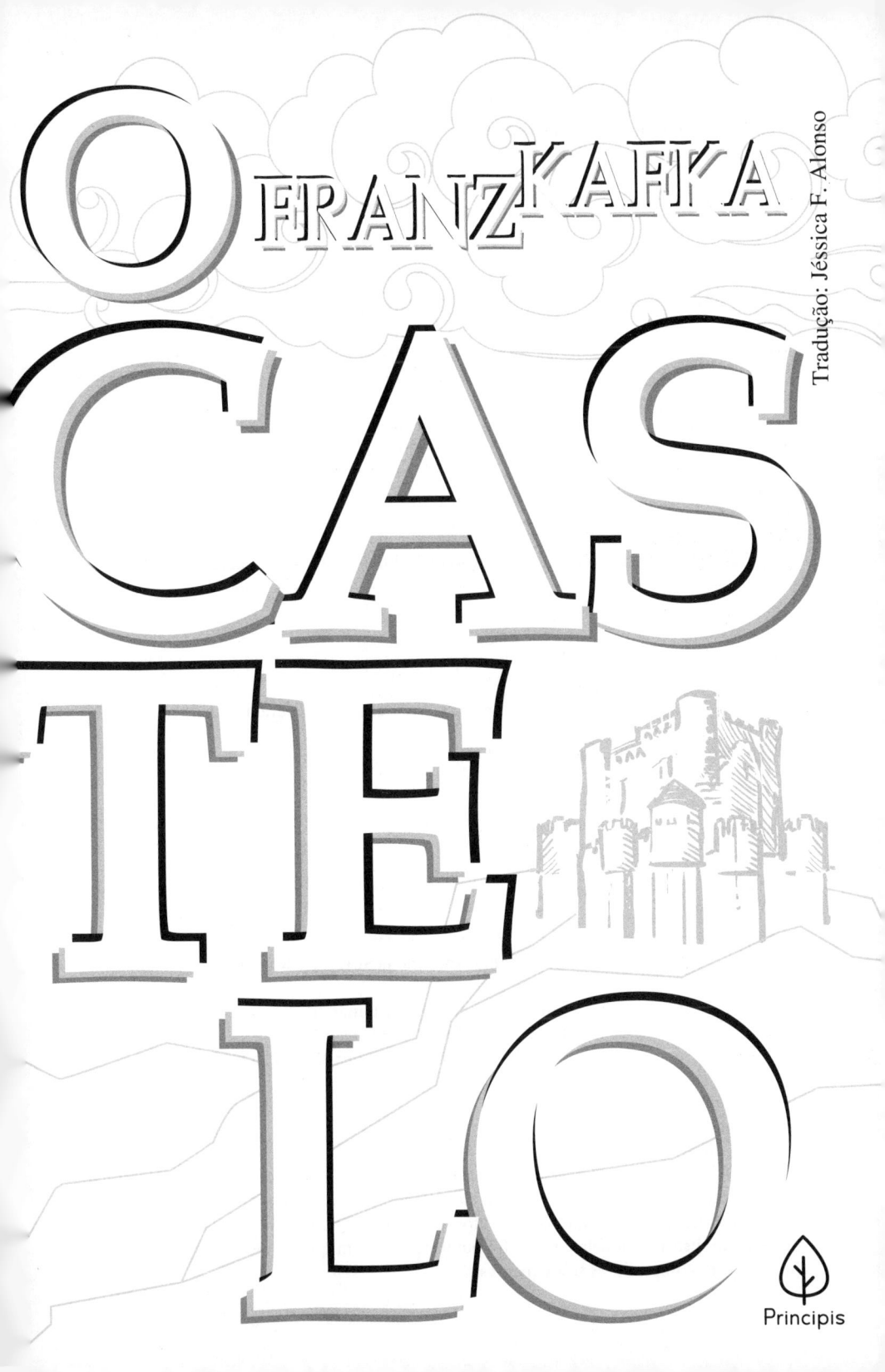

Principis

Esta é uma publicação Principis, selo exclusivo da Ciranda Cultural
© 2021 Ciranda Cultural Editora e Distribuidora Ltda.

Traduzido do original em alemão
Das Schloss

Texto
Franz Kafka

Tradução
Jéssica F. Alonso

Preparação
Karin Gutz

Revisão
Adriane Gozzo

Produção editorial
Ciranda Cultural

Diagramação
Linea Editora

Desing de capa
Ciranda Cultural

Imagens
Travel Drawn/Shutterstock.com;
Ma ry/Shutterstock.com

Dados Internacionais de Catalogação na Publicação (CIP) de acordo com ISBD

K11c	Kafka, Franz
	O castelo / Franz Kafka ; traduzido por Jéssica F. Alonso. – Jandira, SP : Principis, 2021.
	320 p. ; 15,5cm x 22,6cm. - (Clássicos da literatura mundial)
	Tradução de: Das Schloss
	ISBN: 978-65-5552-240-2
	1. Literatura alemã. 2. Romance. I. Alonso, Jéssica F.. II. Título. III. Série.
2021-2104	CDD 833
	CDU 821.112.2-3

Elaborado por Vagner Rodolfo da Silva - CRB-8/9410

Índice para catálogo sistemático:
1. Literatura alemã : Romance 833
2. Literatura alemã : Romance 821.112.2-3

1ª edição em 2021
www.cirandacultural.com.br

Capítulo 1

Era tarde da noite quando K. chegou. O vilarejo estava imerso em neve. Nada se via da colina, envolta em neblina e escuridão, e a pouquíssima luminosidade não era suficiente para distinguir o grande castelo. K. ficou parado por bastante tempo na ponte de madeira que levava da estrada ao vilarejo, olhando o aparente vazio acima.

Depois, saiu para procurar abrigo. Ainda havia pessoas acordadas no alojamento. O dono da estalagem não tinha quartos para alugar, mas disse que K. poderia dormir em um saco de palha ali na taberna, o que deixou seus últimos clientes bastante surpresos e perplexos. K. aceitou a proposta. Alguns camponeses ainda tomavam suas cervejas, mas ele não quis conversar com ninguém, pegou o saco de palha no sótão e deitou-se ao lado do aquecedor a lenha. Estava aquecido, com olhos cansados, avaliou um pouco os camponeses silenciosos e pegou no sono em seguida.

Pouco depois, porém, já o estavam acordando. Um homem jovem em trajes civis, com rosto de ator, olhos estreitos e sobrancelhas grossas estava em pé ao seu lado com o estalajadeiro. Os camponeses também ainda estavam por ali, e alguns viraram as cadeiras para poder ver e ouvir melhor. Muito educadamente, o moço desculpou-se por acordar K., apresentou-se como o filho do castelão e falou:

– Este vilarejo é propriedade do castelo. Pode-se dizer que aqueles que moram ou pernoitam aqui estão morando ou pernoitando no castelo, e ninguém deve fazer isso sem a autorização condal. O senhor, no entanto, não dispõe de tal autorização ou, caso a tenha, não a apresentou.

K. levantou meio corpo, ajeitou o cabelo e, olhando as pessoas de baixo para cima, perguntou:

– Em qual vilarejo vim parar? Tem um castelo aqui?

– Tem, sim – afirmou o jovem lentamente, enquanto algumas cabeças confirmavam acima de K. – O castelo do senhor Conde Westwest.

– E é preciso ter uma autorização para pernoitar? – questionou K., como querendo se certificar de que não tinha sonhado com as informações recém-recebidas.

– É preciso ter uma autorização – foi a resposta, e K. considerou uma grande chacota quando o moço, com os braços abertos, perguntou para o estalajadeiro e os clientes em seguida: – Ou não é preciso ter uma autorização?

– Então, vou buscá-la – K. disse bocejante, empurrando o cobertor para longe, como se quisesse se levantar.

– E vai buscar com quem? – perguntou o jovem.

– Com o senhor Conde – respondeu K. – É só o que me resta.

– Vai buscar a autorização com o senhor Conde agora, à meia-noite? – gritou o moço, dando um passo para trás.

– Não dá? – perguntou K. impassível. – Então por que o senhor me acordou?

O moço ficou fora de si e bradou:

– Isso são modos de um vagabundo! Exijo respeito perante as autoridades condais! Eu o acordei para dizer que o senhor deve deixar o território condal imediatamente.

– Chega de drama – disse K. baixinho, deitando-se de volta e puxando o cobertor para si. – O senhor está indo um pouco longe demais, meu jovem, e voltarei a tratar do seu comportamento amanhã. O estalajadeiro e os senhores aqui são testemunhas, se é que precisarei delas. Além disso, fique sabendo que sou o agrimensor chamado pelo conde. Meus ajudantes chegarão amanhã de manhã com a carroça e os aparatos. Não queria que a neve atrapalhasse meu percurso, mas, infelizmente, desviei-me um pouco do caminho, por isso cheguei tão tarde. Eu já sabia, antes mesmo das suas explanações, que era muito tarde para me apresentar ao castelo. Foi por isso que me contentei com esse abrigo aqui, o qual o senhor teve a grosseria de incomodar, para dizer o mínimo. Assim, encerro minhas explicações. Boa noite, meus senhores – disse K., virando-se para o aquecedor.

– Agrimensor? – ouviu ainda questionarem relutantes pelas suas costas, e, em seguida, fez-se silêncio absoluto.

Mas o jovem logo se recompôs e falou ao estalajadeiro, em tom discreto o bastante para dar a entender que estava respeitando o sono de K., mas alto o suficiente para ser compreendido:

– Perguntarei sobre isso por telefone.

O quê? Esta estalagem de vilarejo tinha até telefone? Eram bem equipados, então. Os detalhes surpreenderam K., mas, no geral, ele até contava com isso. O telefone estava instalado quase sobre sua cabeça, e ele não o havia notado por causa da sonolência. Como o jovem precisava telefonar, não seria possível poupar o sono de K., por mais que quisesse; a questão era se K. deixaria que fizesse a ligação ou não, o que optou por permitir. Afinal, não fazia sentido bancar o dormente; então voltou a se virar de barriga para cima. Viu os camponeses timidamente reunidos conversando; a notícia de um agrimensor não era pouca coisa. A porta da cozinha se abriu, e a imponente figura da estalajadeira ocupou aquele espaço; o estalajadeiro aproximou-se dela nas pontas dos pés para lhe contar as novidades. E, então, começou o diálogo telefônico. O castelão estava dormindo, mas um subcastelão, um dos subcastelões, estava lá, um tal de senhor Fritz. O jovem, que se apresentou como Schwarzer, contou como encontrara K., um homem na casa dos 30, um verdadeiro maltrapilho, dormindo tranquilamente em um saco de palha, usando uma diminuta mochila como travesseiro e portando um cajado. É claro que o homem lhe pareceu suspeito e, como o estalajadeiro aparentemente negligenciara seu dever, era obrigação dele, Schwarzer, esclarecer o assunto. K. não gostou de ter sido acordado, nem do interrogatório e da ameaça de expulsão obrigatória do condado, pois, em seguida, afirmara, talvez com razão, que era o agrimensor chamado pelo senhor Conde. Era óbvio que ele tinha a obrigação formal de verificar a alegação e, por isso, Schwarzer gostaria de pedir ao senhor Fritz que consultasse a chancelaria central e confirmasse se estavam mesmo aguardando um agrimensor daquele tipo e pediu que telefonasse em breve com a resposta.

Então, fez-se silêncio. Fritz ficou de verificar enquanto esperavam pela resposta. K. continuava como antes, não se virou nenhuma vez e não parecia nada curioso. A história de Schwarzer, naquela mistura de malícia e cuidado, deu a ele uma ideia da formação diplomática, por assim dizer, de que até a gente pequena do castelo, como Schwarzer, dispunha. E eles também não falhavam na agilidade, pois a chancelaria central tinha até um turno noturno e respondia com bastante rapidez, pois Fritz logo telefonou de volta. O relatório pareceu muito breve, pois Schwarzer colocou o aparelho de volta no gancho imediatamente e com bastante raiva.

– Eu disse! – gritou. – Nem sinal de agrimensor nenhum, ele é um vagabundo cruel e mentiroso, talvez até seja um homem agressivo.

Por um instante, K. pensou que todos, Schwarzer, os camponeses, os donos da estalagem fossem em sua direção. Para evitar ao menos a primeira investida, arrastou-se para baixo do cobertor. Então, o telefone tocou mais uma vez, e K. teve a sensação de que o toque foi ainda mais forte. Lentamente, colocou a cabeça para fora. Apesar de ser improvável que a ligação fosse tratar dele, todos ficaram em silêncio, e Schwarzer voltou ao aparelho. Após ouvir uma explicação mais longa, disse baixinho em seguida:

– Ah, um engano? Isso me deixa em uma situação bastante desagradável. Foi o próprio chefe do escritório que ligou? Claro, claro… Como devo explicar isso ao senhor Agrimensor?

K. prestava atenção. Então, o castelo o chamara de agrimensor. Por um lado, aquilo lhe era desfavorável, pois significava que sabiam tudo o que era necessário sobre ele no castelo, tinham ponderado a correlação das forças e aceitavam a briga sorridentes. Por outro lado, porém, acreditava ser favorável, pois comprovava que o haviam subestimado e que ele teria mais liberdade do que a princípio estava esperando. E, se pensavam que seria possível mantê-lo constantemente assustado graças ao seu distinto conhecimento sobre o dimensionamento de terras, certamente se decepcionariam; tal conhecimento o sobrecarregava um pouco, mas isso era tudo.

Com um gesto, K. dispensou Schwarzer, que se aproximava timidamente; não queria se mudar para o quarto do estalajadeiro e rejeitou a oferta quando insistiram; apenas aceitou uma bebida do estalajadeiro, uma bacia com sabão e uma toalha da estalajadeira e nem precisou pedir para deixarem o salão, pois todos começaram a sair desviando o olhar para não serem reconhecidos por ele no dia seguinte. Apagaram a lâmpada, e K. finalmente teve sossego. Dormiu profundamente até a manhã seguinte, exceto por uma ou duas interrupções causadas pela correria das ratazanas.

Quis seguir para o vilarejo logo após o café da manhã, que, segundo o estalajadeiro informara, seria pago pelo castelo, assim como toda sua estada. Mas o estalajadeiro, com quem se lembrava de ter conversado apenas o estritamente necessário, graças ao seu comportamento no dia anterior, não parava de circundá-lo em pedidos silenciosos, e isso lhe causou pena, então permitiu que se sentasse ao seu lado por um tempinho.

– Ainda não conheço o conde – K. falou. – É verdade que ele paga bem um bom trabalho? Quando se viaja para tão longe da esposa e dos filhos, como fiz, queremos levar alguma coisa de volta para casa.

– O senhor não precisa se preocupar nesse sentido. Não se ouvem queixas sobre maus pagamentos.

– Que bom – respondeu K. – Não tenho papas na língua e não vejo problema em expor minha opinião a um conde, mas é claro que é muito melhor negociar pacificamente com os cavalheiros.

O estalajadeiro estava sentado de frente para K. à beira do peitoril da janela; não ousava se sentir mais confortável e olhava para K. o tempo inteiro, com grandes e temerosos olhos castanhos. Primeiro, inclinou-se em direção a K. e, em seguida, pareceu que preferia ir embora. Será que tinha medo de ser interrogado pelo conde? Será que tinha medo da falta de confiança de um "cavalheiro", como K. era considerado por ele? K. teve que mudar de assunto. Olhou para o relógio e disse:

– Meus ajudantes chegarão em breve. Você poderá hospedá-los aqui?

– Com certeza, senhor – respondeu. – Mas eles não ficarão com você no castelo?

Ele dispensava os clientes, K. principalmente, assim com tanta facilidade e vontade a ponto de logo querer empurrá-los para o castelo?

– Ainda não é certeza – afirmou K. – Primeiro, preciso saber que tipo de trabalho eles têm para mim. Se precisar trabalhar aqui embaixo, por exemplo, faz mais sentido ficar por aqui também. Além do mais, receio que a vida lá em cima no castelo não me agrade. Prefiro me manter livre.

– Você não conhece o castelo – falou o estalajadeiro em voz baixa.

– Exatamente – respondeu K. – Não quero fazer nenhuma avaliação precipitada. Até agora, a única coisa que sei sobre o castelo é que estão procurando o agrimensor certo. Talvez o local tenha outras virtudes também – e levantou-se para se livrar do estalajadeiro, que, inquieto, mordia os lábios. Não era fácil conquistar a confiança daquele homem.

Quando estava indo embora, K. notou um retrato escuro em uma moldura igualmente escura na parede. Já o vira do seu lugar, mas, a distância, não conseguia distinguir os detalhes e pensou que tivessem tirado o quadro da moldura e deixado para trás apenas um fundo preto. Mas, de fato, havia um quadro. Como era possível perceber agora, o busto de um homem de cerca de 50 anos. A cabeça estava tão afundada na direção do peito que quase não se viam os olhos. Cruciais para tal afundamento eram a testa ampla e pesada e o nariz bastante arrebitado. A barba cheia, apertada contra o queixo por conta da posição da cabeça, pendia bem lá para baixo. A mão esquerda estava posicionada de forma pouco natural na barba cheia, porém sem conseguir fazer a cabeça se erguer.

– Quem é? O conde? – perguntou K. diante do quadro, sem olhar de volta para o estalajadeiro.

– Não – falou o estalajadeiro. – É o castelão.

– Vocês têm um belo castelão no castelo, não há como negar – disse K. – É uma pena que ele tenha um filho tão malcriado.

– Não – replicou o estalajadeiro, puxando K. um pouco para baixo em sua direção e sussurrando em seu ouvido. – Schwarzer exagerou ontem, o pai dele é apenas um subcastelão, um dos mais baixos, inclusive.

Nessa perspectiva, o estalajadeiro parecia uma criança para K.

– Aquele salafrário! – K. respondeu sorrindo.

O estalajadeiro, no entanto, não riu e disse:

– O pai dele também é poderoso.

– Ah, é? – retrucou K. – Você considera qualquer um poderoso. Sou poderoso também?

– Você – disse tímido, mas seriamente –, não acho que seja poderoso.

– Então, você é um bom observador – afirmou K. – Sinceramente, não sou nada poderoso mesmo. E, por conseguinte, talvez não tenha menos respeito que você pelos poderosos, mas não sou tão sincero quanto você e não quero admitir isso sempre.

E, para consolar o estalajadeiro e parecer mais solidário, K. bateu de leve nas bochechas dele, que agora sorria um pouco. Era mesmo jovem com aquele seu rosto macio quase sem barba. Como será que encontrou aquela mulher grandalhona e envelhecida, que se via ocupada na cozinha, atrás do postigo, com os cotovelos bem longe do corpo? K. não queria continuar pressionando-o e afugentar o sorriso que finalmente aparecera. Por isso, fez apenas um sinal para que abrisse a porta e saiu para aquela bela manhã de inverno.

Agora, lá no alto, via o castelo despontar com nitidez no ar límpido, e todas as formas desvelavam a fina camada de neve que encobria tudo. No entanto, parecia que lá em cima, na montanha, havia muito menos neve que ali no vilarejo, onde K. não precisava fazer menos esforço que na noite anterior para se deslocar pela estrada. A neve chegava até as janelas das cabanas e pesava sobre os tetos baixos, mas, lá em cima, na montanha, tudo se estendia livre e levemente, pelo menos era essa a impressão que se tinha dali.

No geral, pelo que parecia de longe, o castelo correspondia às expectativas de K. Não era um castelo feudal antigo nem um palácio novo, mas uma construção ampla, formada por poucas edificações de dois andares e vários edifícios baixos bastante próximos; se não soubesse que aquilo era, de fato, um castelo, poderia acreditar estar olhando para uma cidadezinha. K. via apenas uma torre, e não se podia distinguir se pertencia a uma moradia ou a uma igreja. Uma revoada de gralhas a circundava.

K. seguiu em frente com os olhos no castelo sem se preocupar com mais nada. Ao chegar mais perto, no entanto, o castelo o desapontou: era realmente uma deprimente cidadezinha formada por casas de vilarejo cujo único destaque era a possibilidade de serem todas de pedra; a pintura, todavia, desbotara havia tempos, e as pedras pareciam esfarelar. Distraidamente, K. lembrou-se da sua cidadezinha natal, que não era muito pior que esse suposto castelo. Se K. tivesse vindo apenas pela visita, a longa peregrinação não teria valido a pena e seria mais proveitoso visitar a antiga terra natal, onde estivera pela última vez fazia bastante tempo. Em pensamento, comparou a torre da igreja da sua cidade natal com aquela ali em cima. Sua torre afunilava-se para cima sem hesitação, tinha telhado amplo terminado em tijolos vermelhos, era uma construção terrena (o que mais poderíamos construir?), mas mais alta que as várias casas baixas, e sua imagem era mais nítida durante os nublados dias de trabalho. A torre ali de cima, a única visível, era a de uma residência, como agora era possível distinguir, quem sabe do castelo principal, uma monótona construção circular em parte coberta por uma conveniente hera com janelinhas refletindo o sol que batia (e algo naquilo não fazia sentido) e terminava em uma espécie de belvedere, cujas ameias incertas, irregulares e frágeis, como desenhadas pelas mãos de uma criança temerosa ou pouco cuidadosa, apontavam para o céu azul. Assemelhava-se a um morador aflito que deveria ter sido preso no cômodo mais afastado da edificação, mas irrompera o telhado e erguera-se para observar o mundo.

K. parou novamente, como se sua avaliação tivesse mais força parado. No entanto, foi interrompido. Atrás da igreja do vilarejo, onde havia

estacado (na realidade, era apenas uma capela ampliada à moda de um celeiro para conseguir receber a comunidade), ficava a escola. Um prédio baixo e comprido, que reunia de forma impressionante as qualidades de provisório e muito antigo, ficava atrás de um jardim sem cerca, que agora era um campo de neve. As crianças estavam saindo com o professor. Circundavam-no em uma horda espessa, todos os olhos voltados para ele; havia um burburinho constante por todos os lados, e K. não entendeu nada do que falavam rapidamente. O professor, um moço jovem, pequeno, muito ereto e de ombros estreitos, mas sem que isso o tornasse risível, olhara K. nos olhos de longe, pois K. era a única pessoa por perto além do seu grupo. Por ser o forasteiro, K. cumprimentou primeiro aquele homem tão pequeno e imponente:

– Boa tarde, senhor Professor.

As crianças emudeceram de imediato; o professor devia gostar bastante daquele silêncio repentino como preparação para suas palavras.

– Estás a observar o castelo? – perguntou mais gentilmente do que K. esperava, mas seu tom indicava que não aprovava o que K. estava fazendo.

– Estou – respondeu K. – Não sou daqui, cheguei ontem à noite.

– E o castelo não lhe agrada? – questionou o professor rapidamente.

– Como? – replicou K. um pouco surpreso, repetindo a pergunta de modo mais ameno. – Se o castelo me agrada? Por que pressupõe que ele não me agrade?

– Ninguém que vem de fora gosta dele – afirmou o professor.

Para não dizer nada desagradável, K. mudou de assunto e perguntou:

– O senhor conhece o conde?

– Não – afirmou o professor, querendo se afastar.

No entanto, K. não se deu por convencido e perguntou novamente:

– Como assim? O senhor não conhece o conde?

– E como poderia conhecê-lo? – questionou o professor baixinho, acrescentando em francês. – Por favor, leve em consideração a presença das inocentes crianças.

K. deu-se o direito de perguntar:

– Eu poderia visitá-lo um dia, senhor Professor? Ficarei aqui por bastante tempo e já estou me sentindo um pouco deslocado... Não sou camponês e também não pertenço ao castelo.

– Não há grande diferença entre os camponeses e o castelo – afirmou o professor.

– Pode até ser – respondeu K. –, mas isso não muda minha situação. Eu poderia visitá-lo um dia desses?

– Moro na Rua Schwanengasse, ao lado do açougueiro.

Foi mais uma informação que um convite, no entanto K. respondeu:

– Ótimo, passarei lá.

O professor confirmou com a cabeça e prosseguiu com a horda de crianças que voltava a gritar. Logo, eles sumiram em uma ladeira estreita e íngreme.

A conversa, contudo, deixara K. disperso e incomodado. Era a primeira vez que se sentia realmente cansado desde que chegara. Ele mal percebera o longo caminho percorrido para chegar até ali, como andara por dias, calmamente, dando um passo de cada vez. Mas, agora, as consequências dos seus enormes esforços estavam aparecendo, obviamente em momento inoportuno. Sentiu-se compelido a tentar conhecer novas pessoas, porém cada pessoa nova intensificava seu cansaço. Se conseguisse fazer o esforço de estender o passeio no mínimo até a entrada do castelo, seria mais que suficiente, considerando seu estado atual.

Assim, continuou seguindo em frente, mas o caminho era longo. A rua, a principal do vilarejo, não levava à colina do castelo, apenas seguia ao lado dela, para, então, como de propósito, fazer uma curva, e, apesar de não se distanciar do castelo, também não se aproximava dele. K. estava sempre na expectativa de que a rua, enfim, dobrasse em direção ao castelo e só por isso seguia por ela; hesitou sair dela provavelmente por causa do cansaço e surpreendeu-se com o comprimento sem fim do vilarejo, com as mesmas casinhas e as mesmas janelas cheias de gelo e neve, e falta de pessoas, até que, finalmente, conseguiu escapar dessa rua aprisionante, e uma ruela estreita o pegou. A neve estava ainda mais funda; levantar os

pés que afundavam era um trabalho difícil, e ele começou a suar e parou de repente sem conseguir continuar.

No entanto, não estava perdido, havia cabanas de camponeses à direita e à esquerda. K. fez uma bola de neve e jogou-a contra uma janela. Logo uma porta se abriu, a primeira que se abria em todo o percurso no vilarejo, e um velho camponês apareceu parado, amigável e fraco, vestindo um abrigo de pele marrom, a cabeça inclinada para o lado.

– Posso entrar aí um pouco com o senhor? – perguntou K. – Estou muito cansado.

Ele não ouviu nada do que o velho disse, aceitou com gratidão a tábua que fora empurrada para resgatá-lo da neve e, após alguns passos, estava dentro de uma grande sala sob o crepúsculo. Quem vinha de fora não enxergava nada a princípio. K. cambaleou e bateu em uma tina de lavar roupa, e a mão de uma mulher o segurou. Em um canto, ouvia-se uma gritaria de criança. Em outro, uma fumaça transformava a meia-luz em escuridão. Parecia que K. estava parado nas nuvens.

– Ele está bêbado – alguém disse.

– Quem é você? – gritou uma voz imperiosa que, depois, se voltou para o velho. – Por que o deixou entrar? Como pode deixar entrar tudo que fica rondando pela rua?

– Sou o agrimensor do conde – K. falou, tentando se justificar ainda em meio àquela persistente cegueira.

– Ah, o agrimensor – disse uma voz feminina e, em seguida, fez-se silêncio absoluto.

– Você me conhece? – perguntou K.

– Claro – disse brevemente a mesma voz.

K. não considerou muito vantajoso o fato de o conhecerem.

Enfim, a fumaça dissipou um pouco, e K. conseguiu se situar lentamente. Alguém lavava roupas ao lado da porta. A fumaça, no entanto, vinha de outro canto, onde dois homens se banhavam em água quente na maior tina de madeira que K. já vira, do tamanho aproximado de duas camas. No entanto, o mais impressionante era o canto direito, apesar de

não se saber ao certo o que impressionava. Uma luz pálida vinda da neve do pátio entrava por uma grande fresta da única parede do fundo da sala e dava aparência sedosa ao vestido de uma mulher cansada quase afundada em uma poltrona de encosto alto ali no canto. Ela tinha um bebê no peito. Ao seu redor, brincavam algumas crianças filhas de camponeses, como se notava, mas a moça não parecia pertencer a eles; vê-se que doença e cansaço também aprumam camponeses.

– Sente-se! – disse um dos homens de barba cheia e bigode sobre uma boca sempre aberta e ofegante, comicamente apontando pela borda da banheira para um baú e espirrando água morna em todo o rosto de K. ao fazê-lo.

Quem já estava sentado no baú, cochilando um pouco, era o velho que deixara K. entrar. K. ficou agradecido por finalmente poder se sentar. Agora, ninguém mais se importava com ele. A mulher com a tina de roupa, uma loira em plena juventude, cantava baixinho durante o trabalho, os homens debatiam-se e viravam-se no banho, as crianças queriam se aproximar dele, mas eram sempre impedidas por fortes jatos de água que também não poupavam K., a moça da poltrona, deitada quase sem vida, não olhou nenhuma vez para a criança em seu peito e encarava algum lugar indefinido no alto.

K. observou aquela imagem bela, triste e imóvel por bastante tempo, mas deve ter pegado no sono, pois sua cabeça estava apoiada no ombro do velho ao seu lado quando se assustou com um chamado em voz alta. Os homens, em pé, vestidos diante de K., tinham terminado de se banhar; agora eram as crianças que faziam bagunça lá dentro sob a supervisão da moça loira. Viu-se que o barbudo gritador era o mais magro dos dois. O outro homem, que não era mais alto e tinha barba muito mais rala, era silencioso e pensava lentamente, sua estrutura e seu rosto eram largos e falava mantendo a cabeça baixa.

– Senhor Agrimensor – disse –, você não pode ficar aqui. Perdoe a indelicadeza.

– Mas eu não queria mesmo ficar – K. respondeu –, só descansar um pouco. Como já fiz isso, vou embora agora.

– Talvez estranhe a falta de hospitalidade – falou o homem –, mas não somos muito habituados a tê-la, pois não precisamos de visitas.

Um pouco renovado pelo sono e um pouco menos atencioso que antes, K. ficou feliz com a sinceridade das palavras. Deslocou-se com mais liberdade, apoiou a bengala uma vez aqui, outra acolá, aproximou-se da mulher na poltrona, era o maior volume do cômodo.

– É claro – K. afirmou. – Para que precisariam de visitas? Mas, às vezes, precisam de algumas, como eu, o agrimensor, por exemplo.

– Isso não sei – disse o homem lentamente. – Se o chamaram, então provavelmente precisam de você, mas se trata de uma exceção; nós, a gente pequena; seguimos as regras, você não pode se ressentir conosco.

– Não, não... – K. falou – Só tenho a agradecer, a você e a todos aqui.

E, sem ninguém esperar, K. virou-se de um salto e parou na frente da mulher. Ela o contemplou com os olhos azuis cansados; um lenço de seda translúcido descia até o meio de sua testa, e o bebê dormia em seu peito.

– Quem é você? – K. perguntou.

De forma atravessada (sem deixar claro se o desprezo era em relação a K. ou à resposta em si), ela disse:

– Uma moça do castelo.

Tudo isso durou apenas alguns instantes, e logo depois K. era empurrado em direção à porta em silêncio e decididamente por um homem à direita e outro à esquerda, como se não houvesse outro modo de se entenderem. O velho empolgou-se com alguma coisa e começou a bater palmas. A lavadeira também riu ao lado das crianças, que começaram a fazer barulho de repente.

Em pouco tempo, K. estava na ruela, e os homens o vigiavam da soleira da porta. Nevara de novo, porém parecia que o dia estava um pouco mais claro. O barbado gritou impaciente:

– Para onde quer ir? O castelo é por aqui, o vilarejo é por ali.

K. não respondeu a ele, mas ao outro que, apesar da superioridade, parecia mais afável:

– Quem são vocês? A quem devo agradecer o acolhimento?

– Sou Lasemann, o curtidor – foi a resposta. – Mas você não deve agradecer a ninguém.

– Que bom – disse K. – Talvez ainda nos encontremos.

– Creio que não – o homem falou.

Nesse instante, o barbado gritou levantando a mão:

– Bom dia, Artur! Bom dia, Jeremias!

K. virou-se; então havia gente andando pelas ruas daquele vilarejo! Da direção do castelo, vinham dois homens jovens, de estatura mediana, ambos muito magros e em trajes apertados, os rostos muito parecidos. O tom de pele era de um marrom escuro, e um cavanhaque pontudo muito preto despontava de seus rostos. Considerando as condições da rua, andavam com rapidez surpreendente, mantendo o ritmo ao jogar as pernas magras.

– O que estão fazendo? – gritou o barbudo.

Só era possível se comunicar com eles aos gritos, pois seguiam muito rápido e sem parar.

– Negócios! – gritaram de volta sorrindo.

– Onde?

– No alojamento.

– Também estou indo para lá! – K. gritou de repente mais alto que todos os outros em grande ímpeto de ser levado pelos dois. Conhecê-los não lhe parecia muito proveitoso, mas certamente eram acompanhantes bons e animados. Eles ouviram as palavras de K., mas apenas fizeram que sim com a cabeça e já tinham ido embora.

K. ainda estava parado na neve sem muita vontade de levantar o pé para afundá-lo um pouquinho mais adiante; o curtidor e seu camarada, satisfeitos por finalmente terem se livrado de K., esgueiravam-se devagar para dentro da casa pela fresta aberta da porta, sempre se virando para trás para olhá-lo, até deixarem K. sozinho envolto em neve. "Seria motivo para leve desespero", pensou, "ficar aqui parado aleatoriamente, não de propósito."

Então, uma janela minúscula foi aberta na cabana à esquerda; quando estava fechada, parecia de um azul profundo, talvez pelo reflexo da neve, e era tão minúscula que, agora que estava aberta, não revelava o rosto de quem observava, apenas os olhos, velhos olhos castanhos.

– Olha ele lá – K. ouviu dizer uma trêmula voz feminina.

– É o agrimensor – falou uma voz masculina.

Em seguida, o homem tomou o lugar à janela e perguntou, não de forma hostil, mas como se fosse sua responsabilidade saber se estava tudo certo na rua em frente à sua casa:

– Quem está esperando?

– Um trenó para me levar – respondeu K.

– Aqui não passa nenhum trenó – disse o homem. – Não tem transporte aqui.

– Mas é a rua que leva ao castelo – retrucou K.

– Mesmo assim, mesmo assim… – falou o homem com certa intransigência. – Aqui não tem transporte.

Em seguida, os dois se calaram. Mas certamente o homem estava pensando em alguma coisa, pois manteve aberta a janela exalando fumaça.

– Que caminho ruim… – K. disse para incentivá-lo.

Contudo, sua única resposta foi:

– É mesmo.

Pouco depois, no entanto, complementou:

– Se quiser, levo-o com meu trenó.

– Quero, sim, por favor – respondeu K. animado. – Quanto vai custar?

– Nada – disse o homem.

K. ficou bastante surpreso.

– É o agrimensor, afinal – explicou o homem –, e pertence ao castelo. Para onde quer ir?

– Para o castelo – K. apressou-se em dizer.

– Então não levo – disse o homem imediatamente.

– Mas pertenço ao castelo – falou K., repetindo as palavras do próprio homem.

– Pode até ser – ele desconversou.

– Então, leve-me até o alojamento – disse K.

– Está bem. Já venho com o trenó.

Tudo aquilo não dera a impressão de ser uma gentileza, parecia mais um tipo de esforço bastante egocêntrico, ansioso e quase pedante para tirar

K. da frente da casa. O portão abriu e um pequeno trenó para cargas leves, totalmente plano e sem nenhum assento, apareceu sendo puxado por um cavalinho fraco; atrás dele, vinha o homem curvado, franzino e manco, com rosto magro, corado e adoecido, que parecia particularmente pequeno graças a um cachecol de lã enrolado na cabeça. O homem estava visivelmente doente e, ainda assim, saiu apenas para poder levar K. embora. K. mencionou alguma coisa nesse sentido, mas o homem o interrompeu com a mão. K. descobriu apenas que era o cocheiro Gerstäcker e que pegara aquele trenó desconfortável porque já estava pronto e demoraria muito para preparar outro.

– Sente-se – falou, indicando a parte de trás do trenó com o chicote.

– Vou me sentar ao seu lado – afirmou K.

– Vou a pé – falou Gerstäcker.

– Por quê? – questionou K.

– Vou a pé – repetiu Gerstäcker e teve um ataque de tosse que o chacoalhou tanto que precisou fincar as pernas na neve e segurar a beirada do trenó com as mãos. K. não disse mais nada, sentou-se atrás no trenó, a tosse acalmou lentamente, e eles partiram.

O castelo lá em cima, curiosamente já escuro, que K. esperava ter alcançado ainda naquele dia, voltou a se afastar. Como se quisessem dar um sinal para aquela despedida provisória, ouviu-se uma badalada, um sino balançou alegremente e seu coração se agitou por um instante, como se estivesse ameaçado, pois o som também era lastimoso, pela realização de alguma coisa que ansiava sem saber muito bem o que era. Mas o grande sino logo se silenciou e foi substituído por outro sininho fraco e monótono, que talvez soasse lá em cima, mas também poderia vir do vilarejo. Esse tilintar certamente combinava melhor com aquela viagem lenta e com o coitado, porém intransigente, cocheiro.

– Ei, você! – K. gritou de repente; eles já estavam perto da igreja, não muito longe da rua do alojamento, então K. podia arriscar alguma coisa. – Fiquei muito surpreso por ter se responsabilizado por me trazer aqui embaixo. É obrigado a fazer isso?

Gerstäcker não se interessou e continuou andando em silêncio ao lado do cavalinho.

– Ei! – K. gritou, juntou um pouco de neve do trenó e acertou Gerstäcker em cheio na orelha. Então, o homem parou e se virou; agora que K. o olhava tão de perto – o trenó deslizara um pouco mais para a frente –, aquela figura curvada, em certa medida maltratada, o rosto vermelho, cansado e magro, com aquelas bochechas de algum modo diferentes, uma empinada e a outra caída, a boca aberta e atenta com apenas alguns pares de dentes, teve que repetir por pena o que antes dissera por maldade, e questionou se Gerstäcker poderia ser multado caso não transportasse K.

– O que você quer? – perguntou Gerstäcker sem entender. Mas, também sem esperar outras explicações, gritou para o cavalinho e seguiram adiante.

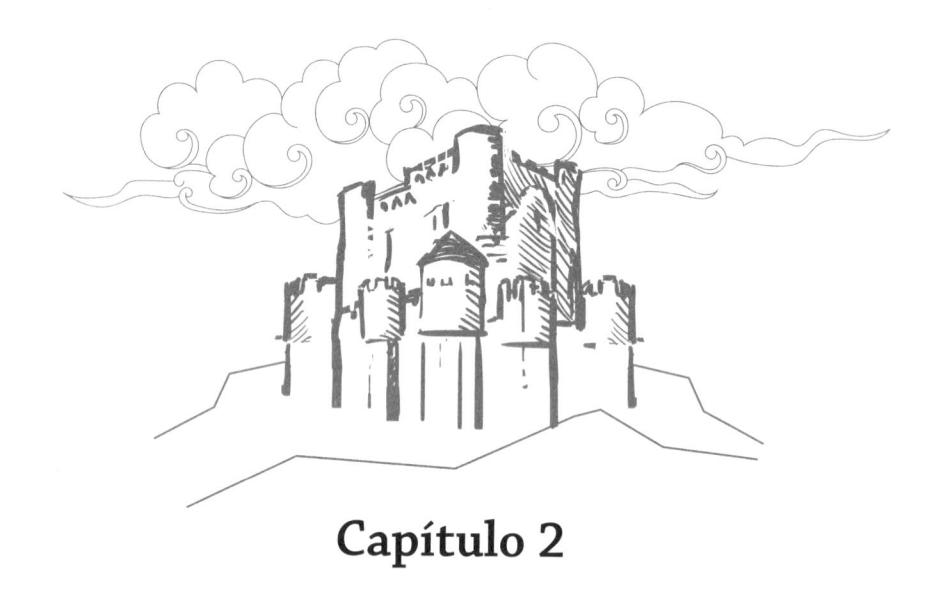

Capítulo 2

Quando estavam quase chegando ao alojamento, K. reconhecera por uma curva no caminho, surpreendeu-se por estar totalmente escuro por ali. Ficara fora por tanto tempo assim? Segundo seus cálculos, fora apenas uma ou duas horas; ele saiu pela manhã, não sentiu necessidade de se alimentar e, até pouco tempo atrás, estava em plena luz do dia, mas agora a escuridão chegara.

– Que dias curtos, que dias curtos! – falou para si mesmo, desceu do trenó e foi para o alojamento.

Considerou muito favorável encontrar o estalajadeiro no alto, parado no pequeno alpendre, iluminando-o com a lanterna erguida. Ao se lembrar fugazmente do cocheiro, K. parou, alguém tossiu em algum lugar no escuro, e lá estava ele. De todo modo, o encontraria de novo em breve. Somente ao chegar lá em cima, ao lado do estalajadeiro, que o cumprimentou humildemente, K. notou um homem de cada lado da porta. Pegou a lanterna das mãos do estalajadeiro e iluminou os dois: eram os homens que encontrara e que foram chamados de Artur e Jeremias. Agora eles o saudaram. Ao recordar-se da sua época de militar, daqueles tempos felizes, K. sorriu.

– Quem são vocês? – perguntou olhando de um para o outro.

– Seus ajudantes – responderam.

– São os ajudantes – confirmou o estalajadeiro em voz baixa.

– Quê? – K. questionou. – Vocês são os velhos ajudantes que pedi e pelos quais estava esperando?

Eles confirmaram.

– Que bom – K. disse pouco depois. – Que bom que vieram. No entanto... – continuou depois de outra breve pausa –, vocês se atrasaram bastante e são muito negligentes.

– O caminho foi longo – um deles falou.

– O caminho foi longo... – K. repetiu. – Mas os vi vindo do castelo.

– Sim – disseram, sem mais explicações.

– Onde estão os aparatos? – K. perguntou.

– Não temos aparatos – responderam.

– Os aparatos que confiei a vocês – K. disse.

– Não temos aparatos – repetiram.

– Ah, mas que gentinha! – K. exclamou. – Vocês sabem alguma coisa sobre agrimensura?

– Não.

– Se são meus velhos ajudantes, precisam saber – K. disse, empurrando-os na sua frente para dentro da casa.

Os três sentaram-se totalmente em silêncio em uma pequena mesinha na taberna para uma cerveja, K. no meio e os ajudantes à esquerda e à direita. Além deles, havia apenas mais uma mesa ocupada com camponeses, como na noite anterior.

– Que complicado – disse K., comparando mais uma vez seus rostos. – Como conseguirei diferenciá-los? Só seus nomes são diferentes; de resto, vocês são tão parecidos quanto... – interrompeu-se e continuou espontaneamente – De resto, vocês são tão parecidos quanto cobras.

Eles riram.

– As pessoas nos diferenciam bem – justificaram-se.

– Acredito – K. falou. – Eu mesmo fui testemunha disso, mas só consigo ver através dos meus olhos e, com eles, não consigo diferenciá-los. Por isso, tratarei os dois como se fossem um único homem e chamarei os dois de Artur, que é o nome de um de vocês, de toda forma. É o seu? – K. perguntou a um deles.

– Não – respondeu –, eu me chamo Jeremias.

– Dá na mesma – K. afirmou. – Chamarei os dois de Artur. Se eu mandar Artur para algum lugar, vocês dois vão; se eu der um trabalho para Artur fazer, vocês dois farão; saio em grande desvantagem por não poder utilizá-los para trabalhos separados, mas a vantagem é que vocês dois são igualmente responsáveis por tudo o que eu pedir. Não me importo como dividirão o trabalho, porém não poderão conversar entre si, pois são um único homem para mim.

Eles pensaram a respeito e disseram:

– Isso seria bastante desagradável.

– Como não? – K. perguntou. – É claro que isso será desagradável, mas é isso mesmo.

K. notara havia algum tempo que um dos camponeses espiava a mesa deles; enfim, tomou uma decisão, voltou-se para os ajudantes e quis cochichar alguma coisa para eles.

– Perdão – K. falou, batendo a mão na mesa e se levantando. – Estes são meus ajudantes e estamos fazendo uma reunião. Ninguém tem o direito de nos incomodar.

– Claro, claro – disse o camponês com medo, virando-se de costas de volta para o grupo dele.

– Agora prestem bastante atenção – K. falou, sentando-se novamente. – Vocês não podem falar com ninguém sem minha autorização. Sou forasteiro aqui e, se vocês são meus velhos ajudantes, então também são forasteiros. Por isso, nós três, forasteiros, temos que ficar juntos. Deem-me as mãos.

Prontamente, os dois estenderam-nas para K.

– Ah, deixem a mão para lá. Mas minha ordem está valendo. Vou dormir agora e sugiro que façam o mesmo. Perdemos um dia de trabalho hoje, devemos começar bem cedo amanhã. Vocês precisam conseguir um trenó para ir até o castelo e estar com ele pronto aqui na frente às seis horas.

– Está bem – um deles disse.

Mas o outro interrompeu:

– Você diz que está bem, mas sabe que é impossível.

– Quietos! – pediu K. – Vocês já estão começando a querer se diferenciar entre si.

Mas o primeiro falou:

– Ele tem razão, é impossível. Nenhum forasteiro pode entrar no castelo sem autorização.

– E onde temos que solicitar essa autorização?

– Não sei, talvez com o castelão.

– Então vamos tentar, liguem imediatamente para o castelão, os dois!

Eles correram para o aparelho para fazer a ligação. Como foram rápidos! Ao que tudo indicava, ambos eram comicamente obedientes e perguntaram se K. poderia ir com eles ao castelo no dia seguinte. K. conseguiu ouvir o "Não!" de resposta da mesa. Mas a objeção foi ainda mais detalhada: "Nem amanhã, nem nenhum outro dia".

– Eu mesmo vou telefonar – falou K., erguendo-se.

Até aquele momento, K. e os ajudantes tinham sido pouco notados, exceto pelo incidente com aquele camponês, mas aquela última observação despertou a atenção geral. Todos levantaram-se com K. e, apesar das tentativas do estalajadeiro para impedi-los, agruparam-se em semicírculo ao redor do aparelho. Entre eles, a opinião dominante era que K. não receberia resposta nenhuma. K. precisou pedir que ficassem quietos e disse que não pedira a opinião de ninguém.

Do fone, vinha um murmúrio que K. nunca ouvira antes ao telefonar. Parecia que vinha das vozes de incontáveis crianças, mas tampouco era isso; era música de vozes distantes, muito distantes. O murmúrio vinha vagamente formando uma voz única, forte e inexplicável, que chegava ao ouvido, vinha como se quisesse entrar mais a fundo que somente naquela mísera escuta. K. ouvia com atenção sem telefonar, apoiara o braço esquerdo na mesa do telefone e ficou assim, prestando atenção.

Perdeu a noção do tempo; mas foi o suficiente para o estalajadeiro puxá-lo pelo casaco, pois chegara um mensageiro para ele.

– Sai! – K. gritou descontrolado no telefone, pois, naquele momento, alguém começou a falar.

A conversa que se seguiu foi:

– Oswald falando, quem é? – chamou uma voz fria e arrogante com um pequeno problema de dicção que K. achou tentar ser compensado com uma dose ainda maior de frieza.

K. hesitou em se apresentar, não dava para se defender por telefone, o outro poderia escorraçá-lo, colocar o fone de volta no gancho e K. talvez bloqueasse uma via não desimportante. A hesitação de K. deixou o homem impaciente.

– Quem é? – repetiu, acrescentando. – Seria ótimo se vocês não telefonassem tanto daí. Acabaram de ligar um segundo atrás.

K. não comentou essa observação e se apresentou, decidindo de repente:

– Aqui são os ajudantes do senhor Agrimensor.

– Que ajudantes? Que senhor? Que agrimensor?

K. lembrou-se da ligação do dia anterior.

– Pergunte ao Fritz – disse apenas.

Ajudou, para sua surpresa. Mas surpreendeu-se ainda mais com a coesão daquele serviço. A resposta foi:

– Já sei. O eterno agrimensor. Aham. O que mais? Qual ajudante?

– Josef – respondeu K.

O burburinho dos camponeses às suas costas incomodou-o um pouco; era óbvio que não concordavam com aquela apresentação falsa. No entanto, K. não tinha tempo para lidar com eles, pois a conversa requeria toda a sua atenção.

– Josef? – foi a pergunta de volta. – Os ajudantes se chamam – houve uma breve pausa; certamente ele esperava outros nomes – Artur e Jeremias.

– Esses são os ajudantes novos – K. falou.

– Não, são os velhos.

– São os novos. Sou o velho e alcancei o senhor Agrimensor hoje.

– Não! – ouviram-se gritos.

– Então quem sou eu? – K. perguntou tão tranquilamente quanto antes.

E, após uma pausa, a mesma voz, com o mesmo erro de dicção, falou, mas era como se fosse outra ainda mais profunda e respeitável:

– Você é o ajudante velho.

K. prestava tanta atenção à entonação que quase deixou passar a pergunta:

– O que você quer?

Melhor seria já ter colocado o telefone de volta no gancho. Não esperava mais nada daquela conversa. Então, compeliu-se a perguntar rapidamente:

– Quando meu patrão pode ir ao castelo?

– Nunca – foi a resposta.

– Certo – respondeu K., pendurando o fone.

Os camponeses já estavam quase encostados nele. Os ajudantes, ocupados em manter os camponeses longe, olhavam de esguelha para K. Tudo aquilo, no entanto, parecia um teatro, e os camponeses, satisfeitos com o resultado da conversa, aos poucos foram desistindo. Então, o grupo foi rapidamente dividido de trás para a frente por um homem que se curvou diante de K. e lhe entregou uma carta. K. a segurou nas mãos e observou o homem, pois, naquele momento, era isso que parecia ser mais importante. Havia grande semelhança entre ele e os ajudantes; era tão magro quanto os dois, as roupas eram igualmente justas, tão articulado e ágil quanto eles, mas, mesmo assim, tão diferente. Seria tão melhor se K. tivesse recebido esse homem como ajudante! Lembrava um pouco a mulher com o bebê que K. vira na casa do curtidor. Vestia-se quase todo de branco, a vestimenta não era de seda, era um casaco de inverno como todos os outros, mas tinha a delicadeza e a solenidade de uma roupa de seda. Seu rosto era iluminado e convidativo, os olhos, enormes. Seu sorriso era muito encorajador; levou a mão ao rosto, como se quisesse afugentar tal sorriso, mas não conseguiu.

– Quem é você? – K. perguntou.

– Eu me chamo Barnabé – disse. – Sou um mensageiro.

Ao falar, seus lábios abriam e fechavam com virilidade, mas delicadamente.

– Você gosta daqui? – K. perguntou, indicando os camponeses que ainda não haviam perdido totalmente o interesse nele e o observavam com aqueles rostos realmente flagelados (parecia que tinham recebido uma pancada no topo da cabeça e suas expressões faciais foram moldadas pela dor daquele golpe), aqueles lábios carnudos, aquelas bocas abertas, mas sem prestar muita atenção, pois, às vezes, seus olhares perdiam-se e fixavam-se em qualquer objeto indiferente quando ele se virava; em seguida, K. indicou também os ajudantes, que estavam abraçados com as bochechas coladas e riam, não se sabia se por humildade ou por escárnio; apontou para todos eles, como se apresentando um grupo que fora compelido a ele em condições específicas e esperando (era essa a intimidade que K. visava conseguir) que Barnabé o diferenciasse deles. Mas Barnabé nem considerou a pergunta, em toda sua inocência, podia-se perceber, e deixou-a passar como faz um criado bem-comportado quando parece que o patrão lhe dirigiu a palavra; apenas olhou ao redor em referência à pergunta, acenou para cumprimentar conhecidos entre os camponeses e trocou algumas palavras com os ajudantes, tudo de forma livre e independente, sem se misturar com eles. K. voltou-se para a carta em sua mão (sentindo-se contrariado, mas não envergonhado) e a abriu. Nela, estava escrito: "Prezado cavalheiro, como é de seu conhecimento, o senhor foi admitido para os serviços senhoris. Seu superior direto será o burgomestre do vilarejo, que lhe informará a respeito de tudo relacionado ao seu trabalho e às condições salariais. É a ele que o senhor deverá prestar contas. Apesar disso, também não perderei o senhor de vista. Barnabé, o portador desta carta, perguntará sobre o senhor de tempos em tempos para se informar e repassar a mim suas vontades. Na medida do possível, estarei sempre pronto para o auxiliar. Considero muito importante a satisfação dos meus trabalhadores". A assinatura não estava legível; ao lado, lia-se impresso: "Direção da chancelaria X".

– Espere aqui! – K. exclamou ao reverente Barnabé, em seguida pediu ao estalajadeiro que lhe mostrasse um dormitório, pois queria ficar um tempo sozinho com a carta. Então, lembrou-se de que Barnabé, apesar de toda a afeição que lhe causava, não passava de um mensageiro e pediu que lhe dessem uma cerveja. Prestou atenção em como ele a aceitaria, o que aparentemente fez de muito bom grado, bebendo-a de imediato. Em seguida, K. saiu com o estalajadeiro. Naquela pequena casa, não fora possível disponibilizar a K. nada além de um pequeno cômodo no sótão, e até isso foi difícil fazer, pois foi preciso abrigar em outro lugar as duas empregadas que dormiam ali até o momento. Na verdade, nada foi feito além de mandar as empregadas embora; o cômodo continuava inalterado, não havia roupa de cama para a única cama do lugar, apenas alguns travesseiros e um cobertor de pele de cavalo; tudo estava do mesmo jeito que na noite anterior. Na parede, algumas imagens sacras e fotografias de soldados. O ambiente não fora nem mesmo ventilado; era óbvio que esperavam que o novo visitante não ficasse por muito tempo, e nada foi feito para mantê-lo por ali. K., no entanto, concordou com tudo isso, enrolou-se no cobertor, sentou-se à mesa e, à luz de uma vela, começou a reler a carta.

Não era coesa; em alguns momentos, falavam com ele como se fosse um homem livre, cujos próprios desejos eram reconhecidos, assim era o cabeçalho, assim era a parte referente às suas vontades. No entanto, havia partes nas quais, aberta ou veladamente, era tratado como um funcionário menor pouquíssimo reconhecido por qualquer pessoa naquela diretoria, que teria que se esforçar para "não o perder de vista"; seu superior não passava do burgomestre do vilarejo, a quem ainda tinha que prestar contas; talvez seu único colega fosse o policial local. Sem dúvida, eram contradições tão evidentes que só podiam ser propositais. Mal passou pela cabeça de K. que uma indecisão poderia ter contribuído para aquelas ideias sem sentido emitidas por uma autoridade daquela estirpe. Ele encarou mais como uma oferta aberta; tinham deixado a seu critério decidir o que fazer com o disposto na carta: ser um trabalhador do vilarejo com ligação distinta com o castelo, porém apenas aparente, ou um suposto trabalhador do vilarejo cuja relação de trabalho, na realidade, era totalmente determinada pelos relatórios de Barnabé. K. não hesitou em escolher, e não hesitaria mesmo se não tivesse a experiência já acumulada. Apenas como trabalhador do vilarejo, o mais afastado possível dos cavalheiros do castelo, seria capaz de conseguir alguma coisa no castelo; aquelas pessoas do vilarejo, que haviam desconfiado tanto dele, começariam a falar com ele caso se tornasse, se não um amigo, ao menos um concidadão, e, de repente, seria impossível diferenciá-lo de Gerstäcker ou de Lasemann – e tinha que acontecer muito rapidamente, pois tudo dependia daquilo, – e todos os caminhos se abririam para ele em um só golpe, caminhos que, caso levassem apenas aos cavalheiros lá de cima e a seus camaradas, estariam não apenas bloqueados para sempre, mas, sequer seriam visíveis. No entanto, havia um risco bastante enfatizado na carta, mas apresentado com certa alegria, como se fosse inescapável. Era a condição de ser trabalhador. Serviço, superior, trabalho, condições salariais, prestar conta, trabalhadores… a carta girava em torno disso, e, mesmo quando citava alguma coisa mais pessoal, era dito com base nesse ponto de vista. Se quisesse se tornar trabalhador, K. poderia, mas com toda aquela terrível seriedade, sem nenhuma outra perspectiva. K. sabia que não estava sofrendo nenhuma ameaça real; ele não a temia, muito menos aqui; no entanto, temia o poder do entorno desencorajador, a habituação a frustrações, o poder das influências imperceptíveis de cada olhar; todavia, tinha que se arriscar a lutar contra esses perigos. Ao se referir à luta, a carta também não escondia que K. tivera o arrojo de começá-la; aquilo fora dito com delicadeza, e só uma consciência inquieta – inquieta, não pesada – poderia notar; eram as três palavras "como é de seu conhecimento" em relação à sua admissão para o serviço. K. apresentara-se e, desde então, sabia que fora admitido, conforme informava a carta.

K. tirou um quadro da parede e pendurou a carta no prego; se dormiria naquele quarto, era ali que a carta deveria ficar. Em seguida, desceu para a taverna. Barnabé estava sentado a uma mesinha com os ajudantes.

– Aí está você! – K. falou sem motivo nenhum, apenas por estar feliz ao ver Barnabé, que se levantou de imediato. K. mal aparecera e os camponeses se erguiam para se aproximar; andar atrás dele já se tornara um hábito.

– O que vocês continuam querendo de mim? – K. gritou.

Eles não o levaram a mal e lentamente voltaram aos seus lugares. Ao se afastarem, um falou para o outro baixinho, em tom de explicação, com uma risada indistinta que apenas alguns perceberam:

– A gente sempre ouve algo novo – e lambeu os lábios como se o algo novo fosse uma refeição.

K. não disse nada conciliatório; era bom que o respeitassem um pouco, mas mal se sentara ao lado de Barnabé e já estava sentindo a respiração de um camponês na nuca. O homem disse que fora buscar o saleiro, mas K. bateu os pés com tanta raiva que o camponês foi embora sem saleiro nenhum. Era realmente muito fácil persuadir K., bastava incitar os camponeses contra ele, por exemplo, para que já considerasse aquele obstinado interesse pior que o acanhamento dos outros; ademais, era, de fato, um acanhamento, pois, se K. tivesse se sentado à mesa deles, com certeza eles não ficariam ali. Apenas a presença de Barnabé o impedia de fazer um escândalo. No entanto, acabou por se virar ameaçadoramente, mas os homens lhe deram as costas. Contudo, olhando para eles assim, cada qual em seu lugar, sem conversar, sem qualquer relação visível entre si senão unicamente a de estarem encarando-o, não lhe pareceu que o perseguiam por maldade; talvez realmente quisessem algo dele e não conseguiam dizê-lo, e, se não fosse isso, talvez fosse só aquela infantilidade que parecia se sentir em casa por ali; afinal, o estalajadeiro também não era infantil quando, segurando com as duas mãos um copo de cerveja que precisava levar a um cliente qualquer, parava, olhava para K. e deixava de ouvir o chamado da estalajadeira, que se debruçava para fora da janelinha da cozinha?

Mais tranquilo, K. virou-se para Barnabé. Gostaria de afastar os ajudantes, mas não tinha desculpa para fazê-lo. De todo modo, encaravam a cerveja em silêncio.

– Li a carta – K. começou. – Você sabe do que se trata?

– Não – respondeu Barnabé com olhar que parecia dizer mais que suas palavras.

Talvez K. tivesse se iludido para o bem neste caso, como ocorrera com os camponeses para o mal, ao sentir que continuava contente com sua presença.

– Também falam de você na carta. Você deve passar informações entre mim e a chancelaria de vez em quando, por isso pensei que soubesse do que se tratava.

– Apenas recebi ordens para entregar a carta – Barnabé respondeu –, esperar que você a lesse e, se achasse necessário, levar de volta uma resposta oral ou escrita.

– Bem – falou K. –, não é preciso escrever nada. Mande ao senhor Chanceler… Qual é o nome dele mesmo? Não consegui ler a assinatura.

– Klamm – disse Barnabé.

– Mande ao senhor Klamm meus agradecimentos pela receptividade e por sua particular gentileza, que aprecio muito, sobretudo por ser alguém que ainda não se acostumou com o local. Vou me comportar exatamente conforme os intentos dele. Não tenho pedidos especiais hoje.

Barnabé, que prestara bastante atenção, pediu para repetir o que foi dito para K., que o autorizou, e repetiu tudo fielmente. Em seguida, levantou-se para se despedir.

K. analisou seu rosto o tempo inteiro e assim o fez pela última vez. Barnabé tinha a mesma altura de K.; apesar disso, parecia que abaixava o olhar para ele, mas fazia-o quase humildemente; era impossível que aquele homem se envergonhasse de alguém. Era certo que era apenas um mensageiro e não conhecia o conteúdo da carta que portara, mas seu olhar, seu sorriso, seu caminhar também pareciam ser uma mensagem, mesmo sem que ele soubesse. K. estendeu-lhe a mão, o que claramente o surpreendeu, pois queria apenas fazer uma reverência.

Logo que foi embora (antes de abrir a porta, ainda se encostou no umbral e observou a sala com olhar disperso), K. disse aos ajudantes:

– Vou pegar minhas anotações no quarto para falarmos sobre o próximo trabalho.

Eles quiseram ir junto.

– Fiquem! – K. mandou.

Eles continuaram querendo ir junto. K. precisou repetir a ordem com ainda mais severidade. Barnabé não estava mais no corredor, acabara de sair.

Ainda assim, K. não o viu na frente da casa; nevara mais. Ele gritou:

– Barnabé!

Nenhuma resposta. Será que ainda estava na casa? Não parecia haver outra possibilidade. Mesmo assim, K. gritou seu nome com toda força. O nome trovejou pela noite. Então, a distância, chegou uma resposta fraca. Barnabé já estava longe. K. gritou de volta enquanto ia em sua direção; quando os dois se encontraram, não podiam mais ser vistos do alojamento.

– Barnabé – K. falou, sem conseguir impedir um tremor na voz –, queria lhe falar mais uma coisa. Percebi que é bastante ruim eu depender do acaso de sua vinda se precisar de alguma coisa do castelo. Se não o tivesse alcançado por acaso agora, e, como você voa, pensei que ainda estivesse na casa, imagine quanto tempo precisaria esperar até sua próxima aparição.

– Pode pedir à chancelaria – respondeu Barnabé – para vir sempre nas horas determinadas por você.

– Também não seria o suficiente – K. falou. – Talvez eu não queira pedir nada por um ano, mas precise de algo improrrogável quinze minutos após sua partida.

– Devo então – inferiu Barnabé – dizer à chancelaria que é preciso criar outra ligação entre eles e você que não por meu intermédio?

– Não, não – respondeu K. – Não é nada disso. Só estou falando disso por cima; desta vez tive a sorte de conseguir alcançá-lo ainda.

– Quer voltar ao alojamento para que possa me passar a nova tarefa? – sugeriu Barnabé, já dando um passo na direção da casa.

– Não precisa, Barnabé – K. falou. – Vou acompanhá-lo um pouquinho.

– Por que não quer ir para o alojamento? – Barnabé perguntou.

– As pessoas de lá me incomodam – respondeu K. – Você mesmo viu o assédio dos camponeses.

– Podemos ir para o seu quarto – afirmou Barnabé.

– É o quarto das empregadas – K. falou. – É sujo e abafado; para não precisar ficar lá, queria andar um pouco com você, mas – K. acrescentou para dominar de vez sua hesitação – tem que deixar eu me segurar em você, porque anda com mais segurança.

E K. apoiou-se em seu braço. A penumbra era total, K. não conseguia ver o rosto de Barnabé, sua silhueta não estava nítida, e ele já tentara pegar no braço dele um pouco antes.

Barnabé cedeu, e afastaram-se da taberna. Mesmo assim, K. sentia que não seria capaz de acompanhar o ritmo de Barnabé, mesmo que se esforçasse muito; sua movimentação livre atrapalhava, e, ainda que estivessem em circunstâncias normais, deveria evitar ao máximo a trivialidade de entrar em alguma ruela lateral como aquela onde K. afundara na neve pela manhã e da qual somente conseguiria sair se fosse puxado por Barnabé. Conseguiu afastar tais preocupações e consolou-se por Barnabé ficar quieto; se andassem em silêncio, avançar seria o único motivo de seguirem juntos, também para Barnabé.

Eles andavam, mas K. não sabia para onde; não conseguia reconhecer nada. Não sabia nem se já tinham passado pela igreja. Graças ao esforço que o simples caminhar exigia, era incapaz de controlar os pensamentos. Em vez de se voltarem para seu objetivo, confundiam-se. A terra natal insistia em aparecer, e as lembranças o preencheram. Lá também havia uma igreja na pracinha central; era parcialmente circundada por um cemitério antigo, envolto, por sua vez, por um muro alto. Pouquíssimos jovens haviam escalado aquele muro, e K. ainda não conseguira. Não o faziam por curiosidade, pois o cemitério não guardava mais nenhum segredo deles. Haviam entrado com frequência pelo pequeno portão gradeado, queriam apenas conquistar o muro alto. Em uma manhã – a praça silenciosa e vazia estava inundada de luz; em que outro momento K. a viu daquele jeito? –, aconteceu com surpreendente facilidade; em um lugar onde fracassara várias vezes antes, uma pequena bandeira entre os dentes, escalou o muro de primeira. O cascalho ainda rolava até lá embaixo, e ele já estava no alto. Enfiou a bandeira no chão, o vento esticando o tecido, olhou para baixo e ao redor, olhou também por cima do ombro, para as cruzes afundadas na terra; aqui e agora, ninguém era maior que ele. O professor passou por acaso e lançou a K. um olhar nervoso. K. machucou o joelho ao pular para descer e precisou se esforçar para chegar em casa, mas estivera em cima do muro. Na época, sentiu que a sensação daquela vitória lhe ofereceria amparo pela vida inteira, o que não era uma ideia completamente tola, pois, agora, após tantos anos, a sensação voltava à memória para lhe ajudar na noite nevada, nos braços de Barnabé.

Apoiava-se com mais força, Barnabé quase o arrastava, o silêncio não foi interrompido. Sobre o caminho, supondo pelo estado da rua, K. sabia apenas que não viraram em nenhuma ruela lateral. Prometera a si mesmo não parar de seguir em frente, apesar da dificuldade do caminho ou da preocupação com a volta. Afinal, sua força certamente seria suficiente para continuar se arrastando. E o caminho não era interminável, não é? Durante o dia, o castelo se apresentava diante dele como um destino fácil, e o mensageiro, por certo, conhecia o caminho mais curto.

Então, Barnabé parou. Onde estavam? Não seguiriam em frente? Será que Barnabé se despediria de K.? Ele não conseguiria. K. segurava o braço de Barnabé com tanta força que quase ele próprio sentia dor. Ou será que o inacreditável acontecera e eles já estavam no castelo ou diante de seus portões? Mas, até onde K. sabia, não tinham subido. Ou será que Barnabé o levara por um caminho tão imperceptivelmente inclinado?

– Onde estamos? – K. perguntou baixinho, mais para si mesmo que para o homem.

– Em casa – falou Barnabé no mesmo tom.

– Em casa?

– Preste atenção agora, senhor, para não escorregar. Vamos descer.

– Descer?

– São apenas alguns passos – acrescentou, batendo em uma porta logo em seguida.

Uma moça a abriu; eles estavam na soleira de uma grande sala quase totalmente escura, pois havia apenas um minúsculo lampião a óleo pendurado ao fundo, à esquerda, sobre uma mesa.

– Quem veio com você, Barnabé? – a moça perguntou.

– O agrimensor – ele respondeu.

– O agrimensor – a moça repetiu na direção da mesa. Dito isso, dois velhos, um homem e uma mulher, levantaram-se no fundo, além de mais uma moça, para cumprimentá-lo. Barnabé apresentou todas as pessoas a ele: eram seus pais e suas irmãs, Olga e Amália. K. mal olhou para eles; alguém tirou seu casaco molhado para secá-lo no aquecedor. K. permitiu.

Então, não eram os dois que estavam em casa, só Barnabé. Mas por que estavam ali? K. puxou Barnabé de lado e perguntou:

– Por que veio para casa? Ou vocês já moram na área do castelo?

– Na área do castelo? – repetiu Barnabé como se não estivesse entendendo K.

– Barnabé – K. falou –, você saiu do alojamento querendo ir para o castelo.

– Não, senhor – disse Barnabé. – Queria vir para casa; vou para o castelo bem cedo, nunca durmo lá.

– Ah… – K. respondeu. – Então não queria ir para o castelo, queria vir para cá – seu sorriso lhe pareceu frouxo, imperceptível até para si mesmo. – Por que não disse?

– Porque não perguntou, senhor – falou Barnabé. – Você ainda queria me dar um recado, mas não no alojamento nem no seu quarto, então pensei que poderia fazê-lo aqui na casa dos meus pais sem ser atrapalhado. Eles se retirarão imediatamente se você mandar; e você também pode dormir aqui conosco, se preferir. Não fiz bem em fazer isso?

K. não soube responder. Houvera um mal-entendido, um pequeno e irrelevante mal-entendido, e K. caíra totalmente nele. Encantara-se com a bem ajustada e sedosa vestimenta de Barnabé que agora a desabotoava para revelar uma camisa tosca, branco-amarelada e cheia de manchas por cima do peito forte e torneado de um servo. E tudo ao redor não apenas correspondia àquela imagem, mas a superava; o pai velho e reumático que se aproximava mais com a ajuda das mãos tateantes que das pernas rígidas lentamente arrastadas; a mãe com as mãos apertadas sobre o peito e que, graças à sua corpulência, também só conseguia dar passos diminutos. Ambos, pai e mãe, tinham saído do seu canto e aproximavam-se de K. desde que ele entrara, mas ainda estavam longe de alcançá-lo. As irmãs, loiras e parecidas entre si e com Barnabé, mas com traços mais grossos que os dele, moças grandes e fortes, circundavam os recém-chegados e esperavam de K. algum cumprimento qualquer. Ele, porém, não conseguiu dizer nada; acreditara que todos dariam importância a ele ali no vilarejo, e fora assim mesmo, mas justamente aquelas pessoas não lhe deram a mínima. Se conseguisse fazer o percurso sozinho de volta ao alojamento, teria ido embora imediatamente. A possibilidade de ir ao castelo com Barnabé logo cedo não lhe atraiu nem um pouco. Queria ter entrado no castelo agora, durante a noite, despercebido e guiado por Barnabé, mas por aquele Barnabé que vislumbrara até o momento, um homem mais parecido com ele que todos os que encontrara ali até o momento e o qual acreditara ser intimamente ligado ao castelo, muito além da importância aparente. No entanto, era impossível, uma tentativa risível e irremediavelmente desiludida, ir ao castelo em plena luz do dia pendurado no braço do filho dessa família, à qual ele realmente pertencia e com a qual já estava sentado à mesa, um homem que obviamente não podia nem dormir no castelo.

K. sentou-se em um banco à janela, decidido a passar a noite ali e não exigir nenhum serviço da família. As pessoas do vilarejo que o dispensavam ou o temiam lhe pareciam inofensivas, pois, na realidade, remetiam-no a si mesmo, ajudavam-no a recuperar as forças. No entanto, aqueles supostos ajudantes que, em vez de o levarem ao castelo, o levavam à sua família por meio de um pequeno disfarce o distraíam, querendo eles ou não, e estavam trabalhando para acabar com suas forças. Ele nem atendeu ao chamado convidando-o para a mesa da família e permaneceu cabisbaixo em seu banco.

Então Olga, a mais gentil das irmãs, levantou-se mostrando um pouco de embaraço juvenil, dirigiu-se a K. e pediu que viesse se sentar à mesa. Eles haviam preparado pão e bacon, e ela iria buscar a cerveja.

– Onde? – K. perguntou.

– No alojamento – ela respondeu.

K. achou ótimo. Pediu-lhe que não fosse buscar cerveja, mas o acompanhasse até o alojamento, pois ainda tinha trabalhos importantes a fazer por lá. Contudo, descobriu que ela não queria ir até o alojamento dele, que era longe, mas em um muito mais perto, a Estalagem dos Cavalheiros. K. pediu para acompanhá-la mesmo assim, talvez, pensara, houvesse alguma possibilidade de acomodação por lá; não importava o estado, preferiria dormir nela que na melhor cama daquela casa. Olga não respondeu de imediato e olhou para a mesa. O irmão levantara-se, confirmou solícito com a cabeça e disse:

– Se o senhor assim deseja...

Aquela concordância quase fez K. retirar seu pedido; apenas um fracassado era capaz de concordar com aquilo. No entanto, quando alguém perguntou se deixariam K. entrar no alojamento e todos duvidaram, ele insistiu em ir sem se dar ao trabalho de encontrar um motivo compreensível para seu pedido; aquela família tinha que o aceitar como ele era, era evidente que não sentia vergonha dela. Somente Amália deixava-o um pouco inseguro com aquele olhar sério, direto, intocável e talvez também um pouco vazio.

No breve caminho até o alojamento – K. pendurou-se em Olga e não pôde evitar ser carregado por ela quase como seu irmão fizera anteriormente –, descobriu que aquela estalagem, na realidade, era designada apenas aos cavalheiros do castelo, que lá comiam e, às vezes, pernoitavam quando precisavam fazer alguma coisa no vilarejo. Olga conversava com K. em voz baixa e de jeito familiar; era agradável andar com ela quase como era com seu irmão. K. lutou contra aquele bem-estar, que persistiu.

Por fora, o alojamento era muito parecido com aquele onde K. dormia e não havia nenhuma grande diferença no vilarejo, mas era possível notar pequenas distinções logo de cara: a escada da frente tinha corrimão, uma bela lanterna estava pendurada acima da porta. Ao entrarem, um tecido balançou sobre suas cabeças: era uma bandeira com as cores condais. O estalajadeiro, que estava claramente fazendo uma ronda de supervisão, logo se encontrou com eles no corredor. Passou os pequenos olhos verificadores ou cansados por K. e disse:

– O senhor Agrimensor pode ir somente até o bar.

– Está bem – respondeu Olga, que logo explicou a presença de K. – Ele só está me acompanhando.

K., no entanto, sem agradecer, livrou-se de Olga e chamou o estalajadeiro de lado. Enquanto isso, Olga esperou pacientemente no fim do corredor.

– Gostaria de pernoitar aqui – K. falou.

– Infelizmente, isso não será possível – respondeu o estalajadeiro. – Talvez o senhor ainda não saiba. O estabelecimento é designado exclusivamente para os cavalheiros do castelo.

– Pode até ser esse o regulamento – afirmou K. – Mas certamente é possível me deixar dormir em algum canto.

– Gostaria de abrir uma exceção e atendê-lo – falou o estalajadeiro. – Porém, apesar da austeridade do regulamento, sobre o qual o senhor fala como forasteiro, seu pedido é impraticável, porque os cavalheiros são extremamente sensíveis. Estou certo de que não seriam capazes de suportar a visão de um forasteiro assim tão sem preparo; portanto, se o autorizasse a pernoitar aqui e o senhor fosse descoberto por acaso (e os acasos estão sempre do lado dos cavalheiros), eu estaria perdido, e o senhor também. Parece ridículo, mas é verdade. – Aquele homem alto e reservado, com uma mão apoiada na parede e a outra no quadril, as pernas cruzadas, um pouco afastado de K., falava com ele sigilosamente e quase não parecia pertencer ao vilarejo, apesar da vestimenta escura parecer a roupa de festa de um camponês.

– Acredito piamente no senhor – K. respondeu. – E tampouco menosprezo a importância do regulamento, talvez eu tenha me expressado mal. Gostaria apenas de chamar sua atenção para o fato de que tenho relações valiosas no castelo e farei outras ainda mais importantes que o protegerão contra qualquer perigo que possa surgir em decorrência da minha estada aqui, e garanto-lhe que sou apto a agradecer-lhe do mesmo modo pelo pequeno favor.

– Eu sei – o estalajadeiro falou, repetindo mais uma vez – Eu sei disso.

Agora K. poderia fazer seu pedido explicitamente, mas aquela resposta o desconcertou e, por isso, acabou perguntando apenas:

– Há muitos cavalheiros do castelo dormindo aqui hoje?

– Nesse sentido, temos isso a nosso favor esta noite – afirmou o estalajadeiro, nitidamente incitado. – Só sobrou um cavalheiro.

K. continuou sem conseguir agir e esperava que estivesse quase sendo aceito; então, perguntou o nome do cavalheiro.

– Klamm – respondeu o estalajadeiro à meia boca enquanto se virava para sua mulher, que chegava chamando a atenção com suas roupas peculiarmente usadas, velhas, cheias de babados e dobras, porém urbanas e finas. Ela veio chamar o estalajadeiro, pois o senhor chanceler estava pedindo alguma coisa. Antes de sair, o estalajadeiro virou-se de novo, como se fosse o próprio K. quem devesse decidir sobre a hospedagem, não ele. K. não foi capaz de dizer nada; o fato de seu superior estar ali o deixou atordoado. Não conseguia entender direito, mas não se sentia tão livre em relação a Klamm quanto se sentira antes em relação ao castelo. Ser apanhado ali não seria um susto para K. segundo a perspectiva do estalajadeiro, mas uma impertinência vergonhosa, como se, descuidadamente, tivesse causado dor a alguém a quem deveria ser grato; além disso, muito o deprimiu perceber que em tais reflexões já estavam nitidamente reveladas as temidas consequências da subalternidade, da condição de ser trabalhador, as quais não era capaz de sobrepujar ao surgirem com tanta obviedade. Portanto, ficou em pé, mordeu os lábios e não disse nada. Mais uma vez, antes de sumir por uma porta, o estalajadeiro olhou para K., que ficou o observando e não saiu do lugar até Olga chegar para levá-lo embora.

– O que você quer com o estalajadeiro? – Olga perguntou.

– Queria dormir aqui – K. respondeu.

– Mas você dormirá conosco – Olga retrucou, surpresa.

– Sim, é verdade – K. falou e deixou que ela subentendesse a intenção daquelas palavras.

Capítulo 3

No bar, um cômodo grande com o centro totalmente vazio, alguns camponeses estavam sentados em barris dispostos ao lado das paredes, mas eram diferentes das pessoas do alojamento de K. Eram mais limpas e usavam roupas de um tecido amarelo-acinzentado mais rústico, as jaquetas eram bufantes, as calças tinham bom caimento. Eram homens pequenos, à primeira vista muito parecidos entre si, com rostos lisos, ossudos e, ainda assim, redondos. Todos estavam quietos e quase não se mexiam, apenas acompanhavam os recém-chegados com olhar lento e indiferente. Apesar disso, por serem tantos e por estar tão silencioso, causaram efeito em K. Ele tornou a segurar o braço de Olga para, assim, explicar sua presença às pessoas. Em um canto, um conhecido de Olga, levantou-se e quis se aproximar dela, mas K. virou-a para outra direção com o braço entrelaçado. Ninguém além dela conseguiu perceber, e ela permitiu que fizesse isso olhando-o de lado e sorrindo.

A cerveja foi servida por uma jovem moça chamada Frieda. Era loira, pequena e sem graça, olhos tristes e rosto magro, mas impressionava pelo olhar, um olhar de grande superioridade. Quando aquele olhar recaiu sobre K., teve a sensação de que resolvera certas coisas sobre ele, coisas de cuja existência ele nem sabia, mas da qual o olhar o convencera. K. não parou de observar Frieda de esguelha enquanto conversava com Olga. As duas não pareciam ser amigas, trocaram apenas algumas palavras frias. K. quis ajudar e, por isso, perguntou abruptamente:

– A senhora conhece o cavalheiro Klamm?

Olga deu risada.

– Por que está rindo? – K. perguntou, irritado.

– Não estou rindo – disse, mas continuou dando risada.

– Olga ainda é uma mocinha bastante infantil – K. falou inclinando-se bem por cima da mesa, para atrair o olhar de Frieda de novo para si. Ela, no entanto, o manteve baixo e disse quase sussurrando:

– Quer ver o cavalheiro Klamm?

K. disse que sim. Ela indicou uma porta logo à esquerda.

– Aqui há um pequeno postigo, pode olhar por ele.

– E as pessoas? – K. perguntou.

Frieda fez um bico com o lábio inferior e puxou K. para a porta com uma mão incrivelmente macia. Pelo postigo, ele conseguia ver quase todo o cômodo lateral, cuja função óbvia era ser usado para observações.

Em uma escrivaninha no meio do dormitório, sentado em uma confortável cadeira de encosto redondo e bem iluminado pela lâmpada baixa, estava o cavalheiro Klamm. Era um homem de estatura média, robusto, corpulento. Seu rosto ainda era firme, mas as bochechas já estavam um pouco caídas pelo peso da idade. O bigode preto era bastante comprido. Os olhos estavam escondidos pelo reflexo de um pincenê bem assentado. Se o cavalheiro Klamm estivesse sentado corretamente à mesa, K. teria visto apenas seu perfil; no entanto, como estava bastante inclinado, foi possível ver todo seu rosto. O cotovelo esquerdo de Klamm estava apoiado na mesa, a mão direita segurando um livro de Virginia que descansava sobre o joelho. Em cima da mesa, havia um copo de cerveja; como a borda da mesa era alta, K. não pôde ver com clareza se havia escritos por ali, mas teve a sensação de que estava vazia. Para ter certeza, pediu a Frieda que olhasse pelo buraco e lhe informasse a esse respeito. Como ela estivera no quarto havia pouco tempo, afirmou, sem mais confirmações, que não havia escritos lá. K. perguntou a Frieda se ele precisava ir embora, e ela respondeu que podia observar pelo tempo que quisesse.

K. ficou sozinho com Frieda; notou de relance que Olga encontrara o caminho para seus conhecidos e balançava os pés em cima de um barril alto.

– Frieda – K. sussurrou –, a senhora conhece bem o cavalheiro Klamm?

– Ah, sim – respondeu. – Muito bem.

Ela se encostou ao lado de K. e, brincando, ajeitou a blusa creme leve e bem cortada; somente agora ele notou como tinha caimento estranho naquele corpo magro. Em seguida, ela disse:

– O senhor não se lembra da risadinha de Olga?

– Lembro, aquela malcriada – K. respondeu.

– Então... – ela continuou em tom conciliatório. – Ela tinha motivos para rir. O senhor perguntou se conheço Klamm, e acontece que eu... – neste momento, empertigou-se sem perceber e virou-se para K. com olhar ainda mais vitorioso, o que não era nada coerente com o que estava sendo dito. – Bem, sou a amante dele.

– Amante de Klamm? – K. repetiu.

Ela assentiu.

– Então, acho que a senhora – K. disse sorrindo para não deixar que uma seriedade excessiva surgisse entre eles – é uma pessoa bastante respeitável.

– Não é apenas o senhor que pensa assim – Frieda falou alegre, mas sem corresponder ao sorriso.

K. tinha um antídoto para a arrogância dela e o utilizou, perguntando:

– A senhora já esteve no castelo?

Mas não adiantou, pois ela respondeu:

– Não, mas ficar aqui no bar já não é o bastante?

Nitidamente, sua ambição era grande e parecia que ela queria saciá-la com K.

– Certamente – disse K. – Aqui no bar a senhora conhece bem o trabalho do estalajadeiro.

– É isso mesmo – ela respondeu. – E comecei trabalhando no estábulo do Alojamento da Ponte.

– Com essas mãos tão macias? – K. meio afirmou, meio questionou, sem saber se a estava bajulando ou se realmente fora conquistado por ela. Suas mãos eram, de fato, pequenas e macias; mas também poderiam ter sido chamadas de fracas e inexpressivas.

– Nunca ninguém falou assim delas – revelou. – Até agora.

K. olhou-a com ar interrogativo. Ela balançou a cabeça e não quis falar mais nada.

– É claro que a senhora tem seus segredos – K. falou – e não conversará sobre eles com alguém que conheceu há meia hora e que não teve a oportunidade de lhe dizer quais são suas verdadeiras intenções.

Aquela observação, no entanto, não foi adequada, pois pareceu despertar Frieda de um sono agradável. Ela tirou um pequeno pedaço de madeira da bolsinha de couro que carregava pendurada no cinto, tampou o postigo com ele e disse a K., aparentemente decidida a impedir que notasse a mudança em sua postura:

– Já sei tudo a seu respeito; o senhor é o agrimensor – acrescentou –, mas agora tenho que ir trabalhar – e foi para seu lugar atrás do balcão enquanto algumas pessoas se levantaram aqui e ali para que enchesse seus copos vazios.

K. queria falar com ela discretamente de novo; por isso, pegou um copo vazio de um suporte e foi em sua direção.

– Só mais uma coisa, senhorita Frieda – disse. – Passar de empregada do estábulo a garçonete de bar é extraordinário e requer uma força admirável, mas será que essa pessoa acha que alcançou seu objetivo final? É uma pergunta sem sentido. Não ria de mim, senhorita Frieda, seus olhos não revelam tanto suas batalhas passadas nem as futuras. Mas o mundo tem grandes obstáculos, e eles vão se tornar maiores quanto maiores forem os objetivos, e não há vergonha nenhuma em garantir ajuda, mesmo se ela vier de um homem pequeno e pouco influente, mas também um homem de luta. Talvez possamos conversar com calma, sem sermos encarados por tantos olhos.

– Não sei o que o senhor está querendo – ela disse em um tom que, desta vez, não revelava as vitórias de sua vida contra sua vontade, mas soava como intermináveis decepções. – O senhor está querendo me afastar de Klamm? Ó céus! – e juntou as mãos com força.

– A senhora leu meus pensamentos – K. falou, como se estivesse exausto com tanta desconfiança. – Essa era minha intenção secreta. A senhora deve largar Klamm e tornar-se minha amante. Bem, agora já posso ir embora. Olga! – K. gritou. – Vamos para casa.

Obediente, Olga desceu do barril, mas não se afastou imediatamente dos amigos que a cercavam. Então, Frieda falou baixinho, olhando ameaçadoramente para K.:

– Quando posso conversar com o senhor?

– Posso passar a noite aqui? – K. perguntou.

– Pode – Frieda respondeu.

– Posso ficar direto?

– Vá embora com Olga para que eu possa me livrar das pessoas. Daqui a pouquinho o senhor pode vir.

– Está bem – K. falou e esperou Olga com impaciência. Mas os camponeses não a deixavam sair, inventaram uma dança cujo foco era ela, dançavam à sua volta, e, quando todos gritavam em uníssono, um deles se aproximava dela, envolvia-a firmemente com o braço em seu quadril, girava-a algumas vezes, enquanto o círculo ao seu redor dava voltas cada vez mais rápidas, a gritaria sedenta e rouca quase os tornando um só. Olga, que no início quis furar o círculo sorrindo, agora cambaleava de um homem para o outro, esvoaçando o cabelo solto.

– Mas que gentinha que me mandam para cá – falou Frieda e, preocupada, mordeu os lábios finos.

– Quem são eles? – K. perguntou.

– A criadagem de Klamm – Frieda respondeu. – Ele sempre traz essa gente, e sua presença acaba comigo. Nem sei direito o que conversei com o senhor hoje, senhor Agrimensor; se foi alguma coisa ruim, peço-lhe que me perdoe, a culpa é da presença dessa gentinha aí. Não conheço nada mais desprezível e repulsivo que eles e ainda preciso encher seus copos de cerveja. Quantas vezes pedi a Klamm que os deixasse em casa; já preciso aguentar a criadagem dos outros cavalheiros. Ele poderia muito bem pensar um pouco em mim, mas todos os pedidos são em vão. Uma hora antes da sua chegada, eles já correm aqui para dentro como gado no estábulo. Mas agora devem mesmo ir para o estábulo, que é seu lugar. Se o senhor não estivesse aqui, eu escancararia essa porta e o próprio Klamm precisaria levá-los para fora.

– Ele não os ouve? – K. questionou.

– Não – Frieda respondeu. – Ele está dormindo.

– O quê? – K. gritou. – Dormindo? Quando olhei no quarto, ainda estava acordado sentado à mesa.

– Ele sempre fica sentado assim – Frieda respondeu –, mas, quando o senhor o observou, já estava dormindo. Caso contrário, como o deixaria espiar? Aquela é sua posição de dormir, os cavalheiros dormem bastante, não dá nem para entender. Além disso, como conseguiria aguentar essa gente se não dormisse tanto? Mas, agora, eu mesma terei que me livrar deles.

Ela pegou um chicote encostado em um canto e deu um único salto não muito seguro; parecia um cordeirinho saltando na direção dos dançarinos. Primeiro, eles se viraram para ela como se uma nova dançarina tivesse chegado, e, por um momento, realmente pareceu que Frieda queria largar o chicote, mas, então, levantou-o mais uma vez.

– Em nome de Klamm! – ela gritou – Para o estábulo! Todos para o estábulo!

Eles perceberam que ela falava sério; tomados por um medo que K. não conseguia compreender, começaram a se espremer no fundo da sala, a pancada do primeiro abriu uma porta, o ar da noite soprou para dentro, e todos sumiram com Frieda que, certamente, os guiava até o estábulo através do pátio.

Naquele silêncio repentino, porém, K. ouviu passos no corredor. Para se proteger de alguma forma, pulou para trás do balcão, a única oferta de esconderijo possível. É verdade que não o proibiram de ficar no bar, mas, como queria dormir ali, tinha que evitar ser visto. Por isso, escorregou para baixo da mesa quando a porta, de fato, se abriu. Ser encontrado ali não deixava de ser perigoso, mas não seria inverossímil se dissesse que estava escondido daqueles camponeses selvagens. Era o estalajadeiro.

– Frieda! – chamou, indo e vindo algumas vezes.

Por sorte, Frieda voltou logo e não mencionou K., apenas reclamou dos camponeses e foi para trás do balcão na intenção de procurá-lo. Ali, K. pôde encostar em seu pé e passou a se sentir mais protegido. Como Frieda não mencionou K., o estalajadeiro finalmente o fez:

– E onde está o agrimensor? – perguntou. Ele realmente era um homem cortês, fino e bem-educado graças ao contínuo e relativamente livre contato com homens de altíssima classe, mas falava com Frieda de modo particularmente respeitoso, o que era bastante notável, sobretudo porque, apesar da conversa, não deixava de ser um empregador perante uma empregada, e uma empregada bastante atrevida, ainda por cima.

– Já tinha me esquecido completamente dele – Frieda falou e encostou o pequeno pé no peito de K. – Foi embora faz tempo.

– Mas não o vi indo embora – refutou o estalajadeiro. – E fiquei quase o tempo inteiro no corredor.

– Bom, aqui ele não está – disse Frieda friamente.

– Talvez tenha se escondido – sugeriu o estalajadeiro. – Pela impressão que tive dele, acho que poderia muito bem fazer uma coisa dessas.

– Ele não teria essa audácia – afirmou Frieda e pressionou o pé com ainda mais força contra K. Ela tinha um jeito um tanto alegre e livre que K. não percebera antes e era muito improvável que perdesse o controle, quando, de repente, disse sorrindo:

– Talvez ele tenha se escondido aqui embaixo.

Então, abaixou-se na direção de K., deu-lhe um beijo às escondidas, pulou de volta e, chateada, falou:

– Não, aqui ele não está.

Mas o estalajadeiro também deu motivos para impressioná-lo, pois disse:

– Fico muito desconfortável por não saber com certeza se ele foi embora. Não se trata apenas do cavalheiro Klamm; trata-se também do regulamento. A prescrição aplica-se tanto a você, senhorita Frieda, quanto a mim.

Você fica responsável pelo bar, vou procurá-lo pelo restante da casa. Boa noite! E bom descanso!

Ele mal saíra do cômodo, Frieda já apagara a luz elétrica e estava com K. embaixo do balcão.

– Meu amor! Meu docinho! – ela sussurrou, sem encostar em K. Como desmaiada de amor, deitou-se de costas com os braços abertos; o tempo certamente era infinito para seu bem-aventurado amor, e passou a suspirar uma musiquinha, mais que a cantar. Então, assustou-se ao ver K. quieto imerso em pensamentos e começou a puxá-lo como uma criança:

– Vamos, já estamos sufocando aqui embaixo!

Eles se abraçaram; aquele corpo pequeno ardia nas mãos de K.; rolaram sem rumo, enquanto ele tentava se salvar sem conseguir; avançaram alguns passos, deram uma batida seca na porta de Klamm e acabaram em cima de pequenas poças de cerveja e todo o tipo de sujeira que cobria o chão. Assim, passaram horas, horas de respirações compassadas, de corações compassados, horas nas quais K. tinha a constante sensação de ter se perdido ou de ter ido tão longe no desconhecido que ele, um forasteiro, não conhecia mais ninguém, um lugar onde nem mesmo o ar era composto dos mesmos elementos do ar que conhecia, onde era preciso sufocar-se com o desconhecido e não se podia fazer nada contra as tentações sem sentido, a não ser continuar, a não ser continuar se perdendo. Foi assim que, pelo menos a princípio, ele não se assustou quando uma voz profunda, imperativa e indiferente chamou por Frieda do quarto de Klamm, despertando-o para um reconfortante amanhecer.

– Frieda – K. disse na orelha dela, repassando o chamado.

Em uma obediência servil e natural, Frieda quis se levantar, mas então se lembrou de onde estava, espreguiçou-se, sorriu em silêncio e falou:

– Não vou, nunca mais vou atendê-lo.

K. quis contestá-la, empurrá-la para atender Klamm, começou a procurar as peças de sua blusa, mas não conseguiu falar nada; ele também estava feliz por continuar com Frieda em suas mãos; estava feliz e com medo, pois lhe parecia que, se Frieda o deixasse, perderia tudo que tinha. E, como se

Frieda estivesse mais forte graças ao consentimento de K., fechou o punho para bater na porta e bradou:

– Estou com o agrimensor! Estou com o agrimensor!

Klamm ficou quieto. Mas K. levantou-se, ajoelhou-se ao lado de Frieda e olhou ao redor na difusa luz do alvorecer. O que acontecera? Onde estavam suas esperanças? O que poderia esperar de Frieda agora que tudo fora revelado? Em vez de avançar com o máximo de cuidado, considerando o tamanho do inimigo e dos seus objetivos, ele rolara uma noite inteira em poças de cerveja de odor atordoante.

– O que você fez? – perguntou a si mesmo. – Nós dois estamos perdidos.

– Não – Frieda disse –, apenas eu estou perdida, mas ganhei você. Fique quieto. Veja só como os dois riem.

– Quem? – K. perguntou, virando-se. Seus dois ajudantes estavam sentados no balcão, um pouco sonolentos, mas contentes; era a alegria trazida pelo leal cumprimento das obrigações. – O que querem aqui? – K. gritou como se fossem culpados por tudo. Procurou ao redor pelo chicote usado à noite por Frieda.

– Tivemos que o procurar – os ajudantes disseram. – Como não voltou para a taberna lá embaixo, procuramos por você na casa de Barnabé e finalmente o encontramos aqui. Ficamos sentados aqui a madrugada inteira. O trabalho não é fácil.

– Preciso de vocês durante o dia, não em plena madrugada – K. disse. – Sumam daqui!

– Agora já é dia – disseram sem se mexer. De fato, era dia; a porta do pátio foi aberta, e os camponeses correram para dentro com Olga, de quem K. se esquecera por completo. Olga estava tão vivaz quanto à noite, apesar de suas roupas e de seu cabelo estarem péssimos; seus olhos procuravam por K. já da porta.

– Por que não foi comigo para casa? – falou quase aos prantos. – Por causa de uma rapariga como essa! – disse, repetindo isso algumas vezes.

Frieda, que sumira por um momento, voltou com uma pequena trouxa de roupas. Olga deu um passo triste para o lado.

– Agora podemos ir – Frieda disse; era evidente que queria ir à Estalagem da Ponte.

K. e Frieda, atrás deles os ajudantes, assim se formou a comitiva. Os camponeses demonstravam bastante desprezo por Frieda; era compreensível, pois ela os mantivera rigorosamente sob controle até agora; um deles até pegou um galho e colocou-o como se não quisesse deixá-la passar de outra forma senão pulando, mas seu olhar bastou para domá-lo. K. respirou fundo na neve lá fora. A felicidade por estar ao ar livre era tão grande que, desta vez, as dificuldades do caminho foram suportáveis; se K. estivesse sozinho, teria andado ainda melhor. Chegando no alojamento, foi imediatamente para seu quarto e deitou-se na cama; Frieda ajeitou-se ao seu lado no chão. Os ajudantes invadiram e foram expulsos, mas entraram de novo pela janela. K. estava cansado demais para expulsá-los mais uma vez. A estalajadeira subiu para cumprimentar Frieda e foi chamada por ela de "mãezinha". Houve um incompreensível e amoroso cumprimento com beijinhos e longos apertos. Não tiveram muito sossego no quartinho; com frequência, as empregadas subiam batendo suas botas masculinas para trazer ou buscar alguma coisa. Se precisassem de algo na cama cheia de coisas, não hesitavam em procurar e puxar debaixo de K. Frieda as cumprimentava como iguais. Mesmo com toda aquela agitação, K. ficou na cama o dia e a noite inteiros. Frieda lhe deixou pequenas coisas à mão. Quando finalmente se levantou na manhã seguinte, bastante recuperado, era o quarto dia da sua estada no vilarejo.

Capítulo 4

Ele gostaria de ter conversado com Frieda em particular, mas a presença inútil e incômoda dos ajudantes, com os quais ela brincava e ria de vez em quando, o impediu. Contudo, eles não eram muito exigentes, tinham se instalado em um canto no chão, debaixo de dois casacos velhos de mulher. Contaram a Frieda que seu anseio era não atrapalhar o senhor Agrimensor e queriam ocupar o mínimo de espaço possível; fizeram várias tentativas nesse sentido; entre ceceios e risadinhas, cruzaram os braços e as pernas, acocoraram-se juntos, e, no crepúsculo, via-se apenas uma grande massa disforme no canto em que estavam. No entanto, infelizmente, pela experiência acumulada durante o dia, sabia-se que eram observadores bastante atenciosos, encaravam K. o tempo inteiro, mesmo quando fingiam brincar infantilmente usando as mãos como binóculos, ou faziam bobagens semelhantes, ou olhavam para ele de soslaio enquanto simulavam estar ocupados cuidando das estimadíssimas barbas, comparando comprimentos e volumes inúmeras vezes e pedindo a Frieda que as julgasse em seguida.

Com frequência, K. observava a movimentação dos três da sua cama com completa indiferença.

Então, quando finalmente se sentia forte o bastante para sair da cama, todos se apressavam em servi-lo. No entanto, ele nunca estava forte o bastante a ponto de conseguir dispensar todos aqueles serviços e notou que, daquele jeito, se tornava dependente deles, o que poderia ter consequências ruins, mas não via alternativa a não ser deixar acontecer. Não era nada muito desagradável sentar-se à mesa e tomar o café gostoso que Frieda buscara, esquentar-se no aquecedor que Frieda acendera, deixar que os ajudantes descessem e subissem as escadas apressados e destrambelhados para trazer água, sabão, pente e espelho e, por fim, ao ouvir o pedido baixo, mas explícito de K., também um copinho de rum.

Em meio àqueles comandos e àquelas serventias, K. disse, mais por conveniência que pela esperança de obter sucesso:

– Vão embora, vocês dois. Agora não preciso de mais nada e quero conversar a sós com a senhorita Frieda.

E, por não ver relutância em seus rostos, acrescentou para compensar:

– Nós três vamos ver o burgomestre. Esperem por mim lá embaixo no bar.

Surpreendentemente, eles obedeceram, não sem dizer antes de sair:

– Podíamos esperar aqui também.

E K. respondeu:

– Eu sei, mas não quero.

Frieda, que se sentara em seu colo depois que os ajudantes foram embora, fez uma pergunta que K. achou irritante, mas, em certo sentido, também bem-vinda:

– O que você tem contra os ajudantes, meu amor? Não precisamos guardar segredo deles. Eles são leais.

– Leais, sei… – K. respondeu. – Estão o tempo todo à espreita, o que seria detestável, se não fosse absurdo.

– Acho que entendo – ela disse, pendurando-se em seu pescoço e querendo dizer mais alguma coisa sem conseguir continuar; como a poltrona ficava bem ao lado da cama, os dois viraram-se e caíram nela. Ficaram deitados, porém não tão entregues quanto na outra noite. Ela procurava alguma coisa, e ele procurava alguma coisa; raivosos, incisivos, enfiavam a cabeça um no peito do outro, procurando em meio a caretas; abraços e corpos agitados não os deixavam esquecer, lembravam-nos da obrigação de procurar; como cachorros farejando incertos o chão, um farejava o corpo do outro; e desemparados, desiludidos, querendo ainda uma última alegria; por vezes, passavam as línguas deslizantes pelo rosto um do outro. Somente o cansaço os fez parar, mutuamente agradecidos. Então, as empregadas subiram.

– Olha só como ficam deitados aí – disse uma delas jogando um lençol sobre eles por pena.

Mais tarde, livrando-se do lençol e olhando ao redor, K. não se surpreendeu ao encontrar os ajudantes de volta no canto, apontando para K., um mandando o outro fechar a cara; além deles, contudo, encontrou também a estalajadeira afundada na cadeira ao lado da cama e costurando uma meia, trabalho delicado que pouco combinava com sua silhueta enorme que quase escurecia o quarto.

– Já estou esperando faz tempo – disse, levantando aquele rosto largo permeado de rugas, mas que, em geral, ainda era liso e talvez tivesse sido belo.

As palavras soaram como uma acusação sem sentido, uma vez que K. não pedira que fosse até lá. Por isso, concordou com suas palavras balançando a cabeça e sentou-se aprumado. Frieda também se levantou, deixou K. e encostou-se na poltrona da estalajadeira.

– Dona Estalajadeira – K. falou meio aéreo –, será que isso que a senhora tem para me dizer não pode esperar eu voltar do burgomestre? Tenho uma reunião importante com ele.

– Isso aqui é mais importante, acredite, senhor Agrimensor – a estalajadeira respondeu. – É provável que lá vocês falem apenas sobre trabalho, mas aqui se trata de uma pessoa, de Frieda, minha querida criada.

– Ah, certo – K. falou. – Então está bem. Só não entendo por que esse assunto não é apenas da nossa conta.

– Por amor, por preocupação – afirmou a estalajadeira sentada, puxando para si a cabeça de Frieda, que, em pé, alcançava apenas seu ombro.

– Como Frieda confia tanto na senhora – K. disse –, eu não poderia fazer diferente. E, como ela há pouco disse que meus ajudantes são leais, então estamos entre amigos aqui. Portanto, dona Estalajadeira, posso afirmar para a senhora que acredito que a melhor coisa a fazer é Frieda e eu nos casarmos, e muito em breve. No entanto, é uma pena que não sou capaz de compensar Frieda pelo que ela perdeu por minha causa, ou seja, o cargo na Estalagem dos Cavalheiros e a amizade de Klamm.

Frieda ergueu o rosto, os olhos estavam cheios de lágrimas, não havia sinal de vitória ali.

– Por que eu? Por que fui designada justamente para isso?

– Quê? – K. e a estalajadeira perguntaram ao mesmo tempo.

– Ela está perturbada, pobrezinha – disse a estalajadeira. – Perturbada com a coincidência de tantas alegrias e tristezas.

E, como para confirmar essas palavras, Frieda encostou-se em K., beijando-o loucamente como se não houvesse mais ninguém no quarto, e, em seguida, caiu de joelhos aos prantos diante dele sem o largar. K., acariciando o cabelo de Frieda com as duas mãos, perguntou à estalajadeira:

– Parece que a senhora está me dando razão?

– O senhor é um homem de palavra – afirmou a estalajadeira, também com a voz embargada, parecendo um pouco abatida e respirando com dificuldade. Apesar disso, conseguiu ainda reunir forças e continuou. – Agora, precisamos apenas considerar as garantias que o senhor precisa conceder a Frieda, pois, apesar de gozar de grande respeito da minha parte, o senhor não deixa de ser um forasteiro, não tem relações com ninguém, e suas relações familiares são desconhecidas por aqui. Portanto, garantias são necessárias, o senhor entenderá, querido senhor Agrimensor, pois você mesmo enfatizou quanto Frieda perderá com essa relação.

– Claro, garantias, certamente… – K. afirmou. – Elas serão dadas de preferência perante o tabelião, mas talvez outros órgãos condais também participem. Aliás, é imprescindível resolver ainda uma coisa antes do casamento. Preciso conversar com Klamm.

– Isso é impossível – Frieda respondeu, erguendo-se um pouco e encostando-se em K. – Mas que ideia!

– Preciso mesmo – K. falou. – Se for impossível para mim, então você precisa fazê-lo.

– Não posso, K., não posso – Frieda retrucou. – Klamm nunca vai conversar com você. Como pode acreditar que Klamm conversará com você?

– E com você, ele conversaria? – K. perguntou.

– Também não – respondeu Frieda. – Nem com você, nem comigo, é simplesmente impossível.

Ela virou-se para a estalajadeira com os braços abertos:

– A senhora está vendo, dona Estalajadeira, o que ele exige?

– O senhor é uma figura, senhor Agrimensor – falou a estalajadeira. A forma como estava sentada era assustadora, as pernas afastadas, os fortes joelhos proeminentes marcados pela saia fina. – O senhor está exigindo coisas impossíveis.

– Por que impossíveis? – K. perguntou.

– Eu lhe explicarei – afirmou a estalajadeira em tom que indicava que aquela explicação não seria um último favor, mas a primeira penalidade imposta. – Explicarei com prazer. Não pertenço ao castelo, sou apenas uma mulher, apenas a estalajadeira de um alojamento de última categoria (não é de última categoria, mas não está muito longe disso), e pode ser que o senhor não dê muito crédito à minha explicação, mas mantive os olhos bem abertos durante a vida inteira e já encontrei muita gente e carreguei sozinha todo o peso da hospedaria, pois meu marido é um bom moço, mas não é um estalajadeiro e nunca compreenderá o que é ter responsabilidades. O senhor, por exemplo, só tem a agradecer à negligência dele por estar aqui no vilarejo (naquela noite, eu estava morta de cansaço), por estar sentado aqui nesta cama em paz e conforto.

– Como? – K. perguntou despertando de certo alheamento, conturbado mais pela curiosidade que pela raiva.

– Só tem a agradecer à negligência dele! – a estalajadeira gritou desta vez, o dedo apontado para K.

Frieda tentou acalmá-la.

– O que você quer? – a estalajadeira perguntou, virando rapidamente aquele corpanzil. – O senhor agrimensor perguntou, agora tenho que responder. Senão, como ele entenderá, o que é óbvio para nós, que o cavalheiro

Klamm jamais conversará com ele? Ouça-me bem, senhor Agrimensor! O senhor Klamm é um cavalheiro do castelo, e isso por si só significa um nível muito elevado, independentemente de qualquer outra posição dele. Mas quem é o senhor para que nós, agora, possamos pleitear tão humildemente um consentimento matrimonial? O senhor não é nada do castelo, o senhor não é nada do vilarejo, o senhor não é nada. Infelizmente, porém, o senhor é uma coisa: um forasteiro, um homem que vagueia mais que o necessário, um homem pelo qual não paramos de tomar bronca, um homem pelo qual precisamos desabrigar as empregadas, um homem de intenções desconhecidas, um homem que seduziu nossa pequena e amada Frieda e para quem, infelizmente, precisamos concedê-la como esposa. Na realidade, não lhe faço acusações contra nada disso. O senhor é o que é; já vi coisas demais na vida para não conseguir suportar essa imagem. Agora, pense de verdade no que está exigindo. Que um homem como Klamm precise conversar com o senhor! Soube com dor no coração que Frieda deixou que o observasse pelo postigo; ao fazer isso, já estava seduzida pelo senhor. Diga-me: como o senhor suportou a imagem de Klamm? Não precisa nem responder, já sei, o senhor suportou muito bem. No entanto, o senhor não é nada capaz de olhar de fato para Klamm, e isso não é arrogância da minha parte, pois eu mesma também não sou. Klamm precisa conversar com o senhor, mas ele não conversa nem com as pessoas do vilarejo, nunca conversou com ninguém do vilarejo. A grande honra de Frieda, uma honra da qual me orgulharei até o fim, era ele ao menos ter o hábito de chamar seu nome e permitir que falasse com ele quando quisesse, além de ter recebido permissão para o postigo; no entanto, também não conversava com ela. E, ao chamar Frieda de vez em quando, isso não necessariamente significava que queria conversar, apenas chamava o nome "Frieda" (quem sabe das suas intenções?) para que ela obviamente chegasse apressada, era o lance dela, e ser autorizada a aproximar-se dele sem oposição; era a benfeitoria de Klamm, mas não se podia afirmar que ele acabara de chamá-la. De fato, agora tudo aquilo acabou para sempre. Talvez Klamm ainda chame o nome "Frieda", é possível, mas, com certeza, ela não estará mais autorizada a se dirigir a ele, uma moça que se deu com o senhor. E só não consigo entender uma coisa, só uma coisa não me entra na cabeça: que uma moça que era chamada de amante de Klamm (o que considero uma denominação exagerada demais, na realidade) possa ter se deixado tocar pelo senhor.

– É notável, realmente – K. falou, colocando Frieda no colo; ela aceitou, ainda cabisbaixa. – No entanto, acho que nem tudo é como a senhora acredita. Por exemplo, com certeza, a senhora tem razão ao dizer que não sou nada perante Klamm; e, se exijo conversar com Klamm agora e não estou convencido do contrário com suas explicações, isso também não quer dizer que estou apto a aguentar a visão de Klamm sem uma porta no meio do caminho, nem que eu sairia correndo do cômodo apenas com sua aparição. Mas não acho que um temor como esse, ainda que justificado, seja motivo para desconsiderar tudo. No entanto, se eu conseguir suportá-lo, não é nem necessário que ele converse comigo; para mim, já basta ver a impressão que minhas palavras causarão nele ou, se não causarem impressão nenhuma, ou se ele nem as ouvir, ainda assim sairei no lucro por ter falado livremente diante de um poderoso. Portanto, a senhora, dona Taberneira, com seu grande conhecimento de vida e das pessoas, e Frieda, que ainda ontem era a amante de Klamm (e não vejo motivos para desistir dessa palavra), certamente poderiam me oferecer a oportunidade de conversar com Klamm; se for impossível de qualquer jeito, então farei isso na Estalagem dos Cavalheiros, talvez ele esteja mesmo por lá hoje.

– É impossível – a estalajadeira afirmou –, e agora vejo que lhe falta capacidade para entender isso. Mas, diga-me, sobre o que o senhor gostaria de conversar com Klamm?

– Sobre Frieda, é claro – K. respondeu.

– Sobre Frieda? – a estalajadeira perguntou sem compreender, virando-se para Frieda. – Você ouviu, Frieda? Ele quer conversar sobre você com Klamm, é sobre você que ele quer conversar com Klamm!

– Nossa... – K. disse. – A senhora é uma mulher tão esperta e atenciosa, dona Estalajadeira, e mesmo assim se assusta com qualquer bobagem. O fato de querer conversar com ele sobre Frieda é muito mais óbvio que absurdo. Além disso, a senhora também está enganada se acredita que Frieda passou a ser insignificante para Klamm no instante em que apareci. A senhora o está subestimando se acredita nisso. Sinto que seja arrogante da minha parte querer dar lições nesse sentido, mas preciso fazê-lo. Nada na relação de Klamm com Frieda será mudado por minha causa. Se não há nenhuma relação real (e é isso que realmente dizem aqueles que deram a Frieda o honorário título de amante), então hoje ela continua não existindo; no entanto, se existir, como eu, que a senhora corretamente chamou de ninguém aos olhos de Klamm, seria capaz de atrapalhá-la? Acreditamos em coisas desse tipo à primeira vista, no susto, mas a menor reflexão já corrige tudo. Aliás, vamos deixar que Frieda fale sua opinião.

Com o olhar divagando ao longe, a bochecha encostada no peito de K., Frieda disse:

– É realmente o que a mãezinha falou: Klamm não quer mais saber de mim. Mas certamente não é porque você veio, meu amor, algo assim não seria capaz de abalá-lo. No entanto, acho que deva ser a consequência por ele ter nos encontrado juntos embaixo do balcão; abençoadas, não malditas, sejam aquelas horas.

– Se é assim... – K. falou lentamente, pois as palavras de Frieda foram doces, e ele fechou os olhos por alguns segundos para poder absorvê-las. – Se é assim, há menos motivos ainda para temer uma conversa com Klamm.

– Realmente... – a estalajadeira disse, olhando para K. de cima a baixo. – O senhor às vezes lembra meu marido; é tão orgulhoso e infantil quanto ele. Está aqui há alguns dias e já quer saber mais que os nativos, mais que eu, uma mulher velha, e mais que Frieda, que já viu e ouviu tantas coisas na Estalagem dos Cavalheiros. Não duvido de que seja possível alcançar algo totalmente em desacordo com as prescrições e os costumes; nunca vivenciei algo assim, mas, teoricamente, deve haver exemplos desse tipo. Mas as coisas certamente não acontecem da forma como o senhor está fazendo, o tempo inteiro dizendo não e não, fazendo juras apenas na sua cabeça e ignorando os conselhos mais bem-intencionados. Será que o senhor acredita que minha preocupação diz respeito a você? Preocupei-me com o senhor enquanto estava sozinho? Ainda assim, houve pontos positivos e outros que poderiam ter sido evitados. A única coisa que falei para meu marido sobre o senhor, na ocasião, foi: "Fique longe dele". E isso também se aplicaria a mim hoje, caso Frieda não tivesse imbricada em seu destino agora. Gostando ou não, o senhor deve a ela meus cuidados e até minha atenção. E o senhor não pode simplesmente me rechaçar, porque eu, a única que zela pela pequena Frieda com preocupação maternal, o considero fortemente responsável. Pode ser que Frieda tenha razão e tudo o que aconteceu seja a vontade de Klamm; mas não sei nada sobre Klamm neste momento; nunca conversarei com ele, que é completamente inacessível para mim. O senhor, no entanto, está sentado aqui, segurando minha Frieda, e, por que eu não deveria dizer, sendo sustentado por mim. É, sendo sustentado por mim, sim, mocinho. Se eu o expulsasse de casa, queria ver se encontraria abrigo em algum lugar deste vilarejo, nem que fosse uma casinha de cachorro.

– Obrigado – K. respondeu. – São palavras sinceras e acredito piamente nelas. No entanto, se meu emprego é assim tão incerto, consequentemente o de Frieda também é.

– Não! – interrompeu a estalajadeira, irada. – Desse ponto de vista, o emprego de Frieda não tem nada a ver com o seu. Frieda faz parte da minha casa e ninguém tem o direito de chamar de incerto seu cargo aqui.

– Está bem, está bem – K. respondeu. – Também lhe dou razão a esse respeito, sobretudo porque, por motivos que desconheço, Frieda parece ter tanto medo da senhora que não consegue se envolver. Vamos focar em mim, por enquanto. Meu emprego é extremamente incerto, a senhora não nega isso, mas esforça-se muito para comprovar tal fato. Assim como tudo o que a senhora disse está certo, na maioria, mas não por completo. Por exemplo, disponibilizaram-me um refúgio realmente bom.

– Onde? – Frieda e a estalajadeira gritaram tão simultaneamente e com tanta gana que parecia que suas perguntas tinham resultado do mesmo estímulo.

– Com Barnabé – K. afirmou.

– Aqueles esfarrapados! – bradou a estalajadeira. – Aqueles esfarrapados inescrupulosos! Com Barnabé! Vocês ouviram? – e virou-se para o canto, mas os ajudantes já tinham saído de lá havia tempos e estavam parados lado a lado atrás da estalajadeira, que agora, como se precisasse de apoio, segurou a mão de um deles. – Vocês ouviram por onde este senhor vadiou? Na família de Barnabé! É claro que lá lhe oferecem abrigo. Ave! Antes tivesse ficado por lá que na Estalagem dos Cavalheiros. Mas onde é que vocês estavam?

– Dona Estalajadeira – K. falou antes que respondessem –, eles são meus ajudantes, mas a senhora os trata como se fossem seus ajudantes e meus vigias. Estou disposto a, no mínimo, debater respeitosamente sobre suas opiniões sobre tudo, mas não sobre meus ajudantes. Esse caso já está bem esclarecido! Portanto, peço-lhe que não fale com meus ajudantes e, se meu pedido não for suficiente, eu os proibirei de responder à senhora.

– Então estou proibida de falar com vocês – a estalajadeira falou, e os três riram, a estalajadeira com deboche, mas muito mais delicadamente do que K. esperava, e os ajudantes naquele habitual jeito irresponsável que não significava nada e, ao mesmo tempo, queria dizer tudo.

– Não fique bravo – Frieda disse. – Você precisa entender nossa agitação direito. Talvez tivéssemos que agradecer a Barnabé por estarmos juntos agora. Quando o vi pela primeira vez no bar (você entrou pendurado em Olga), já sabia algumas coisas sobre sua pessoa, mas, no geral, você era totalmente indiferente para mim. Bem, não era só você que me era indiferente; eu não ligava para quase nada. É claro que antes também estava insatisfeita e irritada com várias coisas, mas o que era aquela insatisfação e o que era aquela raiva! Por exemplo, se um dos clientes me insultasse no bar, eles estavam sempre atrás de mim (você mesmo viu os rapazes lá, mas vinham outros muito mais irritantes, a criadagem de Klamm não era a pior), então, quando um deles me insultava, o que aquilo significava para mim? Parecia que tudo havia acontecido há muitos anos, ou que nem tivesse acontecido comigo, ou que eu apenas tivesse ouvido falar, ou que eu mesma já tivesse esquecido. Mas não consigo descrever, não consigo nem imaginar, de tanto que tudo mudou desde que Klamm me deixou.

E Frieda interrompeu sua narração, abaixou a cabeça com tristeza e ficou com as mãos dobradas no colo.

– O senhor está vendo? – gritou a estalajadeira como se não falasse por si mesma, mas emprestasse a voz a Frieda, inclusive chegando perto e sentando-se bem próximo dela. – Agora o senhor Agrimensor pode ver a consequência dos seus atos; e os seus ajudantes, com os quais não devo conversar, também podem acompanhar suas lições! O senhor afastou Frieda da condição mais feliz de que ela já desfrutou, e tudo principalmente por sua causa, porque Frieda, com sua compaixão infantil e exagerada, não conseguiu suportar vê-lo pendurado no braço de Olga parecendo tão à mercê da família dos Barnabeses. Ela o salvou e, assim, condenou a si mesma. Agora que isso aconteceu e Frieda trocou tudo o que tinha pela felicidade de se sentar em seu colo, o senhor chega e dá uma cartada, sua jogada de mestre, dizendo que o senhor teve a possibilidade de passar a noite na casa de Barnabé. E, assim, o senhor quer comprovar que não depende de mim. Realmente, se o senhor tivesse passado a noite na casa de Barnabé, dependeria tão pouco de mim que teria que sumir da minha casa imediatamente, o mais rápido possível.

– Não conheço os pecados da família dos Barnabeses – K. disse enquanto levantava com cuidado uma moribunda Frieda, sentava-a lentamente na cama e ficava em pé. – Talvez a senhora esteja certa, mas não há dúvidas de que eu também tinha razão ao solicitar à senhora que deixasse com que Frieda e eu resolvêssemos nossas questões sozinhos. Outrora a senhora mencionou algo sobre amor e preocupação; no entanto, quase não notei nenhuma das duas coisas, somente ódio, e ofensas, e despejo. Caso sua vontade fosse tentar separar Frieda de mim ou a mim de Frieda, então a senhora fez bem; mas creio que não terá êxito e, caso venha a ter (permita-me também fazer alguma ameaça sombria), a senhora se arrependerá amargamente. No que diz respeito à moradia concedida (e creio que não esteja se referindo a outra coisa senão a este buraco imundo), não sabemos ao certo se a senhora o fez por vontade própria; parece muito mais ser uma orientação das instituições condais. Vou comunicá-los que recebi o aviso prévio daqui e, assim que indicarem outra residência, tenho certeza de que a senhora respirará aliviada, mas eu ainda mais. Agora vou até o conselho distrital para tratar deste e de outros assuntos; a senhora, por favor, pelo menos deixe Frieda aqui, pois ela já sofreu demais com sua conversinha maternal.

Então, virou-se para os ajudantes:

– Venham! – falou, pegou a carta de Klamm da parede e quis ir embora. A estalajadeira observou-o em silêncio e somente falou quando ele já estava com a mão na maçaneta.

– Senhor Agrimensor, lhe darei ainda outra coisa para levar consigo pelo caminho, pois o senhor também gosta dessas conversinhas e, apesar de querer me ofender, a mim, uma velha senhora, ainda assim o senhor é o futuro esposo de Frieda. Apenas por isso lhe digo que o senhor é terrivelmente ignorante sobre as relações locais e, quando o ouvimos e comparamos mentalmente o que diz e pensa com a situação real, ficamos com a cabeça zumbindo. Tal ignorância pode não ser superada de uma só vez, e talvez nunca o seja; mas muita coisa pode melhorar se o senhor acreditar um pouco em mim e, ainda assim, mantiver essa ignorância diante dos olhos. Se assim o fizer, imediatamente passará a ser mais justo comigo e começará a imaginar o assombro que tive que superar (e suas consequências ainda estão presentes) quando soube que minha pequena mais querida abandonou uma águia para unir-se a um licranço, mas a verdadeira relação é ainda pior e preciso tentar esquecê-la constantemente, senão não conseguiria trocar uma palavra em paz com o senhor. Ah, o senhor ficou bravo de novo. Não, não vá ainda, ouça apenas só mais esse pedido: aonde quer que vá, tenha sempre em mente que aqui o senhor é o mais ignorante de todos, e tenha cuidado; aqui conosco, onde a presença de Frieda protege-o dos estragos, o senhor pode tagarelar livremente sobre o que seu coração mandar; aqui o senhor pode nos mostrar, por exemplo, como pretende conversar com Klamm; mas, por favor, por favor eu lhe peço, não faça isso de verdade!

Ela levantou-se oscilando um pouco com a agitação, aproximou-se de K., segurou sua mão e olhou-o em súplica.

– Dona Estalajadeira – K. disse –, não estou entendendo por que a senhora está se rebaixando com pedidos por causa de uma coisa dessas. Se é impossível que eu converse com Klamm, como a senhora diz, então não conseguirei fazer isso, peçam vocês ou não. No entanto, se for possível, então por que eu não deveria fazê-lo, sobretudo agora que a ausência da sua principal objeção torna seus outros temores bastante questionáveis? É claro que sou ignorante, porém a verdade continua a existir, o que considero muito triste; mas o ignorante tem a vantagem de se arriscar mais, por isso, enquanto tiver forças, gostaria de carregar mais um pouquinho a ignorância e suas consequências decerto ruins. Tais consequências, no entanto, atingirão apenas a mim, e, portanto, realmente não entendo por que a senhora tanto suplica. Com certeza, continuará se preocupando com Frieda, e, se eu sumir completamente do horizonte dela, aos seus olhos, isso será uma bênção. O que a senhora teme, afinal? Já que ao ignorante tudo parece possível – neste momento, K. abria a porta –, será que a senhora não teme por Klamm?

Em silêncio, a estalajadeira seguiu-o com o olhar enquanto ele descia rapidamente as escadas com os ajudantes nos calcanhares.

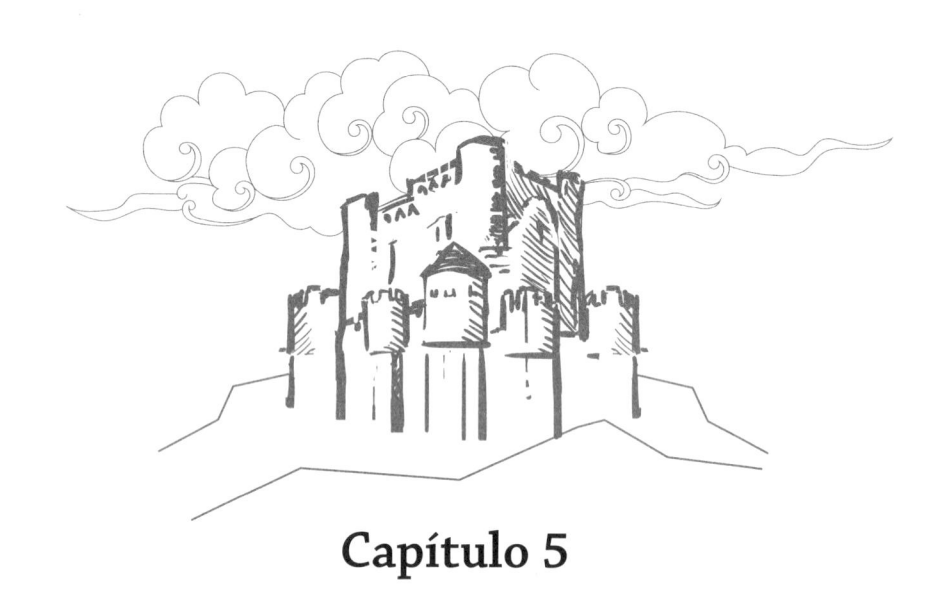

Capítulo 5

A conversa com o burgomestre não deixava K. muito preocupado, quase para seu próprio espanto. Sua explicação para isso foi que, pelas experiências acumuladas até então, o contato oficial com as instituições condais foi muito fácil para ele. Por um lado, isso se devia ao fato de um princípio, aparentemente muito favorável a ele, ter sido emitido em relação ao tratamento da sua situação; por outro, à admirável uniformidade do serviço, que se pressupõe ser perfeito, especialmente quando parece não existir. Às vezes, ao pensar nessas coisas, K. não ficava muito longe de considerar sua situação satisfatória, apesar de dizer rapidamente para si mesmo, logo após esses acessos de prazer, que o perigo residia justamente ali.

De fato, o contato direto com as instituições não era complicado, pois, por mais bem organizadas que fossem, tinham apenas que defender coisas distantes e ocultas em nome de senhores distantes e ocultos, enquanto K. lutava por algo muito mais próximo: lutava por si mesmo. Ademais, fazia isso por vontade própria, ao menos em tempos primórdios, pois era um provocador. E não era só ele quem lutava por si; claramente havia outras forças que desconhecia, mas nas quais era capaz de acreditar graças às medidas tomadas pelas instituições. Contudo, como as instituições, desde o início, só se aproximaram de K. em questões pouco relevantes – até o momento não havia passado disso –, tiravam dele a possibilidade de conquistar pequenas e simples vitórias, e, com tal possibilidade, a satisfação relacionada e a consequente e bem fundamentada segurança para enfrentar lutas maiores. Em vez disso, permitiam que K. andasse por onde quisesse, desde que no vilarejo, agradando-o e enfraquecendo-o, desarticulando qualquer batalha e conferindo-lhe a vida fora da esfera institucional, totalmente incerta, obscura e exótica. Portanto, se não ficasse sempre esperto, um dia poderia muito bem acontecer, apesar de toda a bondade das instituições e do total cumprimento de todas as obrigações institucionais exageradamente simples, de ele se enganar pela aparente graça concedida e levar a vida de forma tão descuidada até sucumbir, e levar as sempre gentis e amigáveis instituições a precisar abordá-lo contra a vontade delas, mas em nome de alguma ordem pública desconhecida qualquer para tirá-lo do caminho. E o que realmente acontecia aqui, nesta outra vida? K. nunca vira o público e o privado tão entrelaçados quanto aqui, a ponto de, às vezes, parecer que público e privado haviam trocado de lugar. O que significava, por exemplo, o poder até agora exclusivamente formal que Klamm exercia sobre o serviço de K. se comparado ao poder bastante concreto que Klamm tinha sobre seu dormitório? Assim, estava em voga um processo um pouco mais leviano, um certo relaxamento diretamente relacionado apenas às instituições, enquanto, por outro lado, sempre era necessário prestar bastante atenção e olhar para todos os lados antes de dar cada passo.

A princípio, o burgomestre confirmou bem a percepção que K. tinha das gigantescas instituições. O burgomestre, um homem amigável, corpulento, de barba feita, estava doente e, acometido por um grave ataque de gota, recebeu K. na cama.

– Então aí está nosso senhor Agrimensor – falou, falhando na tentativa de se erguer para cumprimentá-lo e, em meio a desculpas, jogando-se de volta no travesseiro, apontando para as pernas.

Uma mulher silenciosa, com contornos quase indistinguíveis no lusco-fusco do quarto de janelas pequenas e ainda escurecido pela cortina fechada, trouxe uma cadeira para K. e levou-o até a cama.

– Sente-se, sente-se, senhor Agrimensor – disse o burgomestre –, e diga-me o que deseja.

K. leu a carta de Klamm em voz alta e fez algumas observações sobre ela. Teve de novo a sensação de uma facilidade extraordinária para entrar em contato com as instituições. Assumem formalmente todos os fardos; é possível encarregá-las de tudo, mantendo-se ileso e livre. Como se o burgomestre também sentisse aquilo do seu modo, girou-se com desconforto na cama. Por fim, disse:

– Como notou, senhor Agrimensor, eu já sabia do caso todo. Não mandei nada primeiro devido à minha doença; segundo, como o senhor demorou tanto para vir, pensei que já tivesse desistido. Contudo, agora que o senhor está sendo tão gentil em me consultar pessoalmente, devo lhe contar, com sinceridade, a desagradável verdade. O senhor afirma que foi admitido como agrimensor; no entanto, infelizmente, não precisamos de nenhum agrimensor. Não há nenhum trabalho para o senhor aqui. As fronteiras das nossas pequenas hospedarias estão delimitadas, tudo está registrado adequadamente. Quase não há alterações nas posses, e nós mesmos resolvemos as pequenas disputas de território. Então, para que precisaríamos de um agrimensor?

Apesar de não ter pensado nisso antes, K. ficou profundamente convencido de que estava esperando uma informação como aquela. Mesmo assim, respondeu em seguida:

– Fico bastante surpreso. Isso joga todas as minhas estimativas pelo ralo. Só me resta esperar que tenha havido um mal-entendido.

– Infelizmente, não – disse o chefe. – É isso mesmo que estou dizendo.

– Mas não é possível! – K. bradou. – Não fiz essa viagem interminável para ser mandado de volta agora!

– Aí já é outra questão – disse o burgomestre –, e não sou eu quem decide, mas posso explicar como esse mal-entendido acontece. Em uma instituição pública tão ampla quanto a condal, pode ser que um departamento tenha feito a solicitação, mas ela chegou ao outro tarde demais; é natural um não saber do outro, o controle geral é extremamente preciso, e, assim, pode ser que uma pequena confusão tenha se desenvolvido. É claro que isso sempre ocorre com as mais ínfimas futilidades, como é seu caso, por exemplo. Nunca soube de nenhum erro nas grandes coisas, mas as futilidades, com frequência, já são desagradáveis o suficiente. No que diz respeito ao seu caso, não guardarei segredos institucionais (não tenho nem cargo para isso, sou um camponês, e ficamos por aí) e lhe direi o curso das coisas com sinceridade. Há bastante tempo, fazia poucos meses que eu havia me tornado burgomestre, chegou uma promulgação, não me lembro mais de qual departamento, que comunicava, da forma categórica e própria daqueles cavalheiros, que um agrimensor deveria ser chamado e que a comunidade precisava disponibilizar todos os planejamentos e os desenhos necessários para o trabalho dele. É claro que tal promulgação não deve estar relacionada ao senhor, pois isso aconteceu há muitos anos, e eu nem teria me lembrado dela se não estivesse doente de cama agora, com tempo suficiente para pensar nas coisas mais ridículas. Mizzi – interrompendo o relato de repente, virou-se para a mulher que ainda andava apressada pelo quarto fazendo alguma atividade incompreensível –, procure para mim ali no armário, por favor, talvez você encontre a promulgação. Foi no início da minha atuação mesmo – explicou para K. – Naquela época, eu ainda guardava tudo.

A mulher logo abriu o armário, e K. e o burgomestre a observaram. O armário estava abarrotado de papéis. Ao ser aberto, dois grandes calhamaços de autos saíram rolando, a mulher pulou para o lado assustada.

– Embaixo, deve estar lá embaixo – o burgomestre orientou da cama.

Obediente, a mulher começou a jogar com as duas mãos os autos do armário para conseguir chegar aos papéis de baixo. Os documentos já cobriam metade do quarto.

– Muito trabalho foi feito – disse o burgomestre balançando a cabeça –, e isso é só uma pequena parte. Guardei o volume principal no celeiro e, ainda assim, a maioria se perdeu. Quem consegue guardar tudo isso? Mas ainda há bastante coisa no celeiro. Será que você vai conseguir encontrar a promulgação? – perguntou de novo para a mulher. Você tem que procurar um auto com a palavra "agrimensor" sublinhada em azul.

– Está muito escuro aqui – a mulher disse. – Vou buscar uma vela – e, atravessando os papéis, saiu do quarto.

– Minha mulher é meu grande auxílio – falou o burgomestre – neste difícil trabalho burocrático que é só um complemento. Tenho um assistente para os trabalhos escritos, o professor, mas, mesmo assim, é impossível terminá-lo, sempre sobra muita coisa para ser resolvida, tudo se acumula nas estantes – completou, apontando para outro armário. – E, agora que estou doente, ele saiu do controle – disse, deitando-se de volta cansado, mas também orgulhoso.

– Será que não posso ajudar sua mulher a procurar? – K. perguntou quando a mulher voltou com a vela e buscava a promulgação ajoelhada na frente das caixas.

Sorrindo, o burgomestre balançou negativamente a cabeça:

– Como já disse, não guardarei segredos institucionais do senhor, mas não posso ir tão longe, a ponto de permitir que procure nos documentos.

O quarto ficou em silêncio. Ouvia-se apenas o farfalhar dos papéis. Talvez o burgomestre até estivesse cochilando um pouco. K. virou-se ao ouvir uma leve batida na porta. Eram os ajudantes, é claro. Até que eram um pouco educados; afinal, não entraram correndo no quarto, mas primeiro sussurraram pela porta um pouco aberta:

– Estamos com muito frio lá fora.

– Quem é? – o burgomestre perguntou, assustado.

– São só meus ajudantes – K. respondeu. – Não sei onde posso deixá-los esperando; lá fora está muito frio e aqui eles incomodam.

– Eles não me incomodam, não – disse o burgomestre amigavelmente. – Deixe-os entrar. Além do mais, eu os conheço. Somos velhos conhecidos.

– A mim, incomodam – K. falou com sinceridade, olhando dos ajudantes para o burgomestre e de volta para os ajudantes, achando os três sorrisos indistintamente iguais. – Como vocês já estão por aqui – experimentou dizer –, fiquem e ajudem a mulher do burgomestre a procurar um documento com a palavra "agrimensor" sublinhada em azul.

O burgomestre não fez nenhuma objeção. Os ajudantes, que podiam fazer o que K. não podia, logo se jogaram nos documentos; no entanto, mais remexiam a pilha de papéis que procuravam, e, enquanto um sole-trava um termo, o outro puxava o auto de suas mãos. A mulher, por sua vez, ficou ajoelhada na frente do armário vazio e já nem parecia procurar mais, de toda forma, com a vela bem longe dela.

– Os ajudantes... – o burgomestre falou com um sorriso satisfeito, como se tudo estivesse voltando ao lugar, mas ninguém era capaz de supor isso.

– Eles o incomodam, mas são seus ajudantes.

– Não – K. respondeu com frieza –, eles me encontraram aqui.

– Como assim, encontraram? – questionou o burgomestre. – Foram atribuídos, o senhor quer dizer.

– Atribuídos, que seja – K. respondeu. – Eles podiam é ter caído como neve, de tão impensada que foi tal atribuição.

– Nada é feito de forma impensada aqui – afirmou o burgomestre, esquecendo-se até da dor nos pés e sentando-se direito.

– Nada? – retrucou K. – E a minha convocação?

– Sua convocação também foi ponderada – respondeu o burgomestre –, mas circunstâncias secundárias a influenciaram e confundiram. Compro-varei com os autos em mãos.

– Vocês não encontrarão os autos – K. afirmou.

– Não encontraremos? – bradou o burgomestre. – Mizzi, procure um pouco mais rápido, por favor! De qualquer forma, posso contar a história sem os autos também. Respondemos àquela promulgação da qual lhe falei agradecendo e informando que não precisávamos de um agrimensor. Pa-rece, no entanto, que essa resposta não voltou ao departamento original, eu o chamarei de A, mas erroneamente foi enviada a outro departamento, o B. Assim, o departamento A ficou sem resposta e, infelizmente, B tam-bém não recebeu nossa resposta completa; pode ser que o conteúdo dos autos tenha ficado conosco, pode ser que tenha se perdido no caminho (no próprio departamento é que não foi, isso eu garanto). Em todo caso, o departamento B recebeu apenas uma pasta de auto vazia, que não indicava nada além do auto anexo (que, na realidade, não existia) e tratava da con-vocação de um agrimensor. Nesse meio-tempo, o departamento A ficou esperando pela nossa resposta, inclusive fizera anotações sobre o assunto, mas sabemos que isso ocorre com frequência e deve ser preciso em todas as transações. O referente confiou que responderíamos e que ele, então, precisaria convocar o agrimensor ou continuar correspondendo-se conosco sobre o assunto. Por conseguinte, ignorou os apontamentos, e tudo caiu no esquecimento. No departamento B, porém, a pasta do auto chegou a um referente famoso pela meticulosidade, um italiano chamado Sordini; é incompreensível até para mim, um privilegiado, por que um homem com suas habilidades é deixado naquele cargo quase irrelevante. É claro que esse Sordini nos devolveu a pasta do auto vazia para ser preenchida. Nesse momento, porém, já se passara muitos meses, senão anos, desde a primeira solicitação do departamento A. Quando um auto percorre o caminho correto, normalmente chega no seu departamento no máximo um dia depois e é resolvido na mesma data; porém, quando erra o caminho (e, graças à excelência da organização, apenas com muito esforço pode-se encontrar o caminho errado), aí... Aí certamente demora muito tempo. Quando recebemos a observação de Sordini, lembrávamo-nos do assunto muito vagamente, na época; apenas nós dois éramos responsáveis pelo trabalho, Mizzi e eu, e o professor ainda não havia sido atribuído a mim; só mantínhamos cópias dos assuntos mais importantes. Resumindo, apenas conseguimos responder muito por cima que não sabíamos de nada sobre tal convocação e que não precisávamos de um agrimensor. Mas... – o burgomestre interrompeu-se como se, no entusiasmo da narrativa, tivesse ido longe demais ou como se pudesse ter ido longe demais. – A história está deixando o senhor entediado?

– Não – K. respondeu. – Estou me divertindo.

E o burgomestre:

– Não estou contando para o seu divertimento.

– Apenas estou me divertindo – K. respondeu – com a possibilidade de dar uma olhada nessa confusão cômica que, nessas circunstâncias, decide sobre a existência de uma pessoa.

– O senhor não deu uma olhada em nada ainda – falou o burgomestre sério –, e posso continuar contando. É claro que Sordini não ficou satisfeito com nossa resposta. Admiro o homem, apesar de ele ser um fardo para mim. Desconfia de qualquer um e, mesmo quando conhece alguém que tenha se mostrado a pessoa mais confiável do mundo em inúmeras situações, por exemplo, desconfiará dessa pessoa na próxima oportunidade como se nem a conhecesse, ou, melhor dizendo, como se a conhecesse e a considerasse um trapo. Acho que isso é o correto, um funcionário público precisa agir assim. Infelizmente, minha natureza não me permite seguir esse princípio. Veja como apresento tudo abertamente ao senhor, um forasteiro, mas não consigo ser diferente. Sordini, por sua vez, desconfiou imediatamente da nossa resposta. Desenrolou-se uma longa correspondência. Sordini perguntou por que me ocorreu tão de repente que não era preciso convocar nenhum agrimensor; respondi, com a ajuda da excelente ideia de Mizzi, que a primeira iniciativa tinha mesmo sido tomada pela repartição (é claro que já tínhamos nos esquecido havia tempos de que se tratava de outro departamento); Sordini, por sua vez: "Por que soube dessa comunicação oficial apenas agora?". Eu disse: "Porque acabei de me lembrar dela". Sordini: "Isso é bastante curioso". Falei: "Não é nada curioso no caso de uma ocorrência tão antiga". Sordini: "É curioso, sim, pois, pelo que me lembro, a comunicação não existe". E eu: "É claro que não existe, o auto inteiro se perdeu". Sordini: "Ainda assim, deveria haver uma primeira anotação qualquer, e ela também não existe". Foi então que hesitei, pois não arriscava afirmar nem acreditar que um erro passara despercebido no departamento de Sordini. Talvez, senhor Agrimensor, você esteja pensando em acusar Sordini, pois, ao considerar minha hipótese, ele ao menos poderia ter perguntado sobre o caso para outros departamentos. No entanto, isso teria sido incorreto, e não quero que haja qualquer mácula sobre esse homem, nem em pensamento. Um dos princípios de funcionamento das instituições é nem sequer considerar a possibilidade de erro. Tal princípio é legitimado pela excepcional organização do todo e faz-se necessário quando é preciso alcançar a maior rapidez possível para as transações. Portanto, Sordini não pôde perguntar aos outros departamentos; além do mais, esses departamentos também não teriam respondido a ele, pois logo notariam que se tratava da averiguação de uma possibilidade de erro.

– Senhor Burgomestre, permita-me interrompê-lo com uma pergunta – K. falou. – O senhor não havia citado anteriormente uma instituição de controle? De acordo com sua apresentação, a hospedaria encaixa-se no tipo que seria capaz de fazer alguém passar mal só com a ideia de poder abrir mão do controle.

– O senhor é bastante austero – afirmou o burgomestre. – No entanto, multiplique sua austeridade por mil e ela ainda não será nada se comparada à que as próprias instituições empregam contra si mesmas. Somente um forasteiro de verdade poderia fazer essa pergunta. Se há instituições de controle? Só há instituições de controle. É claro que elas não são designadas para encontrar erros no sentido estrito da palavra, uma vez que não se cometem erros, e, mesmo se um erro for cometido, como aconteceu no seu caso, quem poderia dizer definitivamente que é um erro?

– Mas essa é nova! – K. bradou.

– Para mim, é bastante antiga – afirmou o burgomestre. – Não estou menos surpreso que o senhor com a ocorrência do erro, e Sordini adoeceu gravemente em decorrência do desespero que isso causou. As primeiras repartições de controle, que revelaram a fonte do erro, também o reconhecem. Mas quem deve afirmar que a segunda repartição de controle avaliará da mesma forma, e a terceira também, e assim por diante?

– Pode ser – K. falou. – Prefiro não entrar em tais reflexões, pois estou ouvindo sobre essas repartições de controle pela primeira vez e é claro que ainda não consigo entendê-las. Acredito apenas que duas coisas devem ser diferenciadas aqui: a primeira é o que acontece nas repartições e o que pode ser interpretado como institucional ou algo do tipo; a segunda é a minha pessoa, eu, que estou fora das repartições e ameaçado de ser prejudicado por elas, uma ameaça que seria tão sem sentido que ainda não consigo acreditar na seriedade do perigo. Talvez à primeira se aplique isso que o senhor contou com extraordinária e incrível competência; agora gostaria de ouvir alguma coisa sobre mim também.

– Já chego lá – falou o burgomestre. – Porém, o senhor não conseguiria entender sem uma introdução. Mencionar as repartições de controle já foi algo antecipado. Voltarei, então, para as discrepâncias com Sordini. Como eu dizia, minha defesa foi enfraquecendo aos poucos. No entanto, se Sordini tiver em mãos até a menor vantagem possível em relação a alguém, já venceu, pois nesses casos sua atenção, sua energia e sua presença de espírito elevam-se ainda mais. É uma visão terrível para os acometidos, e uma visão gloriosa para os inimigos dos acometidos. Apenas posso falar da última porque já a vivenciei em outros casos. Aliás, nunca consegui vê-lo com meus próprios olhos; ele não consegue descer, está sempre abarrotado de trabalho; contaram-me que a sala dele tem as paredes cobertas com colunas de grandes calhamaços de autos empilhados, e são apenas os autos com os quais Sordini está trabalhando no momento, e os calhamaços de autos estão sempre sendo retirados e colocados, e tudo é feito com tanta pressa que as colunas estão sempre caindo; estrondos constantes e consecutivos são a característica do escritório de Sordini. Então, bem, Sordini é um trabalhador que dedica o mesmo cuidado tanto para os casos pequenos quanto para os grandes.

– Senhor Burgomestre – K. falou –, o senhor sempre diz que meu caso é um dos menores e, mesmo assim, ele deu bastante trabalho a vários funcionários; ainda que fosse assim tão pequeno no começo, tornou-se um caso grande graças à diligência de funcionários como o senhor Sordini. E isso é uma pena e vai bastante contra minha vontade, pois meu intento não é erigir grandes colunas de autos a meu respeito e deixá-las cair, mas trabalhar tranquilamente como um pequeno agrimensor em um pequeno estirador.

– Não – o chefe respondeu –, não é um caso grande. Nesse sentido, o senhor não tem do que se queixar. É um dos mais diminutos casos entre os menores. A dimensão do trabalho não determina a importância do caso; o senhor ainda está bem longe de apreender as instituições, pode acreditar. Mas, caso tratássemos da dimensão do trabalho, seu caso seria um dos menores. Os casos habituais, ou seja, aqueles sem os chamados erros, requerem um trabalho muito maior e muito mais produtivo também. Aliás, o senhor ainda não sabe nada sobre o verdadeiro trabalho que seu caso causou; quero falar dele agora. A princípio, Sordini tirou-me de campo, mas seus funcionários vieram e interrogatórios protocolares diários foram realizados para questionar renomados membros da comunidade na Estalagem dos Cavalheiros. A maioria acreditava em mim, apenas alguns suspeitavam; a questão do dimensionamento de terras incomodou alguns camponeses; eles perceberam que alguém estava realizando acordos secretos e injustiças, encontraram um líder e, segundo suas informações, Sordini teve que os convencer de que nem todos eram contra a convocação de um agrimensor quando levei a questão ao conselho local. Assim, a obviedade (a saber, que não era necessário um agrimensor) foi, no mínimo, questionada. Um tal de Brunswick (o senhor com certeza não o conhece) destacou-se na ocasião; talvez ele não seja ruim, mas é burro e fantasioso, um dos cunhados de Lasemann.

– O curtidor? – K. perguntou, descrevendo o homem barbado que vira com Lasemann.

– Isso, ele mesmo – o burgomestre respondeu.

– Conheço a mulher dele também – K. disse um pouco ao acaso.

– Pode ser mesmo – afirmou o burgomestre e emudeceu.

– Ela é bonita – K. falou –, mas um pouco pálida e debilitada. Pertence ao castelo, não pertence? – disse, um pouco inquisitivo.

O burgomestre olhou para o relógio, pingou um remédio em uma colher e engoliu-o rapidamente.

– O senhor só conhece as instalações dos escritórios no castelo, não é? – K. perguntou por cima.

– É – respondeu o burgomestre com sorriso irônico, mas também agradecido. – É a parte mais importante, aliás. E, ao que se refere a Brunswick: se pudéssemos expulsá-lo da comunidade, quase todos nós ficaríamos contentes, e Lasemann não seria o menos feliz. Mas, na ocasião, Brunswick conquistou alguma influência; não é um orador, mas um gritador, e, para algumas pessoas, isso já basta. Então, fui obrigado a ler a proposição em voz alta ao conselho local; aliás, foi o único êxito de Brunswick, pois era óbvio que a grande maioria dos membros do conselho local não queria saber de agrimensor nenhum. Isso tudo também já aconteceu há muitos anos, mas o assunto não acalmou durante todo esse período, em parte graças à consciência de Sordini, que tentou investigar os motivos tanto da maioria quanto da oposição pelos mais meticulosos levantamentos, em parte graças à estupidez e à ambição de Brunswick, que tem vários contatos nas instituições, as quais está sempre movimentando com novas descobertas para suas fantasias. Sordini, no entanto, não se deixou enganar por Brunswick; como Brunswick poderia enganar Sordini? Mas, justamente para não se deixar enganar, era necessário fazer sempre novos levantamentos, e, assim que estes eram concluídos, Brunswick já havia inventado alguma coisa nova; ele é bastante agitado mesmo, faz parte da sua estupidez. Agora chegou o momento de falar sobre uma característica especial do nosso aparato institucional. Em conformidade com sua precisão, ele também é extremamente sensível. Quando um assunto é ponderado por muito tempo, pode acontecer (sem que as ponderações tenham sido concluídas) de uma resolução repentina e rápida ser emitida por algum cargo inesperado impossível de ser encontrado posteriormente, concluindo o assunto de forma bem correta, na maioria das vezes, mas, ainda assim, de maneira arbitrária. É como se o aparato institucional não suportasse mais a tensão e as provocações geradas durante anos por causa do mesmo e talvez irrelevante assunto e chegasse a uma decisão por conta própria, sem a ajuda dos funcionários. É claro que não acontece nenhum milagre, e certamente algum funcionário redige a expedição ou toma a decisão não escrita, em todo caso; no entanto, não se pode determinar da nossa parte, daqui e nem mesmo da parte da repartição, qual funcionário decidiu sobre o caso e por quais motivos. As instituições de controle descobrem sobre a decisão muito tempo depois; nós, todavia, não ficamos sabendo de mais nada, e normalmente quase ninguém se interessa. Como eu disse, a maioria das decisões é certeira; o único incômodo é que é normal as pessoas ficarem falando sobre o caso e só ficarmos sabendo dessas decisões tarde demais e, por isso, continuarmos discutindo com furor assuntos havia muito decididos. Não sei se houve uma decisão desse tipo para o seu caso (há indícios a favor e contra); no entanto, se isso tivesse acontecido, a solicitação deveria ter sido enviada ao senhor, que fez a longa viagem até aqui; perdeu-se muito tempo, e, nesse ínterim, Sordini continuou trabalhando no mesmo caso até a exaustão, indispôs-se com Brunswick, e fui amolado pelos dois. Estou apenas pressupondo essa possibilidade, mas o que sei com certeza é: nesse meio-tempo, uma repartição de controle descobriu que o departamento A fez uma pesquisa na comunidade sobre um agrimensor, sem ter recebido qualquer resposta até o momento. Perguntaram-me de novo e finalmente o caso todo tinha sido esclarecido. O departamento A deu-se por satisfeito com minha resposta de que não precisávamos de um agrimensor, e Sordini precisou reconhecer que não era o responsável pelo caso, tendo executado um enorme trabalho inútil e enervante sem ser culpado por isso, obviamente. Se novos trabalhos não parassem de chegar por todos os lados como sempre e se o seu não fosse um caso muito pequeno (quase se pode dizer que o menor entre os menores casos), certamente todos nós teríamos respirado fundo, creio que até o próprio Sordini. Apenas Brunswick esbravejou, mas foi ridículo. Então, imagine só, senhor Agrimensor, minha decepção quando agora, após uma feliz conclusão de todo esse assunto (e muito tempo já tendo se passado desde então), o senhor aparece aqui de repente, e tenho a sensação de que tudo vai começar outra vez. O senhor entende que, no que estiver ao meu alcance, estou determinado a não permitir que isso aconteça?

– Certamente – K. respondeu. – E, mais ainda, entendo que houve um abuso terrível da minha pessoa e talvez até da legislação. Ainda bem que sei como me defender disso.

– E como o senhor deseja fazer? – o burgomestre perguntou.

– Não posso dizer – K. respondeu.

– Não quero me intrometer – disse o burgomestre –, mas gostaria que o senhor soubesse que pode contar comigo; não digo como amigo, pois somos dois desconhecidos, mas como colega de trabalho. Só não permitirei que o senhor seja admitido como agrimensor; de resto, pode contar comigo nos limites do meu poder, que não é muito grande.

– O senhor vive falando – K. respondeu – que eu deveria ser admitido como agrimensor, mas isso já aconteceu. Veja a carta de Klamm.

– A carta de Klamm – o burgomestre repetiu. – Ela tem mesmo seu valor e seu respeito graças à assinatura de Klamm, que parece ser verdadeira; no entanto... Bem, não ouso afirmar isso sozinho. Mizzi! – gritou. E, em seguida, disse: – Mas o que vocês estão fazendo aí?

Aparentemente, os ajudantes e Mizzi, que estavam havia bastante tempo sem supervisão, não encontraram o auto que procuravam e quiseram guardar tudo de volta no armário, mas não conseguiram graças àquela profusão desordenada de autos. Com certeza, foram os ajudantes que tiveram a ideia de fazer o que estavam tentando agora. Colocaram o armário no chão, enfiaram todos os autos lá dentro, e com Mizzi, estavam sentados nas portas para, assim, tentar fechá-las lentamente.

– Não encontraram o auto então... – disse o burgomestre. – Que pena. Mas o senhor já sabe da história agora; na verdade, nem precisamos mais do auto, que ainda será encontrado de qualquer modo; provavelmente, está na casa do professor, porque lá há muitos outros autos. Mas venha até aqui com a vela, Mizzi, e leia a carta para mim.

Mizzi aproximou-se e pareceu ainda mais sem graça e desinteressante ao se sentar na beira da cama e encostar naquele homem forte e cheio de vida que a abraçava. Somente seu pequeno rosto de linhas delineadas, fortes e atenuadas pela idade estava iluminado pela vela. Assim que olhou para a carta, logo apertou de leve as mãos.

– É do Klamm – ela disse.

Leram a carta juntos, cochicharam um pouco entre si e, por fim, enquanto os ajudantes gritavam "Urra!" por finalmente terem conseguido fechar a porta do armário e Mizzi olhava para eles agradecida e em silêncio, o burgomestre falou:

– Mizzi concorda totalmente comigo, então posso me atrever a afirmar: esta carta, de forma alguma, é um comunicado institucional; trata-se de uma correspondência particular. Isso já pode ser identificado claramente no título "Prezado cavalheiro". Além disso, em nenhum momento se diz que o senhor foi admitido como agrimensor. Ela fala muito mais sobre serviços senhoris em geral, e nem isso foi dito de maneira vinculativa, mas o senhor somente foi admitido "como é de seu conhecimento", ou seja, o ônus da prova de que o senhor foi admitido recai sobre você. Por fim, do ponto de vista institucional, o senhor foi informado de que eu, o burgomestre, sou seu superior direto e devo informá-lo sobre outros detalhes, o que, em grande parte, já foi feito. Para alguém que sabe ler comunicados institucionais e, por conseguinte, é ainda melhor com cartas não institucionais, tudo isso é bastante evidente. Não me surpreende que o senhor, um forasteiro, não perceba. No geral, a carta não significa nada além de informar que Klamm pretende cuidar do senhor caso seja recebido nos serviços senhoris.

– Senhor Burgomestre –, K. falou –, o senhor interpretou a carta tão bem que não resta nada além de uma assinatura em uma folha de papel em branco. Não percebe que, dessa forma, está depreciando o nome de Klamm, o qual o senhor finge respeitar?

– Isso é um mal-entendido – afirmou o burgomestre. – Não estou desvalorizando a importância da carta, não a estou diminuindo com minha interpretação, pelo contrário. Uma correspondência particular de Klamm obviamente tem muito mais importância que um comunicado institucional; contudo, ela não tem a importância que o senhor atribui.

– O senhor conhece Schwarzer? – K. perguntou.

– Não – respondeu o burgomestre. – Você conhece, Mizzi? Também não. Não, não o conhecemos.

– Que curioso – K. afirmou. – Ele é filho de um subcastelão.

– Querido senhor Agrimensor – o burgomestre falou –, como vou conhecer todos os filhos de todos os subcastelões?

– Bem, então é preciso que o senhor acredite em mim. Tive um encontro desagradável com esse Schwarzer no dia da minha chegada. Na ocasião, ele entrou em contato por telefone com um subcastelão chamado Fritz e foi informado de que eu tinha sido admitido como agrimensor. Como o senhor Burgomestre explicaria isso?

– É muito simples – o burgomestre respondeu. – E é óbvio que o senhor ainda não entrou em contato com nossas instituições. Todos esses contatos são de mentirinha, mas, como o senhor não sabe disso, acha que são relações de verdade. E sobre o telefone: perceba que não temos telefone aqui, e estou realmente envolvido com as instituições. Pode ser que os telefones prestem um bom serviço como caixinhas de música nas tabernas e em locais semelhantes, mas não passa disso. O senhor já fez um telefonema aqui? Então, talvez me entenda. Parece que o telefone funciona perfeitamente no castelo. Pelo que me contaram, telefonam sem parar por lá, o que com certeza acelera bastante o trabalho. Nos telefones locais, tais ligações ininterruptas são ouvidas como farfalhares e música, certamente o senhor ouviu também. Então, esses farfalhares e essas músicas são a única coisa verdadeira e confiável que os telefones locais nos transmitem; todo o resto é falacioso. Não há nenhum ramal direto com o castelo, nenhuma central telefônica que encaminhe nossas chamadas; quando ligamos daqui para o castelo, todos os aparelhos dos departamentos mais inferiores tocam, ou melhor, todos tocariam se quase todas as campainhas não tivessem sido desligadas, como sei que foram. De vez em quando, no entanto, algum funcionário exausto precisa se divertir um pouco, principalmente à noite ou de madrugada, e liga a campainha; quando isso acontece, recebemos uma resposta, mas uma resposta que não passa de uma piada, o que também é bastante compreensível. Quem pode reivindicar o direito de, com suas pequenas preocupações pessoais, infiltrar-se naquele trabalho que é muito mais importante e está sempre em ritmo frenético? Não entendo como alguém, mesmo um forasteiro, consegue acreditar que, ao ligar para Sordini, por exemplo, seja realmente Sordini quem vai atender. É muito mais provável que seja um pequeno registrador de um departamento completamente diferente. Por outro lado, em alguma hora excepcional, pode acontecer de Sordini atender se você ligar para um pequeno registrador. Nesse caso, com certeza, é melhor correr para longe do telefone assim que ouvir a primeira vogal.

– Isso eu não imaginava – K. falou. – Não tinha como saber dessas particularidades; não confiava muito nessas conversas telefônicas e sempre soube que apenas o que descobrimos ou conseguimos no castelo tem significado real.

– Não – disse o burgomestre, fixando-se em uma palavra. – É claro que tais chamadas telefônicas têm significados reais, como não? Como uma informação dada por um funcionário do castelo pode não ter nenhum sentido? Foi o que eu já disse em relação à carta de Klamm; nenhuma dessas afirmações têm importância institucional; se o senhor atribuir-lhes importância institucional, estará enganado; por outro lado, sua importância particular no âmbito das amizades ou das inimizades é bastante grande, quase sempre maior que qualquer importância institucional poderia ter.

– Certo – K. falou. – Pressupondo-se que as coisas sejam assim, então devo ter uma porção de bons amigos no castelo; olhando bem, há muitos anos, algum departamento teve a ideia de chamar um agrimensor, um ato de amizade em relação a mim, e, no período subsequente, um entrou em contato com o outro até eu ter sido atraído para cá, apesar do final ruim e de me ameaçarem com uma expulsão.

– Há certa verdade na sua percepção – o burgomestre falou. – O senhor tem razão ao dizer que não se deve acreditar literalmente nos pronunciamentos do castelo. No entanto, deve-se ter cuidado sempre, e não apenas aqui, e isso é cada vez mais necessário quanto mais importante for o pronunciamento em questão. Contudo não compreendo o que quis dizer sobre ser atraído. Se o senhor tivesse acompanhado melhor minhas explicações, deveria saber que a questão da sua convocação é muito complicada para ser respondida no decorrer de uma conversinha.

– Então, o resultado – K. concluiu – é que tudo continua bastante indefinido e irresolúvel até a expulsão.

– Quem vai se atrever a expulsá-lo, senhor Agrimensor? – perguntou o burgomestre. – Foi justamente a indefinição das questões preliminares que lhe garantiu o tratamento mais amigável possível, mas parece que o senhor é bastante sensível. Ninguém o está segurando aqui, mas isso também não é uma expulsão.

– Ah, senhor Burgomestre – K. falou –, novamente é o senhor que consegue ver tudo com tanta clareza. Listarei algumas das coisas que estão me segurando aqui: aquilo que precisei sacrificar para poder sair de casa, a longa e difícil viagem, as expectativas justificadas que cultivei em relação à minha admissão aqui, minha total impotência, a impossibilidade de encontrar outro trabalho apropriado para mim em casa e, por fim, mas não menos importante, minha noiva, que é uma local.

– Ah, Frieda... – o burgomestre disse sem surpresa. – Estou sabendo. Mas Frieda iria atrás do senhor para qualquer lugar. Sobre todo o resto, é necessário fazer certas considerações, e informarei o castelo sobre elas. Se chegarem a alguma decisão ou se for necessário ouvi-lo mais uma vez antes, vou chamá-lo. O senhor concorda?

– Não, é claro que não – K. falou. – Não quero atos de misericórdia do castelo, quero meus direitos.

– Mizzi – o burgomestre chamou sua mulher, que continuava sentada ao seu lado e, sonhadora, brincava com o barquinho que fizera com a carta de Klamm; em choque, K. a tomou dela. – Mizzi, minha perna está voltando a doer bastante, vamos ter que trocar a compressa.

K. levantou-se.

– Então, também vou me despedir – disse.

– Está bem – falou Mizzi, que já preparara um unguento. – Está puxando muito.

K. se virou; os ajudantes, sempre naquela pressa serviçal descabida, haviam aberto as duas folhas da porta assim que K. falou. Para proteger o quarto do enfermo da entrada do frio intenso, K. apenas se inclinou brevemente para o burgomestre. Em seguida, saiu do quarto levando os ajudantes com pressa e fechou a porta rapidamente.

Capítulo 6

O estalajadeiro estava esperando por ele na frente do alojamento. Como não ousou começar a falar sem ser questionado, K. perguntou o que ele queria.

– Você já achou uma nova casa? – o estalajadeiro perguntou olhando para o chão.

– Está perguntando a mando da sua mulher – K. falou. – É assim tão dependente dela?

– Não – o estalajadeiro respondeu. – Não estou perguntando em nome dela. Mas ela está muito agitada e infeliz por sua causa, não consegue trabalhar, fica deitada na cama gemendo e reclamando sem parar.

– Quer que eu vá vê-la? – K. perguntou.

– Peço-lhe que sim – o estalajadeiro disse. – Fui buscá-lo no burgomestre, fiquei lá ouvindo na porta, mas vocês estavam conversando, e eu não quis atrapalhar. Como também estava preocupado com minha mulher, voltei para casa, mas ela não me deixou ficar com ela, então não me restou mais nada a não ser esperar por você.

– Então vamos logo – K. falou. – Eu a tranquilizarei rapidamente.

– Se isso for possível – respondeu o estalajadeiro.

Passaram pela cozinha iluminada, onde três ou quatro criadas, uma longe da outra, praticamente congelaram o que estavam fazendo com a aparição de K. Da cozinha, já se ouviam os gemidos da estalajadeira. Ela estava deitada em um cômodo simples, sem janela e separado da cozinha por uma fina parede de madeira. Havia espaço apenas para uma grande cama de casal e um armário. A disposição da cama permitia ver a cozinha inteira, para que o trabalho pudesse ser supervisionado. Por outro lado, da cozinha pouco se via o cômodo de madeira. Estava bastante escuro ali, apenas a roupa de cama branca e vermelha cintilava de leve. Ao entrar, os olhos precisavam acostumar-se primeiro antes de conseguirem diferenciar os detalhes.

– Finalmente o senhor chegou – a estalajadeira falou com fraqueza. Deitada estatelada de barriga para cima com a respiração visivelmente difícil, jogou longe o edredom de plumas. Parecia muito mais jovem na cama que vestida, mas a touquinha de renda que usava para dormir, apesar de ser muito pequena e não parar direito no penteado, conferia um ar lamentável à decadência daquele rosto.

– Como eu poderia ter chegado antes? – K. perguntou calmamente. – A senhora não me chamou.

– O senhor não deveria me deixar esperando por tanto tempo – falou a estalajadeira com a teimosia dos doentes. – Sente-se – disse indicando a beirada da cama. – E fora, todos vocês!

Além dos ajudantes, as criadas também tinham se infiltrado ali.

– Também vou sair, Gardena – o estalajadeiro falou. Era a primeira vez que K. ouvia o nome da mulher.

– Mas é claro – ela disse lentamente e, como se estivesse ocupada com outros pensamentos, acrescentou distraída: – Por que justamente você haveria de ficar?

Contudo, quando todos haviam voltado para a cozinha, desta vez até os ajudantes acompanharam de imediato, apesar de estarem atrás de uma das criadas, Gardena estava atenta o suficiente para perceber que na cozinha era possível ouvir tudo o que se falava ali, pois o cômodo de madeira não tinha porta, e, por isso, mandou que todos saíssem da cozinha também. E assim o fizeram imediatamente.

– Por favor – Gardena pediu então –, senhor Agrimensor, há um xale pendurado bem na frente do armário; pegue-o para mim, vou me cobrir com ele, não estou aguentando o edredom de plumas, está muito difícil respirar.

E, quando K. trouxe o lenço, ela disse:

– Olha só, é um lenço bonito, não é?

Para K., não passava de um simples lenço de algodão. Ele o tocou mais uma vez, por presteza apenas, mas não disse nada.

– É, é um lenço bonito – Gardena falou enrolando-se nele. Agora, deitava-se pacificamente ali, parecia que todo o tormento passara. Ela sentou-se um pouquinho e até ajeitou os cabelos bagunçados por ficar deitada, arrumando o penteado ao redor da touca de dormir. Seu cabelo era bem cheio.

K. ficou impaciente e disse:

– Dona Estalajadeira, a senhora mandou perguntar se já encontrei outra casa.

– Mandei perguntar? – questionou a estalajadeira. – Não, houve algum engano.

– Seu marido acabou de me perguntar.

– Imagino mesmo – a estalajadeira falou. – Nós brigamos. Quando eu não queria o senhor aqui, ele o mantinha; agora que estou feliz com o senhor morando aqui, ele o manda embora. Ele sempre faz isso.

– Então – K. perguntou – sua opinião sobre mim mudou desse jeito? Em uma, duas horas?

– Não mudei de opinião – disse a estalajadeira, ficando mais fraca novamente. – Dê-me sua mão. Muito bem. Agora, prometa-me ser totalmente sincero; eu também lhe prometerei.

– Está bem – K. falou. – Quem vai começar?

– Eu – a estalajadeira disse. Não pareceu que ela quis facilitar as coisas para K., mas que estava ansiosa para falar primeiro. Tirou uma fotografia debaixo do travesseiro e entregou-a a ele.

– Veja esta foto – pediu.

Para conseguir ver melhor, K. deu um passo em direção à cozinha, mas lá também não estava fácil identificar nada, pois a foto desbotara com o tempo e estava rasgada em várias partes, amassada e cheia de manchas.

– Não está em muito bom estado – K. afirmou.

– Infelizmente, infelizmente – a estalajadeira disse. – É o que acontece ao carregá-la por todos esses anos. Mas, se o senhor olhar bem, por certo conseguirá distinguir tudo. Posso ajudá-lo também. Diga-me o que está vendo; gosto bastante de ouvir sobre ela. E então?

– Um moço – K. falou.

– Certo – a estalajadeira concordou. – E o que ele está fazendo?

– Acho que está deitado em uma tábua, espreguiçando-se e bocejando. A estalajadeira riu.

– Não é nada disso – ela disse.

– Mas tem uma tábua, sim, e ele está deitado – K. defendeu seu ponto de vista.

– Olhe com mais atenção – a estalajadeira falou irritada. – Ele está mesmo deitado?

– Não – K. respondeu. – Não está deitado, está balançando, e agora vejo que não é uma tábua, mas talvez uma corda, e o moço está dando um salto em altura.

– Pois bem – falou a estalajadeira animada –, ele está pulando; é assim que os mensageiros institucionais treinam. Sabia que o senhor entenderia. Consegue ver o rosto dele também?

– Vejo muito pouco do rosto – K. falou. – Claramente ele está se esforçando bastante, a boca está aberta, os olhos, apertados, o cabelo voando.

– Muito bem – a estalajadeira falou apreciativa. – Quem não o viu pessoalmente não consegue reconhecer mais nada além disso. Mas era um moço bonito; eu o vi apenas uma vez de relance e jamais o esquecerei.

– Quem era? – K. perguntou.

– Era – a estalajadeira respondeu – o mensageiro que Klamm enviou para me chamar pela primeira vez.

K. não conseguiu prestar muita atenção, pois foi distraído pelo tilintar de um vidro. Logo encontrou a causa da interferência. Os ajudantes estavam no pátio e pulavam na neve em um pé só. Agiam como se estivessem contentes por rever K.; felizes, um apontava para o outro, e batiam na janela da cozinha o tempo inteiro. Pararam imediatamente ao ver o movimento ameaçador de K.; alternando-se, passaram a se esconder um atrás do outro e, ao fazerem isso, logo estavam de volta na frente da janela. K. apressou-se em voltar para o cômodo de madeira, onde os ajudantes não conseguiam vê-lo e ele não precisava olhar para eles. No entanto, ainda ouviu por bastante tempo o tilintar baixo e meio suplicante nos vidros da janela.

– Os ajudantes de novo – disse à estalajadeira em tom de desculpas, apontando para fora.

Ela, contudo, não lhe deu atenção; tomou a foto de volta, olhou-a, alisou-a e tornou a colocá-la embaixo do travesseiro. Seus movimentos tinham ficado mais lentos, não por cansaço, mas pelo peso das lembranças. Queria contar alguma coisa a K., mas a história a fez se esquecer dele, e brincava com as franjas do lenço. Só voltou a olhar para a frente depois de um tempo, levou uma mão aos olhos e disse:

– Este lenço aqui também é de Klamm. E a touquinha. A foto, o lenço e a touquinha, são essas as três recordações que tenho dele. Não sou jovem como Frieda, não sou tão ambiciosa quanto ela, nem tão cortês; ela é bastante cortês. Resumindo, consigo levar a vida, mas devo admitir que, sem essas três coisas, não teria aguentado ficar aqui por tanto tempo. É, provavelmente não teria aguentado ficar aqui um dia sequer. Talvez essas três recordações lhe pareçam pouco, mas veja só: Frieda, que se relaciona com Klamm há tanto tempo, não tem nenhuma recordação. Perguntei a ela, mas ela é muito deslumbrada e muito insaciável; eu, por outro lado, que estive com Klamm apenas três vezes (ele não mandou me chamar mais depois, não sei por quê), trouxe comigo essas recordações como se pressentisse a brevidade do meu tempo. É claro que se deve fazer um esforço, o próprio Klamm não dá nada, mas, ao ver alguma coisa jogada, é possível pedir por ela.

K. sentiu-se desconfortável com aquelas histórias por se identificar demais com elas.

– Isso aconteceu há quanto tempo? – perguntou com um suspiro.

– Há mais de vinte anos – respondeu a estalajadeira. – Bem mais de vinte anos.

– As pessoas mantêm-se fiéis a Klamm por todo esse tempo... – K. constatou. – Sabia, dona Estalajadeira, que, com essas confissões, a senhora me traz graves preocupações quando penso em meu futuro casamento?

A estalajadeira não achou apropriado K. querer se envolver com os próprios assuntos e, irritada, o olhou de relance.

– Não fique brava, dona Estalajadeira – K. falou. – Não estou dizendo nenhuma palavra contra Klamm, mas é certo que tenho algum vínculo com ele graças à força dos acontecimentos; a maior admiradora de Klamm não pode negar isso. Pois então. Por conta disso, sempre tenho que pensar em mim quando falam de Klamm, e isso não mudará. Apesar disso, dona Estalajadeira – neste momento, K. segurou sua mão hesitante –, lembre--se de como acabou mal nossa última conversa e que, desta vez, queremos nos separar em paz.

– O senhor tem razão – a estalajadeira disse, balançando a cabeça. – Mas me poupe. Não sou mais sensível que os outros, pelo contrário, mas cada um têm seus pontos fracos, e este é o meu.

– Infelizmente, também é o meu – K. afirmou. – Mas vou me controlar; apenas me explique, por favor, dona Estalajadeira, como suportarei no casamento essa terrível fidelidade a Klamm, pressupondo que Frieda seja parecida com a senhora?

– Terrível fidelidade? – repetiu a estalajadeira com raiva. – Então isso é fidelidade? Sou fiel ao meu marido, mas a Klamm? Klamm fez de mim sua amante uma vez. Como poderei perder esse posto? E como o senhor deverá suportar isso com Frieda? Ah, senhor Agrimensor, quem é o senhor para ousar perguntar uma coisa dessas?

– Dona Estalajadeira... – K. falou com cuidado.

– Eu sei – a estalajadeira admitiu –, mas meu marido não fez perguntas como essas. Não sei quem é mais infeliz: eu naquela época ou Frieda agora. Frieda, que perdeu Klamm de propósito, ou eu, que não fui mais chamada.

Talvez seja Frieda, mesmo que não pareça perceber isso totalmente. Naquela época, porém, apenas meus pensamentos dominavam minha desgraça, pois eu não conseguia parar de me perguntar (e, no fundo, não parei até hoje): por que isso aconteceu? Klamm chamou você três vezes, mas não chamou uma quarta, ele nunca a chamou pela quarta vez! O que mais me preocupava na época? Sobre que outro assunto eu poderia conversar com meu marido, com quem me casei pouco tempo depois? Não tínhamos tempo durante o dia, assumimos esse alojamento em um estado deplorável e precisávamos tentar colocá-lo em pé, mas e durante a noite? Por anos, nossas conversas noturnas giravam somente em torno de Klamm e dos motivos da mudança em seu comportamento. E, se meu marido dormia durante essas interlocuções, eu o acordava e continuávamos conversando.

– Se a senhora permitir – K. falou –, gostaria de fazer uma pergunta bastante indiscreta.

A estalajadeira ficou em silêncio.

– Então não devo perguntar – K. concluiu. – Isso já me basta também.

– É claro – a estalajadeira disse. – Isso também já lhe basta, e principalmente isso. O senhor interpreta tudo errado, até o silêncio. O senhor não consegue fazer diferente. Pode perguntar.

– Se interpreto tudo errado – K. falou –, talvez também esteja interpretando mal minha pergunta. Quem sabe ela nem é tão indiscreta assim. Apenas gostaria de saber como a senhora conheceu seu marido e como viraram proprietários deste alojamento.

A estalajadeira franziu a testa, mas falou tranquilamente:

– É uma história bem simples. Meu pai era ferreiro, e Hans, meu atual marido, era o servo que cuidava dos cavalos de uma grande fazenda, visitando meu pai com frequência. Foi bem na época do último encontro com Klamm. Eu estava bastante infeliz, o que, na realidade, não deveria acontecer, pois tudo acontecera corretamente e Klamm decidira que eu não deveria mais encontrá-lo; portanto, era uma decisão correta; apenas os motivos eram obscuros, mas eu não podia investigá-los; na verdade, não deveria estar triste. Mas estava mesmo assim e não conseguia trabalhar, ficava sentada o dia inteiro no jardinzinho da frente. Hans via-me ali e às vezes sentava-se comigo. Eu não me lamentava, mas ele sabia o que estava ocorrendo e, por ser um bom rapaz, até aconteceu de chorar comigo uma vez. A mulher do velho estalajadeiro daquela época havia falecido e, por isso, ele precisava passar os negócios para a frente. Um dia ele cruzou nosso jardinzinho e encontrou nós dois sentados ali, parou e, na hora, ofereceu-nos o alojamento sem exigir dinheiro antecipado, pois confiava na gente, e cobrou um aluguel bem barato. Eu não queria dar trabalho a papai e estava indiferente a tudo, então pensei em dar minha mão a Hans, e pensei no alojamento e em todo o novo trabalho que, quem sabe, poderia me fazer esquecer um pouco de tudo. Essa é a história.

Ficaram um pouco em silêncio, então K. falou:

– A abordagem do estalajadeiro foi bonita, porém descuidada, ou ele tinha motivos especiais para confiar em vocês dois?

– Ele conhecia bem Hans – a estalajadeira afirmou. – Era tio dele.

– Então – K. falou – a família de Hans certamente era bastante favorável à relação com a senhora?

– Talvez – a estalajadeira respondeu. – Não sei, nunca me preocupei com isso.

– Deve ter sido – K. afirmou. – Se a família estava disposta a fazer tais sacrifícios e simplesmente passar o alojamento para suas mãos sem qualquer garantia.

– Não foi um descuido, como comprovaram posteriormente – a estalajadeira disse. – Eu me joguei no trabalho, era forte, a filha do ferreiro, não precisava de criadas nem de servos; ficava em todos os lugares: na taberna, na cozinha, no estábulo, no pátio; cozinhava tão bem que até peguei os clientes da Estalagem dos Cavalheiros. O senhor ainda não esteve na taberna no almoço, não conhece nossos clientes do almoço; naquela época, eram muito mais, vários já se foram desde então. E o resultado foi que não só conseguimos pagar o aluguel corretamente como compramos tudo após alguns anos, e hoje quase já nem temos dívidas. O outro resultado, obviamente, foi que me destruí, tornei-me cardíaca e virei uma velha senhora. Talvez o senhor ache que sou muito mais velha que Hans, mas, na realidade, ele é apenas dois ou três anos mais novo que eu e nunca envelhecerá, pois o trabalho dele (fumar cachimbo, ouvir os clientes, bater o cachimbo e, de vez em quando, buscar uma cerveja), esse trabalho não envelhece ninguém.

– Seu desempenho é admirável – K. falou –, não há a menor dúvida, mas estávamos falando do período antes do seu casamento e, na época, deve ter sido estranho a família de Hans pressionar um casamento sacrificando dinheiro ou, no mínimo, assumindo um risco tão grande ao entregar o alojamento, e isso sem ter nenhuma outra expectativa a não ser sua força de trabalho, que nem sequer conheciam, e a força de trabalho de Hans, de cuja inexistência por certo eles já deveriam saber.

– Muito bem – a estalajadeira disse cansada –, sei aonde o senhor quer chegar e quanto está enganado. Não havia sinal de Klamm em nenhuma dessas coisas. Por que ele deveria se preocupar comigo ou, mais precisamente, como poderia se preocupar comigo? Ele não sabia mais nada sobre mim. Não mandar mais me chamar era sinal de que havia me esquecido. Quando ele deixa de mandar chamar alguém, esquece-se completamente. Não quis falar sobre isso antes na frente de Frieda. Não é apenas esquecimento, vai muito além disso, pois podemos conhecer de novo aqueles de quem nos esquecemos. Com Klamm, isso não é possível. Quando ele deixa de mandar chamar alguém, então não apenas se esqueceu por completo do passado, mas também se esquecerá no futuro. Se eu me esforçar bastante, K., consigo entender suas ideias que podem até ser válidas no desconhecido de onde o senhor vem, mas aqui não fazem sentido. É possível que o senhor chegue à loucura de acreditar que Klamm tenha me dado Hans como marido para que eu não enfrentasse muitos obstáculos para encontrá-lo caso me chamasse no futuro. Pois veja, não há loucura maior que essa. Que homem seria capaz de me impedir de correr até Klamm se ele me desse um sinal? É um absurdo, um completo absurdo; as pessoas enlouquecem ao brincar com absurdos como esse.

– Não – K. disse –, não queremos enlouquecer. Eu nem tinha ido tão longe, como a senhora supõe. Para falar a verdade, não estava nem indo por esse caminho. A princípio, estava apenas impressionado pelos parentes esperarem tanto do casamento e por tais expectativas realmente terem sido cumpridas, embora à custa do seu coração e da sua saúde. A ideia de uma relação entre os fatos e Klamm realmente me ocorreu, mas não, ou ainda não, com a rudez com a qual a senhora apresentou, mas claramente com o único fim de poder passar por cima de mim novamente, porque a senhora gosta de fazer isso. Pode continuar gostando! Na realidade, o que pensei foi: em primeiro lugar, Klamm foi o motivo do casamento. Sem Klamm, a senhora não teria ficado infeliz, não teria se sentado sem fazer nada no jardinzinho; sem Klamm, Hans não a teria encontrado lá; sem sua tristeza, o tímido Hans não teria ousado conversar com a senhora; sem Klamm, a senhora nunca teria compartilhado lágrimas com Hans; sem Klamm, o bom e velho tio estalajadeiro nunca teria visto Hans e a senhora sentados pacificamente juntos; sem Klamm, a senhora não estaria indiferente à vida e, portanto, não teria se casado com Hans. Bem, eu poderia pensar que já houve Klamm o bastante. Mas ainda tem mais. Se a senhora não estivesse tentando esquecê-lo, com certeza não teria trabalhado assim, sem pensar em si mesma, e melhorado tanto a hospedaria. Portanto, Klamm aqui mais uma vez. Além disso, Klamm também é a causa da sua enfermidade, pois seu coração já estava exaurido pela paixão infeliz antes do casamento. Resta apenas a dúvida de por que os parentes de Hans ficaram tão atraídos pelo casamento. A senhora mencionou uma vez que ser amante de Klamm tinha uma importância impossível de perder; então, talvez tenha sido isso que os atraiu. Além disso, no entanto, acredito que havia esperança de que a boa estrela que a senhora tinha (pressupondo-se que era uma boa estrela, como a senhora afirma) e que atraiu Klamm permanecesse consigo e que, assim, não fosse deixada tão rápida e repentinamente como Klamm fizera.

– O senhor acha isso tudo de verdade mesmo? – a estalajadeira quis saber.

– De verdade – K. disse rapidamente. – Só não acho que os parentes de Hans estavam de todo certos nem de todo errados com suas expectativas, e acho que sei qual foi o erro deles. Aparentemente, tudo deu certo, Hans está bem cuidado, tem uma esposa impressionante, é honrado, a hospedaria está livre de dívidas. Mas, na verdade, nem tudo deu certo; ele certamente seria muito mais feliz com uma moça simples, cujo primeiro grande amor tivesse sido ele; se, às vezes, ele fica sentado na taberna com ar perdido, como a senhora o acusa, é porque de fato se sente perdido (sem estar infeliz com isso, com certeza; já o conheço o suficiente para afirmar isso), mas é igualmente certo que esse jovem bonito e sensato teria sido mais feliz com outra mulher, e refiro-me também a um homem mais independente, mais esforçado e mais másculo. E decerto a senhora também não é feliz, pois, como afirmou, não queria continuar vivendo sem essas três recordações, além de ainda sofrer do coração. Portanto, os parentes estavam errados em ter aquelas expectativas? Acho que não. A bênção estava acima da senhora, mas ninguém foi capaz de apanhá-la.

– O que deixamos passar então? – a estalajadeira perguntou. Estava deitada de costas, olhando para o teto.

– Deixaram de perguntar a Klamm – K. respondeu.

– Então voltamos para o senhor – a estalajadeira disse.

– Ou para a senhora – K. falou. – Nossas situações são contíguas.

– O que o senhor quer com Klamm? – a estalajadeira questionou. Sentou-se ereta, ajeitou os travesseiros para servirem de encosto e olhou bem fundo nos olhos de K. – Contei minha história com sinceridade, e o senhor pôde aprender algumas coisas com ela. Agora, diga-me com igual sinceridade o que o senhor quer perguntar a Klamm. Apenas com muito esforço consegui persuadir Frieda a ir para seu quarto e ficar por lá; temia que o senhor não conversasse tão abertamente na presença dela.

– Não tenho nada a esconder – K. respondeu. – Primeiro, no entanto, quero chamar atenção para uma coisa. A senhora disse que Klamm se esquece logo. Em primeiro lugar, me parece muito improvável e, em segundo, não há como comprovar; isso claramente não passa de uma lenda inventada pela cabeça de meninas que caíram nas graças de Klamm. Surpreendo-me pela senhora acreditar em uma invenção tão banal.

– Não é lenda nenhuma – a estalajadeira falou. – Corresponde muito mais à experiência geral.

– Rebatida também por outra invenção, então – K. respondeu. – Há ainda outra diferença entre o seu caso e o de Frieda. Sabe-se que Klamm não deixou de chamar Frieda; o que houve foi que ele a chamou, mas ela não o atendeu. Inclusive, é possível que esteja esperando por ela até agora.

A estalajadeira ficou em silêncio, o olhar observando K. de cima a baixo. Em seguida, disse:

– Quero ouvir com atenção tudo o que o senhor tem a dizer. Fale abertamente em vez de me resguardar. Tenho apenas um pedido: não use o nome de Klamm. Chame-o de "ele" ou de qualquer outra forma, mas não pelo nome.

– Está bem – K. concordou. – Mas é difícil dizer o que quero com ele. Primeiro, quero vê-lo de perto; depois, quero ouvir sua voz e saber como ele se comporta em relação ao nosso casamento. O que pedirei em seguida pode depender da evolução da conversa. É possível que falemos de algumas coisas, mas, para mim, o mais importante é ficar cara a cara com ele. Nunca conversei pessoalmente com um funcionário público de verdade. Parece ser mais difícil do que eu acreditava. Agora, no entanto, tenho o dever de conversar com ele como figura privada, e, na minha opinião, isso é muito mais fácil de fazer. Como funcionário público, apenas conseguirei conversar com ele no seu escritório talvez inacessível, no castelo ou na Estalagem dos Cavalheiros, o que já é duvidoso. Como figura privada, porém, posso me encontrar com ele em qualquer lugar, em casa, na rua, onde acontecer. Com prazer, aceitaria ficar cara a cara com o funcionário público, mas não é meu objetivo principal.

– Muito bem – falou a estalajadeira, escondendo o rosto no travesseiro, como se tivesse dito algo vergonhoso. – Se, pelos meus contatos, eu conseguisse encaminhar seu pedido para conversar com Klamm, o senhor me promete que não agirá por conta própria até receber a resposta?

– Não posso prometer isso – K. respondeu –, apesar de querer muito atender ao seu pedido ou à sua vontade. O assunto urge, sobretudo após o resultado insatisfatório da minha conversa com o burgomestre.

– Essa objeção não vale – a estalajadeira disse –, o burgomestre é uma pessoa completamente irrelevante. O senhor não percebeu? Seria incapaz de ficar um dia no cargo se sua mulher não fizesse tudo.

– Mizzi? – K. perguntou.

A estalajadeira confirmou com a cabeça.

– Ela estava lá – K. falou.

– Ela se posicionou? – a estalajadeira questionou.

– Não – K. respondeu. – No entanto, também não tive a impressão de que fosse capaz.

– Pois é – a estalajadeira falou –, o senhor percebe tudo tão errado por aqui. Em todo caso, o que o burgomestre determinou para o senhor não tem qualquer relevância. Conversarei com a mulher dele quando tiver oportunidade. Se eu lhe prometer que a resposta de Klamm virá em no máximo uma semana, o senhor não tem mais motivo para não aceitar minha oferta.

– Nada disso é definitivo – K. falou. – Sigo firme na minha decisão e tentarei executá-la, mesmo se receber uma resposta negativa. No entanto, se meu intuito for esse desde o início, não posso pedir uma conversa com antecedência. Sem esse pedido, minha tentativa continuaria sendo audaciosa, mas bem-intencionada; se eu a fizesse após uma resposta negativa, seria uma clara insubordinação. Com certeza, isso seria muito pior.

– Pior? – a estalajadeira perguntou. – É insubordinação de qualquer jeito. Bem, faça como desejar. Pegue minha saia.

Sem se preocupar com K., ela vestiu a saia e foi apressada para a cozinha. Havia bastante tempo ouvia-se uma agitação na taberna. Alguém batera no postigo. Os ajudantes abriram-no uma vez e gritaram lá para dentro que estavam com fome. Outros rostos também haviam aparecido por lá. Ouvia-se até uma cantoria baixa em coro.

Com certeza, a conversa de K. com a estalajadeira atrasara bastante o preparo do almoço, que ainda não estava pronto, mas os clientes já estavam

reunidos. Ainda assim, ninguém se atreveu a entrar na cozinha e desobede-
cer à proibição da estalajadeira. As criadas só correram para lá quando os
observadores do postigo informaram que a estalajadeira já estava chegando,
e, quando K. entrou na taberna, o espaço foi invadido às pressas por uma
impressionante e numerosa multidão de mais de vinte pessoas, homens e
mulheres provincianos, sem roupas de camponeses, que queriam garantir
seu lugar às mesas. Havia apenas um casal sentado com algumas crianças
a uma pequena mesa de canto; o homem, um senhor amigável de olhos
azuis, cabelo desgrenhado e barba grisalha, estava curvado para as crianças e, com uma faca, ditava o ritmo da cantoria, que não parava de tentar
abafar; talvez quisesse fazê-las esquecer da fome com a canção. A estalajadeira desculpou-se para a multidão com algumas palavras indiferentes,
e ninguém fez qualquer acusação. Ela procurou pelo estalajadeiro, que,
por sua vez, fugira da situação difícil havia tempos. Em seguida, dirigiu-se
lentamente para a cozinha; para K, que se apressara em ir ao seu quarto
encontrar Frieda, não lançou mais um olhar sequer.

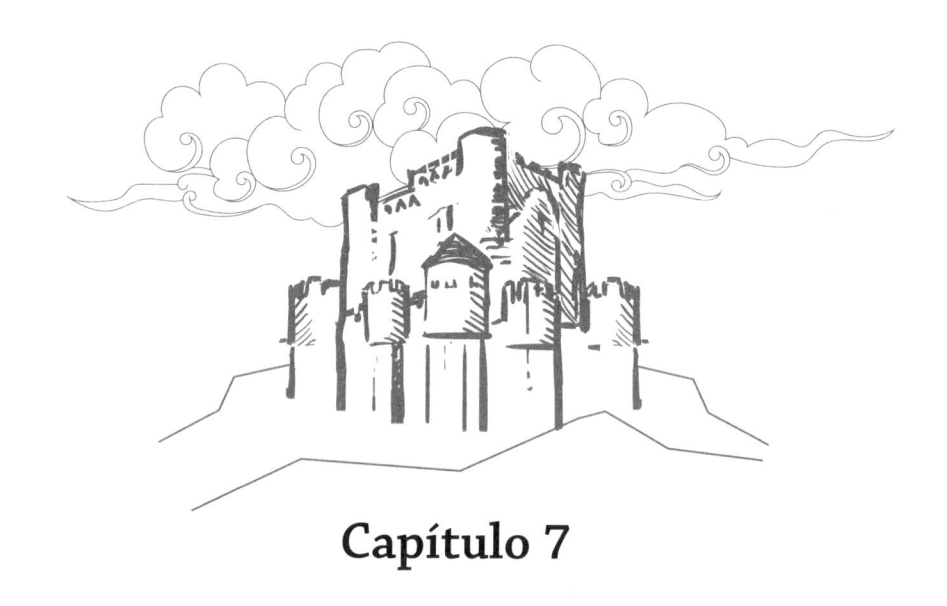

Capítulo 7

K. encontrou o professor lá em cima. Felizmente, mal era possível reconhecer o quarto, de tão empenhada que Frieda estivera. Fora bem ventilado, o aquecedor estava bem quente, o chão, lavado, a cama fora arrumada, as coisas das criadas, aquele lixo odioso, inclusive as fotografias, haviam sumido; a mesa, que antes mal se podia olhar com aquela placa de sujeira incrustada, estava coberta com uma toalha branca bordada. Agora, podiam receber convidados; o pequeno monte de roupas de K., que Frieda certamente lavara mais cedo, estava pendurado no aquecedor para secar e quase não incomodava. O professor e Frieda estavam sentados à mesa e levantaram-se quando K. entrou. Frieda cumprimentou-o com um beijo e o professor inclinou-se um pouco. K., distraído e ainda um pouco inquieto graças à conversa com a estalajadeira, começou a se desculpar por ainda não ter conseguido visitar o professor; parecia, pressupôs ele, que o professor resolvera fazer a visita ao perder a paciência com a ausência de K. O professor, todavia, com seu jeito respeitoso, só agora parecia se lembrar, aos poucos, de que tinham marcado algum tipo de visita.

– Ah, o senhor – disse lentamente – é o forasteiro com quem conversei há alguns dias na praça da igreja, senhor Agrimensor.

– Isso – K. disse brevemente; não tinha que aturar ali, no seu quarto, o que aguentara naquela ocasião, quando estava desamparado.

Virou-se para Frieda e contou-lhe que tinha que fazer uma visita importante imediatamente, para a qual precisava estar muito bem-vestido. Sem fazer mais perguntas, Frieda gritou para os ajudantes, que estavam ocupados analisando a nova toalha de mesa, e ordenou que fossem ao pátio limpar com esmero o casaco e as botas de K., que ele começava a despir. Ela mesma pegou uma camisa do varal e desceu correndo para passá-la a ferro na cozinha.

Agora K. estava sozinho com o professor, sentado à mesa, novamente em silêncio; deixou-o esperar um pouco, depois tirou a camisa e começou a se lavar na pia. Só quando estava de costas para o professor perguntou o motivo da sua vinda.

– Venho em nome do senhor Burgomestre – disse.

K. estava preparado para ouvir o pedido. Como as palavras de K. eram difíceis de ser compreendidas com o barulho da água, o professor teve que se aproximar e apoiar-se na parede ao lado dele. K. desculpou-se pelo banho e pela agitação com a urgência da visita que pretendia fazer. O professor desviou do assunto e falou:

– O senhor foi desrespeitoso com o burgomestre, aquele homem idoso, benemérito, experiente e admirável.

– Se fui desrespeitoso, não sei – K. falou enquanto se secava. – O que sei é que tenho outras coisas com que me preocupar além de um comportamento polido, pois é a minha existência que está ameaçada por uma hospedaria institucional vergonhosa, cujas especificidades não preciso lhe apresentar, uma vez que o próprio senhor é membro atuante dessa instituição. O burgomestre reclamou de mim?

– De quem mais poderia reclamar? – o professor rebateu. – E, mesmo se houvesse alguém, será que ele reclamaria? Eu só elaborei um pequeno protocolo conforme o que ele ditou sobre sua conversa e, pela bondade do senhor Burgomestre e pelo tipo de suas respostas, já descobri o suficiente.

Enquanto K. procurava o pente que Frieda guardara em algum lugar, retorquiu:

– Como assim? Um protocolo? Elaborado posteriormente e na minha ausência por alguém que nem esteve presente na conversa? Nada mau. E por que um protocolo? O que fizemos foi um ato institucional?

– Não – o professor respondeu –, semi-institucional, e o protocolo também é semi-institucional; foi elaborado apenas porque tudo precisa estar na mais perfeita ordem conosco. De toda forma, ele agora existe e não está a seu favor.

K., que finalmente encontrou o pente em cima da cama, disse com mais tranquilidade:

– Que seja, então. O senhor veio aqui para me informar isso?

– Não – disse o professor –, mas não sou máquina e tinha que lhe dizer minha opinião a respeito. No entanto, minha tarefa é outra prova da bondade do burgomestre; gostaria de enfatizar que tal bondade me é incompreensível e executo tal tarefa apenas sob pressão do meu cargo e para honrar o senhor Burgomestre.

Banhado e penteado, K. sentou-se à mesa para esperar pela camisa e pelas roupas. Estava pouco curioso com o que o professor trazia; além disso, fora influenciado pela opinião da estalajadeira sobre o burgomestre, que o considerava uma pessoa desimportante.

– Já passou do meio-dia? – perguntou, pensando no caminho que tinha pela frente. Em seguida, corrigiu-se e quis saber: – O senhor queria me passar alguma mensagem do burgomestre.

– Isso mesmo – o professor falou com um balançar de ombros, como se quisesse afastar de si qualquer responsabilidade. – O burgomestre teme que o senhor faça algo impensado por conta própria caso a decisão da sua situação demore demais a sair. De minha parte, não sei por que ele se preocupa com isso. Na minha opinião, melhor seria se o senhor fizesse o que bem entende. Não somos seus anjos da guarda e não temos a obrigação de segui-lo por seus caminhos. Pois bem. O senhor Burgomestre tem outra opinião. É evidente que não é capaz de acelerar a decisão em si, pois é um assunto das instituições condais. No entanto, gostaria de tomar uma decisão provisória e verdadeiramente generosa que só cabe ao senhor aceitar: oferecer-lhe um cargo temporário como caseiro da escola.

A princípio, K. prestou pouca atenção ao que lhe estava sendo oferecido, mas o fato de oferecerem algo não lhe pareceu irrelevante. Aquilo significava que o burgomestre acreditava que ele, para se defender, era capaz de fazer coisas que justificassem determinadas despesas para proteger a própria comunidade. Como consideravam o caso importante! Muito provavelmente, o burgomestre já estava vindo atrás do professor, que ficara esperando por ele por bastante tempo e, antes ainda, elaborara o protocolo. Quando o professor percebeu que K. estava refletindo, acrescentou:

– Fiz minhas objeções. Apontei que, até hoje, nunca precisamos de um caseiro na escola; a moça do serviço paroquial a faxina de tempos em tempos, e a senhorita Gisa, a professora, a supervisiona. Já me atormento bastante com as crianças, não quero me irritar com um caseiro também. O burgomestre refutou dizendo que a escola estava mesmo muito suja. Para honrar a verdade, respondi que não estava tão ruim assim. E complementei perguntando se aquilo ficaria melhor ao empregarmos o homem como caseiro na escola. Certamente, não ficaria. Disse que, além de o homem não entender nada sobre aquele tipo de trabalho, as instalações escolares contavam apenas com duas salas de aula grandes sem cômodos contíguos, então o caseiro precisaria morar, dormir e talvez até cozinhar com sua família em uma das salas de aula, e, com certeza, isso não aumentaria a limpeza do lugar. Mas o burgomestre apontou que esse cargo o salvaria da situação de urgência em que se encontrava e, portanto, o senhor não pouparia esforços para desempenhá-lo bem; além disso, o burgomestre afirmou que, com o senhor, ganharíamos ainda o trabalho da sua mulher e dos seus ajudantes e, portanto, não apenas a escola seria mantida em exemplar ordem, mas o jardim também. Refutei tudo isso com facilidade. Por fim, o burgomestre não conseguiu dizer mais nada a seu favor, riu e disse apenas que o senhor é agrimensor e, portanto, conseguiria cuidar muito bem da horta do jardim. Bem, como para piadas não há contra-argumentos, vim lhe fazer a proposta.

– O senhor está se preocupando à toa, senhor Professor – K. respondeu.
– Não estou pensando em aceitar o cargo.

– Excelente – disse o professor –, excelente. O senhor recusa-o sem reservas – e pegou o chapéu, inclinou-se e partiu.

Logo depois, Frieda entrou com o rosto transtornado, a camisa sem passar e sem responder às perguntas; para distraí-la, K. contou sobre o professor e a oferta; após ouvi-la, Frieda jogou a camisa na cama e saiu de novo. Voltou em seguida, desta vez com o professor, que parecia um pouco amolado e nem o cumprimentou. Frieda pediu-lhe um pouco de paciência – certamente, já fizera isso algumas vezes no caminho até ali –, puxou K. para o sótão vizinho por uma porta lateral da qual ele não tinha conhecimento e contou-lhe, agitada e sem ar, o que acontecera com ela. A estalajadeira estava indignada porque se humilhara para K. pedindo sua compreensão, e, o que era ainda mais irritante, sua condescendência em relação à conversa com Klamm, e não conseguira nada além de, como ela mesma dissera, uma recusa fria e, acima de tudo, dissimulada, por isso estava decidida a não tolerar mais K. na sua casa. Se ele tinha contatos no castelo, então que se apressasse em aproveitá-los, pois tinha que sair de casa ainda hoje, agora mesmo, e ela apenas o aceitaria de volta à força, mediante uma ordem institucional direta. Ainda assim, esperava que isso não acontecesse, pois também tinha seus contatos no castelo e os usaria em breve. Além do mais, ele estava no alojamento apenas por causa da negligência do estalajadeiro, e aquilo nem era uma emergência, pois, naquela manhã mesmo, ele se gabara por já terem lhe oferecido abrigo. É claro que Frieda poderia ficar. Se quisesse se mudar com K., a estalajadeira ficaria profundamente entristecida, e só de pensar nisso já despencara aos prantos ao lado do fogão, coitadinha daquela mulher sofrida! Mas como poderia agir diferente agora que, segundo ela, tudo girava em torno de honrar a recordação de Klamm! Essa era a situação da estalajadeira. Frieda certamente iria com K. para onde ele quisesse, na neve ou no gelo; é claro que não era preciso gastar mais nenhuma palavra sobre aquilo, mas a situação dos dois era realmente muito ruim, por isso ela recebera a oferta do burgomestre com grande alegria. Apesar de não ser um cargo adequado para K., era apenas temporário, e isso foi claramente enfatizado, assim ganhariam tempo e logo encontrariam outra oportunidade, mesmo se a decisão final fosse desfavorável.

– Em último caso – Frieda bradou por fim, já pendurando-se no pescoço de K. –, vamos embora. O que nos prende aqui no vilarejo? Por enquanto, contudo, meu amado, aceitaremos a oferta, não é? Eu trouxe o professor de volta, você diz a ele "Aceito", nada além disso, e mudamo-nos para a escola.

– Isso não é nada bom – K. falou sem querer dizer aquilo de fato, pois não se importava muito com a casa. Além disso, estava congelando em roupas de baixo ali no sótão, que era atravessado por um ar frio e cortante pelos dois lados sem paredes nem janelas. – Agora que você arrumou o quarto tão bem, precisamos nos mudar! Aceitarei o cargo muito de mau grado, já estou com vergonha dessa humilhação diante desse professorzinho, e agora ele ainda será meu superior. Se pudermos ficar aqui só mais um pouquinho, talvez minha situação mude ainda esta tarde. Se ao menos você ficar aqui, poderemos aguardar e dar ao professor uma resposta vaga. Sempre consigo encontrar abrigo para mim, se for necessário, na verdade, com Bar...

Frieda lhe tapou a boca com a mão.

– Isso não – disse, temerosa. – Por favor, não diga isso novamente. De toda forma, seguirei você aonde for. Se quiser, fico aqui sozinha, mesmo sendo muito triste para mim. Se quiser, recusamos a proposta, apesar de eu achar muito errado. Pois, veja, se você encontrar outra possibilidade, ainda esta tarde mesmo, então é óbvio que abriremos mão do cargo na escola, e ninguém nos impedirá de fazer isso. E, em relação à humilhação diante do professor, deixe-me cuidar disso, pois não haverá nenhuma. Eu mesma conversarei com ele, você apenas ficará calado ao meu lado, e assim será depois também. Se você não quiser, jamais precisará falar com ele. Na realidade, apenas eu serei sua subordinada, e nem isso, pois conheço seus pontos fracos. Então, não temos nada a perder ao aceitarmos o cargo, mas temos muito a perder caso o recusemos. Além disso, se você não conseguir nada do castelo ainda hoje, não encontrará abrigo em nenhum lugar no vilarejo, mesmo que seja só para você, pelo menos não um abrigo que não envergonhasse a mim, sua futura mulher. E, se não encontrar abrigo, exigirá que eu durma aqui no quarto quentinho enquanto sei que perambula lá fora no frio em plena madrugada?

K. manteve, esse tempo todo, os braços cruzados na frente do peito, batendo nas próprias costas com as mãos, para se aquecer um pouco, e disse:

– Então, não temos outra opção senão aceitar. Vamos!

Ao entrar no quarto, correu logo para o aquecedor a lenha sem se preocupar com o professor, que, sentado à mesa, puxou o relógio e disse:

– Já ficou tarde.

– Agora estamos totalmente de acordo, senhor Professor – Frieda falou. – Aceitamos o emprego.

– Está bem – o professor disse. – Mas ele foi oferecido ao senhor Agrimensor. É ele quem precisa aceitar.

Frieda ajudou K.

– Certamente – ela falou. – Ele aceita o cargo, não é verdade, K.?

Assim, K. pôde limitar sua declaração a um simples "sim", que não foi nem direcionado ao professor, mas a Frieda.

– Bem – o professor respondeu –, então só me resta informar-lhe suas obrigações para que estejamos todos de acordo de uma vez por todas. Senhor Agrimensor, o senhor deve limpar e aquecer as duas salas de aula diariamente, executar pequenos reparos no prédio e nos equipamentos da escola e do ginásio, manter a trilha do jardim limpa e sem neve, levar mensagens para mim e para a senhorita professora e, nas estações mais quentes, cuidar de todos os trabalhos de jardinagem. Em troca, o senhor terá direito a morar em uma das salas de aula de sua preferência. É claro que, se o senhor estiver ocupando a sala na qual haverá aula, será preciso se mudar para a outra, quando as duas salas não estiverem ocupadas com as aulas. Não será permitido cozinhar na escola; por isso, o senhor e os seus poderão alimentar-se aqui no alojamento, e os custos serão assumidos pela comunidade. O senhor deve se comportar de acordo com o decoro escolar e, acima de tudo, não deve submeter as crianças a testemunhar cenas domésticas desagradáveis, menciono apenas por cima, pois o senhor, um homem instruído, já deve saber disso muito bem. Nesse contexto, observo ainda que devemos insistir para que o senhor legitime o mais rapidamente possível sua relação com a senhorita Frieda. Um contrato de trabalho será elaborado acerca de todos esses assuntos e outras particularidades, e o senhor deverá assiná-lo tão logo se mude para as instalações escolares.

Aquilo tudo pareceu irrelevante para K., como se não lhe dissesse respeito ou não o obrigasse a nada; a empáfia do professor o incomodava, e falou sem pensar:

– Está bem, são os deveres habituais.

Para disfarçar um pouco tal observação, Frieda perguntou sobre o salário.

– Ponderaremos se haverá salário – falou o professor –, após um mês de experiência.

– Aí fica difícil – Frieda respondeu. – Já vamos nos casar quase sem dinheiro, manteremos nossa casa sem nada. Será que não podemos pedir um pequeno salário de emergência fazendo uma solicitação à comunidade, senhor Professor? O senhor nos apoiaria?

– Não – respondeu o professor, sempre direcionando suas palavras a K. – Uma solicitação dessas apenas seria atendida se eu recomendasse, e não farei isso. A concessão do emprego é um favor a vocês, e, quando nos mantemos cientes da nossa responsabilidade pública, sabemos que não devemos ir longe demais com os favores.

Nesse ponto, K. interveio quase contra vontade:

– Acredito que o senhor se engana no que diz respeito ao favor, senhor Professor. Tal favor talvez esteja mais do meu lado.

– Não – respondeu o professor com um sorriso; afinal, compelira K. a falar. – Sobre isso estou muito bem informado. Precisamos tanto de um caseiro para a escola quanto precisamos de um agrimensor. Caseiros e agrimensores são fardos em nossas costas. Precisarei pensar muito em como justificar essas despesas para a comunidade. O melhor e mais verdadeiro seria jogar a solicitação na mesa sem nem sequer fundamentá-la.

– É isso mesmo que quero dizer – K. falou. – O senhor tem que me aceitar contra a vontade. Apesar de causar difíceis reflexões, o senhor tem que me aceitar. Quando alguém precisa aceitar uma pessoa, e esta deixa-se ser aceita, então é ela quem está fazendo o favor.

– Impressionante... – o professor disse. – O que está nos obrigando a aceitá-lo? O coração do burgomestre, exageradamente bom, é que está nos obrigando. Já estou vendo que terá que desistir de certas fantasias, senhor Agrimensor, para se tornar um caseiro útil. E é claro que essas observações não colaboram muito para a concessão de um eventual pagamento. Infelizmente, logo noto que sua postura ainda me dará muito trabalho; o senhor está conversando comigo o tempo inteiro de camisa e cueca, não me canso de notar e quase não acredito nisso.

– É – K. bradou sorrindo e batendo as mãos. – Aqueles ajudantes terríveis! Onde eles estão?

Frieda apressou-se para a porta; o professor, notando que K. não estava mais disponível para conversas, perguntou a Frieda quando se mudariam para a escola.

– Hoje – Frieda respondeu.

– Então, analisarei tudo amanhã cedo – o professor falou, cumprimentou-os com um aceno e quis atravessar a porta aberta por Frieda, mas trombou com as criadas, que já estavam chegando com as coisas delas para voltar a se instalar no quarto. Ele precisou passar entre elas, que não recuaram, e Frieda o seguiu.

– Mas vocês estão com pressa, hein? – K. falou, desta vez bastante satisfeito com elas. – Ainda estamos aqui, vocês precisam entrar assim?

Elas não responderam e giraram suas trouxas constrangidas, nas quais K. via os já conhecidos trapos sujos pendurados.

– Tenho certeza de que nunca lavaram suas coisas – K. falou não de forma ofensiva, mas com certo afeto. Elas perceberam isso, abriram as bocas tesas ao mesmo tempo, mostraram os belos, fortes e animalescos dentes e sorriram em silêncio. – Agora, venham – K. falou. – Instalem-se, é seu quarto mesmo.

Ao continuarem relutantes – o quarto delas certamente lhes parecia bastante mudado –, K. pegou uma delas pelo braço para continuar guiando-a. Mas logo a soltou de tão surpresos que os olhos das duas ficaram e, após uma breve compreensão mútua, não desviaram mais o olhar de K.

– Bem, vocês já olharam para mim o suficiente – K. falou refreando um sentimento desagradável qualquer, pegou as roupas e as botas que Frieda acabara de trazer, seguida timidamente pelos ajudantes, e vestiu-se. Sempre achava incompreensível a paciência que Frieda tinha com os ajudantes, exatamente como naquele momento. Após os procurar por bastante tempo, ambos deveriam ter limpado as roupas no quintal, encontrou os dois almoçando pacificamente, as roupas sujas amassadas no colo, e ela mesma precisou limpar tudo; e, mesmo assim, ela, que sabia controlar bem as pessoas comuns, não ficou brava com eles. Na presença deles, falava sobre sua grande negligência como se fosse uma piada e batia de leve na bochecha de um deles como se lhe fizesse uma lisonja. Depois, K. gostaria de criticá-la a esse respeito. Agora, no entanto, já estava mais que na hora de partir.

– Os ajudantes ficarão aqui para ajudá-la com a mudança – K. ordenou.

Eles não concordaram com isso; saciados e animados como estavam, gostariam bastante de se movimentar um pouco. Concordaram apenas quando Frieda disse:

– Isso mesmo, vocês ficam aqui.

– Você sabe aonde estou indo? – K. perguntou.

– Sei – Frieda respondeu.

– E não vai mais me impedir? – K. quis saber.

– Você encontrará tantos obstáculos – ela disse – que minha palavra não tem a menor importância.

Despediu-se de K. com um beijo, deu-lhe um embrulhinho com pão e salsicha que trouxera lá de baixo, pois ele não almoçara, lembrou-lhe de que não deveria mais voltar para lá, mas ir direto para a escola, e acompanhou-o até a porta, com a mão em seu ombro.

Capítulo 8

Primeiro K. ficou contente por escapar da aglomeração de criadas e ajudantes e daquele quarto quente. Esfriara um pouco, a neve estava mais firme, e caminhar estava mais fácil, mas já começava a escurecer, e ele apertou o passo.

O castelo, cujos contornos já principiavam a se dissipar, estava inerte como sempre. K. nunca viu o menor sinal de vida por ali, talvez nem fosse possível identificar alguma coisa àquela distância, mas os olhos assim desejavam e não queriam aceitar a inércia. Quando K. olhava para o castelo, às vezes lhe parecia que observava alguém sentado tranquilamente olhando para a frente, não alguém perdido em pensamentos e, consequentemente, alheio a tudo, mas alguém livre e despreocupado, como se estivesse sozinho e ninguém o observasse; mesmo assim, conseguia perceber que estava sendo observado, mas isso, na verdade, não incomodava nada sua tranquilidade – não se sabia se era a causa ou a consequência –, e os olhares dos observadores não conseguiam se manter e desviavam. Essa impressão estava mais forte naquele dia graças à escuridão precoce; quanto mais tempo observava, menos conseguia identificar e mais profundamente tudo mergulhava na penumbra.

Ao chegar à Estalagem dos Cavalheiros, que ainda não estava iluminada, uma janela se abriu no primeiro andar, e um homem jovem, corpulento e sem barba, com um casaco de pele, inclinou-se para fora e assim ficou. K. cumprimentou-o, mas não pareceu ter sido retribuído nem com o menor menear de cabeça. K. não encontrou ninguém no corredor nem no bar; o cheiro de cerveja velha estava pior que da última vez, e isso não acontecia na Estalagem da Ponte. K. foi direto para a porta pela qual observara Klamm pela última vez, empurrou a maçaneta com cuidado, mas a porta estava trancada. Então, tentou passar a mão no lugar onde o postigo estava, mas talvez o fecho estivesse tão bem ajustado que não dava para encontrar o lugar, por isso resolveu acender um fósforo. Foi então que um grito o assustou. No canto entre a porta e a credência, próximo ao aquecedor, uma moça jovem estava sentada encolhida e o encarava com olhos arregalados, cansados e trôpegos de sono, sob a luz do fósforo. Certamente, era a substituta de Frieda. Ela se recuperou logo, acendeu a luz elétrica ainda com raiva e, então, reconheceu K.:

– Ah, é o senhor Agrimensor – disse sorrindo, estendendo-lhe a mão e apresentando-se. – Eu me chamo Pepi.

Era pequena, corada e saudável; uma trança feita com o espesso cabelo loiro-avermelhado emoldurava seu rosto; usava um vestido cinza brilhante de caimento reto, que pouco combinava com ela; a barra apertada fora costurada de jeito infantil, com um supérfluo cordão de fita de seda. Ela quis saber de Frieda, se não voltaria logo. Era uma pergunta que beirava à malícia.

– Contrataram-me às pressas logo depois que Frieda foi embora – disse –, porque não podiam usar uma pessoa qualquer; até agora, só tinha trabalhado como camareira, e a troca não foi muito boa. Por aqui, há muito trabalho à noite e de madrugada, é muito cansativo, quase não aguento e não me surpreende que Frieda tenha desistido.

– Frieda estava bastante satisfeita aqui – K. falou para deixar clara a distinção ignorada entre Frieda e Pepi.

– Não acredite nela – Pepi respondeu. – Frieda sabe se controlar como ninguém. Não admite o que não quer admitir, nem percebemos se há alguma coisa para admitir. Trabalho com ela aqui já há alguns anos, dormíamos juntas na mesma cama sempre, mas não confio nela. Tenho certeza de que hoje ela nem pensa mais em mim. Sua única amiga talvez seja a velha estalajadeira do alojamento da ponte, o que faz sentido.

– Frieda é minha noiva – K. falou, procurando o postigo na porta.

– Eu sei – Pepi respondeu. – Por isso mesmo estou lhe dizendo isso. Se não fosse por isso, não teria a menor importância para o senhor.

– Entendo – K. disse. – A senhora acha que devo me orgulhar por ter ganhado uma moça tão retraída.

– Isso – ela falou e sorriu satisfeita, como se tivesse feito K. compreender um segredo sobre Frieda.

Não foram as palavras dela que dispersaram K. e o distraíram um pouco da busca, mas sua aparição e sua presença naquele lugar. Certamente, era muito mais nova que Frieda, quase uma criança ainda, e suas roupas eram ridículas; com certeza, vestia-se de acordo com a impressão exagerada que tinha da importância de uma garçonete. E, a seu modo, tinha razão, pois o emprego não combinava nada com ela e fora oferecido inesperada, imerecida e apenas provisoriamente, pois nem haviam lhe entregado a bolsinha de couro que Frieda sempre carregava no cinto. Sua aparente insatisfação com o emprego não passava de prepotência. Ainda assim, apesar da infantil incompreensão, talvez ela tivesse contatos no castelo; afinal, se não mentira, era camareira; inconsciente de sua posse, dormia os dias ali, mas um abraço desse corpo pequeno, robusto e um pouco corcunda não seria capaz de arrebatá-la de tal posse; porém, talvez pudesse ser tocado e encorajado a enfrentar o difícil caminho. Será que não seria igual ao ocorrido com Frieda? Ah, não, era diferente. Bastava pensar no olhar de Frieda para compreender. K. jamais tocaria em Pepi. Apesar disso, precisou cobrir um pouco os olhos de tão cobiçoso que olhava para ela.

– Não precisamos da luz acesa – Pepi disse, voltando a apagá-la. – Só acendi porque levei um baita susto com o senhor. O que quer aqui? Frieda esqueceu alguma coisa?

– Esqueceu – K. falou apontando para a porta. – Aqui no quarto ao lado, uma toalha de mesa branca bordada.

– Ah, sei, a toalha de mesa dela – Pepi respondeu. – Lembro-me dela, um belo trabalho, eu a ajudei a bordar, mas com certeza não está nesse quarto.

– Frieda acha que está, sim. Quem mora aí? – K. perguntou.

– Ninguém – Pepi respondeu. – É a sala dos cavalheiros. Eles bebem e comem aqui, ou seja, ela é própria para isso, mas a maioria deles fica lá em cima em seus dormitórios.

– Se eu tivesse certeza de que a sala ao lado está vazia – K. falou –, gostaria muito de entrar e procurar a toalha de mesa. Mas não tenho. Klamm, por exemplo, quase sempre fica sentado aí.

– Klamm certamente não está aí agora – Pepi disse. – Está quase indo embora. O trenó já está à espera dele no pátio.

Imediatamente, sem qualquer explicação, K. saiu do bar e, chegando no corredor, em vez de se dirigir para a saída, entrou no estabelecimento e alcançou o pátio depois de alguns passos. Como era calmo e bonito ali! Era um pátio quadrado, três dos lados circundados pelo estabelecimento, e o lado que dava para a rua – uma rua lateral que K. não conhecia – era fechado por um muro alto e branco com um portão grande e pesado aberto no momento. Ao olhar pela lateral do pátio, parecia que o estabelecimento era maior que quando observado pela frente, ao menos o primeiro andar estava completamente reformado e tinha bela aparência. Era revestido por uma galeria de madeira fechada até uma pequena fresta na altura dos olhos. Na diagonal de K., onde a ala central se encontrava perpendicularmente com a ala lateral, o estabelecimento contava com uma passagem sem porta. Na frente dela, um trenó escuro e fechado aguardava parado e selado com dois cavalos. Não se via ninguém além do cocheiro, que agora, a distância e no crepúsculo, K. mais presumia que identificava.

Com as mãos nos bolsos, olhando ao redor com cuidado, K. contornou dois lados do muro até chegar no trenó. Imerso em seu casaco de pele, o cocheiro, um dos camponeses que acabara de sair do bar, observou-o se aproximar com indiferença, como se acompanhasse o caminhar de um gato. Ao chegar do seu lado, K. cumprimentou-o, os cavalos ficaram um pouco agitados por causa do homem surgido do escuro, e o cocheiro continuou bastante despreocupado. K. apreciou isso. Encostado no muro, desembalou sua refeição agradecido, pensou em Frieda, que cuidara dele tão bem, e espiou o interior do estabelecimento. Uma escada retangular quebrada descia e era cruzada por uma passagem baixa, mas aparentemente profunda; tudo estava limpo, caiado de branco, bem claro e delimitado.

A espera demorou mais do que K. imaginara. Fazia tempo que acabara de comer, o frio doía, o crepúsculo virou uma escuridão profunda e Klamm ainda não aparecera.

– Pode ser que demore bastante ainda – uma voz áspera falou de repente tão perto de K. que ele se encolheu. Era o cocheiro que espreguiçava e bocejava alto como se tivesse acabado de acordar.

– O que pode ser que demore bastante? – K. perguntou, sem se incomodar com a interrupção, pois estava cansado do silêncio e da tensão constantes.

– Antes de o senhor ir embora – o cocheiro respondeu.

K. não entendeu direito, mas não perguntou mais nada, pois acreditava que era a melhor forma de fazer o soberbo falar. A falta de resposta ali na escuridão era quase uma provocação. E, de fato, o cocheiro perguntou depois de um tempo:

– O senhor quer um conhaque?

– Quero – K. respondeu sem pensar, incitado demais pela oferta, pois estava tremendo de frio.

– Então, abra o trenó – pediu o cocheiro. – Há algumas garrafas no bolso lateral. Pegue uma, beba e passe-a para mim depois. É muito difícil descer daqui com este casaco de pele.

K. ficou irritado por ter que ajudar, mas, como o cocheiro já o autorizara a entrar, ousou fazer isso mesmo com o risco de ser surpreendido por Klamm dentro do trenó. Abriu a porta larga e poderia puxar a garrafa do bolso interno sem demora, mas o trenó o instigava tanto com aquela porta aberta que ele não resistiu e quis se sentar ali nem que fosse apenas por um segundo. Esgueirou-se lá para dentro. O calor no interior do trenó era tão inacreditável que se manteve mesmo com a porta escancarada, já que K. não ousou fechá-la. O assento, coberto por mantas, almofadas e peles, não permitia distinguir o banco; para onde quer que se virasse e esticasse, sempre se acabava envolto em maciez e quentura. Com os braços abertos, a cabeça apoiada nas almofadas sempre receptivas, K. olhou para fora do trenó em direção à casa escura. Por que Klamm demorava tanto para descer? Como entorpecido pelo calor após ficar tanto tempo em pé na neve, K. desejou que Klamm por fim aparecesse. Apenas vagamente, como uma leve perturbação, tomou consciência de que era melhor não ser encontrado por Klamm no lugar em que estava agora. O comportamento do cocheiro corroborava seu esquecimento, pois, com certeza, o homem sabia que ele estava dentro do trenó e lá o deixou, inclusive sem exigir o conhaque. Era atencioso, mas K. gostaria de servi-lo. Com dificuldade, sem sair do lugar, esticou-se para alcançar o bolso lateral, não o da porta aberta, que estava muito longe, mas o que estava atrás dele na porta fechada; não fazia diferença, havia garrafas nos dois bolsos. Puxou uma delas, abriu a tampa roscada e cheirou, sorrindo sem querer; o cheiro era tão doce, tão deleitoso... parecia ouvir os elogios e as palavras proferidas por quem se ama sem saber ao certo os motivos e sem querer descobri-los, apenas contente pela consciência de que é essa pessoa quem está falando. Em dúvida, K. se perguntou se aquilo era mesmo conhaque e provou, curioso. Sim, estranhamente era conhaque, e queimava, e ardia. Que transformação ao ser bebido; passava do portador de doces fragrâncias para uma bebida do porte daquele coche! K. quis saber como aquilo era possível, questionou a si mesmo e bebeu mais uma vez.

Então – K. estava enredado em um longo gole – o ambiente ficou claro, o lampião elétrico iluminava a escada, a passagem, o corredor, o topo da entrada externa. Ouviam-se passos descendo a escada, a garrafa caiu das mãos de K., o conhaque derramou em uma das peles, K. pulou para fora do trenó e acabara de conseguir fechar a porta, o que fez um barulho enorme, quando em seguida um senhor saiu lentamente da casa. O único consolo era não ser Klamm, ou seria justamente isso a ser lamentado? Era o cavalheiro que K. vira na janela do primeiro andar. Um homem jovem, extremamente bem-apessoado, branco e corado, mas muito sério. K. também o encarou, mas estava se afirmando com aquele olhar. Talvez tivesse sido melhor ter mandado os ajudantes; eles teriam usado o comportamento que acabara de adotar. O homem manteve-se em silêncio, como se não tivesse fôlego suficiente naquele peito largo para dizer o que queria.

– Que desagradável – o homem falou, afastando um pouco o chapéu da testa.

Como? O cavalheiro talvez nem soubesse da presença de K. no trenó e já considerava alguma coisa desagradável? Talvez porque K. se enfiara no pátio?

– Por que o senhor está aqui? – perguntou o homem ainda mais baixo, já sem fôlego, resultando no inalterável.

Que perguntas! Que respostas! Será que K. tinha que confirmar ao homem, com todas as letras, que seu caminho, iniciado com tantas esperanças, já fora em vão? Em vez de responder, K. virou-se para o trenó, abriu a porta e pegou o gorro que esquecera lá dentro. Desconfortável, notou o conhaque pingado no chão. Então, voltou-se para o homem, para mostrar que estivera no trenó; não tinha mais dúvidas, aquilo não era o pior de tudo; era capaz de só dizer que o cocheiro o autorizara a abrir o trenó, no mínimo, se alguém perguntasse. O pior, na verdade, era que o homem o surpreendera, que não houve tempo para se esconder dele e poder esperar Klamm sem ser incomodado, ou que ele não teve presença de espírito o suficiente para ficar dentro do trenó, fechar a porta e esperar por Klamm ali em meio às peles, ou ao menos ficar por lá enquanto aquele cavalheiro estivesse por perto. É claro que não tinha como saber se não era o próprio Klamm que estava vindo; nesse caso, é óbvio que teria sido muito melhor recebê-lo fora do trenó. É, houve muito a se considerar ali, agora não mais, pois tudo estava acabado.

– Venha comigo – o homem falou não de forma realmente imperativa, porém a ordem não estava nas palavras, mas sim, em um movimento curto, intencional e indiferente com a mão.

– Estou esperando uma pessoa aqui – K. falou, não mais na esperança de obter algum sucesso, mas apenas por princípio.

– Venha – o homem disse mais uma vez bastante desinteressado, como se quisesse mostrar que nunca duvidou que K. estivesse esperando alguém.

– Mas aí perderei a pessoa que estou esperando! – K. respondeu com um tremelique. Apesar de tudo o que aconteceu, tinha a sensação de que o que obtivera até o momento era uma espécie de posse, que segurava apenas de forma ilusória, mas que não podia entregar com uma ordem qualquer.

– O senhor o perderá de qualquer jeito, quer espere, quer vá embora – o homem falou, rude na opinião, mas notavelmente alinhado com a linha de raciocínio de K.

– Então, prefiro perdê-lo enquanto espero – K. retrucou desafiador. Não se deixaria ser enxotado dali pelas meras palavras daquele jovem cavalheiro.

Assim, com ar de superioridade, o homem fechou os olhos por um instante e inclinou o rosto para trás. Como se quisesse voltar à própria razão após perceber a falta de compreensão de K., passou a ponta da língua pelos lábios da boca entreaberta e, em seguida, falou para o cocheiro:

– Tire a sela dos cavalos.

O cocheiro, atendendo ao homem, mas olhando de esguelha com raiva para K., acabou tendo que descer com seu pesado casaco de pele e, muito relutante, como se não esperasse uma ordem contrária do cavalheiro, mas uma mudança de ideia de K., levou os cavalos com o trenó de volta para as proximidades da ala lateral, onde certamente ficava o estábulo com o galpão para as carruagens atrás do grande portão. K. viu-se ficando para trás sozinho; de um lado o trenó se afastava; do outro, pelo caminho por onde

K. viera, o jovem cavalheiro ia embora, ambos muito lentamente, como se quisessem mostrar a K. que ainda tinha o poder de buscá-los de volta. Talvez tivesse mesmo esse poder, mas não lhe servia de nada usá-lo; trazer o trenó de volta significaria rechaçar a si mesmo. Então, ficou parado como o único a defender o local, mas aquela era uma vitória que não trazia qualquer alegria. Observou alternadamente o cavalheiro e o cocheiro. O cavalheiro já chegara na porta pela qual K. pisou no pátio pela primeira vez, olhou para trás ainda mais uma vez, K. acreditou vê-lo balançar a cabeça por causa da enorme obstinação e, em seguida, virou-se com um movimento curto, decisivo e final, alcançou o corredor e sumiu. O cocheiro ficou no pátio por mais tempo; o trenó dava bastante trabalho; teve que abrir o pesado portão do estábulo, colocar o trenó no lugar, levando-o de ré, desarrear os cavalos e levá-los à manjedoura, e fazia tudo isso sério, imerso em si mesmo, sem qualquer esperança de uma iminente viagem; aquele trabalho silencioso, sem lançar um olhar sequer a K., pareceu-lhe uma acusação muito mais dura que o comportamento do cavalheiro. Após concluir os serviços no estábulo, o cocheiro atravessou o pátio em seu passo lento e manco e fechou o grande portão, depois voltou para o estábulo lenta e cerimoniosamente olhando apenas para os próprios rastros na neve, trancou-se ali, e toda a luz elétrica se apagou – para quem haveria de ficar acesa? –, restando iluminada apenas a fresta lá em cima na galeria de madeira, que atraía o olhar errante por um momento, então K. teve a sensação de que todas as suas relações tinham sido cortadas e agora estava mais livre do que nunca e poderia esperar naquele lugar outrora proibido pelo tempo que quisesse, como se tivesse lutado por essa liberdade como poucos teriam sido capazes, e ninguém poderia mexer com ele nem enxotá-lo, a bem da verdade, nem conversar com ele; no entanto – e tal convicção era igualmente forte –, ao mesmo tempo, não havia nada mais sem sentido e nada mais desesperador do que essa liberdade, essa espera, essa inviolabilidade.

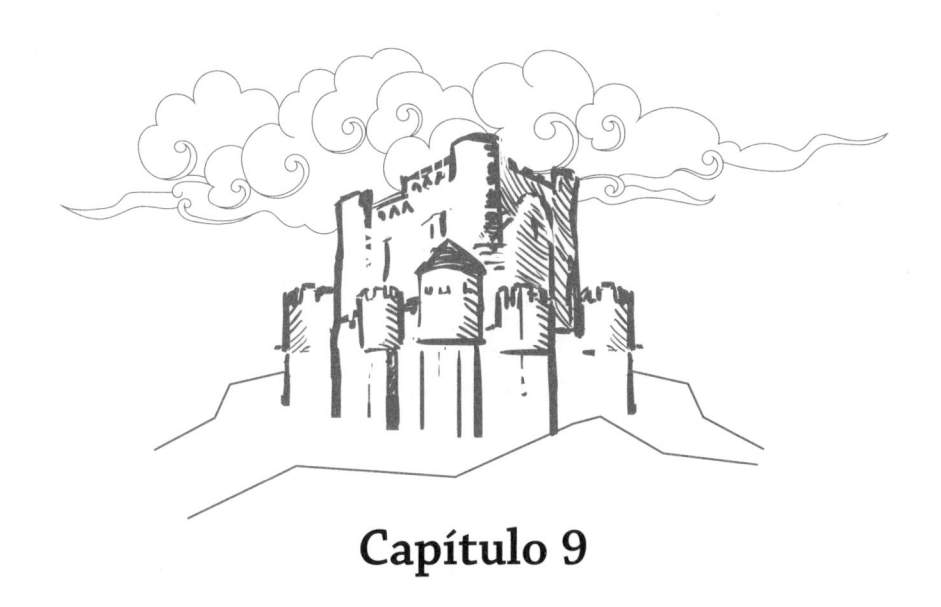

Capítulo 9

E saiu voando dali para dentro da casa, desta vez não beirando o muro, mas atravessando pela neve; encontrou o estalajadeiro no corredor, que o cumprimentou mudo e indicou a porta do bar. Ele seguiu o aceno, tremia de frio e queria ver gente, mas ficou bastante decepcionado ao encontrar o jovem cavalheiro sentado em uma mesinha que ele mesmo posicionara, uma vez que as pessoas ali se contentavam com os barris, e em pé diante dele – que visão deprimente para K. – estava a estalajadeira da Estalagem da Ponte. Pepi, orgulhosa, a cabeça erguida para trás, o eterno mesmo sorriso, inegavelmente ciente de sua dignidade, balançando a trança em cada virada, apressava-se para lá e para cá trazendo cerveja e, em seguida, tinta e pena, pois o cavalheiro, que agora queria escrever, tinha estendera vários papéis à sua frente, comparava dados que encontrava em um e, depois, em outro documento, na outra extremidade da mesa. De sua eminência, a estalajadeira observava o homem e os documentos em silêncio, com os lábios um pouco tensos em descanso, como se já tivesse dito tudo o que era necessário e aquilo fora bem recebido.

– Ah, senhor Agrimensor, finalmente – o homem falou olhando rapidamente enquanto K. entrava e, depois, voltando a afundar nos papéis. A estalajadeira também lançou a K. um olhar indiferente e nada surpreso.

Pepi, por sua vez, pareceu notar K. apenas quando ele se aproximou do balcão e pediu um conhaque.

K. apoiou-se ali, apertou os olhos com as mãos e não quis saber de nada. Então, bebericou o conhaque e empurrou-o de volta, era intragável.

– Todos os cavalheiros bebem este conhaque – Pepi disse rapidamente, jogou o resto fora, lavou o copo e colocou-o na prateleira.

– Os cavalheiros têm melhores – K. falou.

– Pode até ser – Pepi respondeu –, mas eu não tenho.

Assim, dispensou K. e voltou a atender o cavalheiro que não precisava de mais nada, por isso colocou-se atrás dele, inclinando-se aqui e ali em tentativas respeitosas, para olhar os documentos por cima do ombro; aquilo, no entanto, não passava de curiosidade sem sentido e insolência reprovadas também pelas sobrancelhas franzidas da estalajadeira.

De repente, a estalajadeira ficou alerta e passou a encarar o nada totalmente absorta. K. virou-se, não ouvira nada de especial e parecia que os outros também não, mas, em grandes passadas nas pontas dos pés, a estalajadeira dirigiu-se até a porta que levava ao pátio, olhou pelo buraco da fechadura, virou-se para os outros dois com os olhos arregalados, o rosto corado, chamou-os com o dedo para se alternarem para ver. A estalajadeira ficou a maior parte do tempo espiando, mas Pepi também teve sua vez; o cavalheiro foi o mais indiferente de todos. Pepi e o cavalheiro voltaram logo para seus lugares, só a estalajadeira ficou ali espiando com afinco e toda abaixada, quase de joelhos; dava a impressão de estar implorando para que o buraco da fechadura a deixasse passar, pois por certo fazia tempo que não tinha mais nada para ver ali. Quando finalmente se levantou, passou as mãos pelo rosto, ajeitou o cabelo, respirou fundo, e seus olhos precisaram voltar a se acostumar com o cômodo e as pessoas que ali estavam, o que fez com relutância. Então, não para receber uma confirmação sobre o que já sabia, mas para se adiantar ao ataque que quase temia, de tão vulnerável que estava naquele momento, K. falou:

– Então Klamm já foi embora?

A estalajadeira passou por ele em silêncio, mas o cavalheiro falou de sua mesinha:

– Sim, com certeza. Como o senhor abandonou a guarda, Klamm pôde ir embora. Mas é incrível como o homem é sensível. A senhora notou, dona Estalajadeira, como Klamm olhou ao redor com inquietação?

A estalajadeira não pareceu ter notado aquilo, mas o cavalheiro acrescentou:

– Por sorte, não dava para ver mais nada, o cocheiro varreu até as pegadas da neve.

– A senhora estalajadeira não percebeu nada – K. falou sem esperar nada, apenas porque ficara irritado com a afirmação do homem que queria soar tão conclusivo e inapelável.

– Talvez eu não estivesse olhando pelo buraco da fechadura nessa hora – respondeu a estalajadeira, a princípio para se defender do homem, mas, em seguida, também quis dar razão a Klamm e acrescentou; – Ademais, não acho que Klamm seja tão sensível assim. Por certo, tememos por ele e tentamos protegê-lo partindo do pressuposto de que seja extremamente sensível. É bom que seja assim, é a vontade de Klamm. No entanto, desconhecemos a realidade. De fato, Klamm jamais conversará com alguém que não queira, por mais insuportável que este alguém se esforce e pressione, mas já basta o fato de Klamm jamais conversar com ele, jamais permitir que fique diante dele. Por que ele não seria capaz de suportar o olhar desse alguém, na realidade? Pelo menos não é possível comprovar, pois isso nunca será testado.

O homem concordou com veemência.

– No fundo, também sou dessa opinião, obviamente – ele disse. – Só me expressei um pouco diferente para que o senhor Agrimensor pudesse entender. No entanto, é verdade que Klamm olhou várias vezes ao redor quando esteve ao ar livre.

– Talvez estivesse me procurando – K. disse.

– É possível – o homem respondeu –, mas não caio nessa.

Todos riram. Pepi, que não entendera quase nada da coisa toda, foi quem riu mais alto.

– Agora que estamos reunidos tão animados – disse o cavalheiro –, gostaria de pedir ao senhor Agrimensor que preencha meus autos com algumas informações.

– Vocês escrevem muito por aqui – K. falou, olhando para os autos de longe.

– Sim, é um mau hábito – o homem respondeu e riu de novo –, mas talvez o senhor ainda não saiba quem sou eu. Meu nome é Momus, sou o secretário de vilarejo de Klamm.

Após essas palavras, o clima ficou sério; apesar de a estalajadeira e Pepi certamente conhecerem o homem, ficaram tocadas com a menção do nome e do título. O mesmo aconteceu com o próprio cavalheiro; parecia que falara além da própria capacidade e queria fugir de qualquer solenidade posterior inerente às próprias palavras; então, afundou-se nos autos e começou a escrever, e não se ouvia nada além de sua pena em todo o cômodo.

– Mas o que é isso de secretário de vilarejo? – K. perguntou depois de um tempo.

A estalajadeira respondeu no lugar de Momus que, após ter se apresentado, não considerava mais apropriado dar explicações como aquela.

– O senhor Momus é secretário de Klamm como qualquer outro secretário de Klamm, mas a sede da sua repartição e, se não me engano, também a abrangência da sua repartição... – Momus balançou a cabeça negativamente, com vigor, durante a escrita, e a estalajadeira corrigiu-se. – Bem, apenas a sede da sua repartição, não a abrangência dela, limita-se ao vilarejo. O senhor Momus cuida dos trabalhos escritos de Klamm necessários para o vilarejo e é o primeiro a receber todas as solicitações feitas do vilarejo para Klamm.

Ao perceber o olhar vazio de K. para a estalajadeira, ainda pouco comovido, ela acrescentou meio desconcertada:

– É assim que é. Todos os senhores do castelo têm seus secretários de vilarejo.

Momus, que prestava muito mais atenção que K., complementou o que a estalajadeira disse:

– A maioria dos secretários de vilarejo trabalha apenas para um senhor, mas trabalho para dois: Klamm e Vallabene.

– Ah, é – disse a estalajadeira, recordando-se também e voltando-se para K. – O senhor Momus trabalha para dois senhores, Klamm e Vallabene, ou seja, é secretário de vilarejo duas vezes.

– Duas vezes, sem dúvida – K. disse e fez que sim com a cabeça em direção a Momus, que agora olhava para ele quase inclinado para a frente, como se acena para uma criança que foi elogiada. Se houvesse algum desdém ali, ele não fora notado ou, inclusive, era requerido. Sobretudo de K., que nem era digno o suficiente para poder ser visto por acaso por Klamm, os méritos de um homem próximo a Klamm eram apresentados detalhadamente com a desvelada intenção de suscitar em K. apreço e elogios. K. realmente não tinha o discernimento certo para aquilo; ele, que lutava com todas as forças por um olhar de Klamm, não valorizava tanto o cargo de Momus, por exemplo, que tinha o direito de viver sob o olhar de Klamm. O maravilhamento e até a inveja passavam longe dele, pois o que ansiava não era estar próximo de Klamm, mas que ele, K., e somente ele, ninguém mais com quaisquer outras vontades, se aproximasse de Klamm, e se aproximasse não para ser acolhido, mas para andar ao seu lado e seguirem para dentro do castelo.

Então, olhou para o relógio e disse:

– Bem, agora tenho que ir para casa.

A relação mudou imediatamente a favor de Momus.

– Sim, certamente – respondeu. – Os deveres de caseiro da escola estão chamando. Mas o senhor precisa me dar um instante. Apenas algumas perguntas breves.

– Não estou com vontade – K. falou, querendo ir em direção à porta.

Momus bateu um auto na mesa e levantou-se:

– Em nome de Klamm, exijo que o senhor responda às minhas perguntas.

– Em nome de Klamm? – K. repetiu. – Então ele está cuidando das minhas coisas?

– Sobre isso – Momus respondeu – não tenho nenhuma sentença e certamente o senhor tem menos ainda. Vamos ambos confiar e deixar isso para ele. No entanto, pelo cargo a mim conferido por Klamm, exijo que o senhor fique e responda.

– Senhor Agrimensor – intrometeu-se a estalajadeira –, estou tomando cuidado para não continuar o aconselhando; os conselhos que dei até agora, os mais bem-intencionados que existem, foram distorcidos pelo senhor de forma ultrajante, e vim falar com o senhor Secretário (não tenho nada a esconder) para comunicar com clareza à instituição sobre seu comportamento e suas intenções e para me proteger de uma vez por todas de hospedá-lo novamente. Agora acabamos por nos encontrar, e nada disso mudará mais. Se estou lhe dando minha opinião neste momento, não faço isso para ajudá-lo, mas para facilitar um pouco a difícil tarefa do senhor Secretário, que é lidar com um homem como você. No entanto, devido à minha total sinceridade (não consigo me relacionar com o senhor de outra forma e, mesmo assim, o faço muito contrariada), o senhor poderá usar minhas palavras da forma que bem entender. Nesse caso, gostaria de chamar-lhe a atenção para o fato de que o único caminho que o leva a Klamm passa pelos protocolos do senhor Secretário. Não quero exagerar, talvez o caminho não leve a Klamm, talvez termine bem longe dele, e quem decide isso é o livre-arbítrio do senhor Secretário. De toda forma, esse é o único caminho que o leva pelo menos em direção a Klamm. E o senhor quer abrir mão desse único caminho por nenhum outro motivo que não o despeito?

– Ah, dona Estalajadeira – K. falou –, esse não é nem o único caminho até Klamm, nem tem mais valor que os outros. E você, senhor Secretário, decide se o que eu disser aqui será levado ou não até Klamm?

– Isso mesmo – Momus respondeu olhando orgulhoso por cima do nariz para a esquerda e para a direita, onde não tinha nada a ser visto. – Senão, por que eu seria secretário?

– Então, veja só, dona Estalajadeira – K. completou –, não preciso de um caminho até Klamm, primeiro preciso de um caminho até o senhor Secretário.

– Era este caminho que eu queria abrir para o senhor – a estalajadeira revelou. – Não lhe ofereci encaminhar seu pedido a Klamm esta manhã? Teria feito isso pelo secretário. Mas o senhor rejeitou a oferta e, agora, não lhe restou mesmo outro caminho. É claro que, depois do seu desempenho de hoje, da tentativa de forçar um encontro com Klamm, as perspectivas de sucesso são ainda menores. Mas esta última e minúscula esperança, que já está desaparecendo, na realidade, nem existe, é sua única esperança.

– Dona Estalajadeira – K. respondeu –, o que aconteceu? Antes a senhora tentou tanto me impedir de avançar em direção a Klamm e agora está levando meu pedido tão a sério que parece achar que estou perdido se meus planos falharem? Uma hora vocês muito sinceramente me desaconselham a tentar chegar perto de Klamm. Como podem agora, com igual e ilusória sinceridade, me incentivarem a pegar o caminho em direção a Klamm, mesmo sabendo que tal caminho pode não levar até ele?

– Eu o estou incentivando? – a estalajadeira questionou. – Então quer dizer que estou incentivando quando digo que suas tentativas são frustradas? Seria, de fato, extremamente audacioso o senhor querer transferir sua responsabilidade para mim desse jeito. Será que é a presença do senhor Secretário que o deixa com vontade de fazer isso? Não, senhor Agrimensor, não o estou incentivando a fazer nada. A única coisa que posso afirmar é que talvez eu o tenha superestimado um pouco na primeira vez em que o vi. Seu rápido triunfo sobre Frieda me assustou, eu não sabia do que mais o senhor seria capaz, queria evitar mais desgraças e acreditava que somente conseguiria fazer isso se tentasse sensibilizá-lo com pedidos e ameaças. Nesse meio-tempo, aprendi a refletir sobre tudo isso com mais calma. O senhor faça o que bem entender. Talvez suas ações deixem profundas pegadas na neve do pátio, mas não passarão disso.

– A contradição não me parece ter sido de todo esclarecida – K. falou –, mas dou-me por satisfeito pela senhora chamar minha atenção para isso.

Agora, senhor Secretário, gostaria que me dissesse se a opinião da dona Estalajadeira está correta, se realmente o protocolo do qual o senhor quer que eu participe pode ter como consequência a autorização para um encontro com Klamm. Se for esse o caso, estou imediatamente disposto a responder a todas as perguntas. Nesse sentido, estou disposto a fazer qualquer coisa.

– Não – Momus disse –, não existe essa ligação. Trata-se apenas de uma descrição precisa da tarde de hoje para o registro de vilarejo de Klamm. A descrição já está pronta, o senhor apenas tem que preencher duas ou três lacunas por uma questão de ordem; não há e nem pode ser obtida nenhuma outra finalidade.

K. olhou para a estalajadeira em silêncio.

– Por que o senhor está me olhando assim? – a estalajadeira perguntou. – Eu disse algo diferente disso? É sempre assim, senhor Secretário, é sempre assim. Ele distorce as informações que lhe damos e depois afirma receber informações falsas. Digo a ele desde sempre, hoje e todas as outras vezes, que não existe a menor possibilidade de ele ser recebido por Klamm; portanto, se não há possibilidade, ele também não a receberá por esse protocolo. Dá para ser mais clara que isso? Além do mais, disse também que esse protocolo é a única ligação institucional real que ele pode ter com Klamm; isso também está bem claro e é indiscutível. No entanto, se ele continua não acreditando em mim e ainda acha que pode conseguir se aproximar de Klamm (não sei por que nem para quê), então, se seguirmos pela sua linha de raciocínio, somente a única ligação institucional real que ele tem com Klamm poderia ajudá-lo, ou seja, este protocolo. Foi apenas isso que eu disse, e aquele que afirmar algo diferente estará distorcendo perversamente minhas palavras.

– Se é assim, dona Estalajadeira – K. disse –, então peço-lhe desculpas, pois a entendi errado. Na realidade, suas palavras anteriores me fizeram acreditar (erroneamente, como agora se pode perceber) que havia, sim, alguma minúscula esperança para mim.

– Por certo – a estalajadeira concordou –, essa é mesmo minha opinião. O senhor está distorcendo minhas palavras de novo, mas agora na direção oposta. Acho que há uma esperança dessa natureza para o senhor, e ela baseia-se exclusivamente neste protocolo. Mas não é assim que funciona; o senhor não pode simplesmente chegar no senhor Secretário com a pergunta: "Poderei falar com Klamm se responder às perguntas?". Se uma criança faz um questionamento desses, damos risada, mas, para um adulto, é uma afronta à instituição. O senhor Secretário disfarçou gentilmente com a sutileza de sua resposta. A esperança à qual me referi consiste no fato de que, pelo protocolo, o senhor tem, digo, talvez tenha, um tipo de ligação com Klamm. E isso já não é esperança o bastante? Se o senhor fosse questionado sobre os méritos que o tornam digno de um presente como essa esperança, saberia citar algum, por menor que fosse? É claro que não dá para ser mais específica sobre essa esperança, e o senhor Secretário nunca poderia dar nem o menor indício disso em sua condição institucional. Para ele, como disse, trata-se apenas de uma descrição da tarde de hoje por uma questão de ordem; ele não dirá nada além disso, mesmo se o senhor o questionar agora sobre minhas palavras.

– Então, senhor Secretário – K. perguntou –, Klamm lerá esse protocolo?

– Não – Momus respondeu. – Para quê? Klamm não consegue ler todos os protocolos; aliás, não lê nenhum. "Saiam de perto de mim com esses seus protocolos!" é o que ele diz.

– Senhor Agrimensor – queixou-se a estalajadeira –, estou farta das suas perguntas. É necessário, ou melhor, é desejável que Klamm leia este protocolo e fique sabendo da insignificância da sua vida por escrito? O senhor não gostaria de ser mais modesto e pedir que escondessem o protocolo de Klamm, um pedido que, no entanto, seria tão irracional quanto o anterior (pois quem é capaz de esconder alguma coisa de Klamm?), mas que ao menos revelaria um pouco mais de simpatia? E é para isso que o senhor precisa do que chama de esperança? O senhor mesmo não acabou de dizer que já ficaria satisfeito com a oportunidade de conversar com Klamm, mesmo se ele não o visse nem ouvisse? E não é isso que o senhor está conseguindo com esse protocolo, talvez até muito mais?

– Muito mais? – K. perguntou. – De que jeito?

– Que bom seria se o senhor não exigisse tudo mastigadinho, imediatamente, como uma criança! – a estalajadeira gritou. – Quem é capaz de responder a uma pergunta dessas? O protocolo vai para o registro de vilarejo de Klamm, o senhor ouviu, não se pode afirmar nada além disso, com certeza. Por acaso, o senhor já sabe qual é a verdadeira importância do protocolo, do senhor Secretário, do registro de vilarejo? O senhor sabe o que significa ser interrogado pelo senhor Secretário? Talvez, ou melhor, provavelmente, nem ele mesmo saiba. Ele apenas se senta tranquilamente aqui e realiza seus deveres por uma questão de ordem, como ele mesmo falou. No entanto, pense que ele foi nomeado por Klamm, que trabalha em nome de Klamm, que o que ele faz, mesmo se nunca chegar a Klamm, tem a autorização prévia de Klamm. E como Klamm poderia autorizar uma coisa sem tê-la mentalizado antes? Longe de mim querer bajular o senhor Secretário diretamente com isso, ele mesmo se recusaria a tolerar uma coisa dessas, não estou falando da sua personalidade em si, e sim do que ele é ao estar em posse de uma autorização de Klamm, como é o caso agora: uma ferramenta na qual repousa a mão de Klamm, e ai de quem não a aceitar.

K. não ficou com medo das ameaças da estalajadeira; estava cansado das esperanças com as quais ela tentava capturá-lo. Klamm estava longe. Uma vez a estalajadeira comparou Klamm a uma águia, e aquilo lhe pareceu ridículo, mas agora não parecia mais. Ele pensou na sua distância, na sua morada inalcançável, na sua mudez ininterrupta, talvez cortada apenas por gritos, pois K. ainda não os ouvira, no seu olhar penetrante que nunca podia ser comprovado, que nunca podia ser contrariado, no seu círculo indestrutível pela profundidade de K., que era erguido por leis incompreensíveis e visíveis apenas por instantes: tudo isso era tanto Klamm quanto a águia. Certamente, o protocolo não tinha nada a ver com aquilo; o protocolo acima do qual Momus acabara de cortar um pretzel salgado para ser desfrutado com a cerveja, salpicando sal e migalha em todos os documentos.

– Boa noite – K. falou. – Tenho aversão a qualquer tipo de interrogatório – e, dessa vez, realmente seguiu em direção à porta.

– Ele está indo embora mesmo – Momus disse quase amedrontado para a estalajadeira.

– Ele não se atreverá – ela respondeu, e K. não ouviu mais nada, pois já estava no corredor.

Estava frio, e um vento forte soprava. O estalajadeiro vinha por uma porta; parecia que estava montando guarda no corredor atrás de um postigo. Precisou segurar a parte de baixo do casaco perto do corpo, de tão forte que o vento batia, inclusive ali no corredor.

– O senhor já está indo, senhor Agrimensor? – ele perguntou.

– Está surpreso com isso? – K. questionou.

– Estou – o estalajadeiro respondeu. – O senhor não será interrogado?

– Não – K. disse. – Não deixarei que me interroguem.

– Por que não? – quis saber o estalajadeiro.

– Não sei – K. respondeu. – Por que deveria deixar me interrogarem? Por que tenho que aceitar uma brincadeira ou um capricho institucional? Talvez até já tenha feito isso alguma vez por brincadeira ou por capricho, mas não hoje.

– Certo, entendo – o estalajadeiro disse em tom educado, mas não convencido. – Preciso deixar a criadagem entrar no bar – falou em seguida –, já passou da hora deles faz tempo. Só não queria atrapalhar o interrogatório.

– O senhor o considera tão importante? – K. perguntou.

– Ah, sim – afirmou o estalajadeiro.

– Então, talvez eu não deveria tê-lo negado – K. concluiu.

– Não – o estalajadeiro concordou –, o senhor não deveria ter feito isso.

Como K. ficou quieto, acrescentou talvez para consolá-lo, possivelmente para poder seguir em frente mais rápido:

– Bem, também não é por isso que vai começar a cair enxofre do céu.

– Não – K. respondeu. – Parece que o tempo não está para isso.

E separaram-se, rindo.

Capítulo 10

K. saiu pela escada fustigada pelo vento forte e olhou para a escuridão. O tempo estava ruim, bem ruim mesmo. De alguma forma, aquilo o fez pensar em como a estalajadeira se esforçara para fazê-lo aceitar o protocolo, e como ele resistira. É claro que não foi um esforço real; secretamente, ela também o arrastara para longe do protocolo; por fim, não sabia se resistira ou consentira. Uma natureza intrigante trabalhava de modo aparentemente sem sentido como o vento por acordos distantes e desconhecidos sobre os quais nunca se terá qualquer juízo.

Ele dera poucos passos na rua quando viu duas luzes oscilantes ao longe; ficou feliz com aquele sinal de vida e apressou-se em direção às luzes, que, por sua vez, também balançavam para ele. Não entendeu por que ficou tão decepcionado ao reconhecer os ajudantes. Eles vinham de fato, em sua direção, talvez enviados por Frieda, e as lanternas que o livraram da escuridão e faziam barulho eram propriedade sua; mesmo assim, ficou decepcionado; esperava encontrar estranhos, não aqueles velhos conhecidos que eram um fardo. Mas não eram apenas os ajudantes; entre eles, no escuro, apareceu Barnabé.

– Barnabé! – K. gritou, estendendo-lhe a mão. – Veio me procurar?

A surpresa do reencontro, a princípio, fez com que esquecesse todo o nervoso que Barnabé já o fizera passar.

– Vim – Barnabé falou com a mesma alegria de antes. – Com uma carta de Klamm!

– Uma carta de Klamm! – K. repetiu, inclinou a cabeça para trás e pegou-a rapidamente das mãos de Barnabé. – Luz! – ordenou aos ajudantes, que se apertaram à esquerda e à direita, levantando as lanternas.

K. teve que dobrar o papel timbrado várias vezes para protegê-lo do vento durante a leitura. Em seguida, leu: "Ao senhor Agrimensor, na Estalagem da Ponte. Cumprimento-o pelos trabalhos de agrimensura realizados até o presente momento. Os trabalhos dos ajudantes também são dignos de congratulações; o senhor sabe mantê-los ocupados. Não desanime! Execute os trabalhos até seu exitoso fim. Eu ficaria amargurado se fossem interrompidos. Quanto ao resto, pode ficar tranquilo, pois a questão do pagamento será decidida em breve. Estou de olho no senhor". K. só tirou os olhos da carta quando os ajudantes, que liam muito mais devagar que ele, festejaram as boas notícias gritando "Viva!" três vezes e balançando as lanternas.

– Fiquem quietos – disse aos dois e, depois, a Barnabé: – Houve algum mal-entendido.

Barnabé não entendeu.

– Houve algum mal-entendido – K. repetiu, e a canseira da tarde voltou, o caminho até a escola parecia tão longo, e atrás de Barnabé estava toda a família dele, e os ajudantes se espremiam em suas costas, de modo que precisou usar os cotovelos para se livrar deles; como Frieda foi capaz de mandá-los se ordenara que ficassem com ela? Ele teria encontrado o caminho de casa sozinho; aliás, teria o encontrado muito mais facilmente sozinho que com aquela turma toda. Além do mais, um deles jogara um lenço ao redor do pescoço, cujas pontas livres flamejavam ao vento, batendo algumas vezes no rosto de K. Apesar de o outro ajudante sempre tirar o lenço do seu rosto rapidamente com um dedo fino, comprido e brincalhão, a coisa não ficava muito melhor. Ambos pareciam até sentir prazer com o ir e vir; até o vento e a inquietude da noite os deslumbravam.

– Passem! – K. gritou. – Se vieram me encontrar, por que não trouxeram minha vara? Como conseguirei guiá-los até em casa agora?

Encolheram-se atrás de Barnabé, mas não estavam assim tão assustados a ponto de deixar de balançar as lanternas para a direita e para a esquerda pelo ombro de seu protetor, que logo se livrou deles.

– Barnabé... – K. falou e doeu-lhe o coração perceber que Barnabé não o compreendia, que sua jaqueta reluziu belamente em tempos tranquilos, mas, quando as coisas ficaram sérias, ele não encontrou nenhuma ajuda, apenas uma silenciosa resistência, uma resistência que não podia ser rechaçada, pois ele mesmo estava indefeso, apenas seu sorriso iluminava-se, mas isso ajudava tanto quanto as estrelas do firmamento podem proteger contra o vento e a chuva daqui de baixo. – Veja só o que o cavalheiro escreveu para mim – K. falou, segurando a carta diante do rosto do mensageiro. – Ele está mal informado. Não estou fazendo nenhum trabalho de medição, e você mesmo está vendo quão úteis os ajudantes são. E o trabalho que não estou fazendo certamente não posso interromper. Se não consigo nem deixar o senhor amargurado, como posso merecer suas congratulações? E tranquilo não consigo estar nunca.

– Entregarei essa mensagem – falou Barnabé passando os olhos pela carta o tempo todo sem conseguir lê-la por estar tão próxima do seu rosto.

– Ah – K. disse –, você me promete que passará a mensagem, mas será que posso mesmo acreditar em você? Preciso muito de um mensageiro confiável, agora mais que nunca.

K. mordeu os lábios impaciente.

– Senhor – Barnabé respondeu inclinando levemente a cabeça (K. quase se deixou seduzir de novo e acreditou em Barnabé) –, com certeza passarei a mensagem; também levarei os pedidos que me fez da última vez.

– O quê? – K. gritou. – Ainda não levou? Você não foi até o castelo no dia seguinte?

– Não – Barnabé respondeu. – Meu bom pai está velho, você mesmo viu, e tinha muito trabalho, precisei ajudá-lo, mas logo voltarei ao castelo.

– Mas o que você está fazendo, criatura indecifrável! – K. gritou dando um tapa na própria testa. – Os casos de Klamm não têm prioridade sobre todos os outros? Você tem o alto posto de mensageiro e administra-o tão vergonhosamente? Quem se importa com o trabalho do seu pai? Klamm está esperando por notícias, e você, em vez de correr para atendê-lo, prefere ficar tirando esterco de um estábulo?

– Meu pai é sapateiro – Barnabé informou imperturbável. – Ele tinha uma encomenda de Brunswick, e sou aprendiz dele.

– Sapateiro... Encomenda... Brunswick! – K. bradou obstinado, como se tornasse cada uma das palavras imprestáveis para sempre. – Quem precisa de sapatos nessas ruas eternamente vazias? E tudo isso me importa patavinas! Não lhe confiei uma mensagem para que você a esquecesse e confundisse em uma mesa de sapateiro, mas para que a levasse imediatamente ao cavalheiro.

K. acalmou-se um pouco ao pensar que Klamm talvez estivesse aquele tempo todo na Estalagem dos Cavalheiros, não no castelo, mas Barnabé começou a irritá-lo novamente ao começar a recitar o primeiro recado de K., para mostrar que o guardara bem.

– Está bem, não quero saber – K. falou.

– Não fique bravo comigo, senhor – Barnabé respondeu e, como se quisesse punir K. sem querer, desviou o olhar e baixou os olhos, mas certamente era um pesar causado pela gritaria de K.

– Não estou bravo com você – K. disse, e sua inquietação voltou-se contra ele próprio. – Não com você, mas é muito ruim receber uma mensagem dessas para as coisas mais importantes.

– Sabe – Barnabé falou, dando a impressão de que estava revelando mais do que deveria para defender sua reputação de mensageiro –, Klamm não espera por notícias; ele, inclusive, fica bravo quando eu chego. "Lá vêm as novas notícias" foi o que disse uma vez, e quase sempre se levanta ao ver que estou chegando ao longe, entra na sala contígua e nem me recebe. Também não é certeza de que eu volte com alguma mensagem; se fosse, obviamente, eu a traria logo, mas não temos como ter certeza disso, e, se eu não aparecesse nunca, também nunca seria requisitado. Quando trago alguma mensagem, isso ocorre arbitrariamente.

– Bem... – K. respondeu observando Barnabé e esforçando-se para desviar o olhar dos ajudantes, que estavam abaixados atrás dos ombros de Barnabé e, alternadamente, apareciam e sumiam com um assobio leve imitando o vento. Fingindo se assustarem ao ver K., ambos se divertiram por bastante tempo assim. – Não sei como as coisas funcionam com Klamm; duvido de que você saiba exatamente de tudo o que acontece por lá e, mesmo se soubesse, não poderíamos melhorar nada. Mas você pode muito bem levar uma mensagem, e é isso que estou lhe pedindo. Uma mensagem muito curta. Você pode levá-la amanhã e amanhã mesmo me trazer a resposta de volta ou pelo menos me informar como foi recebido? Consegue e pode fazer isso? Seria muito importante para mim. E talvez eu ainda tenha a oportunidade de agradecer a você adequadamente ou já tem algum desejo que eu possa atender agora?

– Com certeza, cumprirei a tarefa – Barnabé confirmou.

– E você se esforçará para realizá-la da melhor forma possível, para falar com Klamm em pessoa, receber a resposta do próprio Klamm e tudo isso logo, amanhã ainda de manhã. Pode fazer isso?

– Farei o melhor que puder – Barnabé falou –, mas é isso que sempre faço.

– Não vamos mais discutir a esse respeito – K. disse. – A mensagem é: "O senhor Agrimensor K. solicita ao senhor Chanceler recebê-lo pessoalmente para um colóquio; ele aceita antecipadamente quaisquer condições que possam estar vinculadas a tal autorização. Foi compelido a fazer tal solicitação, pois, até o momento, todos os intermediários falharam miseravelmente. Como prova, menciona que não executou um único trabalho de agrimensura sequer e, de acordo com as informações do burgomestre do vilarejo, nunca deverá executá-los. Foi, portanto, com desesperada vergonha que leu a última carta emitida pelo senhor Chanceler, e apenas um colóquio pessoal com o senhor Chanceler seria capaz de ajudar nesse caso. O agrimensor sabe quanto o está amargurando com tudo aquilo, mas se esforçará ao máximo para que o incômodo seja sentido o mínimo possível pelo senhor Chanceler, aceitando qualquer limitação temporal e até uma eventual necessidade de limitação da quantidade de palavras durante o diálogo, acreditando satisfazer-se com apenas dez palavras. Aguarda a decisão com grande reverência e enorme impaciência". – K. falou imerso em pensamentos, como se estivesse na frente da porta de Klamm conversando com o porteiro. – Ficou bem maior do que imaginei – disse em seguida –, mas você precisa passar a mensagem oralmente; não quero escrever uma carta que vá parar naqueles intermináveis autos.

Então, K. rabiscou um rascunho para Barnabé em um pedaço de papel, apoiando-se nas costas de um dos ajudantes enquanto o outro iluminava, e anotou o ditado de Barnabé, que decorara tudo e recitava com exatidão como um estudante, sem se preocupar com as frases erradas dos ajudantes.

– Sua memória é extraordinária – K. falou, entregando-lhe o papel. – Agora, por favor, mostre-se extraordinário em outras coisas também. E os desejos? Você não tem nenhum? Sinceramente, eu ficaria um pouco mais tranquilo se tivesse algum, pelo destino da minha mensagem.

A princípio, Barnabé ficou em silêncio; em seguida, falou:

– Quero que deixe minhas irmãs abraçarem você.

– Suas irmãs? – K. questionou. – Aquelas moças grandes e fortes, não é?

– Quero que as duas possam abraçá-lo, mas principalmente Amália – Barnabé respondeu. – Inclusive, foi ela que me trouxe esta carta do castelo para você.

Apegando-se a essa informação acima de tudo, K. perguntou:

– Ela não poderia levar minha mensagem ao castelo também? Ou vocês dois poderiam ir e cada um tentar sua sorte?

– Amália não pode entrar nas chancelarias – respondeu Barnabé –, senão faria isso com prazer.

– Talvez eu visite vocês amanhã – K. respondeu. – Mas traga a resposta primeiro. Esperarei por você na escola. Cumprimente suas irmãs por mim.

A promessa de K. pareceu ter deixado Barnabé bastante feliz; após o aperto de mãos de despedida, ele ainda encostou brevemente no ombro de K. Agora, como se tudo tivesse voltado a ser como antes, quando Barnabé entrou pela primeira vez na taberna com todo seu esplendor entre os camponeses, K. recebeu sorrindo aquele toque, como um sinal. Mais manso, deixou que os ajudantes fizessem o que quisessem no caminho de volta.

Capítulo 11

Ele chegou em casa morrendo de frio. Estava tudo escuro, as velas das lanternas tinham queimado até o fim; guiado pelos ajudantes, que já conheciam aquele lugar, foi tateando e viu-se em uma sala de aula.

– Foi seu primeiro trabalho louvável – disse lembrando-se da carta de Klamm.

De um canto, meio dormindo, Frieda gritou:

– Deixem K. dormir! Não o incomodem!

Então, era assim que K. dominava os pensamentos dela mesmo quando não aguentava esperar por ele e era vencida pelo sono. Em seguida, fez-se luz; no entanto, não foi possível acender a lâmpada muito forte, pois havia bem pouco querosene. A economia dos jovens tinha várias privações. A grande sala, que também era usada para fazer exercícios (os aparelhos de ginástica estavam espalhados e pendurados no teto), fora aquecida, mas eles já haviam usado toda a lenha disponível e garantiram para K. que ficara bastante quente e agradável, mas agora, infelizmente, já estava frio de novo. Havia um grande estoque de lenha em um galpão trancado, e a chave ficava com o professor, que permitia a retirada da lenha apenas para fazer o aquecimento durante as aulas. Aquilo seria suportável se houvesse camas nas quais se esconder. No entanto, não contavam com nada além de um único saco de palha admiravelmente limpo e coberto por um lençol de algodão de Frieda. Não tinham nenhum edredom de plumas, apenas dois cobertores grosseiros e duros que quase não esquentavam. Os ajudantes, no entanto, olhavam cobiçosos até para esse pobre saco de palha, na esperança de poderem se deitar ali, o que, obviamente, não podiam fazer. Frieda olhou para K. com medo; na Estalagem da Ponte, provara que sabia transformar um cômodo em lar, por mais miserável que fosse, mas ali não conseguira ir muito além daquilo dispondo de tão poucos meios.

– Nossa única decoração são os aparelhos de ginástica – ela falou, sorrindo com dificuldade em meio às lágrimas. Mas prometeu com determinação que buscaria ajuda no dia seguinte para resolver a maior das privações, que eram as instalações insuficientes para dormir e o aquecimento, e pediu que K. tivesse paciência até lá. Nenhuma palavra, nenhuma insinuação, nenhuma expressão deram a entender que seu coração estivesse minimamente amargurado com K., apesar de ele ter que admitir que a afastou tanto da Estalagem dos Cavalheiros quanto da Estalagem da Ponte. Por isso, K. se esforçou para suportar tudo aquilo, o que nem foi tão difícil, pois mentalmente estava passeando com Barnabé e repetia sua mensagem palavra por palavra, não como se a ditasse a Barnabé, mas como acreditava que soaria diante de Klamm. Além do mais, também ficou bastante feliz com o café que Frieda preparara para ele em uma espiriteira a álcool e, encostado no aquecedor já frio, seguia seus movimentos ágeis e bastante experientes com os quais estendia a indispensável toalha de mesa branca na mesa do professor, servindo uma xícara florida de café e, ao lado, pão, bacon e até uma lata de sardinha. Agora tudo estava pronto; Frieda também ainda não comera, pois estava esperando por K. Havia duas cadeiras e K. e Frieda usaram-nas para sentar-se à mesa; os ajudantes ficaram aos seus pés no tablado, mas não paravam quietos; incomodavam até durante as refeições. Apesar de terem ganhado bastante de tudo e ainda não terem terminado, levantavam-se de vez em quando para checar se ainda havia o bastante na mesa e se podiam ter esperanças de ganhar mais alguma coisa. K. não se preocupava com eles; chamaram sua atenção graças ao riso de

Frieda. Delicadamente, cobriu a mão dela com a sua e perguntou baixinho por que era tão tolerante com eles e aceitava de bom grado até suas insolências. Desse jeito, nunca conseguiriam se livrar deles. Por meio de um tratamento realmente compatível com seu comportamento, talvez fosse possível domá-los ou, o que seria ainda melhor e mais provável, importuná--los tanto no cargo a ponto de finalmente fugirem. Parecia que a estada deles ali na escola não seria nada agradável, mas ela não duraria muito, e o principal era que todas aquelas privações pouco seriam notadas se os ajudantes fossem embora e os dois ficassem sozinhos na casa silenciosa. Será que não percebia que os ajudantes estavam cada dia mais mimados, como se a simples presença de Frieda já os encorajasse e desse esperanças de que K. não seria tão rigoroso, como de costume, quando estivessem na frente dela? No entanto, talvez houvesse um jeito muito simples de se livrar deles imediatamente sem toda aquela trabalheira; talvez a própria Frieda, que estava tão bem familiarizada com as condições locais, soubesse de alguma coisa. E, provavelmente, estariam fazendo um favor aos ajudantes se conseguissem despachá-los de alguma forma, pois não podiam oferecer conforto ali. Decerto a ociosidade de que desfrutavam até o momento acabaria, pois tinham que trabalhar para Frieda descansar um pouco dos esforços dos últimos dias, e ele, K., ocupar-se em encontrar uma saída para seu apuro. Além disso, se os ajudantes fossem embora, ele se sentiria tão aliviado que conseguiria fazer os serviços da escola além de todo o restante.

Frieda, que ouvira com atenção, acariciou o braço de K. lentamente e disse que aquela também era a opinião dela, mas que talvez ele superestimasse as insolências dos ajudantes; afinal, eram rapazes jovens, engraçados e um pouco ingênuos, prestando serviços para um desconhecido pela primeira vez. Estavam livres da severa disciplina do castelo e, portanto, continuavam um pouco empolgados e maravilhados, estado que os levava por vezes a fazer asneiras com as quais era natural se irritar, mas das quais era melhor rir. Às vezes, ela não conseguia se segurar para não rir. Apesar disso, concordava totalmente com K. que seria melhor mandá-los embora para os dois ficarem sozinhos. Inclinou-se em direção a K. e escondeu o rosto no ombro dele. Nessa posição, ficou difícil de entender o que dizia, e K. teve que se abaixar, então ela afirmou que não conhecia meios contra os ajudantes e receava que tudo o que K. sugerira fosse negado. Até onde sabia, o próprio K. pedira por eles e, agora que os recebera, com eles precisaria ficar. Melhor seria tratá-los com mais leveza, como se faz com a gente simples (era isso que eram), assim seria mais fácil aturá-los.

K. não ficou satisfeito com a resposta; meio brincando, meio sério, disse que ela parecia estar de conluio com eles ou, senão, no mínimo ter por eles grande simpatia. Bem, é claro que eram rapazes bonitos, mas não havia ninguém que não podia ser dispensado com um pouco de boa vontade, e ele provaria isso a ela com os ajudantes.

Frieda disse que ficaria muito grata se fizesse isso. Além do mais, a partir de agora, ela não riria mais deles nem trocaria uma só palavra desnecessária; também não era pouca coisa ser observada por dois homens o tempo inteiro; aprendera a vê-los pelos olhos de K. E, de fato, sobressaltou-se um pouco quando os ajudantes se levantaram de novo por um lado para reivindicar sua cota de comida e, por outro, para descobrir o motivo daquele cochicho constante.

K. aproveitou a oportunidade para fazer com que Frieda perdesse o interesse pelos ajudantes; puxou-a para si e, bem próximos um do outro, terminaram de comer. Agora, seria a hora de irem dormir, todos estavam bastante cansados, e um dos ajudantes até pegara no sono em cima da comida, o que divertiu bastante o outro, que queria que a senhoria visse o rosto ridículo do dorminhoco, mas não conseguiu, pois K. e Frieda estavam sentados distantes lá no alto. Relutavam em ir dormir no frio, que se tornou insuportável; por fim, K. declarou que precisavam mesmo se aquecer, caso contrário não seria possível dormir. Procurou um machado qualquer, e os ajudantes sabiam onde havia um e o trouxeram, e, então, dirigiram-se para o galpão de madeira. A porta leve foi arrombada com facilidade, e os ajudantes, maravilhados como se nunca tivessem vivido algo tão belo, perseguindo-se e trombando-se, começaram a levar a madeira até a sala de aula e rapidamente tinham uma pilha grande, acenderam o aquecedor, e todos se amontoaram em volta dele. Os ajudantes ganharam um cobertor para se enrolar, o que era mais que suficiente, pois haviam decidido que um deles ficaria sempre de guarda para manter o fogo aceso; logo ficou tão quente perto do aquecedor que nem era mais preciso usar o cobertor; a lâmpada foi apagada, e, felizes pelo calor e pela tranquilidade, K. e Frieda esticaram-se para dormir.

Ao despertar de madrugada com um barulho qualquer, K. procurou por Frieda com a mão em movimentos incertos e sonolentos e percebeu que, em vez dela, um dos ajudantes estava deitado ao seu lado. Talvez em decorrência da irritabilidade que o despertar repentino ocasionara, aquele foi o maior susto que tomou em toda a estada ali no vilarejo. Levantou-se desajeitadamente com um grito e socou o ajudante de forma tão descontrolada que o homem começou a chorar. No entanto, logo tudo foi esclarecido. Frieda aproveitara porque sentiu algum animal grande, talvez um gato, pular em seu peito e sair correndo depois – pelo menos, foi isso que pareceu. Ela se levantou e ficou procurando o bicho na sala inteira com uma vela. Aquele ajudante aproveitara para ficar um pouquinho no conforto do saco de palha, decisão que agora expiava amargamente. Frieda, por sua vez, não encontrou nada, talvez tenha se enganado, voltou para K. e, no caminho, como se tivesse se esquecido da conversa daquela noite, consolou o ajudante, que choramingava encolhido, fazendo um carinho em seu cabelo. K. não disse nada a esse respeito; apenas mandou que os ajudantes parassem de aquecer o ambiente, pois já estava quente demais e tinham usado quase toda a lenha trazida.

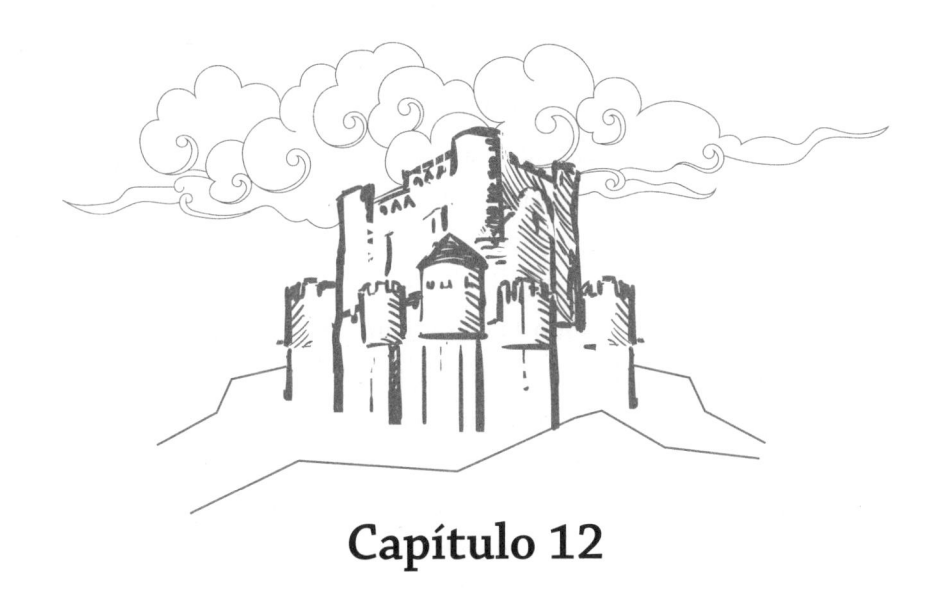

Capítulo 12

Na manhã seguinte, todos só acordaram quando os primeiros alunos da escola circundavam a área de descanso com curiosidade. Aquilo foi desconfortável, pois, devido ao forte calor noturno que agora pela manhã fora de novo substituído por um frio dolorido, todos tinham se despido quase completamente e, justo quando começavam a voltar a se vestir, apareceu na porta Gisa, a professora, uma moça loira, grande e bonita, embora um pouco formal. Aparentemente, estava preparada para receber os novos criados da escola, e o professor a informara sobre as regras de convivência, pois ainda da soleira da porta ela falou:

– Isso eu não posso tolerar. As condições eram ótimas. Sei que vocês estão autorizados a dormir na sala de aula, mas não tenho a obrigação de lecionar no seu quarto. Uma família de criados escolares que fica de bobeira na cama até esta hora da manhã. Credo!

"Tenho algumas objeções a fazer, sobretudo em relação à família e às camas", K. pensou enquanto, com a ajuda de Frieda (não dava para usar os ajudantes para isso, ambos estavam deitados no chão encarando a professora e as crianças), puxava para perto as barras paralelas e o cavalo; jogou os cobertores por cima e criou, assim, um pequeno espaço onde podiam ao menos se vestir protegidos dos olhares das crianças. No entanto, não houve um momento sequer de tranquilidade; primeiro, a professora ficou brava porque não havia água fresca na bacia; K. acabara de pensar em buscar a bacia para ele e Frieda, mas desistiu para não irritar ainda mais a professora; todavia, a renúncia não ajudou em nada, pois, logo depois, ouviu-se um barulho enorme; tinham esquecido de tirar o resto do jantar da mesa, e a professora estava afastando as coisas com a régua; tudo voou para o chão; era óleo de sardinha e resto de café pingados no chão, bule espatifado, e a professora sem se preocupar com nada, pois o caseiro em breve arrumaria tudo. Ainda sem terminar de se vestir e apoiados nas barras, K. e Frieda assistiram ao extermínio de suas poucas posses; os ajudantes, que aparentemente nem pensavam em se trocar, espiavam entre os cobertores fazendo a alegria das crianças. O que mais doía a Frieda, sem dúvida, era perder o bule de café; ela só conseguiu se recompor quando K., para consolá-la, garantiu que falaria com o burgomestre e pediria um bule novo, e então ela saiu correndo da cabana só de camisa e anágua a fim de salvar ao menos a tampa e evitar uma sujeira ainda maior. E conseguiu, apesar de a professora continuar batendo nervosamente a régua na mesa para espantá-la. Ao terminarem de se vestir, K. e Frieda viram-se compelidos a dar ordens aos ajudantes e empurrá-los para que se trocassem; ambos pareciam enfeitiçados pelos acontecimentos, e, como seus comandos não foram suficientes, tiveram que os ajudar a colocar as próprias roupas. Então, quando todos estavam prontos, K. distribuiu as próximas tarefas: os ajudantes deveriam buscar lenha e aquecer primeiro a outra sala de aula, na qual um perigo ainda maior ameaçava, pois o professor talvez já estivesse por lá. Frieda deveria limpar o chão e K. iria buscar água e organizar o restante das coisas; no momento, não era possível pensar em tomar café da manhã. Para descobrirem como estava o humor da professora, K. seria o primeiro a sair e os outros poderiam segui-lo apenas quando ele chamasse; tomara essa decisão porque, por um lado, não queria piorar ainda mais a situação com as asneiras dos ajudantes e, por outro, queria resguardar Frieda o máximo possível, pois ela tinha ambições, ele, não; ela era sensível, ele, não; ela pensava apenas nas pequenas atrocidades atuais, mas ele pensava em Barnabé e no futuro. Frieda seguia todas as suas recomendações com precisão, quase sem tirar os olhos dele. K. mal saíra quando a professora gritou sob as risadas das crianças, que, a partir de agora, nunca mais pararam:

– E aí, acordou?

Como K. não deu atenção, pois nem era uma pergunta de verdade, e dirigiu-se ao lavatório, a professora perguntou:

– O que o senhor fez com meu bichano?

Um grande gato velho e gordo estava esparramado em cima da mesa e a professora examinava uma de suas patas, que estava um pouco machucada. Então, Frieda tinha razão: o gato não pulara nela, pois certamente não conseguia mais pular, mas rastejara por cima dela e se assustara com a presença de pessoas naquele lugar sempre vazio, então se escondeu às pressas e deveria ter se machucado por conta daquela rapidez pouco habitual. K. tentou explicar com calma para a professora, que estava apegada ao resultado e dizia:

– Muito bem, vocês o machucaram; é assim que se apresentam aqui? Veja só! – e gritou para K. de sua mesa, mostrou para ele a pata e, antes que percebesse, arranhou o dorso de sua mão com a garra; as garras nem estavam à vista, mas a professora, sem se importar com o gato desta vez, apertou-lhe a pata com tanta força que os arranhões realmente começaram a sangrar. – Agora vá fazer seu trabalho – disse com impaciência, curvando-se de volta para o gato.

Frieda, que assistia a tudo com os ajudantes atrás das barras, gritou ao ver o sangue. K. mostrou a mão para as crianças e falou:

– Vejam só, foi um gato malvado e traiçoeiro que fez isso comigo.

Era óbvio que não dissera aquilo por causa das crianças, cujas risadas e gritaria já tinham se tornado tão naturais que não precisavam de mais nenhuma ocasião nem estímulo e não podiam ser persuadidas ou influenciadas por uma palavra sequer. Como a professora também respondera à afronta apenas com um olhar de canto de olho e manteve-se ocupada com o gato, dando a entender que se livrara da raiva inicial com aquela punição sangrenta, K. chamou Frieda e os ajudantes, e o trabalho começou.

Quando K. já havia levado o balde com água suja para fora, trazido água fresca para dentro e começava a varrer a sala de aula, um jovem de cerca de 12 anos saiu de um banco, encostou na mão de K. e disse alguma coisa completamente incompreensível, fazendo grande alarde. Então, todo o barulho parou de imediato, e K. virou-se. Aquilo que temeram a manhã inteira acontecera. O professor estava na porta; era um pequeno homem segurando um ajudante em cada mão pelos colarinhos; ele os apanhara catando lenha e, com voz forte, bradou, fazendo um breve intervalo após cada palavra:

– Quem ousou invadir o galpão de lenha? Onde está o sujeito para que eu possa acabar com ele?

Então, Frieda levantou-se do chão; estava se esforçando para lavar perto dos pés da professora; olhou para K. como se buscasse forças e disse, revelando alguma coisa da sua postura e dos seus modos antigos:

– Fui eu, senhor Professor. Não tinha outro jeito. Se as salas de aula precisavam estar aquecidas logo cedo, era necessário abrir o galpão; não ousei buscar a chave com o senhor durante a madrugada; meu noivo estava na Estalagem dos Cavalheiros, era possível que ficasse lá a noite inteira, e tive que tomar essa decisão sozinha. Perdoe-me pela minha inexperiência se não fiz o que era certo; meu noivo já vociferou bastante comigo quando viu o que tinha acontecido. Ele até me proibiu de aquecer logo cedo, pois acreditava que o senhor, ao trancar o galpão, estava indicando que não queria nada aquecido antes de chegar. Portanto, é culpa dele por não termos aquecido nada, mas é culpa minha o galpão ter sido invadido.

– Quem arrombou a porta? – o professor perguntou aos ajudantes, que, sem sucesso, ainda tentavam se livrar dele.

– O senhor – ambos disseram e apontaram para K., para que não restassem dúvidas.

Frieda sorriu, e tal sorriso pareceu trazer evidências ainda mais fortes que suas palavras, então começou a torcer no balde os panos usados para lavar o chão, como se aquele incidente tivesse sido resolvido pela sua explicação e a afirmação dos ajudantes fosse só uma piadinha atrasada; quando estava novamente pronta para o trabalho, ajoelhou-se e falou:

– Nossos ajudantes são crianças que, apesar da idade, deveriam estar sentada aí nessas carteiras escolares. Eu sozinha abri a porta com o machado durante a noite, foi bem fácil, não precisei dos ajudantes para isso, eles só teriam atrapalhado. Todavia, quando meu noivo chegou de madrugada e saiu para ver os danos e consertá-los na medida do possível, os ajudantes foram junto talvez por temerem ficar sozinhos aqui dentro, viram meu noivo trabalhando na porta quebrada e, por isso, estão falando isso agora. Bem, criança é assim mesmo, não é...

No entanto, os ajudantes não paravam de negar com a cabeça enquanto Frieda explicava; apontavam para K. e esforçavam-se para fazê-la mudar de ideia com uma mímica silenciosa; como não conseguiram, desistiram tomando as palavras de Frieda como uma ordem e não responderam mais quando o professor perguntou de novo.

– Bem – o professor falou –, então vocês estavam mentindo? Ou, no mínimo, culpando o caseiro inadvertidamente?

Eles continuaram em silêncio, mas o tremor e os olhares temerosos pareciam revelar sua culpa.

– Então, vou açoitá-los imediatamente – o professor concluiu, mandando uma criança buscar a vara na outra sala.

Ao levantar a vara, Frieda gritou:

– Os ajudantes falaram a verdade! – jogou os panos no balde com tanto desespero que a água espirrou e saiu correndo para se esconder atrás das barras.

– Que bando de mentirosos – disse a professora que, finalmente, terminara o curativo na pata do gato e segurava o animal no colo, que quase não era grande o bastante para ele.

– Então, só nos resta o senhor Caseiro – o professor falou, deu uma pancada nos ajudantes para irem embora e virou-se para K., que, durante todo o tempo, prestara atenção apoiado na vassoura. – Esse senhor Caseiro que, por covardia, tranquilamente aceita que outras pessoas sejam culpadas indevidamente por suas próprias tramoias sujas.

– Bem – K. respondeu, percebendo que a intromissão de Frieda amansara a inescrupulosa ira inicial do professor –, eu não teria ficado com pena se os ajudantes tivessem sido açoitados um pouco; se já foram poupados em dez ocasiões justas, poderiam pagar por uma injusta. Além do mais, também acho que seria muito melhor se pudéssemos evitar um confronto direto entre nós dois, senhor Professor, e talvez o senhor também prefira. Os motivos de Frieda para ter sacrificado os ajudantes por mim – K. fez uma pausa nesse momento e, no silêncio, ouviram Frieda soluçar aos prantos atrás dos cobertores – é o que precisa ser esclarecido agora.

– Que abuso! – a professora proferiu.

– Concordo totalmente, senhorita Gisa – disse o professor. – O senhor Caseiro obviamente está dispensado do cargo graças a essa vergonhosa infração disciplinar; reservo-me o direito à punição, que ainda será aplicada, mas, agora, suma imediatamente daqui com todas as suas coisas. Será um verdadeiro alívio para nós, e as aulas finalmente poderão começar. Então, apresse-se!

– Não vou embora daqui – K. respondeu. – O senhor é meu superior, mas não foi você quem me ofereceu o cargo, mas o senhor Burgomestre; somente aceitarei a rescisão que vier da parte dele. No entanto, o cargo não me foi conferido para que minhas pessoas congelassem aqui, mas, como o senhor mesmo disse, para evitar atos desesperados e imprudentes da minha parte. Dispensar-me agora, tão de repente, por certo via ao encontro de suas intenções; portanto, enquanto eu não ouvir o contrário de sua própria boca, não acreditarei. Provavelmente, o senhor sairá em grande vantagem por eu não obedecer à sua leviana rescisão.

– Então, o senhor não obedecerá? – o professor questionou. K. balançou a cabeça. – Pense bem... – respondeu o professor. – Suas decisões nem sempre são as melhores; lembre-se, por exemplo, da tarde de ontem, quando o senhor se recusou a ser interrogado.

– Por que o senhor está trazendo isso à tona agora? – K. perguntou.

– Porque eu quero – retrucou o professor. – E, agora, repito pela última vez: saia!

Como aquilo também não causou efeito nenhum, o professor foi até a mesa para consultar a professora em voz baixa; ela falou algo sobre a polícia, o professor rejeitou, por fim concordaram, e o professor pediu às crianças que fossem para a sala dele, pois teriam aula com os outros alunos. A mudança animou a todos, e rapidamente a sala era esvaziada em meio a risadas e gritaria; o professor e a professora seguindo por último. A professora carregava o registro da classe e o gato em cima dele, completamente indiferente. O professor queria ter deixado o gato lá, mas a professora, decidida, recusou a sugestão, apontando a crueldade de K.; assim, K. carregava o fardo de toda a raiva do professor, inclusive pelo gato. Certamente, aquilo influenciara também as últimas palavras que o professor dirigiu a K. na porta:

– A senhorita está forçosamente deixando esta sala com as crianças porque o senhor foi renitente em atender à minha rescisão e porque ninguém pode exigir que uma jovem moça dê aulas no meio da sujeira que é sua família. Portanto, o senhor pode ficar sozinho e esparramar-se quanto quiser sem ser atrapalhado pela aversão de espectadores decentes. Mas isso não durará muito tempo, eu lhe garanto! – e, assim, bateu a porta.

Capítulo 13

Todos tinham acabado de sair quando K. ordenou aos ajudantes:

– Para fora!

Surpresos com aquela ordem inesperada, obedeceram, mas quiseram voltar quando K. trancou a porta atrás deles, choramingando e batendo do lado de fora.

– Vocês estão dispensados! – K. gritou. – Nunca mais os usarei em meus serviços.

Evidentemente, eles não aceitaram aquilo e esmurraram a porta com mãos e pés.

– Voltar para você, senhor! – gritaram, como se K. fosse a terra seca e eles estivessem à beira do afogamento. Mas K. não tinha piedade e, impaciente, esperava que o barulho insuportável obrigasse o professor a agir. Não demorou muito.

– Deixe seus malditos ajudantes entrarem! – gritou.

– Eu os dispensei! – K. gritou de volta; aquilo teve o indesejável efeito colateral de mostrar ao professor o que acontecia quando alguém era forte o suficiente não apenas para dispensar alguém, mas também para executar a rescisão.

O professor tentou acalmar os ajudantes amigavelmente; eles tinham apenas que esperar ali em silêncio, pois, no fim, K. os deixaria entrar de novo. Em seguida, foi embora. E talvez ficassem em silêncio mesmo, caso K. não tivesse recomeçado a gritar dizendo que estavam definitivamente dispensados e que não havia a menor esperança de readmissão. Com isso, voltaram a fazer a mesma algazarra de antes. O professor veio de novo, mas não negociou com eles desta vez; levou-os para fora do lugar, certamente fazendo uso da tão temida vara.

Logo apareceram nas janelas do ginásio, batendo nos vidros e gritando, mas não era mais possível entender suas palavras. Entretanto, não ficaram ali por muito tempo, pois a neve funda não lhes permitia pular como sua inquietude exigia. Por isso, correram até a cerca do jardim da escola e subiram em um muro baixo de pedra, de onde conseguiam ver melhor o cômodo, mesmo que ao longe; corriam para lá e para cá segurando-se na cerca, paravam de novo e estendiam as mãos suplicantes para K. Ficaram assim por bastante tempo, sem levar em consideração a inutilidade de seus esforços; parecia que estavam obcecados e não pararam nem quando K. baixou a cortina das janelas para se livrar daquela visão.

Agora, no ambiente escurecido, K. foi até as barras para ver como Frieda estava. Debaixo de seu olhar, ela se levantou, arrumou o cabelo, secou o rosto e, em silêncio, começou a fazer o café. Embora soubesse de tudo, K. informou-lhe formalmente que dispensara os ajudantes. Ela apenas concordou com a cabeça. K. sentou-se em uma das carteiras escolares e observou seus movimentos cansados. O frescor e a determinação sempre embelezaram aquele corpo banal; agora, essa beleza acabara. Alguns poucos dias de convivência com K. bastaram para que aquilo acontecesse. O trabalho no bar não era fácil, mas talvez fosse mesmo mais adequado a ela. Ou era a distância de Klamm a verdadeira causa de sua decadência? A proximidade a Klamm a tornara tão incrivelmente sedutora; K. fora atraído por aquela sedução, e, agora, ela murchava em seus braços.

– Frieda – K. chamou.

Ela rapidamente largou o moedor de café e aproximou-se da carteira onde ele estava.

– Você está bravo comigo? – perguntou.

– Não – K. falou. – Acho que você não consegue ser de outro jeito. Vivia satisfeita na Estalagem dos Cavalheiros. Eu deveria tê-la deixado lá.

– É – Frieda respondeu com olhar triste –, você deveria ter me deixado lá. Não mereço viver com você. Sem mim, talvez você consiga alcançar tudo o que deseja. Por respeito a mim, você se sujeita ao professor tirano, aceita esses empregos deploráveis, pleiteia incansavelmente uma conversa com Klamm. Tudo por minha causa, e eu retribuo mal.

– Não – K. falou, envolvendo-a com o braço para consolá-la. – Tudo isso são miudezas que não me machucam, e quero me encontrar com Klamm não só por sua causa. Você fez tanta coisa por mim! Antes de a conhecer, eu estava completamente perdido por aqui. Ninguém me aceitava e, quando me impunha, era dispensado rapidamente. Quando, enfim, pude encontrar tranquilidade com alguém, eram pessoas das quais eu precisava fugir, como aquela gente do Barnabé.

– Você fugiu deles? Fugiu, não é mesmo? Meu amado! – Frieda gritou energicamente e, após um hesitante "sim" de K., afundou de novo em seu cansaço.

Mas K. também não estava mais tão determinado a explicar como a relação com Frieda mudara tudo para melhor. Lentamente afastou o braço dela e ficou sentado um tempo em silêncio, até Frieda dizer, como se o braço de K. tivesse dado a ela um calor que agora não podia mais ficar sem:

– Não suportarei essa vida aqui. Se quiser ficar comigo, teremos que ir embora para algum lugar, para o sul da França, para a Espanha, não sei.

– Não posso ir embora – K. respondeu. – Vim para ficar. E aqui ficarei.

E, em uma contradição que nem se deu ao trabalho de explicar, acrescentou, como se falando consigo mesmo:

– O que teria me atraído para essa terra perdida se não fosse o anseio de ficar aqui? – Depois, falou: – Mas você também quer ficar aqui, é sua terra. Só sente falta de Klamm, e isso a faz ter pensamentos desesperados.

– Sinto falta de Klamm? – Frieda retrucou. – Aqui há um excesso de Klamm, tem Klamm demais; quero me livrar dele, quero ir embora. Não é de Klamm que sinto falta, mas de você. Quero ir embora por você, porque não consigo me saciar de você aqui, onde todos me amolam. Daria meu rostinho bonito, daria o definhamento do meu corpo para poder viver em paz com você.

K. só prestou atenção em uma coisa.

– Você ainda tem alguma relação com Klamm? – perguntou em seguida. – Ele ainda a chama?

– Não sei nada sobre Klamm – Frieda respondeu. – Estou falando dos outros, dos ajudantes, por exemplo.

– Ah, os ajudantes! – K. exclamou surpreso. – Eles a perseguem?

– Você não percebeu? – Frieda perguntou.

– Não – K. respondeu, tentando, sem sucesso, lembrar-se de algum detalhe. – Eles são mesmo jovens inconvenientes e lascivos, mas não percebi se deram em cima de você.

– Não? – Frieda retorquiu. – Você não percebeu como não saíam do nosso quarto na Estalagem da Ponte, como acompanham nosso relacionamento com ciúme, como um deles acabou de se deitar no meu lugar no saco de palha, como depuseram agora contra a sua pessoa para se livrar de você, para prejudicá-lo e, assim, ficarem sozinhos comigo? Você não percebeu nada disso?

K. olhou para Frieda sem responder. Aquelas acusações contra os ajudantes certamente estavam corretas, mas também poderiam ser interpretadas com muito mais inocência pelo jeito ridículo, infantil, ansioso e descontrolado deles. E o fato de sempre fazerem de tudo para ir com K. aonde quer que ele fosse, em vez de ficar com Frieda, não depunha contra aquela acusação? K. disse alguma coisa nesse sentido.

– Dissimulações – Frieda disse. – Você não percebeu? Bem, então por que estava sempre os levando embora, senão por causa disso?

Ela foi até a janela, puxou a cortina um pouco para o lado, olhou para fora e chamou K. Os ajudantes ainda estavam lá na cerca e, apesar de visivelmente muito cansados, levantavam, de tempos em tempos erguendo os braços suplicantes em direção à escola, reunindo todas as suas forças. Um deles espetara o casaco em uma das barras da cerca para não precisar mais se segurar o tempo todo.

– Pobrezinhos! Pobrezinhos! – Frieda falou.

– Quer saber por que os mandei embora? – K. gritou. – Principalmente por sua causa!

– Por minha causa? – Frieda perguntou sem tirar os olhos lá de fora.

– A forma excessivamente amigável com que você trata os ajudantes – K. falou –, o perdão de suas insolências, as risadinhas para eles, o carinho nos cabelos, a eterna compaixão para com eles. "Pobrezinhos, pobrezinhos", você acabou de dizer, e, por fim, a última agora, que eu não era um prêmio grande o bastante para ser resgatado com o açoitamento dos ajudantes.

– É isso – Frieda falou –, é disso que estou falando, é isso que me deixa infeliz, que me afasta de você, apesar de eu não conhecer felicidade maior que estar sempre ao seu lado, o tempo inteiro, sem interrupções, sem fim, embora sonhe que não exista nesta Terra um lugar tranquilo para o nosso amor, nem no vilarejo nem em lugar nenhum, e, portanto, imagino uma cova funda e estreita. Lá ficamos abraçados agarradinhos, eu escondo meu rosto em você, você esconde o seu em mim, e ninguém nunca mais nos verá. Aqui, no entanto... Olhe só para os ajudantes! Não é para você que eles apertam as mãos, mas para mim.

– E não sou eu quem lhes dá crédito – K. respondeu –, mas você.

– Claro que sou eu – Frieda disse quase brava. – É disso que estou falando o tempo inteiro. Por que mais os ajudantes ficariam atrás de mim? Será que também foram enviados por Klamm?

– Enviados por Klamm? – K. repetiu, já que aquela designação, apesar de parecer tão natural, também era muito surpreendente.

– Enviados por Klamm, certamente – Frieda respondeu. – Pode ser que sejam isso mesmo, mas continuam sendo jovens ridículos que ainda precisam de castigos físicos para serem educados. Que negros conservadores odiosos! E quão detestável é a contradição entre seus rostos, que parecem adultos, quase estudantis, e seu comportamento infantil e tolo! Você acha que não vejo isso? Até me envergonho por eles. Mas é isso, eles não me causam repulsa; pelo contrário, eu me envergonho por eles. Preciso estar sempre prestando atenção neles. Só consigo rir, quando deveria ficar irritada. Só consigo acariciar seus cabelos, quando deveria dar-lhes uma surra. E, se estou deitada ao seu lado durante a noite e não consigo dormir, só me resta olhar por cima de você para ver um deles dormindo quase enrolado no cobertor e o outro ajoelhado se aquecendo na frente da porta aberta do aquecedor, e me inclino tanto que quase acordo você. E não é o gato que me assusta (ah, conheço bem os gatos e também o cochilo inquieto constantemente interrompido no bar), não é o gato que me assusta, eu mesma me assusto. E não é preciso que haja um gato monstruoso; tremo com o menor dos ruídos. Uma vez, fiquei com medo que você acordasse e tudo estaria terminado, então levantei-me de um pulo e acendi a vela para que você acordasse rapidinho para me proteger.

– Eu não sabia de nada disso – K. falou. – Expulsei-os somente por intuição; mas agora eles foram embora, e talvez tudo fique bem.

– Sim, finalmente eles foram embora – Frieda respondeu, mas seu rosto estava angustiado, não feliz –, mas não sabemos quem são. "Enviados por Klamm" é como os chamo de brincadeira em pensamento, mas talvez eles sejam mesmo. Seus olhos, aqueles olhos inocentes e ainda brilhantes, de alguma forma me fazem lembrar dos olhos de Klamm; é, é isso: é o olhar de Klamm que, às vezes, me atravessa pelos olhos deles. E, por isso, não estou sendo injusta ao dizer que me envergonho por eles. Apenas gostaria que fosse assim. Eu, inclusive, sei que o mesmo comportamento seria estúpido e ofensivo em qualquer outro lugar e com quaisquer outras pessoas, mas com eles é diferente. Olho para a estupidez deles com atenção e maravilhamento. Se, no entanto, foram enviados por Klamm, quem nos livrará deles? Aliás, será que seria bom nos livrarmos deles? Será que você não deveria trazê-los de volta rapidamente e ficar feliz por eles ainda voltarem?

– Você quer que eu os traga de volta? – K. perguntou.

– Não, não – Frieda respondeu. – Não há nada que eu queira menos que isso. Seus olhares ao entrarem correndo, sua alegria ao me ver de novo, seus pulinhos infantis e seus braços másculos estendidos, talvez eu nem conseguisse suportar tudo isso. No entanto, se volto a pensar que talvez o próprio Klamm negue seu acesso a ele caso você se mantenha firme com eles, então gostaria de protegê-lo dessas consequências de todo jeito. Nesse caso, gostaria que os deixasse entrar. Nesse caso, K., traga-os de volta, e rápido! Nem pense em mim; o que tenho com isso? Vou me defender enquanto puder; se, no entanto, precisar perder, então perderei, mas consciente de também ter feito isso por você.

– Você só está reforçando minha avaliação a respeito dos ajudantes – K. falou. – Jamais os deixarei entrar por minha própria vontade. O fato de tê-los colocado para fora comprova que é possível dominá-los sob certas circunstâncias, e, além disso, que eles não têm nenhuma relação fundamental com Klamm. Ontem à noite mesmo, recebi uma carta de Klamm, pela qual se pode perceber que Klamm está muito mal informado sobre os ajudantes, o que nos dá a entender que ele os considera totalmente irrelevantes; caso contrário, com certeza teria conseguido notícias mais precisas sobre os dois. No entanto, o fato de você ver Klamm neles não comprova nada além de ainda estar sob influência da estalajadeira, infelizmente, e ver Klamm por toda parte. Você ainda é amante de Klamm, ainda está longe de ser minha mulher. Às vezes, tudo isso me entristece, sinto como se tivesse perdido tudo, tenho a sensação de que acabei de chegar no vilarejo, não cheio de esperanças, como aconteceu na realidade, mas consciente de que apenas decepções estavam à minha espera e de que precisaria suportar uma após a outra até a última gota. Mas isso só acontece às vezes – K. acrescentou sorrindo ao ver que Frieda estava afundando sobre suas palavras – e, no fim, comprova uma coisa boa; quanto você significa para mim. E agora que você está exigindo que eu escolha entre você e os ajudantes, eles já perderam. Mas que ideia escolher entre você e os ajudantes! Agora eu gostaria de enfim me livrar deles, tanto nas palavras quanto nos pensamentos. Aliás, quem sabe se as fraquezas que nos acometeram não surgiram porque ainda não tomamos nosso café da manhã?

– É, pode ser – Frieda respondeu com um sorriso cansado e voltou ao trabalho. K. também tornou a pegar a vassoura.

Pouco depois, alguém bateu de leve na porta.

– Barnabé! – K. gritou, jogou a vassoura longe e alcançou a porta com poucos movimentos.

Assustada mais pelo nome que por qualquer outra coisa, Frieda o observou. Com as mãos trêmulas, K. demorou para conseguir abrir o trinco antigo.

– Já estou abrindo, já estou abrindo! – não parava de repetir em vez de perguntar quem batia. Em seguida, não viu Barnabé entrando pela porta escancarada, mas o jovenzinho que tentara falar com ele mais cedo. K., por sua vez, não estava com vontade de se lembrar dele.

– O que quer aqui? – perguntou. – A aula é aí do lado.

– Estou vindo de lá – o menino respondeu olhando tranquilamente para K. com seus grandes olhos castanhos, parado teso com os braços colados ao corpo.

– E o que quer então? Diga logo! – K. falou e inclinou-se um pouco, pois o menino falava baixo.

– Posso ajudar você? – perguntou.

– Ele quer nos ajudar – K. disse a Frieda e, em seguida, ao garoto. – Como se chama?

– Hans Brunswick – respondeu. – Aluno do quarto ano, filho de Otto Brunswick, sapateiro da rua Madeleinegasse.

– Ah, veja só, você se chama Brunswick! – K. afirmou, tornando-se mais simpático com ele.

Descobriram então que Hans ficara tão incomodado com os arranhões sangrentos que a professora fizera na mão de K. que decidira ficar a seu favor. Por isso, como um desertor, escapou da sala de aula ao lado sem autorização, correndo o risco de ser submetido a um castigo ainda maior que o de K. Provavelmente, era cheio daquelas ideias infantis. E a seriedade com que falava sobre tudo o que fizera também estava de acordo com essas ideias. A timidez o segurou apenas no início, mas logo se acostumara a K. e Frieda e, após receber um bom café quente para beber, ficara animado e confiante, e suas perguntas eram fervorosas e urgentes, como se quisesse descobrir as coisas mais importantes, o mais rápido possível, para conseguir tirar as próprias conclusões para K. e Frieda. Seu jeito também tinha algo de imperioso, mas aquilo estava tão misturado a uma inocência infantil que era divertido se sujeitar a ele meio a sério, meio de brincadeira. Em todo caso, ele exigia plena atenção; todos os trabalhos foram interrompidos, e o café da manhã estendeu-se bastante. Apesar de estar sentado na carteira da escola, K. no alto, à mesa do professor, e Frieda em uma cadeira ao lado, parecia que Hans era o professor que verificava e avaliava as respostas; um leve sorriso na boca macia parecia demonstrar que sabia que aquilo não passava de uma brincadeira, mas, tirando isso, levava o caso tão a sério que talvez nem fosse um sorriso, mas a alegria da infância revelada por seus lábios. Só mais tarde admitiu que já conhecia K. de quando esteve na casa de Lasemann. K. ficou contente com aquilo.

– Você brincava aos pés da mulher? – K. perguntou.

– Sim – Hans respondeu. – Ela é minha mãe.

Então, teve que contar sobre a mãe, mas fez isso com relutância, e, apenas após vários pedidos, via-se que era um rapazinho que, às vezes, principalmente pelas perguntas, talvez pressentindo o futuro, talvez apenas como consequência do devaneio dos ouvintes inquietos e tensos, quase parecia um homem enérgico, esperto e perspicaz a falar. Em seguida, sem qualquer transição, voltava a se tornar o aluno da escola que não entendia algumas perguntas, outras interpretava mal, o qual, em uma impolidez infantil, falava baixo demais, apesar de terem chamado sua atenção com frequência por causa disso, e que, no fim, emudecia totalmente perante algumas perguntas prementes, como por orgulho e sem qualquer constrangimento, como nenhum adulto jamais seria capaz de fazer. Parecia até acreditar que apenas ele estava autorizado a fazer perguntas, e as perguntas dos outros infringiam alguma regra e só serviam para fazê-lo perder tempo. Era capaz de ficar sentado em silêncio por longos períodos, o corpo ereto, a cabeça baixa, o lábio inferior em um bico. Frieda gostou tanto que fez muitas perguntas na esperança de assim o fazer ficar quieto; até foi bem-sucedida algumas vezes, mas K. ficou irritado. No geral, descobriram poucas coisas. A mãe dele estava um pouco doente, mas a doença em questão permaneceu indeterminada; a criança que estava no colo da senhora Brunswick era irmã de Hans e chamava-se Frieda (o fato de ser homônima à mulher que fazia as perguntas não foi muito bem recebido por Hans); todos moravam no vilarejo, mas não na casa de Lasemann; estavam lá só de visita para tomar banho, porque Lasemann tinha a tina grande, onde as crianças pequenas, entre as quais Hans não se incluía, mais gostavam de se banhar e de brincar. Sobre o pai, Hans falou apenas com respeito ou temor, mas apenas quando o assunto não envolvia também a mãe; em comparação à mãe, o valor do pai era nitidamente inferior; em geral, todas as perguntas sobre a vida familiar que tentaram fazer continuaram sem resposta. Sobre os negócios do pai, descobriram que era o maior sapateiro da região e que ninguém se comparava a ele; após questionarem repetidas vezes, como também acontecia com outras perguntas, souberam que repassava trabalho até para outros sapateiros, como o pai de Barnabé, por exemplo, apesar de, neste último caso, Brunswick fazer isso apenas por piedade. Pelo menos era isso que dava a entender a orgulhosa jogada de cabeça de Hans, que fez Frieda saltar em sua direção para lhe dar um beijo. Somente respondeu se já estivera no castelo após perguntarem isso várias vezes, e a resposta foi um "não"; a mesma pergunta em relação à sua mãe nem foi respondida. Por fim, K. se cansou; ele também achava aquele questionamento inútil e deu razão ao garoto; além do mais, era um pouco vergonhoso querer descobrir os segredos da família rodeando uma criança inocente, e vergonhoso em dobro, no entanto, era não descobrir nada. Então, ao perguntar ao garoto no que ele gostaria de ajudar, K. não se surpreendeu ao ouvir que Hans apenas queria ajudar no trabalho para que o professor e a professora não brigassem mais tanto com K. Ele explicou a Hans que não precisavam de ajuda para isso, que reprimendas faziam parte da natureza dos professores e quase não dava para se proteger delas mesmo fazendo o trabalho mais preciso do mundo; o trabalho em si não era difícil e atrasara naquele dia apenas por acidente; por fim, aquela reprimenda não o abalava do mesmo jeito que a um estudante; ele não ligava; para ele, era quase indiferente e esperava poder se livrar do professor de uma vez por todas muito em breve. Como Hans oferecia ajuda somente contra o professor, agradeceram imensamente e disseram que ele já podia voltar para a sala, quem sabe nem fosse punido. K. não enfatizou, apenas sugeriu sutilmente que era somente a ajuda contra o professor de que não precisava, deixando em aberto outros tipos de ajuda. Hans entendeu muito bem e perguntou se K. não precisava de algum outro tipo de ajuda; ele o ajudaria com muito prazer e, mesmo se não conseguisse sozinho, pediria à mãe, que, certamente, poderia ajudar. O pai também pedia ajuda à mãe quando estava preocupado. E a mãe já perguntara por K. uma vez. A mãe saía pouco de casa, estivera excepcionalmente na casa de Lasemann aquela vez. Hans, no entanto, ia para lá com frequência, para brincar com os filhos de Lasemann, por isso uma vez a mãe perguntou se o agrimensor estivera lá de novo. Como a mãe estava tão fraca e cansada, não podiam agitá-la sem necessidade, então ele só respondeu que não vira o agrimensor por lá e não falaram mais nisso; agora que encontrara o homem ali na escola, porém, precisou conversar com ele para, assim, poder contar tudo à mãe. Era disso que a mãe dele mais gostava: quando alguém atendia às suas vontades sem uma ordem expressa. Depois de pensar um pouco, K. respondeu que não precisava de ajuda nenhuma, tinha tudo de que precisava, mas era muito simpático da parte de Hans querer ajudá-lo e agradeceu-lhe pelas boas intenções; talvez precisasse de alguma coisa mais para a frente e, nesse caso, falaria com ele, pois já tinha o endereço, de qualquer forma. Por outro lado, desta vez, talvez K. pudesse ajudá-lo um pouco; ficava triste pela mãe de Hans estar doente e ninguém compreender seu sofrimento; em casos de negligência como aquele, era muito possível o desenvolvimento de uma complicação grave a partir de uma enfermidade relativamente simples. No entanto, K. tinha algum conhecimento médico e, o que era ainda mais útil, experiência no cuidado de enfermos. Fora bem-sucedido em casos que os próprios médicos tinham falhado. Em casa, sempre o chamavam de "aquele da erva amarga", graças à sua atuação curandeira. Ofereceu-se para visitar a mãe de Hans e conversar com ela. Talvez ele pudesse dar a ela algum bom conselho, gostaria muito de fazer isso por Hans. A princípio, os olhos de Hans iluminaram-se com a oferta, o que incitou K. a ser mais insistente, mas o resultado foi insatisfatório, pois Hans respondeu a diversas perguntas e nem ficou muito triste ao dizer que a mãe não podia receber visitas desconhecidas por precisar se proteger muito; apesar de K. ter falado muito pouco com ela naquela ocasião, tinha ficado de cama por alguns dias depois daquilo, o que passou a acontecer com mais frequência. Na época, o pai ficara bastante irritado com K. e certamente jamais permitiria que K. chegasse perto de sua mãe. Na época, ele até quis ir atrás de K. para puni-lo por causa de seu comportamento e só não o fez porque a mãe o impediu. Além de tudo, geralmente era a própria mãe quem não queria conversar com ninguém; a pergunta que fizera sobre K. não era uma exceção à regra; pelo contrário, ela poderia ter expressado o desejo de vê-lo justamente ao mencioná-lo, mas não o fez e, assim, deixou clara sua vontade. Ela só queria ouvir falar de K., não conversar com ele. Além disso, não estava padecendo de nenhuma enfermidade real e sabia muito bem qual era a causa do seu estado; às vezes, até a citava: provavelmente ela não aguentava o ar dali; mas não queria deixar o local de novo por causa do pai dele e dos filhos, apesar de agora já estar melhor que antes. K. percebeu que o esforço mental de Hans aumentou perceptivelmente, uma vez que tinha que proteger a mãe de K., a pessoa que ele supostamente queria ajudar. Com a nobre justificativa de afastar K. da mãe, até contradisse algumas das próprias afirmações anteriores, por exemplo, em relação à enfermidade. Apesar disso, K. não deixava de perceber que Hans tinha boas intenções em relação a ele, mas esquecera-se de todo o resto por conta da mãe. Como sempre, quem é confrontado com a mãe logo é injustiçado; agora tinha sido K., mas poderia ter sido o pai também, por exemplo. K. quis verificar essa última hipótese e disse que era muito atencioso da parte do pai proteger a mãe de qualquer estorvo, e se ele, K., tivesse pressuposto algo semelhante naquela ocasião, não teria ousado conversar com sua mãe; pediu, então, ao garoto que se desculpasse por ele em casa. Por outro lado, dizia não conseguir entender por que o pai impedia a mãe de ir para outros ares para se recuperar, uma vez que a causa de seu padecimento era tão clara quanto Hans afirmara. Teve que dizer que ele a impedia, pois não iria embora apenas por conta dos filhos e dele próprio; os filhos, no entanto, ela poderia levar junto, não precisava ir embora por muito tempo nem para muito longe, o ar já era bastante diferente ali na colina do castelo. O pai não deveria ligar para os custos desse passeio; afinal, era o maior sapateiro do lugar, e, com certeza, a mãe tinha parentes ou conhecidos no castelo que a receberiam com prazer. Por que ele não a deixava ir embora? Era bom não subestimar uma doença como aquela; K. viu a mãe apenas por um momento, mas sua palidez e sua fraqueza evidentes o impeliram a conversar com ela; na ocasião, ele já se surpreendera pelo pai ter deixado a mulher doente no ar ruim daquela casa de banho com lavanderia, sem demonstrar qualquer comedimento naquele falatório em alto e bom som. O pai certamente não sabia o que era; era possível que a doença tivesse melhorado nos últimos tempos; uma doença como aquela tinha seus caprichos, mas, no fim, se não fosse combatida com todas as forças, nada mais poderia ajudar. Se K. não pudesse falar com a mãe, talvez fosse bom conversar com o pai do garoto para chamar sua atenção sobre tudo isso.

Hans ouviu tudo atento, entendeu a maior parte e sentiu com força a ameaça do restante incompreendido. Apesar disso, falou que K. não poderia conversar com o pai, o homem implicava com ele e, provavelmente, o trataria da mesma forma que o professor. Tinha um sorriso envergonhado ao falar de K. e ficou ansioso e triste ao mencionar o pai. No entanto, acrescentou que K. talvez pudesse conversar com a mãe, mas só se o pai não ficasse sabendo. Em seguida, com olhar vidrado, Hans refletiu um pouco e parecia uma mulher pensando em como fazer algo proibido sem ser punida; por fim, afirmou que talvez fosse possível depois de amanhã, pois o pai iria à Estalagem dos Cavalheiros à noite, tinha uma reunião lá, e Hans poderia buscar K. e levá-lo até a mãe, mas somente se ela concordasse, o que era muito improvável. Afinal, ela não fazia nada contra as vontades do pai, concedia tudo a ele, mesmo coisas que o próprio Hans percebia com clareza serem pouco razoáveis. Na realidade, Hans estava pedindo que K. o ajudasse contra o pai; parecia que se enganara; pensou que queria ajudar K., enquanto, na realidade, ele mesmo estava buscando ajuda, quiçá porque ninguém entre os velhos conhecidos fora capaz de ajudar e aquele forasteiro que surgira de repente e fora até citado pela mãe estava apto a desempenhar essa função. Quão reservado, quase dissimulado, o garoto era sem perceber. Até o momento, aquilo fora pouco perceptível em sua aparência e em suas palavras; notava-se apenas agora, graças às confissões posteriores feitas por acaso e de propósito. Então, começou a refletir longamente com K. sobre quais seriam as dificuldades que precisariam ser superadas. Por mais que Hans desejasse, para ele eram dificuldades quase insuperáveis; imerso em pensamentos e ainda buscando ajuda, encarava K. sem parar, piscando os olhos ansiosos. Não poderia contar nada à mãe antes de o pai sair, senão este descobriria e tudo seria impraticável; portanto, tinha que informar somente depois; mas, ainda assim, teria que ter cuidado com a mãe, não poderia falar de repente, de uma vez, mas com tranquilidade e no momento oportuno. Primeiro tinha que pedir a autorização da mãe para então buscar K.; será que não ficaria tarde demais e eles estariam ameaçados pelo retorno do pai? Não, era impossível mesmo. K. discordou, não era impossível. Não era preciso se preocupar com o tempo; uma conversa curta, um encontro breve já bastaria, e Hans não precisava buscar K.; ele esperaria escondido em algum lugar perto da casa e iria assim que recebesse um sinal de Hans. Não, Hans falou, K. não poderia esperar perto da casa (de novo era a sensibilidade relacionada à mãe que o dominava); K. não deveria sair sem que a mãe dele soubesse; Hans não podia fazer um acordo secreto desses com K. pelas costas da mãe; ele tinha que buscar K. na escola e não antes de a mãe saber e autorizar. Bem, K. respondeu, então seria realmente perigoso e era possível que o pai de Hans o apanhasse em casa; mesmo que isso não acontecesse, a mãe ficaria com medo e não deixaria K. entrar, e tudo seria estragado pelo pai, de qualquer jeito. Hans discordou novamente e, assim, a briga ia e vinha.

K. já chamara Hans da carteira escolar para a mesa do professor fazia tempo, colocou-o entre os joelhos e, às vezes, o afagava para reconfortá-lo. Aquela proximidade, apesar da relutância esporádica de Hans, contribuiu para que chegassem a um consenso. Por fim, concordaram com o seguinte: primeiro Hans contaria toda a verdade à mãe; no entanto, para que ela concordasse com mais facilidade, acrescentaria que K. também queria conversar com Brunswick, mas não por causa dela, e sim sobre a situação em que K. estava. Isso também era verdade; ao longo da conversa, K. percebeu que Brunswick podia até ser uma pessoa perigosa e brava, mas não deveria mais ser seu rival, pois, ao menos segundo o relato do burgomestre, ele, quiçá por motivações políticas, fora o líder daqueles que exigiram a convocação de um agrimensor. Assim, a chegada de K. ao vilarejo deveria ser bem recebida por Brunswick; nesse caso, o cumprimento nervoso no primeiro dia e a implicância que Hans citara eram quase incompreensíveis; talvez fosse justamente por isso que Brunswick estava ressentido, porque K. não o procurara primeiro para pedir ajuda; talvez houve algum outro mal-entendido que poderia ser esclarecido com algumas palavras. Se aquilo acontecesse, K. poderia ter em Brunswick um verdadeiro aliado contra o professor, talvez até contra o burgomestre, e, enfim, conseguiria entender toda aquela patifaria institucional (era algo além disso?) que o burgomestre e o professor usavam para afastá-lo das autoridades do castelo e forçá-lo a aceitar o cargo de caseiro da escola. Se houvesse uma nova batalha entre Brunswick e o burgomestre por causa de K., ele precisava trazer Brunswick para seu lado. K. seria convidado para a casa de Brunswick, e os poderes de Brunswick estariam à sua disposição para desgosto do burgomestre; quem sabe aonde aquilo poderia levá-lo; e, além disso, estaria frequentemente perto da mulher… Assim, ficou brincando com os sonhos, e os sonhos ficaram brincando com ele, enquanto Hans observava o silêncio de K. com preocupação, só pensando na mãe, da mesma forma como se faz perante um médico mergulhado em pensamentos em busca de um remédio para um caso grave. Hans concordou com a sugestão de K. de querer conversar com Brunswick sobre a contratação do agrimensor; no entanto, apenas porque, dessa forma, a mãe estaria protegida do pai, e aquilo não passava de uma emergência que não esperava que acontecesse. Perguntou, ainda, como K. explicaria ao pai fazer uma visita assim tão tarde e finalmente se acalmou, embora com expressão um pouco insatisfeita, quando K. afirmou que diria que o insuportável cargo de caseiro da escola e o tratamento que recebia do professor o tinham levado a um desespero súbito, que resultou em total falta de escrúpulos.

Enfim, quando já tinham pensado em tudo até onde era possível prever e a possibilidade de aquilo acontecer não estava mais excluída, Hans se livrou do peso da reflexão e, animado, infantilmente tagarelou mais um pouco com K. e depois com Frieda, que ficara sentada ali imersa em outros pensamentos e só agora voltava a participar da conversa. Entre outras coisas, ela perguntou o que ele queria ser quando crescesse; o garoto não pensou por muito tempo e disse que queria se tornar um homem como K. Quando perguntaram os motivos para isso, não soube responder e negou com veemência quando quiseram saber se ele queria ser o caseiro da escola. Só depois de perguntarem mais um pouco, descobriram o rodeio que o garoto fizera para chegar a essa vontade. A situação atual de K. não era, de forma nenhuma, invejável, mas triste e desprezível; Hans sabia bem disso e não precisava observar outras pessoas para perceber; ele mesmo queria ter impedido que a mãe visse ou ouvisse as palavras de K. Mesmo assim, foi procurá-lo para pedir ajuda e ficou contente quando K. concordou. Ele achava que reconhecia uma situação parecida em outras pessoas também, e, além disso, a própria mãe mencionara K. A partir dessa contradição, passou a acreditar que K. realmente estava na pior, em um estado deplorável, mas em um futuro distante, quase inimaginável, conseguiria superar tudo. E até essa distância irrelevante e o orgulhoso desenvolvimento pelo qual tinham que passar instigavam Hans: por esse preço, aceitaria até o K. atual. O mais infantil e precoce dessa vontade era

Hans considerar K. um jovem cujo futuro se estendia amplamente diante de si como o seu próprio, o futuro de um garotinho. E era com seriedade quase soturna que falava dessas coisas, sempre coagido pelas perguntas de Frieda. A princípio, K. animou-o quando disse que sabia por que Hans o invejava; era por causa do belo cajado que estava sobre a mesa e com o qual Hans brincava distraidamente durante a conversa. K. sabia fazer esses cajados e, se seus planos dessem certo, faria um ainda mais bonito para Hans. Não estava muito claro se Hans estava mesmo se referindo apenas ao cajado; ficou feliz com a promessa de K. e despediu-se animadamente, não sem apertar a mão de K. com firmeza e dizer:

– Então, depois de amanhã.

Era mesmo hora de Hans ir embora; pouco depois, o professor escancarou a porta e bradou ao ver K. e Frieda sentados tranquilamente à mesa:

– Perdoem-me a intromissão! Mas, digam-me, quando vocês finalmente arrumarão aqui? Estamos todos amontoados na sala ao lado, isso está atrapalhando a aula, e vocês esparramados aqui no grande ginásio; além do mais, para ganharem ainda mais espaço, mandaram os ajudantes embora! Agora, pelo menos levantem-se e mexam-se! – Em seguida, falou para K.: – E você vá buscar o *brunch* na Estalagem da Ponte para mim!

Tudo aquilo fora gritado com raiva, mas as palavras eram relativamente delicadas, mesmo o grosseiro "você". K. estava disposto a obedecê-lo imediatamente, mas, apenas para sondar o professor, respondeu:

– Mas fui mandado embora.

– Mandado embora ou não, vá buscar o *brunch* para mim – o professor retrucou.

– Mandado embora ou não, é isso mesmo que quero saber – K. falou.

– Mas do que você está falando? – o professor questionou. – Você não aceitou a demissão.

– E isso basta para torná-la sem efeito? – K. quis saber.

– Para mim, não – o professor respondeu –, pode acreditar. Mas, por mais incompreensível que pareça, basta para o burgomestre. Agora, vá logo, senão vai realmente voar daqui.

K. estava satisfeito; o professor realmente conversara com o burgomestre nesse meio-tempo ou, quem sabe, nem conversara com ele, mas presumia sua opinião, que era favorável a K. Então, K. apressou-se para ir buscar o *brunch*, mas o professor tornou a chamá-lo quando estava de saída; talvez porque quisesse testar a prestatividade de K. com aquela ordem específica e permitir que voltasse a cumpri-la, possivelmente porque estava com vontade de mandar mais um pouco e gostava de ver K. andando com pressa e voltando com a mesma pressa como um garçom sob seu comando. K., por sua vez, sabia que se tornaria um escravo e o bode expiatório do professor se aceitasse tudo, mas estava disposto a consentir pacientemente com o humor do professor até certo ponto, pois, se o professor não tinha o direito de demiti-lo como parecia, certamente era capaz de fazer a posição ficar tão penosa que se tornaria insuportável. Mas era justamente aí que K. estava agora mais do que antes. A conversa com Hans deu-lhe novas esperanças; eram esperanças claramente improváveis e totalmente sem fundamento, mas que não podiam mais ser esquecidas; inclusive, quase ofuscavam Barnabé. Se quisesse ir atrás delas, e ele não conseguia fazer outra coisa, então precisaria reunir todas as forças para não se preocupar com mais nada, nem com a comida, nem com a moradia, nem com as instituições do vilarejo, nem mesmo com Frieda. Na realidade, tudo só se tratava de Frieda; ele cuidava de tudo apenas pensando nela. Por isso, precisava tentar manter esse cargo, que dava alguma segurança à Frieda, e ele não tinha que se arrepender por aguentar o professor além do que normalmente teria aguentado. Tudo aquilo nem era tão doloroso assim; fazia parte dos contínuos pequenos sofrimentos da vida; não era nada se comparado ao que K. se esforçava por alcançar e ele não chegara até ali para viver uma vida honrosa e em paz.

Com a mesma rapidez com que gostaria de ter corrido até o alojamento, dispôs-se a atender logo ao novo comando, que era primeiro arrumar aquela sala para que a professora pudesse voltar com sua turma. Mas tinham que arrumar rápido, pois K. precisava buscar o *brunch* em seguida, e o professor já estava com bastante fome e sede. K. garantiu que tudo seria feito conforme o desejado; por um tempo, o professor observou-o arrumando a área de descanso, ajeitando os aparelhos de ginástica e varrendo o corredor enquanto Frieda lavava e esfregava o tablado. O empenho pareceu satisfazer ao professor; observou ainda que havia uma pilha de lenha preparada na frente da porta para ser queimada (não queria mais que K. entrasse no galpão) e saiu para encontrar as crianças com a ameaça de que voltaria em breve para verificar.

Após trabalhar um pouco em silêncio, Frieda perguntou por que K. passou a obedecer tanto ao professor agora. Era uma pergunta compassiva e preocupada, mas, ao pensar quão pouco Frieda conseguira cumprir sua promessa de resguardá-lo das ordens e da brutalidade do professor, K. respondeu brevemente que precisava assumir seu posto, uma vez que se tornara o caseiro da escola. Em seguida, fez-se silêncio de novo até K. perguntar, enquanto carregava a lenha para dentro, o que tanto a afligia – aquele breve diálogo o fez se lembrar de que Frieda ficara perdida por bastante tempo em pensamentos preocupados durante quase toda a conversa com Hans. Erguendo os olhos lentamente para ele, respondeu que não era nada específico; ela só estava pensando na estalajadeira e na verdade contida em algumas de suas palavras. Respondeu mais detalhadamente apenas após ser pressionada por K. e depois de dar várias escusas sem deixar de trabalhar, o que não fazia por empenho, uma vez que o trabalho não avançava em nada, mas apenas para não ser obrigada a encará-lo. Então, contou que, no começo, estava sossegada ouvindo a conversa entre K. e Hans, mas, depois, assustara-se com algumas das palavras de K. Começara a entender melhor o sentido de suas palavras e, agora, não conseguia mais parar de ouvir nas palavras de K. a advertência feita pela estalajadeira, mas em cuja plausibilidade ela nunca quis acreditar. K., irritado com toda aquela superficialidade e mais enervado que comovido por sua voz chorosa e lastimosa (sobretudo porque a estalajadeira estava de novo se intrometendo na sua vida, pelo menos pelas lembranças, já que ela em pessoa não tivera muito sucesso até o momento), jogou no chão a lenha que carregava nos braços, sentou-se e pediu a Frida que explicasse com clareza e seriedade desta vez.

– Várias vezes – Frieda começou –, desde o início, a estalajadeira esforçou-se por fazer com que eu duvidasse de você; ela não dizia que você mentia, pelo contrário; falava que você era sincero de um jeito até infantil, mas que seu jeito era tão diferente do nosso que achávamos difícil conseguir acreditar em você, mesmo quando você se expressa com sinceridade, e, se não fosse uma boa amiga para nos salvar antes, teríamos que nos acostumar a acreditar nisso somente após amargas experiências. Até ela, que tinha um olhar aguçado para as pessoas, quase não havia percebido. No entanto, após a última conversa com você na Estalagem da Ponte (estou apenas repetindo suas palavras maldosas), ela percebeu qual era o seu modo de agir; agora você não poderia mais enganá-la, mesmo se fizesse de tudo para esconder suas intenções. Mas você não escondia nada, era isso que ela sempre dizia, e, em seguida, ainda falava: "Faça um esforço para realmente prestar atenção no que ele diz em qualquer ocasião, não superficialmente, mas de fato prestar atenção". Ela não fez nada além disso e, mesmo assim, descobriu o seguinte na sua relação comigo: você só deu em cima de mim (ela usou essa expressão aviltante) porque entrei no seu caminho por acaso, não o desagradei de imediato e porque você acha, bastante erroneamente, que garçonetes são as vítimas predeterminadas de qualquer cliente que lhes estenda a mão. Além disso, a estalajadeira da Estalagem dos Cavalheiros descobriu que você queria pernoitar ali por algum motivo qualquer e só conseguiria fazer isso me usando. Tudo isso já teria sido motivo suficiente para fazer você se tornar meu amante por aquela noite; mas, para conseguir ir além disso, era preciso mais, e esse mais era Klamm. A estalajadeira não afirmou saber o que você queria com Klamm, mas confirmou que já ansiava muito por esse encontro com ele antes de me conhecer. A única diferença era que antes você não tinha esperança, mas agora acreditava ver em mim um meio confiável para se aproximar de Klamm, uma aproximação verdadeira, rápida e até com alguma superioridade. Quão assustada fiquei (a princípio, apenas momentaneamente, sem motivos mais aprofundados) quando hoje cedo você disse que estava perdido antes de me conhecer. Talvez sejam as mesmas palavras usadas pela estalajadeira; ela também disse que você ficou obstinado a partir do momento em que me conheceu. Segundo ela, isso ocorreu porque, ao me ganhar, você acreditou ter conquistado uma amante de Klamm e, assim, possuir um penhor do qual poderia abrir mão em troca de um prêmio altíssimo. E seu único interesse seria negociar esse prêmio com Klamm. Como não se trata de mim, mas do prêmio, você estaria disposto a abrir mão de qualquer coisa minha em favor do cobiçado prêmio. Por isso, para você, é indiferente eu perder minha posição na Estalagem dos Cavalheiros; é indiferente que eu também precise ir embora da Estalagem da Ponte; é indiferente que eu precise fazer o trabalho pesado de caseiro na escola. Você não é mais afetuoso nem tem mais tempo para mim; larga os ajudantes aqui comigo, não sente nem um pouco de ciúme; para você, meu único valor é ter sido amante de Klamm; na sua ignorância, você se esforça para que eu não me esqueça de Klamm, para que, no fim, eu não me oponha demais quando o momento decisivo chegar. Além de tudo, você também briga com a estalajadeira, pois acredita que somente ela poderia me afastar de você, por isso levou a briga até as últimas consequências e fez com que eu deixasse a Estalagem da Ponte com você; para que eu seja sua propriedade a qualquer custo, e disso você não tem a menor dúvida. Você imagina a conversa com Klamm como uma negociação a ser feita na mesma moeda. Está calculando todas as possibilidades; está disposto a fazer de tudo para conquistar o prêmio; se Klamm me quiser, você me dará a ele; se ele quiser que você fique comigo, você ficará; se ele quiser que você me ofenda, me ofenderá; mas você também está disposto a encenar, caso tais encenações se mostrem favoráveis; assim, você fingirá que me ama, tentará lutar contra a sua indiferença destacando sua nulidade e envergonhando-o por ser seu sucessor, ou contando a ele minhas confissões de amor por sua pessoa, coisa que realmente fiz, e pedindo-lhe que me aceite de volta pagando o prêmio, é claro; e, se nada mais funcionar, então você implorará em nome do casal K. No entanto, concluiu a estalajadeira, quando você perceber que se equivocou com tudo, com suas suposições e suas esperanças, com a imagem que fez de Klamm e a relação dele comigo, aí começará meu inferno, pois somente então me tornarei de fato sua única posse, a única na qual você ainda poderá confiar, mas, ainda assim, uma posse que se mostrou inútil e que você tratará da forma correspondente, uma vez que não nutre outro sentimento por mim que não o de um proprietário.

K. ouviu tenso e com atenção, os lábios apertados; a lenha em seus pés rolara e ele quase escorregara até o chão sem perceber; então, levantou-se e se sentou no tablado, pegou a mão de Frieda, que tentou puxá-la debilmente, e disse:

– No seu relato, nem sempre consegui distinguir a opinião da estalajadeira da sua.

– Foi só a opinião da estalajadeira – Frieda respondeu. – Prestei atenção em tudo porque venero a estalajadeira; mas foi a primeira vez na vida que condenei totalmente a opinião dela. Tudo me pareceu tão deplorável, tão distante de qualquer compreensão do que há entre nós dois. Na realidade, parece-me que o correto é justamente o contrário do que ela falou. Penso na manhã nebulosa após nossa primeira noite, em como você se ajoelhou ao meu lado com um olhar que dizia que tudo estava perdido. E, no fim, isso realmente se confirmou, porque, por mais que eu me esforçasse, não consegui ajudá-lo, só o atrapalhei. Foi por minha causa que a estalajadeira se tornou sua inimiga, uma rival poderosa que você ainda subestima; foi por mim que você se preocupou e precisou lutar pelo seu cargo, colocou-se em desvantagem em relação ao burgomestre, precisou submeter-se ao professor, foi entregue aos ajudantes e, pior de tudo: foi por minha causa que talvez tenha se colocado contra Klamm. Continuar desejando uma aproximação com Klamm era apenas um esforço impotente para se reconciliar com ele de alguma forma. E disse para mim mesma que, com suas insinuações, a estalajadeira, que certamente é muito mais sábia que eu, só queria me proteger das terríveis acusações que eu fazia a mim mesma. Era um esforço bem-intencionado, mas exagerado. Meu amor por você me ajudaria a superar tudo e também seria capaz de fazê-lo avançar, se não aqui no vilarejo, então em algum outro lugar; meu amor já tinha comprovado sua força, pois salvou-o da família dos Barnabeses.

– Foi assim que você discordou na época – K. afirmou. – E o que mudou desde então?

– Não sei – Frieda respondeu e olhou para a mão de K. segurando a dela. – Talvez não tenha mudado nada; quando você se senta tão perto de mim e pergunta com tanta tranquilidade, acredito que nada mudou. Mas, na verdade... – ela afastou a mão de K., sentou-se empertigada em frente a ele e chorou sem cobrir o rosto; exibia livremente para ele aquele rosto inundado por lágrimas, como se não chorasse por si mesma e, portanto, não tivesse nada a esconder; era como se chorasse pela traição de K. e, portanto, o penalizasse pela lástima da sua imagem. – Mas, na verdade, tudo mudou desde que o ouvi conversando com o garoto. Você começou tão inocentemente, perguntou sobre as relações familiares, sobre isso e aquilo; parecia chegando no bar, todo participativo e de peito aberto, procurando meu olhar com tanta solicitude e infantilidade. Foi igualzinho àquele dia, e eu queria que a estalajadeira estivesse aqui para ouvi-lo e tentar defender a opinião dela. Então, de repente, não sei bem como aconteceu, percebi quais eram suas intenções ao conversar com o garoto. Conquistou a confiança dele, tão difícil de ganhar, com suas palavras simpáticas e, depois, partiu impassível em busca do seu objetivo, que passei a compreender cada vez melhor. Seu objetivo era a mulher. Por trás do discurso, aparentemente preocupado com ela, revela-se com clareza apenas o cuidado com os negócios. Você está traindo a mulher antes mesmo de a conquistar. Em suas palavras, ouvi não apenas meu passado, mas também meu futuro; era como se a estalajadeira estivesse sentada ao meu lado explicando-me tudo, eu tentando afastá-la com todas as minhas forças, mas vendo com clareza a desesperança de tais esforços, e, nisso, nem era mais eu quem estava sendo traída (ainda nem traída eu fui!), mas a mulher desconhecida. E quando consegui me recuperar e perguntei a Hans o que ele queria ser quando crescer, e ele respondeu que queria ser como você, pois tinha gostado tanto do que ouvira, qual seria então a grande diferença entre ele, o bom garoto, que foi abusado aqui, e mim naquela ocasião no bar?

– Tudo – K. falou controlado após se acostumar com a acusação –, tudo o que você falou está certo em determinada medida; não é inverídico, apenas hostil. São os pensamentos da estalajadeira, minha rival, e isso me consola, mesmo quando você acredita que eles também sejam seus. Mas ela é instrutiva, podemos aprender algumas coisas com a estalajadeira. Ela não falou isso para mim, apesar de não ter me poupado também. Por certo, confiou essa arma a você na esperança de que a usasse contra mim em algum momento especialmente ruim ou decisivo. Se estou abusando de você, ela também está. Mas, Frieda, pense bem... Mesmo se tudo fosse exatamente como a estalajadeira diz, só seria de fato ruim em uma situação: se você não me amasse. Então, e apenas nesse caso, seria realmente verdade eu ter ganhado você por cálculos e trapaças para proliferar com essa posse. Talvez até estivesse nos meus planos incitar sua piedade, e, por isso, na ocasião, andei de braços dados com Olga na sua frente; a estalajadeira se esqueceu de colocar mais essa na conta da minha culpa. No entanto, se este não foi o caso e nenhuma fera esperta se aproveitou de você, mas aconteceu de você passar por mim assim como passei por você e nós dois nos encontramos e nos perdemos, então me diga, Frieda, como fica? Faço minhas coisas do mesmo jeito que você faz as suas; não há diferença nenhuma, só aos olhos de uma rival. E isso vale para tudo, inclusive para Hans. Ao avaliar a conversa com Hans, você exagera até em sua percepção, pois, mesmo se minhas intenções e as de Hans não corresponderem totalmente, não chegaremos ao ponto de afirmar que haja entre elas alguma contradição e, além disso, nossa discrepância não deixou de ser apontada por Hans, pode acreditar, senão você estaria subestimando demais aquele homenzinho cuidadoso e, mesmo se tudo tivesse sido escondido dele, acho que ninguém sofreria com isso.

– É muito difícil entender tudo, K. – Frieda falou com um suspiro. – É óbvio que eu não desconfiava de você e, se algo desse tipo passou da estalajadeira para mim, quero me livrar com prazer e pedir pelo seu perdão de joelhos como, na realidade, faço o tempo inteiro quando falo coisas tão ruins. Mas não deixa de ser verdade que você esconde muita coisa de mim; você vai e vem, e não sei nem para onde. Quando Hans bateu na porta, você até chamou o nome de Barnabé. Quisera eu que você ao menos uma vez tivesse me chamado com tanto amor como faz com esse nome odioso, por motivos que não compreendo. Se não confia em mim, como não desconfiarei de você? Fico mesmo totalmente à mercê da estalajadeira, cuja opinião você parece confirmar com seu comportamento. Não em tudo, não quero concordar que você corrobore tudo o que ela diz; afinal, você não estava sempre correndo atrás dos ajudantes por minha causa? Ah, se você soubesse quanto me esforço para ver o lado bom de tudo o que você faz e fala, inclusive quando me magoa.

– Primeiramente, Frieda – K. disse –, não escondo nada de você. Como a estalajadeira me odeia e se esforça para arrancar você de mim, e que meios horrendos ela usa, e como você sucumbe a ela, Frieda, como você sucumbe! Diga-me, quando escondi alguma coisa de você? Você já sabe que quero me aproximar de Klamm; também sabe que não pode me ajudar nisso e que, portanto, preciso fazer tudo por minha conta, e você está vendo que até agora não consegui. Vou ter que começar a contar as tentativas inúteis que já me abatem tanto na realidade e, assim, abater-me em dobro? Será que tenho que me gabar por ter esperado em vão por uma tarde inteira, exausto e morrendo de frio, ao lado do trenó de Klamm? Apresso-me para encontrá-la, feliz por não precisar mais pensar nessas coisas, e agora você me vem com essas ameaças. E Barnabé? É verdade, estou esperando por ele. Ele é o mensageiro de Klamm; não fui eu que o nomeei para isso.

– Barnabé de novo! – Frieda gritou. – Não consigo acreditar que ele seja um bom mensageiro.

– Talvez você tenha razão – K. respondeu –, mas é o único mensageiro que me enviaram.

– Tanto pior – Frieda disse –, por isso você deveria se proteger ainda mais dele.

– Infelizmente, ele não me deu motivos para isso até agora – K. retrucou sorrindo. – Ele vem raramente, e o que traz é irrelevante; a única coisa que lhe confere valor é advir de Klamm.

– Veja só – Frieda falou –, de repente, seu objetivo não é mais Klamm, e talvez seja isso que mais me perturbe. Era ruim você insistir em me usar para chegar até Klamm, mas vê-lo afastando-se dele agora é ainda pior, é algo que nem a estalajadeira previu. Segundo ela, minha felicidade (duvidosa, mas ainda assim muito real) acabaria no dia em que você finalmente percebesse que suas esperanças em relação a Klamm foram em vão. Agora, contudo, você nem está mais esperando por esse dia; de repente, entra um garotinho aqui e você começa a lutar pela mãe dele como se estivesse lutando pelo ar que respira.

– Você entendeu muito bem minha conversa com Hans – K. falou. – É exatamente isso. Será que se esqueceu de toda sua vida anterior (exceto a estalajadeira, obviamente, que não se deixa olvidar) que não sabe mais como é preciso lutar para avançar, sobretudo quando se vem bem lá de baixo? Como é preciso usar tudo que traz alguma esperança? E aquela mulher vem do castelo; foi ela quem me disse no primeiro dia, quando me perdi e fui parar na casa de Lasemann. O que está mais à mão do que lhe pedir conselhos ou até ajuda? Se a estalajadeira conhece muito bem apenas os obstáculos que me afastam de Klamm, então é possível que essa mulher conheça o caminho, ela mesma vem de lá.

– O caminho que leva a Klamm? – Frieda perguntou.

– Que leva a Klamm, é claro, que outro caminho seria? – K. respondeu e, em seguida, levantou-se com um pulo. – Bom, já passou da hora de ir buscar o *brunch*.

Com uma urgência muito além da ocasião, Frieda pediu a ele que ficasse, como se apenas sua permanência pudesse confirmar todas as palavras consoladoras que dissera a ela. K., no entanto, recordou-a do professor, indicando a porta que poderia ser escancarada a qualquer instante em meio a um xingatório, mas prometeu voltar logo e falou que ela não precisava nem cuidar do aquecimento, pois ele mesmo faria isso. Por fim, Frieda aceitou em silêncio. Ao caminhar na neve com esforço – o caminho já deveria ter sido limpo havia tempos; era estranho ver quão lentamente o trabalho avançava –, K. viu um dos ajudantes segurando-se na cerca, morto de cansaço. Só um, onde estava o outro? Será que K. acabara com a persistência de ao menos um deles? Aquele que sobrou certamente ainda era bastante dedicado; reavivou-se ao ver K. e imediatamente voltou a esticar os braços com vigor e revirar os olhos de saudade.

– A obstinação dele é exemplar – K. falou para si mesmo e precisou acrescentar –, mas, com ela, morre-se congelado na cerca.

Por fora, no entanto, K. não tinha nada a oferecer ao ajudante além de uma ameaça com o punho que descartava qualquer aproximação, tanto que ele, com medo, afastou-se ainda mais. No mesmo instante, Frieda abriu uma janela para ventilar o ambiente antes de o aquecer como combinara com K. Sem demora, o ajudante deixou K. de lado e aproximou-se devagar da janela, irresistivelmente atraído. Seu rosto transformou-se da amabilidade pelo ajudante para a desesperança suplicante em direção a K.; ela balançou um pouco a mão no alto da janela – não dava para discernir se era um gesto de defesa ou de cumprimento –, e o ajudante não se deixou enganar por aquilo ao se aproximar. Então, Frieda fechou rapidamente a janela externa, mas permaneceu atrás dela com a mão no puxador, a cabeça inclinada para o lado, os olhos arregalados e um sorriso estático. Sabia que estava atraindo mais o ajudante que o repelindo? K., por sua vez, não olhou mais para trás queria ir o mais rápido possível para voltar logo.

Capítulo 14

Finalmente – já estava escuro, tarde adentro – K. desobstruíra o caminho do jardim, empilhara e assentara a neve dos dois lados da trilha e terminara o trabalho daquele dia. Estava parado no portão do jardim, não havia ninguém no entorno. Horas atrás, expulsara o ajudante que restou perseguindo-o por um longo trecho até ele se esconder em algum lugar entre os pequenos jardins e as cabanas, não ser encontrado e não ter voltado mais. Frieda estava em casa lavando as roupas ou dando banho no gato de Gisa. Fora sinal de grande confiança por parte de Gisa conferir a Frieda aquele trabalho, embora fosse pouco atraente e inadequado e cuja aceitação K. certamente não teria admitido se não fosse muito recomendável aproveitar cada oportunidade de receber uma ordem de Gisa após tantos trabalhos perdidos. Com prazer, Gisa ficou parada observando K. trazer a pequena banheira infantil do sótão, aquecer a água e colocar o gato com cuidado ali dentro. Depois, deixou o gato completamente sozinho com Frieda, pois Schwarzer, que K. conhecera na primeira noite, chegara e, após olhar para K. com uma mistura de cautela, em decorrência da primeira noite, e desdém desmedido, como um caseiro escolar merece, cumprimentou-os e foi para a outra sala de aula com Gisa. Os dois ainda estavam lá. Na Estalagem da Ponte, contaram para K. que Schwarzer, que era mesmo filho de um castelão, morava no vilarejo havia bastante tempo por amor a Gisa e, graças aos seus contatos, conseguira ser nomeado professor auxiliar pela comunidade, mas exercia esse cargo, sobretudo, para não perder quase nenhuma aula de Gisa; ficava sentado entre as crianças nas carteiras escolares ou, de preferência, no tablado, aos pés dela. Já nem atrapalhava mais; as crianças tinham se acostumado havia bastante tempo, o que pode ter sido facilitado por Schwarzer não ter simpatia nem compreensão pelas crianças; ele mal conversava com elas, assumira apenas as aulas de educação física da professora e, em geral, estava satisfeito por viver próximo a Gisa, respirar o mesmo ar que ela e sentir seu calor. Seu maior deleite era sentar-se ao lado de Gisa para corrigir os cadernos dos alunos. Justamente hoje, estavam ocupados com isso; Schwarzer trouxera uma grande pilha de cadernos, o professor sempre dava os dele também, e, enquanto ainda estava claro, K. vira os dois trabalhando juntos em uma mesinha ao lado da janela, cabeça com cabeça, imóveis, e agora só se via o bruxulear de duas velas. Era um amor sério e silencioso que os unia; quem dava o tom era Gisa, cujo jeito difícil, às vezes selvagem, rompia todos os limites, mas jamais tolerara que algum homem fizesse coisa parecida antes; por isso, o vivaz Schwarzer tinha que aceitar suas condições, avançar devagar, falar devagar, calar-se bastante; mas era amplamente recompensado por tudo, percebia-se, pela simples e silenciosa presença de Gisa. Talvez Gisa nem o amasse; pelo menos seus olhos redondos e taciturnos não piscavam nunca, só giravam nas pupilas, sem responder às perguntas. Via-se que tolerava Schwarzer sem se opor, mas ela certamente não se dava ao trabalho de honrar o fato de ser amada pelo filho de um castelão e seguia levando aquele corpo robusto e farto tranquila e invariavelmente, estivesse ou não Schwarzer seguindo-a com o olhar. Schwarzer, por sua vez, sacrificava-se constantemente ficando no vilarejo por ela; dispensava, indignado, os mensageiros do pai que vinham buscá-lo com frequência, como se a breve lembrança do castelo e dos deveres filiais trazida por eles representasse uma interposição delicada e insubstituível em sua felicidade. Mas ele tinha mesmo bastante tempo livre, já que Gisa normalmente só aparecia durante as aulas e para corrigir os cadernos, e, com certeza, ela não fazia isso pensando em si mesma, porque conforto era a coisa que mais amava e, por isso, gostava de ficar sozinha era provável que seus momentos de maior felicidade fossem aqueles nos quais, gozando de total liberdade, podia se esticar no canapé de casa ao lado do gato, que não atrapalhava, apesar de quase a impedir totalmente de se mexer. Assim, Schwarzer passava grande parte do dia perambulando por aí sem ter o que fazer, mas também gostava disso, pois com bastante frequência aproveitava a oportunidade para ir até a rua Löwengasse, onde Gisa morava, subir até o quartinho no sótão, ouvir com atenção à porta constantemente trancada e, em seguida, ir embora com pressa após constatar sempre, sem exceção, o mais perfeito e inconcebível silêncio. Por vezes, no entanto, exibia as consequências daquele estilo de vida – mas nunca na presença de Gisa – em risíveis e momentâneas explosões de arrogância institucional revivida, que certamente pouco condizia com seu cargo atual; em geral, elas não terminavam muito bem, como o próprio K. já presenciara.

Era surpreendente que, ao menos na Estalagem da Ponte, falassem de Schwarzer com certa estima, mesmo quando o tópico era mais ridículo que admirável, e Gisa também estava inclusa nessa estima. No entanto, não era justo Schwarzer acreditar ser extraordinariamente superior a K. por ser professor auxiliar; tal superioridade não existia; o caseiro escolar é uma pessoa muito importante para o corpo docente, até para um professor da laia de Schwarzer, uma pessoa que não pode ser desprezada impunemente, e cujo desprezo, nos casos em que não é possível se livrar dela por interesses profissionais, se deve pelo menos tornar suportável, dando-lhe em troca algum presente proporcional. K. quis aproveitar a oportunidade para se lembrar de que, desde a primeira noite, Schwarzer levava a culpa, que não diminuíra, uma vez que os dias seguintes realmente deram razão à recepção oferecida por ele. Não podia se esquecer de que aquela recepção talvez tenha direcionado todo o resto. Schwarzer fora culpado por ter chamado a atenção das instituições para K. sem motivo nenhum logo nas primeiras horas, quando ainda era totalmente estranho no vilarejo, não tinha conhecidos, não tinha abrigo, estava exausto da caminhada e completamente desamparado, deitado em um saco de palha, refém de qualquer ataque institucional. Tudo teria sido muito diferente na noite seguinte, com tranquilidade, meio às escondidas; de todo modo, ninguém saberia nada sobre ele ainda, nenhum pressentimento; ao menos não hesitariam em tê-lo consigo por um dia como jovem viajante. Teriam visto sua utilidade e sua credibilidade, falariam sobre ele na vizinhança, e, quem sabe, ele até teria conseguido abrigo em algum lugar como servo. É claro que as instituições não se oporiam. Mas era totalmente diferente a chancelaria central ou qualquer outra pessoa ter que falar ao telefone no meio da madrugada por causa dele, acordarem alguém, exigirem uma decisão imediata, com aparente humildade, mas, ainda assim, exigi-la com incômoda implacabilidade; pior ainda se a exigência foi feita por Schwarzer, que talvez seja impopular lá em cima; imagine se, em vez de tudo isso, K. tivesse batido à porta do burgomestre durante o expediente no dia seguinte e, como já ouvira falar, se apresentado como um jovem viajante estrangeiro que já encontrara um lugar para dormir com algum membro da comunidade e provavelmente fosse embora no dia seguinte, exceto no caso muito improvável de encontrar trabalho por ali, apenas por alguns dias, obviamente, pois ele não queria ficar além disso. Sem Schwarzer, teria sido assim ou ocorrido algo parecido com isso. A instituição continuaria lidando com a situação, mas com tranquilidade, por meios oficiais, sem interferência da possível impaciência especialmente odiosa das partes envolvidas. K. não tinha culpa de nada, Schwarzer carregava-a sozinho, mas Schwarzer era filho de um castelão e, aparentemente, agiu da forma correta; a única coisa que podiam fazer era permitir que K. revidasse. E qual era o cômico pretexto para tudo aquilo? Talvez um humor desfavorável de Gisa naquele dia fez Schwarzer, insone, perambular no meio da noite para descontar seu pesar em K. Também era possível ver tudo por outro lado e dizer que K. muito tinha a agradecer pelo comportamento de Schwarzer. Somente dessa forma possibilitou-se algo que K. jamais teria conseguido sozinho, algo que não tinha nem imaginado que pudesse conseguir e que, por sua vez, a instituição provavelmente não teria aceitado, que é confrontar as autoridades com sinceridade desde o início, sem tramoias, olho no olho, na medida do possível. Mas foi um presente de grego. É claro que poupara K. de muitas mentiras e operações às escondidas, mas também o tornou quase indefeso, o prejudicou até durante a luta e, por esse lado, poderia tê-lo feito cair desesperado se não tivesse precisado dizer a si mesmo que a diferença de poder entre ele e as instituições era tão desmedida que todas as mentiras e toda a astúcia que fosse capaz de usar não conseguiriam diminuir essa diferença a seu favor, de forma expressiva. Mas aquilo era só um pensamento que K. usava para se consolar; Schwarzer não deixava de continuar carregando sua culpa; no entanto, se antes o prejudicara, talvez pudesse ajudá-lo no futuro. K. continuava precisando de ajuda nas mínimas coisas, nos fundamentos mais básicos; pelo menos parecia que Barnabé também estava falhando nisso, por exemplo.

Por causa de Frieda, K. relutara o dia inteiro em perguntar por Barnabé na casa dele; para não precisar recebê-lo na frente de Frieda, trabalhara do lado de fora e lá ficara depois de terminar para esperar por Barnabé, mas Barnabé não viera. Não lhe restava mais nada senão ir até as irmãs rapidinho; só queria fazer uma pergunta da soleira da porta e logo estaria de volta. Então, enfiou a pá na neve e partiu. Chegou na casa de Barnabé sem fôlego, escancarou a porta após uma breve batida e, sem prestar atenção em como estava sala, perguntou:

– Barnabé ainda não chegou?

Só então percebeu que Olga não estava lá; os dois idosos estavam sentados de novo à mesa distante em meio ao crepúsculo, sem entender bem o que estava acontecendo na porta, e começavam a virar o rosto lentamente; por fim, Amália, que estava deitada embaixo das cobertas na bancada do aquecedor, levantara-se com um pulo pelo susto que levara com a aparição de K. e agora mantinha a mão na testa para se recuperar. Se Olga estivesse ali, teria respondido na hora e K. já estaria voltando, mas teve que dar alguns passos em direção a Amália, pegar sua mão, que ela apertou em silêncio, e pedir que impedisse os pais assustados de começarem a caminhar, o que ela fez com algumas palavras. K. descobriu que Olga estava cortando lenha no pátio, que Amália estava exausta – não disse o motivo – e, por isso, havia pouco precisou se deitar, e que Barnabé ainda não chegara, mas deveria vir muito em breve, porque ele nunca passava a noite no castelo. K. agradeceu as informações e disse que já iria embora; Amália perguntou se ele não queria esperar por Olga; mas ele falou que infelizmente não tinha tempo. Então, Amália perguntou se ele já conversara com Olga naquele dia; surpreso, ele negou e perguntou se Olga queria contar alguma coisa especial para ele. Amália repuxou a boca em ligeira raiva, confirmou com a cabeça em silêncio – nitidamente se despedindo – e voltou a se deitar. Do seu descanso, analisou-o como se estivesse surpresa por ainda estar ali. Seu olhar era frio, direto e imóvel como sempre; não era direcionado exatamente para o que observava, mas ia um pouco além – isso incomodava –, quase não era perceptível, mas indubitável, não parecia advir de uma fraqueza nem de um desconforto ou uma falsidade, mas advinha de outro sentimento constante qualquer, um decidido anseio por solitude do qual talvez ela própria só tomasse consciência dessa forma. K. lembrou-se de que aquele olhar mexera com ele logo na primeira noite sim, provavelmente, toda aquela impressão medonha que aquela família causara nele se devia àquele olhar que não era medonho em si, mas orgulhoso e sincero em sua introspecção.

– Você está sempre tão triste, Amália – K. falou. – O que a incomoda? Não pode dizer? Nunca vi uma camponesa como você. Só hoje, só agora, na verdade, dei-me conta disso. Você é daqui do vilarejo? Nasceu aqui?

Amália confirmou, como se K. tivesse feito apenas a última pergunta. Em seguida, disse:

– Então, você vai esperar por Olga?

– Não sei por que você fica me perguntando sempre a mesma coisa – K. respondeu. – Não posso ficar mais tempo porque minha noiva está me esperando em casa.

Amália apoiou-se nos cotovelos; não sabia de noiva nenhuma. K. disse o nome. Amália não conhecia. Ela perguntou se Olga sabia do noivado; K.

acreditava que sim; Olga o vira com Frieda, e essas notícias espalham-se rápido no vilarejo. Amália, no entanto, garantiu que Olga não sabia de nada disso e que ficaria triste demais, pois parecia estar apaixonada por K. Ela não falara abertamente, pois era bastante reservada, mas o amor se revela mesmo sem querer. K. estava convencido de que Amália estava enganada. Amália riu, e aquela risada, apesar de triste, iluminou o rosto soturno e retraído, fez o emudecimento falar, tornou o desconhecido familiar; era a revelação de um segredo, a revelação de uma posse até agora protegida que ainda poderia ser retomada, mas nunca mais por completo. Amália disse que não estava enganada. E ela ainda sabia mais; sabia que K. também sentia uma afeição por Olga e que suas visitas, que tinham como desculpa uma mensagem qualquer trazida por Barnabé, na realidade ocorriam somente por causa de Olga. Portanto, agora que Amália sabia de tudo, ele não precisava mais ser tão rigoroso e podia vir com mais frequência. Era só isso que ela gostaria de lhe dizer. K. balançou a cabeça e lembrou-a do seu noivado. Amália pareceu não dar muita importância a tal noivado; a impressão imediata de K., que estava ali sozinho à sua frente, lhe parecia definitiva; ela perguntou quando K. conheceu essa moça, já que estava no vilarejo havia tão poucos dias. K. contou sobre a noite na Estalagem dos Cavalheiros, e Amália falou brevemente que não fora nada a favor de levá-lo até lá. Disse que Olga podia ser sua testemunha; a moça acabava de entrar carregando lenha nos braços, gelada e branca graças ao ar frio, cheia de energia e vigor, como se o trabalho tivesse transmutado sua pesada presença anterior no cômodo. Ela colocou a lenha no chão, cumprimentou K. com neutralidade e logo perguntou por Frieda. K. comunicou-se com Amália com um olhar, mas ela não pareceu considerar aquilo uma contestação. Um pouco enraivecido, K. contou sobre Frieda com mais detalhes do que normalmente faria, descreveu como ela continuava mantendo uma espécie de lar na escola, mesmo sob as difíceis circunstâncias e, na pressa da narrativa – queria voltar logo para casa –, perdeu-se de tal forma que, ao se despedir, convidou as irmãs para irem visitá-lo algum dia. Depois, porém, ficou em choque e parou, enquanto Amália aceitava imediatamente o convite sem que ele tivesse tempo de dizer nem mais uma palavra sequer; então, Olga fez o mesmo logo em seguida. K., por sua vez, ainda pressionado pelos pensamentos da necessidade de uma despedida apressada e sentindo-se desconfortável sob o olhar de Amália, não hesitou em dizer, sem mais delongas, que o convite fora feito sem pensar e era apenas da parte dele, mas que, infelizmente, não poderia ser mantido, pois havia uma inimizade enorme, apesar de incompreensível para ele, entre Frieda e a casa dos Barnabeses.

– Não é inimizade – Amália respondeu levantando-se da bancada e jogando o cobertor atrás de si –, não chega a ser nada tão grande; é apenas reprodução da opinião popular. Então, vá agora, vá para sua noiva, percebo sua pressa. E não precisa temer pela nossa chegada. Só aceitei o convite de brincadeira, por maldade. Você, no entanto, pode vir aqui com frequência, não há impedimento para isso sempre pode usar as mensagens dos Barnabeses como pretexto. Até facilitarei as coisas: direi a Barnabé que ele não pode mais ir até a escola, mesmo se trouxer uma mensagem do castelo para você. Ele não pode ficar andando tanto, coitadinho, o trabalho, está consumindo. Você mesmo precisará vir buscar a informação.

K. nunca ouvira Amália falar tanto; seu discurso soava diferente do normal; havia uma espécie de soberania nele que não foi sentida apenas por K., mas também por Olga, sua irmã, que já estava acostumada com ela. Mantinha-se um pouco à parte, as mãos no colo, de volta àquela postura habitual, com as pernas afastadas e um pouco encurvada, os olhos direcionados a Amália, que, por sua vez, olhava apenas para K.

– É um erro – K. respondeu –, um grande se acredita que não levo a sério a espera por Barnabé. Regulamentar minha situação com as instituições é meu maior desejo; na verdade, é meu único desejo. E Barnabé deve me ajudar com isso; muitas das minhas esperanças recaem sobre ele. Inclusive, ele já me decepcionou muito uma vez; porém, foi mais culpa minha que dele, aconteceu na confusão das primeiras horas no momento acreditei que tudo poderia ser resolvido durante um breve passeio noturno e, quando o impossível se mostrou impossível, ressenti-me dele. Mesmo ao julgar sua família, a avaliação sobre vocês me influenciou. Mas isso já passou, agora creio que consigo entendê-los melhor, vocês são até... – K. tentou encontrar a palavra certa; não a encontrou e contentou-se com um adendo. – Talvez vocês sejam mais benevolentes que qualquer outra pessoa do vilarejo, até onde os conheço. Mas agora, Amália, você me deixa confuso de novo ao diminuir, se não o trabalho do seu irmão, a importância que ele tem para mim. Talvez não esteja informada sobre os negócios de Barnabé, o que seria bom sinal, e eu deixaria as coisas por aí, mas talvez esteja informada (e esta é a sensação que tenho), o que seria mau sinal, pois significaria que seu irmão está me enganando.

– Fique tranquilo – Amália respondeu –, não estou informada; nada poderia me incentivar a me informar, nada poderia me incentivar a isso, nem mesmo a consideração a você, para quem já fiz algumas coisas, pois, como você disse, nós somos benevolentes. Mas os negócios do meu irmão são coisas dele; não sei de nada, exceto pelo que ouço sem querer aqui e ali contra minha vontade. Olga, por sua vez, pode lhe passar todas as informações, pois é a confidente dele. E Amália saiu primeiro em direção aos pais, com os quais cochichou alguma coisa, e, em seguida, foi para a cozinha; afastou-se de K. sem se despedir, como se soubesse que ele ainda ficaria por bastante tempo e, portanto, não tinha motivos para despedidas.

Capítulo 15

K. ficou para trás com expressão um pouco surpresa. Olga riu dele e puxou-o para a bancada do aquecedor; parecia realmente feliz por agora poder se sentar ali sozinha com ele, mas era uma felicidade pacífica; por certo não estava contaminada por ciúme. E era justamente essa distância de ciúme e de qualquer austeridade que agradou K.; olhou com prazer aqueles olhos azuis não provocantes nem mandões, mas timidamente tranquilos, timidamente reservados. Era como se as advertências de Frieda e da estalajadeira não o tivessem tornado mais sensível àquilo tudo, porém mais atencioso e astucioso. E riu com Olga quando ela se mostrou surpresa e perguntou por que ele chamara justamente Amália de benevolente; Amália era uma porção de coisas, mas benevolente com certeza não era uma delas. K. explicou que o elogio era destinado a ela, Olga, obviamente, mas Amália era tão mandona que não apenas se apropriava de tudo o que falavam em sua presença como também fazia com que as pessoas arbitrariamente dividissem tudo com ela.

– Isso é verdade – Olga falou, ficando mais séria –, mais verdade do que você imagina. Amália é mais nova que eu, mais nova que Barnabé, mas é ela quem toma as decisões na família, para o bem e para o mal; e, certamente, também suporta mais que todos nós tanto o bem quanto o mal.

K. achou aquilo um exagero. Amália acabara de falar que não cuidava dos negócios do irmão, por exemplo, e era Olga quem sabia de tudo.

– Como posso explicar? – questionou-se Olga. – Amália não cuida de Barnabé nem de mim; na realidade, não cuida de ninguém, exceto dos meus pais; ela toma conta deles dia e noite. Agora mesmo perguntou o que querem e foi para a cozinha cozinhar para eles, levantou-se com muito esforço por causa deles, pois está doente desde hoje à tarde e queria ficar deitada aqui na bancada. No entanto, apesar de não cuidar da gente, somos dependentes dela como se fosse a primogênita e, se nos aconselhasse em nossos assuntos, com certeza seguiríamos seus conselhos, mas ela não faz isso, somos estranhos para ela. Você tem bastante experiência com as pessoas, vem do estrangeiro, ela também não lhe parece particularmente inteligente?

– Ela me parece particularmente infeliz – K. respondeu –, mas como o respeito de vocês por ela condiz, por exemplo, com o fato de Barnabé prestar esses serviços de mensageiro que Amália rejeita, talvez até despreze?

– Se ele soubesse o que mais poderia fazer, largaria o serviço de mensageiro imediatamente, pois não está nada satisfeito.

– Ele também não é aprendiz de sapateiro? – K. questionou.

– É, sim – Olga falou. – Ele também trabalha para Brunswick e, se quisesse, teria trabalho dia e noite e receberia um salário considerável.

– Pois, então – K. concluiu –, seria possível substituir o serviço de mensageiro.

– O serviço de mensageiro? – Olga repetiu, surpresa. – É por isso que você o admira tanto, afinal?

– Talvez seja – K. falou –, mas você mesma disse que ele não está satisfeito com o trabalho.

– Ele não está satisfeito, e por vários motivos – Olga respondeu –, mas, ainda assim, é um serviço para o castelo; continua sendo um tipo de serviço castelão, pelo menos é o que se acredita.

– Como? – K. quis saber. – Vocês duvidam até disso?

– Bem – Olga respondeu –, na verdade, não; Barnabé vai às chancelarias, fala com os criados como se estivesse entre iguais, vê alguns funcionários de longe, recebe cartas relativamente importantes, confiam a ele até mensagens orais, isso é realmente bastante coisa, e podemos nos orgulhar da quantidade de coisa que ele já alcançou assim tão jovem.

K. confirmou com a cabeça; nem pensava mais em voltar para casa.

– Ele também tem seu próprio libré? – perguntou.

– Você se refere à jaqueta? – Olga disse. – Não, Amália fez para ele ainda antes de se tornar mensageiro. Mas você está quase tocando na ferida. Há tempos ele deveria ter recebido da repartição não um libré, pois isso não existe no castelo, mas um terno, o que, inclusive, garantiram a ele, mas, nesse sentido, as coisas são muito lentas no castelo, e o pior é que nunca se sabe o que essa lentidão significa: pode querer dizer que o caso já esteja em andamento, mas também pode significar que o processo ainda nem começou, que querem testar Barnabé primeiro, por exemplo; por fim, também pode significar que o processo já foi encerrado na repartição, que tiraram a garantia por algum motivo qualquer e que Barnabé nunca receberá o terno. Não temos como saber mais detalhes agora; talvez saibamos só daqui a bastante tempo. Trata-se daquele ditado, talvez você até o conheça: "Decisões institucionais são tão arredias quanto jovens garotas".

– É uma boa observação – K. respondeu, levando o assunto ainda mais a sério que Olga –, uma boa observação. É possível que as decisões tenham outras características em comum com as garotas também.

– Pode ser... – Olga falou. – Mas, com certeza, não sei a que você se refere. Talvez esteja fazendo um elogio? De toda forma, sobre os trajes oficiais, essa é justamente uma das preocupações de Barnabé, e, como compartilhamos as preocupações, é minha também. "Mas por que ele não recebe um traje oficial?", nos perguntamos em vão. Bem, a coisa toda não é tão simples assim. Os funcionários, por exemplo, parecem nem ter um traje oficial; até onde sabemos aqui e até onde Barnabé nos conta, os funcionários andam por lá em roupas comuns, embora bonitas. Você, inclusive, já viu Klamm. Bem, é claro que Barnabé não é um funcionário, nem mesmo um da categoria mais inferior, e ele nem se atreve a querer ser um. Mas, segundo os relatos de Barnabé, os criados do alto escalão que nem vemos aqui pelo vilarejo também não usam ternos oficiais; poderíamos então pensar que isso é algum consolo, mas é ilusório. Por acaso Barnabé é um criado do alto escalão? Não, não importa quanto você simpatize com ele, isso não se pode dizer; ele não é um criado do alto escalão. O fato de vir para o vilarejo, aliás, o fato de também morar aqui, é uma contraprova; os criados do alto escalão são mais reservados que os funcionários, e talvez com razão; talvez eles sejam até mais elevados que alguns funcionários; e algumas coisas falam a seu favor: eles trabalham menos, e, segundo Barnabé, deve ser uma imagem maravilhosa ver aqueles homenzarrões fortes e distintos andando lentamente pelos corredores. Barnabé está sempre ao redor deles. Resumindo, não se pode dizer que Barnabé seja um criado do alto escalão. Portanto, ele poderia fazer parte da criadagem mais baixa, mas estes usam ternos oficiais, pelo menos quando descem aqui para o vilarejo. Não se trata de um libré de verdade, há muitas diferenças, mas, de toda forma, os criados do castelo são reconhecidos imediatamente pelos trajes. Você mesmo já viu essa gente na Estalagem dos Cavalheiros. O mais característico das roupas é que quase sempre são bem ajustadas; camponeses ou artesãos não poderiam usar aquelas roupas. Pois bem, Barnabé também não tem essas roupas; isso não é algo vergonhoso ou degradante, é bastante suportável, mas o resultado é que coloca tudo em dúvida, principalmente nas horas mais turvas (e Barnabé e eu temos esses momentos de vez em quando, não muito raramente). "Será que Barnabé está mesmo prestando serviços ao castelo?", é o que nos perguntamos; é certo que ele vai às chancelarias, mas as chancelarias são o castelo? E, mesmo se o castelo tiver chancelarias, são as que Barnabé está autorizado a entrar? Ele vai às chancelarias, mas são apenas uma parte do todo; há barreiras e, atrás delas, há ainda outras chancelarias. Ele não é proibido de seguir em frente, mas não pode continuar se tiver encontrado seus superiores, que já o despacharam e mandaram ir embora. Além de tudo, lá estão sempre nos observando, pelo menos é o que se acredita. E, mesmo se seguir em frente, de que adiantaria fazer isso se não houver serviços oficiais para resolver? Ficaria ali parado como um intruso? Não imagine essas barreiras como uma fronteira delimitada. Barnabé também sempre chama minha atenção para isso. Também há barreiras nas chancelarias aonde ele vai; portanto, há barreiras pelas quais ele passa, e estas não diferem em nada das que ele ainda não ultrapassou; assim sendo, em primeiro lugar, não se pode presumir que atrás dessas últimas barreiras existam chancelarias diferentes daquelas nas quais Barnabé já esteve. Bem, mas nas horas turvas acreditamos nisso. E a dúvida continua, não dá para evitar. Barnabé conversa com funcionários, recebe mensagens. Mas que funcionários e que mensagens são essas? Agora, como ele diz, está alocado a Klamm e recebe os pedidos dele pessoalmente. Bem, isso já seria bastante coisa; nem os criados de maior escalão chegam tão longe, o que é quase um exagero e o mais assustador. Imagine só ser alocado diretamente a Klamm, falar com ele cara a cara. Mas é isso mesmo? É, é isso mesmo, mas por que então Barnabé duvida de que o funcionário lá indicado como Klamm realmente seja Klamm?

– Olga – K. falou –, você só pode estar brincando. Como é possível haver dúvidas sobre a aparência de Klamm? Sabemos como ele é, eu mesmo já o vi.

– Não com certeza, K. – Olga respondeu. – Não estou brincando, são minhas preocupações mais sérias. Não revelo isso a você para aliviar meu coração e apertar um pouco o seu. Mas porque você erguntou por Barnabé, Amália me deu a tarefa de contar, e porque acredito que também seja útil você saber mais detalhes. E faço isso por Barnabé também, para que você não coloque nele esperanças grandes demais, ele o decepcione e, então, sofra com sua decepção. Ele é muito sensível; esta madrugada, por exemplo, nem dormiu porque ontem à noite você disse que estava insatisfeito com ele; parece que você disse que acha muito ruim ter um mensageiro como o Barnabé. As palavras tiraram-lhe o sono. Você não deve tê-lo achado muito agitado os mensageiros do castelo precisam ser muito contidos. Mas não é fácil para ele, principalmente com você. Com certeza, você acha que não exige muito dele, trouxe consigo seus próprios conceitos sobre o serviço de um mensageiro e mensura seus pedidos de acordo com eles. No entanto, no castelo, os conceitos sobre os serviços dos mensageiros são outros e não correspondem aos seus, mesmo quando Barnabé se sacrifica totalmente para o serviço, o que, infelizmente, às vezes, parece disposto a fazer. Nessas horas, é preciso resignar-se e não discordar de nada, nem mesmo perguntar se o que ele faz é, de fato, um serviço de mensageiro. É claro que ele não pode deixar as dúvidas transparecerem na sua frente; para ele, fazer isso significaria enterrar a própria existência, violar terrivelmente as legislações sob as quais acredita viver. Nem comigo fala livremente; preciso bajulá-lo e encher suas dúvidas de beijos, mesmo assim ele se recusa a aceitar as dúvidas como dúvidas mesmo. Há algo da Amália em seu sangue. Decerto ele não me conta tudo, apesar de eu ser sua única confidente. No entanto, conversamos sobre Klamm de vez em quando; eu nunca o vi (você sabe que Frieda não vai muito com a minha cara; ela nunca me concedeu uma espiadinha), mas é claro que sua aparência é conhecida no vilarejo; alguns já o viram, todos já ouviram falar dele, e Klamm tem uma imagem formada a partir das impressões, dos rumores e de algumas falsas intenções secundárias que certamente correspondem à noção geral. Mas só à noção geral mesmo. Normalmente, ela muda, e talvez nada mude mais que a verdadeira aparência de Klamm. Ele parece bastante diferente quando vem ao vilarejo e é diferente quando vai embora; é diferente antes e depois de tomar cerveja; é diferente acordado, é diferente dormindo, é diferente sozinho, é diferente conversando e, pelo que entendemos, é quase completamente diferente lá em cima no castelo. E mesmo dentro do vilarejo, os relatos trazem diferenças enormes; diferem no tamanho, na postura, no peso, na barba... Por sorte, os relatos convergem apenas no que diz respeito às roupas: ele sempre usa a mesma roupa, um blazer preto comprido. É claro que todas essas dissemelhanças não se dão por mágica; são bastante compreensíveis e surgem pelo clima do momento, pelo nível de agitação, pelas inúmeras graduações de esperança ou de desespero que a pessoa que o vê está vivenciando; aliás, só é permitido olhar para Klamm por um instante. Estou contando isso a você da maneira como Barnabé já me explicou várias vezes, e, no geral, é possível ficar mais tranquilo com isso quando não se está diretamente envolvido no assunto. Não é o nosso caso; para Barnabé, trata-se de uma questão de vida ou morte saber se ele de fato está falando com Klamm ou não.

– Tampouco é o meu – K. falou, e eles se aproximaram ainda mais na bancada do aquecedor.

K. foi afetado por todas aquelas novidades desagradáveis trazidas por Olga; no entanto, em grande parte, sentia-se recompensado por ali ter encontrado pessoas que, pelo menos aparentemente, estavam em uma situação muito parecida com a sua e, por isso, conseguia concordar e entender-se com elas sobre vários assuntos, não apenas alguns, como acontecia com Frieda. Ainda assim, perdia aos poucos a esperança de êxito na mensagem dos Barnabeses, mas, quanto pior Barnabé se saía, mais próximo estaria dele ali embaixo. K. nunca imaginara que do vilarejo poderia haver um empenho tão infeliz quanto o de Barnabé e sua irmã. As coisas ainda estavam muito longe de ser explicadas o suficiente, e, no fim, ainda poderiam mudar de lado; era preciso não se deixar seduzir logo de cara pelo jeito inocente de Olga nem acreditar na sinceridade de Barnabé.

– Barnabé conhece muito bem os relatos sobre a aparência de Klamm – Olga continuou –; já reuniu e comparou vários deles, talvez até demais. Ele mesmo viu Klamm uma vez no vilarejo, pela janela de um coche, ou acreditou ter visto; portanto, estava bem preparado para conseguir reconhecê-lo, e um dia (como você explicaria isso?), ao chegar em uma chancelaria do castelo e apontarem para um entre vários funcionários dizendo que aquele era Klamm, Barnabé não o reconheceu; mesmo agora, depois de tanto tempo, ainda não tinha conseguido se acostumar com a informação de que aquele homem deveria ser Klamm. Sendo assim, se você perguntar a Barnabé como diferenciar um homem qualquer da noção geral que se tem de Klamm, ele não saberá responder; responderá e descreverá o funcionário do castelo; no entanto, tal descrição corresponderá exatamente à descrição de Klamm como o conhecemos. "Então, Barnabé" – eu falo –, "por que você duvida, por que se lamenta?", Aí, em visível aflição, ele começa a enumerar as especificidades dos funcionários do castelo, as quais parece mais descobrir que relatar, mas que são tão insignificantes (referem-se, por exemplo, a um meneio específico da cabeça ou apenas a um colete desabotoado) que é impossível levá-las a sério. Para mim, o que parece ser mais importante é a forma como Klamm lida com Barnabé. Ele já descreveu para mim inúmeras vezes, até desenhou. Normalmente, Barnabé é levado a uma grande sala da chancelaria, mas não é a chancelaria de Klamm; na verdade, não é a chancelaria de ninguém em específico. Essa sala é dividida em duas partes por um único púlpito que vai de uma parede lateral à outra; um lado é muito estreito, duas pessoas quase não conseguem desviar uma da outra para passarem por ali, e trata-se da área dos funcionários, e o outro lado é mais largo e destinado à área dos solicitados, da audiência, dos criados, dos mensageiros. Grandes livros abertos ficam exibidos um ao lado do outro no púlpito, e quase todos são ocupados por funcionários lendo. No entanto, eles não leem sempre os mesmos livros e, em vez de trocarem os livros, trocam de lugar; o mais impressionante para Barnabé é ver como precisam se espremer para trocarem de lugar por causa do aperto que é aquela sala. Na frente, espremidas na beirada do longo púlpito, ficam as mesinhas baixas onde os escrivães se sentam para escrever o que os funcionários ditam, se assim desejarem. Barnabé sempre se encanta com esse processo. Não há nenhuma ordem expressa do funcionário e ele não dita em voz alta; quase não se nota que está ditando, mais parece que o funcionário está lendo como antes; porém, agora, ele sussurra e o escrivão ouve. Com frequência, o funcionário dita tão baixo que o escrivão não consegue ouvir sentado, então precisa se levantar, escutar o ditado, sentar-se rapidamente para escrever, depois se levantar de novo, e assim sucessivamente. É tão curioso! Quase incompreensível. É claro que Barnabé tem tempo suficiente para observar tudo isso, pois fica na sala da audiência por horas, às vezes, até por dias, até o olhar de Klamm recair sobre ele. E mesmo se Klamm já o tiver visto e Barnabé se mantiver em alerta, nada estará decidido ainda, pois Klamm pode voltar-se para o livro e esquecê-lo; isso acontece com frequência. Que tipo de serviço de mensageiro é esse que é tão desimportante? Fico nostálgica quando Barnabé diz logo cedo que está indo ao castelo. Aquele percurso possivelmente tão inútil, aquele dia possivelmente perdido, aquelas esperanças possivelmente ilusórias. Para que tudo isso? Enquanto aqui abunda o trabalho de sapateiro que ninguém faz e que Brunswick pressiona para ser concluído.

– Certo – K. disse –, Barnabé precisa esperar bastante até receber uma incumbência. É compreensível, parece que aqui há uma abundância de trabalhadores, nem todos conseguem receber uma incumbência todos os dias, vocês não precisam reclamar disso, acontece com todo mundo. No fim, contudo, Barnabé também recebe incumbências, ele já até trouxe duas cartas para mim.

– Pode até ser que não tenhamos mesmo o direito de reclamar – Olga respondeu –, sobretudo eu, que conheço tudo só de ouvido e, como garota, não consigo compreender tão bem quanto Barnabé, que também oculta algumas partes. Mas veja só o caso das cartas, das suas cartas, por exemplo. Ele não recebe essas cartas diretamente de Klamm, e sim do escrivão. Em determinado dia, em determinada hora (é por isso que o serviço aparentemente fácil é tão cansativo, porque Barnabé precisa estar o tempo inteiro atento), o escrivão lembra-se dele e acena. Nem parece que Klamm ordenou aquilo, pois continua a ler seu livro tranquilamente; às vezes, no entanto, e isso ele faz com frequência, Klamm está limpando o pincenê quando Barnabé se aproxima, mas talvez o observe enquanto estiver limpando, pressupondo-se que enxergue sem o pincenê, o que Barnabé duvida, pois Klamm espreme tanto os olhos que quase os fecha e parece estar dormindo, limpando o pincenê apenas em sonho. Enquanto isso, o escrivão procura uma carta para você nos muitos autos e nos vários escaninhos que tem embaixo da mesa; portanto, não se trata de uma carta recém-escrita; pela aparência do envelope, parece muito mais uma carta bem antiga que está lá há bastante tempo. Se era uma carta tão antiga, por que deixaram Barnabé esperando por tanto tempo? E você também? E, por fim, a carta também, que, com certeza, já está desatualizada agora. É por isso que Barnabé tem fama de ser um mensageiro ruim e lento. O escrivão, por sua vez, não se esforça muito; entrega a carta a Barnabé e diz "De Klamm para K.", e, assim, Barnabé está dispensado. Em seguida, Barnabé volta para casa sem fôlego, finalmente em posse da carta trazida debaixo da camisa e colada ao corpo, e sentamo-nos aqui no banco, como estamos agora, e ele conta, e examinamos todos os detalhes e avaliamos o que ele conseguiu; por fim, descobrimos que foi muito pouco (e esse pouco ainda é questionável), então Barnabé deixa a carta de canto e não tem vontade de entregá-la, mas também não tem vontade de ir dormir, então pega o trabalho de sapateiro e passa a noite inteira ali na tripeça. É isso, K., esses são meus segredos, e, agora, você não se surpreende por Amália não dar bola para eles.

– E a carta? – K. perguntou.

– A carta? – Olga respondeu. – Bem, após algum tempo, depois de eu pressioná-lo bastante, podem se passar dias e semanas, ele pega a carta e vai entregá-la. Ele é bastante dependente de mim para essas trivialidades. Depois que supero a primeira impressão da história dele, consigo voltar a me controlar, o que ele não consegue fazer, talvez por saber demais. Por isso, posso sempre falar algo do tipo: "O que você quer de verdade, Barnabé? Qual trilha quer seguir, quais são seus sonhos? Quer chegar tão longe que talvez tenha que nos deixar, tenha que me deixar de uma vez por todas? É este o seu objetivo? Não posso acreditar; seria incompreensível de toda forma. Por que está terrivelmente insatisfeito com o que já conseguiu? Olhe para o lado e veja se algum dos nossos vizinhos já chegou assim tão longe? É claro que a situação deles é diferente da nossa e que eles não têm motivo para se esforçarem tanto e passarem da própria porta, mas, mesmo sem comparar, precisamos admitir que você está seguindo pelo caminho mais curto possível. Há obstáculos, questionamentos, decepções, mas isso apenas significa o que já sabíamos de antemão: que você não ganhará nada de presente, que terá que lutar por cada migalha; então, mais um motivo para se orgulhar, não para se depreciar. E você também está lutando por nós, não está? Isso não significa nada para você? Não renova suas forças? E o fato de eu ficar feliz e quase arrogante por ter um irmão desses não lhe dá nenhuma segurança? Na realidade, você me decepciona não pelo que conseguiu no castelo, mas pelo que consegui com você. Você pode ir ao castelo, é um visitante regular das chancelarias, passa o dia inteiro na mesma sala que Klamm, é um mensageiro reconhecido publicamente, recebeu a promessa de um traje oficial, recebe cartas importantes para serem entregues; você é tudo isso, pode tudo isso e, ao descer, em vez de nos abraçarmos e chorarmos de felicidade, parece que perde toda a coragem com o meu olhar; você duvida de tudo, parece que só os moldes de sapateiro o consolam, e a carta, a garantia do nosso futuro, deixa aí jogada". É assim que falo com ele, e, após repetir isso dia após dia, ele pega a carta resmungando e sai. No entanto, talvez nem seja o efeito das minhas palavras que o impulsione, mas não ousar voltar ao castelo antes de cumprir sua tarefa.

– Mas você tem toda razão em dizer o que diz – falou K. – É admirável quão corretamente você resumiu tudo. Você pensa com uma clareza surpreendente!

– Não – Olga respondeu –, você está iludido, e talvez eu também o iluda. O que foi que ele conseguiu? É certo que está autorizado a entrar em uma chancelaria, mas aquilo nem parece uma chancelaria, e sim a antessala de uma chancelaria; talvez não seja nem isso, talvez seja uma sala onde todos que não podem entrar nas verdadeiras chancelarias precisem ficar retidos. Ele conversa com Klamm, mas é Klamm mesmo? Não é alguém que se parece um pouco com Klamm? Chutando alto, talvez um secretário um pouco parecido com Klamm que se esforça para se assemelhar ainda mais com ele e finge ser importante nos modos sonolentos e sonhadores de Klamm. Essa sua característica é a mais fácil de imitar, várias pessoas tentam, mas, com certeza, sabiamente nem se atrevem a ir além disso. E um homem tão disputado e tão raramente encontrado quanto Klamm assume com facilidade diversas formas na imaginação das pessoas. Klamm, por exemplo, tem um secretário de vilarejo aqui chamado Momus. Você o conhece? Ele também é bastante retraído, mas já o vi algumas vezes. É um homem jovem e forte, não é? E provavelmente não se parece nem um pouco com Klamm. Ainda assim, é possível encontrar pessoas no vilarejo que podem jurar que Momus é Klamm, e isso é tudo. Cada um trabalha com seu próprio alienamento. E no castelo haveria de ser diferente? Alguém disse a Barnabé que um funcionário qualquer era Klamm, e realmente há uma semelhança entre eles, mas uma semelhança que continua sendo duvidosa para Barnabé. E tudo fala a favor da sua dúvida. Klamm deveria se espremer ali em uma sala qualquer entre outros funcionários com uma caneta atrás da orelha? Isso é de fato muitíssimo improvável. Às vezes, Barnabé faz um pouco de brincadeira (o que já indica um humor otimista): "O funcionário se parece bastante mesmo com Klamm; se estivesse sentado na própria chancelaria, à própria mesa e tivesse seu nome na porta, eu não teria mais dúvidas". É uma brincadeira, mas é compreensível. Seria mais compreensível ainda, no entanto, se Barnabé se informasse com outras pessoas sobre como as coisas realmente são enquanto estivesse lá em cima; segundo seus relatos, sempre há muitas pessoas circulando pela sala. E, se as informações que elas dessem não fossem muito mais confiáveis que aquelas dadas por alguém que mostrou Klamm a ele sem ser perguntado, deveriam ao menos surgir alguns indícios, alguns pontos de comparação em meio àquela diversidade. Essa ideia não é minha, mas do próprio Barnabé; no entanto, ele não tem coragem de executá-la; por pavor da possibilidade de perder seu cargo devido a alguma infração não intencional a algum regulamento desconhecido. Ele não ousa conversar com ninguém de tão inseguro que se sente; na verdade, para mim, essa lastimável insegurança ilumina o seu cargo com mais clareza que qualquer descrição. Como ele deve achar tudo tão duvidoso e ameaçador ali a ponto de não ousar abrir a boca nem para fazer uma pergunta inocente. Quando penso nisso, culpo-me por deixá-lo sozinho em uma sala desconhecida qualquer onde até ele, que é mais ousado que covarde, talvez trema de pavor.

– Acho que você está chegando no ponto principal – K. falou. – É isso. Depois de tudo que contou, creio ver com clareza agora. Barnabé é jovem demais para essa tarefa. Não se pode levar muito a sério nada do que ele conta. Como morre de pavor lá em cima, não consegue observar nada, e, quando o pressionamos para fazer seus relatos aqui, ouvimos apenas contos de fada confusos. Não me surpreende. Aqui vocês nascem reverenciando as instituições; essa reverência continua sendo embutida em vocês ao longo da vida pelos mais diferentes modos e por todos os lados, e vocês lidam como podem. No fundo, não estou discordando de nada; quando uma instituição é boa, por que não a reverenciar? No entanto, não se deve enviar ao castelo, de repente, um jovem destreinado como Barnabé, alguém que nem saiu dos arredores do vilarejo ainda, e querer exigir dele relatos fidedignos, analisar cada uma de suas palavras como a palavra da revelação e fazer com que a felicidade da sua própria vida dependa dessa interpretação. Não há nada mais errôneo que isso. Não sou diferente de você; é óbvio que também me deixei enganar por ele, depositei nele minhas esperanças e sofri com suas decepções, e tanto um quanto outro caso basearam-se somente em suas palavras, ou seja, em quase nada.

Olga ficou calada.

– Não é fácil para mim – K. disse – fazê-la duvidar da confiança que tem pelo seu irmão, pois vejo como você o ama e quanto espera dele. Mas é preciso, e não para diminuir seu amor nem suas expectativas. Contudo, veja, sempre tem alguma coisa (não sei o que) que a impede de reconhecer completamente não o que Barnabé conquistou, mas o que lhe foi presenteado. Ele está autorizado a entrar nas chancelarias ou em uma antessala, se preferir; bem, que seja uma antessala, mas há portas ali que levam além, barreiras que podem ser ultrapassadas se houver disposição para isso. Para mim, por exemplo, essa antessala é completamente inacessível, pelo menos por enquanto. Não sei com quem Barnabé conversa por lá, talvez com algum escrivão do criado do menor dos níveis, mas, mesmo se for do menor nível possível, ele pode levar ao próximo e, se não puder levá-lo até ele, ao menos pode citá-lo e, se não puder citá-lo, ao menos pode indicar alguém que possa citá-lo. Pode ser que o suposto Klamm não seja em nada parecido com o verdadeiro; é possível que a semelhança só exista aos olhos de Barnabé, cegos de agitação; pode ser que seja o funcionário do nível mais inferior; é possível que nem seja um funcionário, mas alguma função ele tem ali naquele púlpito, algo ele lê em seu grande livro, algo cochicha para o escrivão, em algo ele pensa quando recai seu olhar em Barnabé após tanto tempo, e, mesmo se nada disso for verdade e ele e suas ações não significarem nada, ainda assim, alguém o chamou ali e fez isso com alguma intenção. Com tudo isso, quero dizer que há alguma coisa aí, que algo foi oferecido a Barnabé, ao menos alguma, e que é somente culpa de Barnabé se não consegue obter com isso nada além de dúvidas, medo e desesperança. Estou sempre partindo do caso mais desfavorável, que, inclusive, é bastante improvável. Pois, afinal, ainda temos as cartas em mãos, nas quais não confio muito, é verdade, mas confio bem mais que nas palavras de Barnabé. Pode até ser que sejam cartas velhas e imprestáveis retiradas aleatoriamente de uma pilha de cartas igualmente imprestáveis, e não façam mais sentido do que utilizar um canarinho para tirar a sorte da vida de alguém em uma quermesse; mesmo se este for o caso, pelo menos essas cartas têm alguma relação com meu trabalho; é evidente que foram escritas para mim, ainda que talvez não me tenham sido úteis. Foram feitas pelo próprio punho de Klamm, como o burgomestre e sua mulher testemunharam, e, mais uma vez, segundo o burgomestre, têm grande importância, embora apenas na esfera privada e de forma não muito transparente.

– O burgomestre disse isso? – Olga quis saber.

– Disse, sim – K. respondeu.

– Vou contar a Barnabé – Olga falou rapidamente. – Vai incentivá-lo bastante.

– Mas ele não precisa de incentivo – K. falou. – Incentivá-lo significa dizer que tem razão, que ele pode continuar do jeito que está, mas é justamente desse jeito que ele nunca vai alcançar nada. Você pode incentivar uma pessoa de olhos vendados a olhar através da venda quanto quiser, mas ela nunca conseguirá ver nada; só será capaz de ver quando a venda for retirada. Barnabé precisa de ajuda, não de incentivo. Pense bem: a instituição está lá em cima em seu tamanho inextricável (eu achava que tinha uma noção geral sobre ela antes de vir até aqui, quão imaturo era tudo aquilo), então lá está a instituição e Barnabé entra nela, só ele e mais ninguém, lastimavelmente sozinho, uma honra grande demais para ele, a menos que fique desaparecido por toda a vida encolhido em um canto escuro da chancelaria.

– K., não pense – Olga interveio – que subestimamos a gravidade das tarefas que Barnabé assumiu. Não nos falta reverência às instituições, você mesmo disse isso.

– Mas é uma reverência mal direcionada – K. respondeu. – Reverência no lugar errado, essa reverência desonra o objeto. Devemos chamar de reverência quando Barnabé faz mau uso do presente recebido e acessa alguma sala para passar dias ociosos ali, ou quando vem de lá de cima amaldiçoando ou diminuindo aquilo pelo que acabou de estremecer, ou quando, por desespero ou cansaço, não entrega imediatamente as cartas e as mensagens a ele confiadas? Isso não é mais reverência. Mas a acusação vai além e estende-se a você também, Olga; não poderei poupá-la. Apesar de acreditar que reverencia as instituições, você enviou Barnabé ao castelo ou, no mínimo, não o impediu de ir, mesmo com toda sua juventude, com toda sua fraqueza e com todo seu desamparo.

– Essa sua acusação – Olga disse – eu me faço desde sempre. Não o fato de ter mandado Barnabé ao castelo, eu não o enviei, ele foi sozinho, mas, com certeza, poderia tê-lo impedido com todos os meios, com força, trapaça, persuasão. Poderia tê-lo impedido, mas, se hoje fosse aquele dia, o dia daquela decisão, e eu sentisse a urgência de Barnabé, a urgência da nossa família como naquela época, se hoje Barnabé se livrasse de mim de novo, sorrindo delicadamente, consciente de toda a responsabilidade e de todo o perigo, hoje eu também não o impediria, apesar de toda a experiência acumulada nesse meio-tempo, e acredito que você também não conseguiria fazer diferente no meu lugar. Você não sabe da nossa angústia e, por isso, é injusto conosco, sobretudo com Barnabé. Naquela época, tínhamos mais esperança que hoje, mas, mesmo naquela época, não era uma grande esperança; o que era grande era nossa angústia, e ela não mudou. Frieda não lhe contou nossa história?

– Só por cima – K. respondeu –, nada muito específico; mas só o nome de vocês já a deixa agitada.

– E a estalajadeira também não contou nada?

– Não, nada.

– Nem mais ninguém?

– Ninguém.

– É claro, como alguém poderia contar... Todo mundo sabe de alguma coisa sobre a gente, seja a verdade, enquanto ainda for acessível às pessoas, seja, no mínimo, algum boato ouvido ou, na maioria, inventado, e todos pensam na gente muito mais que o necessário, mas contar ninguém conta, as pessoas evitam levar essas coisas à boca. E elas têm razão. É difícil trazer isso à tona principalmente para você, K.; pois não seria possível que você também fosse embora após ouvir nossa história e não quisesse mais saber de nós, apesar de isso parecer afetá-lo tão pouco? Então, perderemos você, que, confesso, agora é quase mais importante para mim que os serviços prestados por Barnabé ao castelo. Ainda assim (esse embate está me incomodando a noite inteira), você precisa saber, senão não entenderá toda a nossa situação e continuará sendo injusto com Barnabé, que é o que mais me machucaria; nos faltaria um consenso geral necessário, e você não poderia nos ajudar nem aceitar nossa ajuda, a excepcional. No entanto, resta ainda uma pergunta: será que você quer saber?

– Por que está me perguntando isso? – K. questionou. – Se for necessário, quero saber. Mas por que a pergunta?

– Por superstição – Olga falou. – Você entrará em nossos assuntos inocentemente, não muito mais inocentemente que Barnabé.

– Conte logo – K. disse. – Não estou com medo. E você também está tornando tudo pior do que é com esse seu pavor de mulher.

O segredo de Amália

– Bom, avalie você mesmo – Olga respondeu. – No geral, tudo parece muito simples; as pessoas não entendem de cara como isso pode ter grande importância. Há um grande funcionário no castelo que se chama Sortini.

– Já ouvi falar dele – K. interferiu. – Ele estava envolvido na minha convocação.

– Duvido – Olga retrucou. – Sortini raramente aparece em público. Você não está confundindo com Sordini, escrito com "dê"?

– Ah, tem razão – K. concordou. – Era Sordini.

– É – Olga falou –, Sordini é bastante conhecido, um dos funcionários mais dedicados de quem muito se fala; Sortini, por sua vez, é muito retraído e desconhecido da maioria. Eu o vi pela primeira e última vez há mais de três anos. Foi no dia 3 de julho, em uma festa do Corpo de Bombeiros. O castelo também tinha participado e financiado uma nova bomba de incêndio. Sortini, que em partes deveria se ocupar com as atividades do Corpo de Bombeiros (talvez estivesse apenas representado lá; com frequência, os funcionários representam-se uns aos outros, e, por isso, é difícil identificar a competência desse ou daquele funcionário), participou da entrega da bomba. É claro que vieram outras pessoas do castelo, funcionários e criadagem, e Sortini estava bem em segundo plano, o que está de acordo com sua personalidade. É um homenzinho fracote e reflexivo; uma característica dele que chamou a atenção de todos é como sua testa se enruga; todas as rugas (uma porção delas, apesar de certamente ainda não ter passado dos 40) acumulam-se em dobras por toda a testa e chegam até o ponto entre as sobrancelhas, nunca vi nada igual. Bem, era essa festa. Nós duas, Amália e eu, estávamos empolgadas por causa dela havia semanas, os vestidos de domingo foram meio reformados, o vestido de Amália era particularmente bonito, a parte de cima branca e bastante bufante, uma camada de renda sobre a outra, mamãe tinha emprestado todas as rendas dela. Na ocasião, fiquei com inveja e chorei durante metade da noite na véspera da festa. Somente de manhã, quando a estalajadeira da Estalagem da Ponte veio nos visitar...

– A estalajadeira da Estalagem da Ponte? – K. perguntou.

– Sim – Olga disse –, ela era muito nossa amiga. Então, ela veio nos visitar e teve que admitir que Amália estava em vantagem; por isso, para me acalmar, emprestou-me seu lenço de granadina da Boêmia. Quando estávamos prontos para sair, Amália estava parada na minha frente, todos nós admirados com ela, papai falou: "Estou achando que hoje a Amália vai ganhar um noivo". Então, não sei por que, despi-me do meu orgulho e do meu lenço, colocando-o em Amália, não sentindo mais nem um pingo de inveja. Eu, inclusive, curvei-me diante da sua vitória, e acreditava que todos deveriam se curvar também; talvez estivéssemos surpresos por ela estar diferente do habitual, pois, na realidade, não era bonita, mas aquele seu olhar soturno, que mantém desde então, estendia-se acima e além de nós, e quase nos curvávamos de fato e involuntariamente diante dela. Todos perceberam isso, inclusive Lasemann e sua mulher, que vieram nos buscar.

– Lasemann? – K. perguntou.

– É, Lasemann – Olga respondeu. – Éramos muito respeitados e a festa não podia começar direito sem a gente, pois papai era o terceiro instrutor do Corpo de Bombeiros.

– Seu pai ainda era assim tão vigoroso? – K. quis saber.

– Papai? – Olga perguntou, como se não tivesse entendido muito bem. – Há três anos, ele ainda era um homem jovem; durante um incêndio na Estalagem dos Cavalheiros, por exemplo, ele, correndo, carregou nas costas um funcionário, Galater, que é bem pesado. Eu mesma estava lá, nem havia risco de incêndio, era só a madeira seca ao lado do forno que tinha começado a fumegar, mas Galater ficou com medo, gritou por ajuda pela janela, os bombeiros vieram, e meu pai precisou carregá-lo para fora, apesar de o fogo já ter sido apagado. Pois, então, Galater é um homem pesado e difícil de ser levado, é preciso ter cuidado nesses casos. Estou contando tudo isso apenas por causa de papai; não se passou muito mais que três anos desde então, e veja só como ele fica sentado ali agora.

Somente agora K. notou que Amália já estava de volta à sala, mas estava longe, na mesa dos pais, alimentando a mãe que não conseguia mexer o braço reumático e conversando com o pai, que deveria ter um pouco de paciência com a comida, pois ela logo iria alimentá-lo também. No entanto, não obteve sucesso com seu apelo, pois o pai, muito ávido para tomar a sopa, superou sua fraqueza muscular e tentou sorvê-la da colher e, em seguida, bebê-la diretamente do prato, e resmungou com raiva quando não conseguiu fazer nem um nem outro, pois a colher já estava vazia havia tempos quando chegava à boca e a boca nunca conseguia alcançar a sopa, só o bigodão proeminente que sim, pingando e respingando sopa por todos os lados, menos na boca.

– Três anos fizeram isso com ele? – K. perguntou, ainda sem sentir pena dos velhos e de todo aquele canto da mesa da família, apenas aversão.

– Três anos... – Olga falou devagar. – Ou, mais exatamente, algumas horas após a festa. A festa foi no gramado do lago na frente do vilarejo; já estava um rebuliço quando chegamos; muitas pessoas dos vilarejos vizinhos tinham vindo também; a algazarra deixava todo mundo atordoado. Primeiro fomos levadas por papai para ver a bomba de incêndio, é claro, e ele sorriu de felicidade ao vê-la; estava contente com a nova bomba e começou a tocá-la e explicá-la para nós; não aceitava contestações nem resistência dos outros; se tinha algo para ser visto embaixo da bomba, tínhamos todos que nos abaixar e quase rastejar para baixo dela. Barnabé tomou bronca por não querer fazer isso. Somente Amália não deu bola para a bomba; ficou ali, ereta, em seu belo vestido, e ninguém ousou lhe dizer nada; às vezes, eu corria e a puxava pelo braço, mas ela não dizia nada. Ainda hoje, não consigo entender como foi que ficamos tanto tempo na frente da bomba e notamos Sortini apenas quando papai se afastou dela. Ele com certeza esteve atrás da bomba o tempo inteiro, apoiado em uma de suas alavancas. Estava mesmo uma algazarra insuportável naquele dia, diferentemente do que em geral vemos nas festas. O castelo também tinha presenteado o Corpo de Bombeiros com alguns trompetes, justamente esse instrumento com o qual é possível emitir um som fortíssimo com o menor dos esforços; até uma criança é capaz de tocá-lo; ao ouvi-lo, quase dava para pensar que os turcos tinham chegado e não havia como se acostumar: era um susto a cada novo sopro. E, como eram trompetes novos, todo mundo queria experimentar, e, como era uma festa popular, as pessoas deixavam. Até tocaram algumas vezes para nós, talvez motivados por Amália; estava difícil se controlar, e, como ainda era preciso prestar atenção na bomba, seguindo as ordens de papai, aquilo era o máximo que conseguíamos fazer. Por isso, Sortini, que também não conhecíamos ainda, passou despercebido por um período excepcionalmente longo. "Aquele ali é Sortini", Lasemann finalmente cochichou a papai, eu estava do lado. Papai inclinou-se e, nervoso, sinalizou que fizéssemos o mesmo. Sem o conhecer ainda, papai falava de Sortini em casa desde sempre e com frequência, referindo-se a ele como um técnico nas questões do Corpo de Bombeiros, então para nós também era bastante surpreendente e significativo poder ver Sortini de verdade naquele momento. Sortini, por sua vez, não ligou para a gente (não era uma peculiaridade de Sortini; quase todos os funcionários parecem apáticos publicamente); ele também estava cansado, mantinha-se aqui embaixo somente por causa das suas obrigações oficiais. Não são os piores funcionários que acham essas funções de representação especialmente opressoras; outros funcionários e criados, uma vez que já estavam ali, misturavam-se ao povo; mas ele ficou do lado da bomba, seu silêncio livrando-o de qualquer um que tentasse se aproximar com algum pedido ou com alguma bajulação. Assim, ele nos notou depois que nós o notamos. Olhou-nos somente quando nos curvamos reverenciosos e papai começou a se desculpar em nosso nome; cansado, encarou-nos um após o outro em sequência. Parecia que suspirava por haver sempre uma segunda pessoa ao lado da primeira, até que parou em Amália, para quem precisou levantar o olhar, pois era muito mais alta que ele. Então parou, pulou sobre o cabeçalho da carroça para aproximar-se de Amália; a princípio, entendemos mal, e todos quisemos nos aproximar dele copiando papai, mas deteve-nos com a mão erguida e fez um gesto para que fôssemos embora. E foi isso. Caçoamos muito de Amália dizendo que ela realmente tinha encontrado um noivo; em meio à nossa ignorância, passamos a tarde inteira muito felizes; Amália, no entanto, estava mais silenciosa que nunca. "Ela está caidinha por Sortini" foi o que disse Brunswick, que é sempre um pouco grosseiro e não compreende naturezas como a de Amália. Dessa vez, porém, a observação dele nos pareceu quase correta; mas estávamos meio abobalhados naquele dia; todos, inclusive Amália, entorpecidos pelo doce vinho do castelo ao voltarmos para casa depois da meia-noite.

– E Sortini? – K. perguntou.

– Ah, Sortini – Olga respondeu. – Ainda passei por Sortini várias vezes durante a festa; ele ficou sentado de braços cruzados no cabeçalho da carroça até o coche do castelo vir buscá-lo. Não se aproximou nenhuma vez, nem durante os exercícios dos bombeiros, nos quais papai, na expectativa de chamar a atenção de Sortini, destacou-se entre todos os homens da sua idade.

– E vocês não ouviram mais falar dele? – K. perguntou. – Parece que você tem grande reverência por Sortini.

– É, reverência... – Olga afirmou. – Ouvimos falar dele, sim. Na manhã seguinte, fomos acordados do sono enólico pelo grito de Amália; os outros voltaram para suas camas em seguida, mas eu acordei totalmente e corri até ela. Estava parada e tinha em mãos uma carta entregue pela janela por um homem que ainda esperava a resposta. Amália já tinha lido a carta (era bem curta) e segurava-a na mão sonolenta e pendente; ah, como eu a amava, mesmo quando estava assim cansada. Ajoelhei-me ao seu lado e, assim, li a carta. Quase nem tinha acabado quando Amália pegou-a de volta após lançar-me um breve olhar; não ousou lê-la novamente, rasgou-a, jogou os pedaços de papel na cara do homem que estava do lado de fora e fechou a janela. Aquela foi uma manhã decisiva. Digo que foi decisiva, mas todos os segundos da tarde subsequente também foram decisivos.

– E o que dizia a carta? – K. perguntou.

– Ah, sim, ainda não contei isso – Olga falou. – A carta era de Sortini endereçada à moça com o lenço de granadina. Não consigo reproduzir o conteúdo. Era uma solicitação para que ela fosse à Estalagem dos Cavalheiros, e Amália deveria ir imediatamente, pois Sortini precisava ir embora em meia hora. A carta estava escrita com o mais sórdido dos vocabulários; eu nunca tinha ouvido aquilo, e metade só adivinhei pelo contexto. Se alguém que não conhecesse Amália lesse aquela carta, pensaria que a moça para a qual alguém ousara escrever daquela forma fosse desonrada, mesmo se ela nem tivesse sido tocada ainda. E não era nenhuma carta de amor, não havia qualquer elogio; na realidade, Sortini estava bravo por ter sido capturado pela imagem de Amália, o que o afastou de seus negócios.

Mais tarde, concluímos que Sortini, provavelmente, queria ter voltado para o castelo ainda naquela noite, mas ficara no vilarejo apenas por causa de Amália e escrevera a carta de manhã furioso por não ter conseguido esquecê-la a madrugada inteira. A princípio, a carta causava indignação até naqueles de sangue mais frio; no entanto, se fosse outra pessoa que não Amália, talvez o tom raivoso e ameaçador fizesse o medo prevalecer. Amália, todavia, manteve-se na indignação; a moça não sabe o que é medo, nem por ela, nem pelos outros. E, ao me arrastar de volta para a cama repetindo aquela sentença final interrompida "você venha imediatamente, senão…!", Amália ficou no parapeito da janela olhando para fora, como se esperasse por outros mensageiros e estivesse pronta para tratá-los do mesmo jeito que o primeiro.

– Então, esses são os funcionários… – K. falou relutante. – Há exemplares assim entre eles. O que seu pai fez? Espero que tenha prestado queixa contra Sortini no órgão responsável, isso se não preferiu usar o caminho mais curto e seguro e foi até a Estalagem dos Cavalheiros. O pior de tudo nessa história não é o impropério a Amália, que poderia ser remediado com facilidade; não sei por que você coloca tanto peso nisso; será que Sortini conseguiria expor Amália para sempre com uma carta como essa? Segundo seu relato, até poderíamos acreditar que sim, mas não é possível; seria fácil conseguir uma indenização para Amália e o caso ser esquecido após alguns dias. Sortini não expôs Amália, mas a si mesmo. Mas fico assustado com Sortini, pela possibilidade de abuso do poder. No entanto, ele falhou nesse caso, é óbvio, e encontrou em Amália uma adversária superior, mas pode acontecer em milhares de outros casos, nos casos um pouco menos favoráveis, e desviar todos os olhares, inclusive o do abuso.

– Silêncio – Olga falou –, Amália está olhando para cá.

Ela terminara de dar comida aos pais e agora estava trocando as roupas da mãe; acabara de desamarrar sua saia, envolveu seu pescoço pelos braços da mãe e a ergueu um pouco, puxou sua saia e sentou-a de volta com cuidado. O pai, sempre insatisfeito pela mãe ser atendida primeiro (o que, evidentemente, só acontecia porque era ainda mais dependente que ele), e talvez também para punir a filha por uma suposta lentidão, tentava se trocar sozinho, mas, apesar de começar pelo mais desimportante e mais fácil, as pantufas grandes demais que acomodavam frouxamente aqueles pés magros, não conseguiu se livrar delas de jeito nenhum e logo precisou desistir em meio a chiados roucos, encostando-se ereto de volta na cadeira.

– Você não entende o crucial – Olga falou. – Talvez tenha razão em relação a tudo, mas o crucial é Amália não ter ido à Estalagem dos Cavalheiros; a forma como tratou o mensageiro poderia até ser desculpada, seria possível abafar o caso; no entanto, ela não ter ido trouxe a maldição para a nossa família, e até a forma como tratou o mensageiro tornou-se imperdoável, inclusive foi o que mais chamou a atenção das pessoas.

– Como assim? – K. gritou e abafou a voz imediatamente, quando Olga levantou as mãos em súplica. – Você, a irmã dela, não está me dizendo que Amália tinha que ter obedecido Sortini e ido até a Estalagem dos Cavalheiros, não é?

– Não – Olga respondeu –, estou protegida de tais acusações; como você pode pensar em uma coisa dessas? Não conhcço ninguém que esteja tão certo sobre tudo que faz quanto Amália. Se ela tivesse ido à Estalagem dos Cavalheiros, com certeza eu teria lhe dado razão; mas ela foi heroica não indo. Se fosse comigo, admito com sinceridade, se eu tivesse recebido uma carta como aquela, teria ido. Não conseguiria suportar o medo do que estaria por vir, só Amália é capaz disso. É lógico que havia várias saídas; outra pessoa teria se enfeitado belamente, por exemplo, o que levaria certo tempo, e, ao chegar à Estalagem dos Cavalheiros, poderia descobrir que Sortini já tinha ido embora, quem sabe logo após o envio da mensagem; isso seria, inclusive, bastante provável, pois o humor dos senhores oscila muito. Mas Amália não fez isso nem nada parecido; ficou profundamente ofendida e respondeu sem ressalvas. Se ao menos tivesse disfarçado e passado só na frente da soleira da Estalagem dos Cavalheiros naquele momento, teríamos conseguido evitar a prisão. Temos advogados muito espertos que conseguem interpretar qualquer coisa que se queira a partir de nada, mas, nesse caso, não havia nem o favorável nada; ao contrário, havia a desgraça da carta de Sortini e a ofensa ao mensageiro.

– Mas que prisão é essa? – K. questionou – Que advogados são esses? Não é possível que Amália possa ser acusada, ou até punida, pelas ações criminosas de Sortini!

– É claro que é – Olga respondeu. – É possível, sim. Obviamente isso não é feito por meio de um processo legal e a punição não recai diretamente sobre ela, mas ela é punida de outras formas, ela e toda nossa família. Parece que você está começando a entender a gravidade da punição. Para você, parece injusto e ultrajante, é uma opinião totalmente única no vilarejo; para nós é bastante conveniente e acalentador, e assim seria se não proviesse de enganos. É fácil comprovar; perdoe-me falar de Frieda, mas entre ela e Klamm aconteceu algo muito parecido com o que houve entre Amália e Sortini (exceto a forma como a coisa se configurou no fim), e você já considera certo o que aconteceu, mesmo se a princípio tenha ficado chocado. E isso não são hábitos, pois os hábitos não conseguem dessensibilizar tanto assim as pessoas quando se trata de um julgamento simples, é apenas uma recusa dos enganos.

– Não, Olga – K. disse. – Não sei por que você está metendo Frieda nesse assunto; o caso dela foi totalmente diferente, não misture coisas fundamentalmente tão diferentes e continue contando.

– Por favor – Olga respondeu –, não me leve a mal pela comparação; deve restar ainda algum engano em relação a Frieda se você acha que precisa defendê-la da comparação. Ela não precisa ser defendida, apenas aplaudida. Ao comparar os casos, não estou dizendo que elas sejam iguais; elas se comportam como branco e preto, e o branco é Frieda. No pior dos casos, pode-se rir de Frieda, como desrespeitosamente fiz no bar (arrependi-me muito depois), mas mesmo aqueles que riem dessa situação o fazem por maldade ou por inveja; no entanto, ainda assim se pode rir. Já aqueles que não têm laços sanguíneos com Amália só a podem vilipendiar. Por isso são casos fundamentalmente diferentes, como você disse, mas, ainda assim, semelhantes.

– Não são semelhantes – K. retrucou, balançando a cabeça desgostoso. – Deixe Frieda fora disso. Frieda não recebeu nenhuma carta decente como a que Amália recebeu de Sortini, e Frieda amou Klamm de verdade. Aqueles que duvidam podem perguntar a ela, pois ela o ama até hoje.

– E essas lá são grandes diferenças? – Olga questionou. – Você acha que Klamm não poderia ter escrito assim para Frieda também? Quando os cavalheiros se levantam de suas mesas são assim, ficam perdidos no mundo e, em sua distração, falam as coisas mais abjetas, não todos, mas muitos deles. É possível que a carta a Amália tenha sido enviada em pensamento, em completo desrespeito ao que estava realmente escrito no papel. O que sabemos sobre os pensamentos dos cavalheiros? Não lhe contaram, ou você já não ouviu falar, sobre o tom que Klamm usava para falar com Frieda? Sabe-se que Klamm é bastante grosseiro; supostamente, ele fica sem falar por horas e, de repente, fala uma grosseria tão grande que dá até calafrios. Não conhecemos Sortini a esse respeito, já que ele é uma grande incógnita. Na realidade, a única coisa que se sabe sobre ele é que seu nome é parecido com o de Sordini; não fosse essa semelhança, talvez ninguém nem o conhecesse. Talvez até o confundam com Sordini como especialista do Corpo de Bombeiros, o que Sordini realmente é e aproveita a semelhança dos nomes para empurrar para Sortini, principalmente os compromissos de representação, e, assim, poder continuar trabalhando sem ser importunado. Então, quando um homem que desconhece tanto o mundo quanto Sortini de repente é acometido de amor por uma moça do vilarejo, isso naturalmente assume formas diferentes do que aconteceria se o apaixonado fosse o ajudante de marceneiro do vizinho. Também se deve considerar que há grande distância entre um funcionário e a filha de um sapateiro, e ela deve ser superada de algum modo. Sortini tentou desse jeito, outro poderia fazer diferente. No fim, isso significa que todos nós fazemos parte do castelo e que não há distância nenhuma nem nada a ser superado, e talvez isso seja verdade, mas, infelizmente, tivemos a oportunidade de ver que não é, sobretudo quando a questão é essa. De qualquer forma, depois de tudo, a atitude de Sortini vai se tornar mais compreensível e menos ultrajante para você, e realmente é mais compreensível, ao ser comparada à de Klamm, e menos ultrajante também, mesmo quando se está envolvido tão de perto.

Se Klamm escrevesse uma carta delicada, seria mais embaraçosa que a mais grosseira carta de Sortini. Não me entenda mal, não ouso julgar Klamm, apenas estou comparando porque você se opôs à comparação. Klamm é como um comandante com as mulheres; manda que ora uma, ora outra, vá ter com ele, não aguenta nenhuma por muito tempo e, da mesma forma que manda virem, também as manda ir embora. Ah, Klamm nem se daria ao trabalho de escrever uma carta. E, comparativamente, continua sendo ultrajante se Sortini, cujo estilo de vida é bastante retraído e cujas relações com as mulheres são, no mínimo, desconhecidas, senta-se para ao menos escrever uma carta, embora detestável, naquela sua bela caligrafia oficial? E se não há nenhuma diferença a favor de Klamm, pelo contrário, então por que o amor de Frieda deveria comovê-lo? A relação das mulheres com os funcionários, acredite, é muito difícil, ou melhor, é bastante fácil de ser avaliada. Aqui, nunca falta amor. Não existem amores institucionais infelizes. Nesse sentido, não é um elogio quando alguém diz que uma moça (e estou muito longe de falar apenas de Frieda, nesse caso) se sacrificou por um funcionário apenas porque o amava. Ela o amava e sacrificou-se por ele, assim foi, mas não há nada para se elogiar aí. Mas você retrucará dizendo que Amália não amou Sortini. Pois bem, ela não o amou, mas talvez tenha amado, sim, quem pode decidir uma coisa dessas? Nem ela própria. Como ela pode acreditar não o ter amado se o rechaçou com tanta força, talvez de um jeito que nenhum funcionário jamais tenha sido rechaçado antes? Barnabé diz que, às vezes, ela ainda treme com o movimento que fez para fechar a janela três anos atrás. Isso também é verdade e, portanto, não é algo que podemos perguntar a ela; Amália terminou com Sortini e não sabe de nada além disso; ela não sabe se o ama ou não. Nós, no entanto, sabemos que as mulheres não conseguem fazer outra coisa a não ser amar os funcionários quando eles se dedicam a elas; sim, elas amam os funcionários já de antemão, não importa quanto queiram negar, e Sortini não apenas se dedicou a Amália, mas também pulou o cabeçalho da carroça quando a viu, pulou o cabeçalho com aquelas pernas enrijecidas pelo trabalho de escritório. Mas você dirá que Amália é uma exceção. É, ela é mesmo, e comprovou isso ao se recusar a ir até Sortini; isso basta para ser uma exceção; o fato de, além disso, também não ter amado Sortini seria um pouco demais mesmo para a exceção; seria inacreditável. Naquela tarde, fomos tomados por uma cegueira, mas acreditamos ter percebido em Amália uma paixão em meio a toda aquela neblina, o que, com certeza, indicava certa consciência. Portanto, ao juntar tudo, que diferença resta entre Frieda e Amália? Apenas que Frieda fez o que Amália se recusou a fazer.

– Pode ser – K. falou. – Para mim, no entanto, a diferença principal é que Frieda é minha noiva e, no fundo, Amália aflige-me apenas por ser a irmã de Barnabé, o mensageiro do castelo, e pelo destino dela talvez estar relacionado ao serviço de Barnabé. Se um funcionário tivesse cometido uma injustiça tão gritante contra ela, como me pareceu no início do seu relato, isso teria mexido bastante comigo, mas muito mais por ser um assunto público que pelo sofrimento particular de Amália. No entanto, depois que você contou, o quadro muda de figura de um modo que não compreendo totalmente, mas de um jeito bastante crível, pois é você quem está contando, e eu gostaria muito de esquecer esse assunto por completo; não sou bombeiro, e o que me importa Sortini? No entanto, importo-me com Frieda, e acho curioso como você, em quem confio totalmente e gostaria de continuar confiando, não para de criticar Frieda através de Amália, para tentar despertar minha desconfiança. Não digo que esteja fazendo isso de propósito ou por mal; se fosse assim, eu já teria ido embora faz tempo. Você não faz isso de propósito; são as circunstâncias que a impelem; por amor a Amália, você quer colocá-la acima de todas as mulheres e, como não encontra em Amália valores suficientemente louváveis para isso, acaba depreciando outras mulheres. O feito de Amália é notável, mas, quanto mais você conta sobre ele, menos é possível decidir se ela foi grande ou pequena, esperta ou tola, heroica ou covarde. Amália guarda os motivos de suas ações trancados no peito, e ninguém os tirará dela. Frieda, por outro lado, não fez nada de notável, apenas seguiu seu coração; isso fica claro para aqueles que lidam bem com isso, e qualquer um pode verificar que não há espaço para fofocas. Eu, no entanto, não quero rebaixar Amália nem defender Frieda, apenas deixar claro para você qual é minha relação com Frieda e como qualquer ataque contra ela também é um ataque contra a minha existência. Cheguei aqui por vontade própria e também por vontade própria aqui me firmei, mas tudo o que aconteceu desde então, e, sobretudo, minhas perspectivas de futuro (por mais incertas que sejam, ainda existem), devo tudo a Frieda, e sobre isso não há o que discutir. Fui admitido aqui como agrimensor, mas foi uma ilusão, brincaram comigo, expulsaram-me de todas as casas e brincam comigo até hoje, mas o mais complicado é que se pode dizer que cresci, ou seja, apesar de ser tudo tão insignificante, aparentemente tenho mesmo um lar, um cargo e um trabalho de verdade, tenho uma esposa que assume minhas tarefas quando tenho outros assuntos para resolver, vou me casar com ela e fazer parte da comunidade e, além da relação institucional, ainda tenho uma relação pessoal com Klamm, que não se mostrou útil até agora. Não é pouca coisa, é? E, quando venho visitá-los, quem vocês saúdam? A quem você confia a história da sua família? Quem você espera que ofereça alguma possibilidade de ajuda, mesmo que a menor e mais improvável possibilidade? Certamente, não será de mim, o agrimensor, que uma semana atrás, por exemplo, estava sendo arrastado com violência para fora da casa de Lasemann e Brunswick, mas você espera isso do homem que já conta com algum poder, e devo esse poder a Frieda; Frieda, que é tão recatada que, se você tentar perguntar para ela algo do tipo, certamente não vai querer saber de nada. Ainda assim, depois de tudo, parece que Frieda, em sua inocência, fez mais do que Amália em toda a sua arrogância; pois, veja bem, tenho a impressão de que você esteja procurando ajuda para Amália. E de quem? De ninguém mais, ninguém menos que Frieda!

– Falei tão mal assim de Frieda? – Olga quis saber. – Se o fiz, embora não ache, foi sem querer, mas pode ser que estejamos em uma situação em que nos afastamos de todo mundo e começamos a reclamar; isso nos impulsiona, não sabemos para onde. Você tem mesmo razão. Agora há uma grande diferença entre nós e Frieda, e é bom enfatizá-la um pouco. Há três anos, éramos garotas burguesas, e Frieda, a órfã, era a empregada da

Estalagem da Ponte; passávamos por ela sem olhá-la; com certeza, éramos arrogantes demais, mas fomos criadas assim. Talvez você reconheça nossa situação atual por aquela noite na Estalagem dos Cavalheiros: Frieda com o chicote na mão e eu no meio dos servos. Mas é ainda pior. Frieda pode nos desprezar, faz parte do seu cargo, as verdadeiras relações a obrigam. Bom seria se nem todos fizessem o mesmo! Aqueles que decidem nos desprezar chegam rapidamente à elite. Você conhece a sucessora de Frieda? O nome dela é Pepi. Eu a conheci antes de ontem à noite; até então, ela era camareira. Com certeza, supera Frieda no desprezo por mim. Quando me viu pela janela indo buscar cerveja, correu para a porta e a trancou, tive que pedir por muito tempo e prometer-lhe a fita que tinha no cabelo para que abrisse a porta para mim. Quando entreguei a fita a ela, no entanto, jogou-a em um canto. Pois bem, ela pode até me desprezar, em parte eu dependo mesmo da sua boa vontade, ela é a garçonete da Estalagem dos Cavalheiros; no entanto, não há dúvidas de que está lá temporariamente e não tem as características necessárias para ficar por muito tempo. Basta ouvir como o estalajadeiro conversa com Pepi e comparar com a forma como falava com Frieda. Mas isso não impede Pepi de desprezar Amália também. Amália, com apenas um olhar, seria capaz de fazer a pequenina Pepi e suas trancinhas e seus lacinhos saírem rapidinho da sala, o que jamais conseguiria fazer com aquelas pernas gorduchas. Além da conversa mole insultante sobre Amália que precisei ouvir de novo ontem, até que os frequentadores por fim me pegaram daquele jeito que você já viu.

– Como você está alarmada – K. falou. – Só coloquei Frieda no lugar que lhe convém, não quis rebaixar vocês desse jeito que entendeu. Sua família tem algo de especial para mim, nunca escondi; agora, não entendo como isso poderia dar margem ao desprezo.

– Ai, K. – Olga respondeu –, temo que você também entenderá; não consegue entender de jeito nenhum que o comportamento de Amália em relação a Sortini deu o pontapé inicial para esse desprezo?

– Mas seria muito estranho… – K. disse. – Daria para se impressionar ou para julgar Amália, mas desprezá-la? E, se as pessoas realmente desprezam

Amália, por um sentimento que não compreendo, por que estendem esse desprezo a vocês, à inocente família? O fato de Pepi desprezar você, por exemplo, é uma coisa forte que tratarei de dar o troco da próxima vez que for à Estalagem dos Cavalheiros.

– K., se você quisesse persuadir todos aqueles que nos desprezam – Olga continuou –, teria que fazer um trabalho árduo, pois tudo isso vem do castelo. Ainda me lembro bem da manhã que se seguiu àquela aurora. Brunswick, que na época era nosso ajudante, veio como todos os dias, papai passou-lhe o trabalho e mandou-o para casa, então nos sentamos para tomar o café da manhã, todos nós, inclusive Amália e eu; estávamos bastante animados, papai não parava de falar da festa, tinha vários planos para o Corpo de Bombeiros, o castelo tinha sua própria brigada, enviara uma delegação para a festa e conversaram sobre algumas coisas. Os cavalheiros do castelo presentes viram os serviços do nosso Corpo de Bombeiros e falaram muito bem dele, compararam aos serviços realizados pelo Corpo de Bombeiros do castelo, e o resultado tinha sido favorável a nós. Falaram sobre a necessidade de fazer uma nova organização na brigada do castelo, e, para isso, seriam necessários instrutores do vilarejo; pensaram em alguns, mas papai tinha esperança de ser o escolhido. Ele só falava disso daquele jeito tão adorável que tinha, esparramando-se na mesa; sentava-se ali com os braços que ocupavam metade do espaço e, ao olhar para o céu pela janela aberta, seu rosto ficava tão jovem e esperançoso; nunca mais o vi daquele jeito. Então, com uma superioridade que não conhecíamos, Amália falou que não se devia confiar demais nas conversas dos cavalheiros, que os cavalheiros gostavam de falar coisas agradáveis em ocasiões como aquelas, mas que tinham pouca ou nenhuma importância, pois eram esquecidas para sempre logo após serem prometidas e, certamente, cairiam por terra na próxima oportunidade. Mamãe chamou-lhe a atenção por aquela conversa; papai apenas riu por ela ser tão precoce e sabichona, mas, logo depois, parou parecendo procurar alguma coisa que percebera estar faltando, mas não faltava nada, então disse: "Brunswick falou alguma coisa sobre um mensageiro e uma carta rasgada e perguntou se sabíamos de alguma coisa. Para quem era e como as coisas se resolveram?". Ficamos em silêncio. Barnabé, na época, ainda tão jovem quanto um cordeirinho, disse alguma coisa particularmente boba ou engraçada, mudamos de assunto, e o caso caiu no esquecimento.

A punição de Amália

– Mas, logo depois, jorraram perguntas por todos os lados por causa da história da carta. Vieram amigos e inimigos, conhecidos e desconhecidos; contudo, as pessoas não ficavam por muito tempo; os melhores amigos eram os que se despediam mais rápido. Lasemann, que era sempre lento e respeitável, entrou como se quisesse apenas verificar o tamanho da sala, deu uma olhada ao redor e já tinha acabado; tudo pareceu uma horrenda brincadeira de criança quando Lasemann fugiu e papai livrou-se das outras pessoas para sair correndo atrás dele até a soleira da casa, desistindo em seguida; Brunswick veio e dispensou papai; ele disse com toda a sinceridade que queria começar o próprio negócio, uma cabeça esperta que pareceu entender como se aproveitar da situação; a clientela veio para procurar no armazém de papai os sapatos que tinham deixado para arrumar; a princípio, papai tentou persuadir os clientes (e todos nós o ajudamos como podíamos), depois desistiu e, em silêncio, começou a ajudar as pessoas a procurar; riscou linha por linha no livro de registros; as peças de couro que haviam deixado conosco foram retiradas, as dívidas foram pagas, tudo feito sem a menor das discussões; as pessoas saíam satisfeitas quando conseguiam cortar totalmente a relação conosco com rapidez, sem nem considerar se poderiam ter algum prejuízo com isso. E, por fim, o que já era previsível, apareceu Seemann, comandante do Corpo de Bombeiros; ainda consigo ver a cena na minha frente: Seemann, grande e forte, mas um pouco corcunda e doente dos pulmões, sempre sério (ele não é capaz de rir), em frente a papai, o homem que havia elogiado, que tinha em mente para oferecer o cargo de representante do comandante nos momentos de confiança e para quem agora tinha que informar que a organização o estava dispensando e solicitando o recolhimento do diploma. As pessoas que estavam conosco naquele momento interromperam seus negócios e agruparam-se ao redor dos dois. Seemann não conseguia dizer nada, apenas batia no ombro de papai, como se quisesse espanar de papai as palavras que ele mesmo deveria falar e não conseguia encontrar. Sorria o tempo inteiro, querendo, com isso, acalmar um pouco a si mesmo e a todos; mas, como não consegue rir e nunca o ouviram rir, ninguém pensou que aquilo fosse uma risada. Papai, no entanto, já estava cansado e desesperado demais naquele dia para conseguir ajudar alguém; parecia cansado demais até para refletir sobre o que estava acontecendo. Todos nós estávamos igualmente desesperados, mas, como éramos jovens, não conseguíamos acreditar em uma ruptura tão completa; sempre achávamos que, entre tantos visitantes, finalmente chegaria alguém que mandaria parar e forçaria tudo a retroceder. Em nossa ignorância, Seemann parecia-nos bastante apropriado para isso. Esperávamos tensos que as palavras claras finalmente fossem soltas daquela risada sem fim. Do que se podia rir naquela hora? Certamente, apenas daquela injustiça maldosa que estavam fazendo conosco. "Senhor Comandante, senhor Comandante, fale logo para as pessoas" era o que pensávamos nos aproximando dele, o que o fez dar um giro impressionante para se afastar, e nada mais. Enfim, não para atender aos nossos desejos secretos, mas para corresponder aos pedidos encorajadores ou ansiosos das pessoas ele começou a falar. Ainda tínhamos esperança. Começou elogiando bastante papai. Disse que era um adorno da organização, um exemplo inalcançável para a nova geração, um membro indispensável cuja eliminação poderia quase acabar com a associação. Foi tudo tão bonito; pudera ter parado por aí! Mas ele continuou falando. Se a associação tivesse decidido solicitar o afastamento de papai, mesmo que apenas provisoriamente, as pessoas conseguiriam identificar a severidade dos motivos que a forçaram a tal atitude. Talvez não precisassem ir tão longe se não fossem os brilhantes serviços de papai na festa da noite anterior, mas foram justamente tais serviços que despertaram a atenção institucional; nesse momento, a associação estava em foco e agora, mais que nunca, tinha que pensar em sua integridade. E houve então a ofensa ao mensageiro, e não restou à associação nenhuma outra opção, e ele, Seemann, tinha recebido a difícil tarefa de informá-lo. Papai certamente não queria agravar ainda mais a situação. Seemann ficou muito contente por ter levado aquilo adiante e, com a confiança despertada, não estava mais excessivamente atencioso; apontou para o diploma pendurado na parede e acenou com o dedo. Papai concordou com a cabeça e foi buscá-lo, mas não conseguiu tirá-lo dos ganchos com as mãos trêmulas; subi em uma cadeira e o ajudei. E, a partir daquele momento, tudo estava acabado; ele nem tirou o diploma da moldura; entregou-o a Seemann do jeito que estava. Em seguida, sentou-se em um canto sem se mexer e não falou com mais ninguém; tivemos que lidar sozinhos com as pessoas, do jeito que deu.

– E onde você vê a influência do castelo nesse caso? – K. perguntou. – A princípio, não parece que o castelo tenha interferido. O que contou até agora se refere apenas ao medo irrefletido das pessoas, à alegria em prejudicar o próximo, a amizades pouco confiáveis, coisas encontradas em qualquer lugar e, da parte do seu pai, inclusive uma certa pequenez (pelo menos é o que me parece); afinal, o que era aquele diploma? Apenas um atestado de suas habilidades, as quais ainda mantinha; se o consideravam indispensável, melhor ainda, ele poderia ter realmente complicado as coisas para o comandante se tivesse jogado o diploma aos seus pés assim que o homem começou a falar. O que me parece mais impressionante, no entanto, é você não citar Amália; Amália, a culpada por tudo aquilo, provavelmente ficou parada quietinha em algum canto observando a devastação.

– Não – Olga respondeu –, não dá para acusar ninguém, não tinha como ninguém agir de outra forma; tudo aquilo foi causado por influência do castelo.

– Influência do castelo… – repetiu Amália, que voltara do pátio sem ser notada; os pais já estavam na cama havia bastante tempo. – Estão contando historinhas do castelo, é? Ainda sentados aí juntinhos? Você queria ter se despedido logo, K., e agora já são quase dez. Essas histórias realmente o afligem? Há pessoas aqui que se alimentam com essas histórias, sentam-se juntas, como vocês dois aqui, e ficam se atormentando; no entanto, não me parece que você é assim como essa gente.

– Sou, sim – K. respondeu. – Sou exatamente como essa gente; por outro lado, as pessoas que não se afligem com essas histórias e se preocupam só com outras coisas não me impressionam tanto.

– Pode ser – Amália falou –, mas os interesses das pessoas são muito diversos. Uma vez soube de um moço que pensava no castelo dia e noite, esquecia-se de todo o resto, as pessoas temiam pelo seu bom senso, porque toda sua razão estava lá em cima no castelo. No fim, todavia, descobriu-se que ele não estava pensando realmente no castelo, mas na filha de uma lavadeira das chancelarias; ele ficou com ela no fim, e tudo acabou bem.

– Acho que eu iria gostar desse homem – K. falou.

– Duvido de que gostasse do homem – Amália retrucou –, mas talvez gostasse da mulher dele. Bem, não quero atrapalhá-los, estou indo dormir e precisarei apagar a luz por causa dos meus pais; eles já estão dormindo profundamente, mas, depois de uma hora, o sono de verdade já terá chegado ao fim, e, aí, qualquer brilhinho os incomoda. Boa noite.

E, de fato, logo depois tudo ficou escuro. Amália ajeitou-se em algum lugar no chão, ao lado da cama dos pais.

– Quem é esse moço de quem ela estava falando? – K. quis saber.

– Não sei – Olga respondeu. – Talvez seja Brunswick, apesar de não parecer muito com ele, mas talvez seja outra pessoa também. Não é fácil entendê-la direito, porque frequentemente não sabemos se está sendo irônica ou falando sério. Quase sempre ela está falando sério, mas soa irônica.

– Pare de dar explicações! – K. falou. – Como pode ser assim tão dependente dela? Também era assim antes de toda a desgraça? Ou isso começou depois? E não tem vontade de se tornar independente dela? Tal dependência tem alguma justificativa aceitável? Ela é a caçula e, por isso, tinha que obedecer. Trouxe essa desgraça para a família, seja ela culpada ou inocente. Em vez de implorar pelo perdão de cada um de vocês todos os dias, anda por aí com o nariz empinado acima de todos, não se importa com nada, a não ser o mínimo bem-estar para seus pais; parece que não quer se comprometer com nada e, quando finalmente conversa com vocês, quase sempre fala sério, mas soa irônica. Ou talvez ela impere pela beleza, que você citou algumas vezes? Veja bem, vocês três são bastante parecidos; aquilo que a difere de vocês não vem para o seu bem; quando a vi pela primeira vez, assustei-me com seu olhar vazio e seco. Além de tudo, nem parece que ela é a caçula; sua aparência é daquelas mulheres que ainda não envelheceram muito, mas também não parecem ter sido jovens um dia. Você a vê todos os dias, nem deve notar a dureza em seu rosto. Pensando bem, eu nem consigo levar a sério a atração de Sortini; talvez ele quisesse apenas a punir com a carta, não a chamar para si.

– Não quero mais falar de Sortini – Olga disse. – Tudo é possível para os cavalheiros do castelo, seja a moça a mais bela ou a mais horrível. Mas você está enganado em relação à plenitude de Amália. Veja bem, não tive nenhuma oportunidade de conquistar sua predileção por Amália, e só tentarei fazer isso por sua causa. De certa forma, Amália foi a causa da nossa desgraça, isso é certo, mas até papai, que foi o mais gravemente afetado por ela e, em suas próprias palavras, nunca mais conseguiu se recuperar, pelo menos não em casa, papai nunca proferiu uma palavra acusatória sequer contra Amália, mesmo nos tempos mais difíceis. E não porque aprovava o comportamento de Amália; como ele, admirador de Sortini, poderia aprová-lo?. Ele não era capaz de entender nem de longe; teria sacrificado com prazer a si mesmo e tudo o que tinha em prol de Sortini; no entanto, não da forma como de fato aconteceu, provavelmente deixando Sortini irado. Provavelmente irado, pois não soubemos de mais nada sobre Sortini; se ele não tivesse se retirado até aquele momento, então se retiraria a partir de então, como se nem existisse mais. E você deveria ter visto Amália naquela época. Todos nós sabíamos que uma punição formal não viria. Apenas se afastaram de nós. Tanto as pessoas daqui quanto do castelo. No entanto, enquanto era evidente que percebíamos o afastamento das pessoas, nada podia ser notado do lado do castelo. Antes também não víamos o castelo prestando qualquer auxílio, então como poderíamos perceber alguma reviravolta agora? Aquela calma era o pior de tudo. De longe, não era o afastamento das pessoas, que não haviam agido daquele jeito por causa de alguma convicção; talvez elas nem tivessem nada sério contra nós; o desdém atual ainda não existia; elas apenas fizeram isso por medo e estavam esperando para ver como as coisas iriam se desenrolar. Também não tínhamos penúrias a temer; todos os devedores nos pagaram, os fechamentos foram favoráveis, parentes ajudavam-nos em segredo com os alimentos que faltavam; aquilo foi fácil; inclusive, aconteceu na época da colheita, mas não tínhamos terras, e os empregados não nos deixavam ir para nenhum lugar; pela primeira vez na vida, estávamos quase condenados à ociosidade. Então, nos sentávamos juntos com as janelas fechadas em pleno calor de julho e agosto. Nada aconteceu. Nenhuma intimação, nenhuma notícia, nenhum relatório, nenhuma visita, nada.

– Então – K. falou –, se nada aconteceu e vocês não estavam esperando por nenhuma punição explícita, ficaram com medo de quê? Mas que povo vocês são!

– Como devo lhe explicar? – Olga respondeu. – Não tínhamos medo do que estava por vir; já estávamos sofrendo com o presente, estávamos no meio da punição. As pessoas do vilarejo só estavam esperando que falássemos com elas, que papai reabrisse a oficina, que Amália, que sabia costurar roupas belíssimas, mas apenas para as pessoas mais elegantes, aceitasse novas encomendas; todo mundo estava triste com o que haviam feito. Quando uma respeitada família do vilarejo é desligada de repente, todos ficam em desvantagem; as pessoas pensavam estar cumprindo sua obrigação ao nos renegarem; se estivéssemos em seu lugar, não teríamos feito diferente. Elas também não sabiam ao certo sobre o que se tratava; o mensageiro só tinha voltado à Estalagem dos Cavalheiros com a mão cheia de papel picado. Frieda vira-o ir e voltar em seguida, trocou algumas palavras com ele, era isso que sabiam e que logo se espalhou rapidamente; contudo, de novo, não por hostilidade contra nós, mas exclusivamente por obrigação, como seria a obrigação de qualquer outra pessoa em caso semelhante. Como eu já disse, o mais agradável para todo mundo seria chegarmos a um final feliz. Se aparecêssemos de repente com a notícia de que tudo já estava resolvido, de que, por exemplo, fora apenas um mal--entendido agora completamente esclarecido, ou até uma infração já indenizada com alguma ação, ou que (até isso bastaria para as pessoas), graças aos nossos contatos no castelo, tínhamos conseguido arquivar o processo, sem dúvida as pessoas teriam nos recebido de braços abertos, beijinhos, abraços. Teriam feito festa; eu mesma já vivi coisas parecidas com os outros algumas vezes. Mas nem era preciso dar uma notícia dessas; se tivéssemos saído livremente e nos oferecido para restabelecer as velhas relações sem nem perder tempo falando uma palavra sequer sobre a história da carta, teria bastado; todos evitariam conversar sobre o caso com prazer. Além do medo, havia sobretudo a vergonha sobre o caso, foi por isso que as pessoas se afastaram de nós; simplesmente para não precisarem ouvir sobre o caso, não conversar sobre ele, não pensar nele e não ter que entrar em contato com ele de forma nenhuma. Se Frieda falou sobre o caso, não fez isso para ganhar vantagem em cima dele, mas para se proteger e para proteger os outros, para avisar à comunidade que alguma coisa havia acontecido aqui da qual era preciso manter a mais cuidadosa distância. Não falavam de nós como família; citavam somente o caso e falavam sobre a gente por conta do caso em que estávamos enredados. Portanto, se tivéssemos apenas voltado a sair, esperado a poeira baixar, mostrado pelo nosso comportamento que tínhamos superado o caso, independentemente de como fizemos isso, e conquistado a convicção pública de que nunca mais se tocaria no assunto, não importando a situação em que o caso estivesse, teria ficado tudo bem. Teríamos encontrado a velha prestatividade em todos os lugares; mesmo se tivéssemos esquecido o caso apenas parcialmente, as pessoas teriam entendido e nos ajudado a esquecê-lo por completo. Em vezs disso, porém, ficamos sentados em casa. Não sei o que estávamos esperando, acho que a decisão de Amália, que puxou para si as rédeas da família naquela manhã e as segurou bem. Sem eventos especiais, sem ordens, sem pedidos, quase exclusivamente pelo silêncio. Nós, os outros, tínhamos muito o que conversar; era um cochichar constante de manhã até a noite; às vezes, papai me chamava em repentina aflição, e eu passava metade da noite à beira da cama. Outras vezes, ficávamos agachados juntos, eu e Barnabé, que entendia muito pouco daquilo tudo e não parava de exigir explicações bastante fervorosas, sempre as mesmas; ele já sabia que não tinha mais diante de si os anos despreocupados dos outros garotos de sua idade; ficávamos sentados juntos (bem parecido conosco agora, K.) e nem percebíamos a madrugada se transformar em manhã. Mamãe era a mais fraca de todos nós, com certeza, porque sofreu não apenas com a dor conjunta, mas também com cada uma de nossas dores individuais, e, assustados, pudemos perceber as mudanças pelas quais ela passava e que, supúnhamos, nossa família inteira precisaria enfrentar. Seu local favorito era o canto de um canapé (faz tempo que não está mais conosco, fica na grande sala de Brunswick); ela ficava sentada lá e, adormecida ou retraída (não sabíamos bem o que era aquilo), os lábios em constante movimento pareciam insinuar um longo monólogo. Portanto, tornou-se natural conversarmos sem parar sobre a história da carta aqui e acolá, sobre todas as minúcias certeiras e todas as possibilidades incertas, e, como sempre nos ocupávamos em refletir sobre as formas para chegarmos a um final feliz, era natural e inevitável, porém não era bom que nos aprofundássemos cada vez mais naquilo que gostaríamos de evitar. E de que serviam todas aquelas ideias excelentes? Nenhuma delas poderia ser realizada sem Amália; não passavam de preparativos inúteis, pois seus resultados nem chegavam até Amália e, mesmo quando a alcançavam, não encontravam nada além de silêncio. Bem, por sorte hoje entendo Amália melhor que naquela época. Ela aguentou mais que todos nós; é inconcebível como ela suportou aquilo e vive entre nós até hoje. Talvez mamãe tenha aguentado todas as nossas dores porque se abateram sobre ela, e não suportou por muito tempo; não podemos dizer que ainda as aguenta hoje; naquela época, sua cabeça já estava desnorteada. Amália não apenas carregou a dor, mas também tinha o entendimento de olhar através dela; víamos apenas as consequências, ela via o motivos; esperançávamos por qualquer pequeno artifício, ela sabia que tudo estava decidido; tínhamos que cochichar, ela só tinha que se calar; esteve cara a cara com a verdade e viveu e suportou essa vida tanto naquela ocasião como ainda a suporta hoje. Estávamos muito melhores que ela em toda nossa miséria. Tivemos que deixar nossa casa; Brunswick mudou-se para lá, entregaram-nos esta cabana, trouxemos nossas posses para cá, fazendo algumas viagens com um carrinho de mão, Barnabé e eu puxando, papai e Amália ajudando logo atrás de nós, mamãe, que trouxemos para cá logo no começo da mudança, recebia-nos sentada em uma almofada sempre se lamentando baixinho. No entanto, mesmo durante as cansativas viagens (que também foram bastante vergonhosas, pois encontramos vários carros de colheita cujos acompanhantes se calavam na nossa frente para nos olhar), lembro-me de que nós, Barnabé e eu, não conseguíamos deixar de falar sobre nossas preocupações e sobre nossos planos, mesmo durante essas viagens; às vezes, parávamos para conversar e só voltávamos ao dever quando papai nos gritava um "Ei!". Mas as conversas não transformaram nossa vida nem após a mudança; agora, lentamente, começávamos a sentir a pobreza. Os parentes pararam de contribuir, nossas finanças estavam quase zeradas, e foi justamente nesse momento que começou a se desenvolver o desprezo da forma que você conhece hoje. Perceberam que não tínhamos força para nos livrar da história da carta e julgaram-nos muito mal por isso; não subestimavam a gravidade do nosso destino, apesar de não o conhecerem muito bem; sabiam que provavelmente não teriam superado a provação melhor que nós, mas um afastamento completo se fazia ainda mais necessário; se tivéssemos superado, teriam nos honrado da forma apropriada, mas, como não conseguimos, fizeram em definitivo o que estava sendo feito até o momento em caráter provisório: excluíram-nos de todos os círculos. Desde então, passaram a não se referir mais a nós como pessoas; o nome da nossa família não foi mais mencionado; quando precisavam falar da gente, chamavam-nos pelo nome de Barnabé, o mais inocente de todos nós; até nossa cabana foi difamada, e, se você pensar bem, deve admitir que também percebeu a legitimidade de tal difamação na primeira vez que entrou aqui; posteriormente, nas poucas vezes que alguém vinha aqui, torciam o nariz para coisas completamente irrelevantes, como para a pequena lâmpada a óleo que estava ali pendurada sobre a mesa. Onde mais ela deveria ficar pendurada senão sobre a mesa? Para elas, no entanto, parecia insuportável. Se pendurássemos a lâmpada em algum outro lugar, seu antojo não se alterava. O mesmo desprezo alcançava tudo o que éramos e tínhamos.

Petições

– E o que fizemos em meio a isso? O pior que poderíamos ter feito, uma coisa pela qual deveriam nos desprezar com razão, mais do que realmente aconteceu: traímos Amália, afastamo-nos de seu comando silencioso, não conseguíamos mais viver daquele jeito, não podíamos viver sem esperança nenhuma, e começamos, cada qual a seu modo, a pedir ou a bombardear o castelo com pedidos de perdão. Sabíamos que não éramos capazes de consertar nada; sabíamos também que a única ligação esperançosa que tínhamos com o castelo, Sortini, o funcionário simpatizante de papai, estava inacessível por conta dos acontecimentos, mas, mesmo assim, fomos trabalhar. Quem começou foi papai; iniciou com os inúteis pedidos para o superior, os secretários, os advogados, os escrivães; na maioria das vezes, não era nem recebido e, quando era recebido por astúcia ou por acaso (como vibrávamos e aplaudíamos essas notícias!), era dispensado incrivelmente rápido e nunca mais recebido de volta. Era fácil demais responder a ele; o castelo sempre tem tanta facilidade. O que ele queria? O que tinha acontecido com ele? Queria perdão pelo quê? Quando e quem levantou um dedo contra ele no castelo? É claro, ele empobrecera, perdera a clientela e tal, mas eram manifestações da vida diária, ossos do ofício e do mercado; será que o castelo tinha que cuidar de tudo? Na realidade, ele cuidava de tudo mesmo, mas não podia intervir grosseiramente no desenrolar das coisas com o simples e único fim de atender aos interesses de um homem em particular. Será que o castelo tinha que enviar seus funcionários para correr atrás dos clientes de papai e trazê-los de volta à força? Nessa hora, papai replicava (em casa, conversávamos sobre essas coisas detalhadamente antes e depois, espremidos em um canto, como se estivéssemos nos escondendo de Amália, que percebia tudo, mas deixava para lá); então, nessa hora, papai replicava que não estava reclamando por causa do empobrecimento; tudo que tinha perdido seria recuperado com facilidade; tudo isso era secundário se eles apenas o perdoassem. "Mas o que deve ser perdoado?", respondiam; não deram entrada em nenhuma denúncia; pelo menos ela ainda não constava nos protocolos, ao menos não nos protocolos acessíveis ao público advocatício; por conseguinte, na medida do que era possível determinar, nada tinha sido submetido contra ele e não havia nada em andamento. Será que ele poderia citar um mandado oficial emitido contra ele? Papai não podia. Ou houve um ataque de um órgão oficial? Papai não sabia nada a esse respeito. Pois, então, se ele não sabia de nada e se nada havia acontecido, o que ele queria? Como era possível perdoá-lo? No máximo, pelo fato de estar incomodando as repartições sem motivo, mas também não havia o que ser perdoado nesse caso. Papai não desistia; na época, ainda era muito forte, e a ociosidade forçada dava-lhe bastante tempo. "Recuperarei a honra de Amália, e não demorará muito", ele dizia a Barnabé e a mim algumas vezes durante o dia, mas apenas bem baixinho, pois Amália não podia escutar; embora aquilo fosse falado apenas por causa de Amália; na realidade, ele não pensava em recuperar a honra, queria apenas perdão. No entanto, para ser perdoado, primeiro precisava comprovar a culpa; e esta era-lhe negada nas repartições. Ele começou a pensar (e isso indica como já estava mesmo fraco das ideias) que estavam lhe escondendo a culpa porque ele não pagava o bastante; até o momento, pagava sempre apenas os impostos determinados, que, nas nossas condições, já eram altos o suficiente. Agora, no entanto, achava que tinha que pagar mais, o que certamente estava errado, pois nossas repartições aceitam subornos apenas em prol da facilidade, a fim de se evitarem conversas desnecessárias, mas não se pode conseguir nada com eles. Mas, se a esperança de papai era essa, não queríamos atrapalhá-lo.

Vendemos o que ainda possuíamos (que era quase apenas o indispensável) para conseguir os meios para que papai continuasse com sua investigação e por bastante tempo nos regozijávamos todas as manhãs por papai sempre levar pelo menos algumas moedas tilintando no bolso ao partir de manhã. Decerto passávamos fome durante o dia, enquanto a única coisa que realmente conseguíamos com a angariação do dinheiro era manter papai com um pouco de alegria esperançosa. Mas isso quase nem era uma vantagem. Ele logo se afligia em suas andanças e o merecido fim teria chegado bem rapidamente sem o dinheiro, o que acabou por se arrastar por bastante tempo. Como, na verdade, não podiam oferecer nada de extraordinário pelo pagamento excedente, algumas vezes um escrivão tentava oferecer alguma coisa; pelo menos aparentemente, prometia investigações, dava a entender que haviam encontrado certas pistas a serem seguidas não por obrigação, mas por amor a papai. Ele, ao invés de ficar mais desconfiado, tornava-se cada vez mais crédulo. Voltava com promessas claramente absurdas, como se estivesse trazendo todas as bênçãos de volta para casa, e era doloroso vê-lo querendo fazer-nos entender, sempre pelas costas de Amália, apontando para ela com um sorriso disfarçado e grandes olhos arregalados, como a salvação dela, que deveria surpreender Amália mais que qualquer outra pessoa, estava muito próxima graças aos esforços dele, mas tudo ainda era um segredo que tínhamos que guardar muito bem. E assim teríamos continuado por bastante tempo se, por fim, não tivéssemos ficado totalmente impossibilitados de continuar fornecendo o dinheiro a papai. Nesse meio-tempo, Brunswick aceitou Barnabé como ajudante após vários pedidos; contudo, apenas sob a condição de que buscasse as encomendas à noite no escuro e trouxesse o trabalho de volta também no escuro (temos que admitir que Brunswick, de certo modo, arriscava seus negócios por nossa causa e, por isso, pagava muito pouco a Barnabé, e o trabalho de Barnabé é impecável); no entanto, o pagamento bastava apenas para evitar que morrêssemos de fome. Com muito cuidado e após muita preparação, avisamos a papai que encerraríamos nosso apoio financeiro, e ele aceitou com bastante tranquilidade. Não estava mais apto a perceber a inutilidade de suas intervenções, mas, com certeza, cansado das constantes decepções. Ainda assim, falava (não mais com a clareza de antes, quando era direto até demais) que só precisava de mais um pouco dinheiro, que descobriria tudo amanhã ou ainda hoje, e agora tudo tinha sido em vão, fracassado apenas por causa do dinheiro, e assim por diante, mas o tom em que dizia isso mostrava que não acreditava em nada. Além disso, já tinha novos e precipitados planos. Como não tinha conseguido comprovar a culpa e, por conseguinte, chegar a lugar nenhum pelas vias legais, precisaria, por fim, deixar as solicitações de lado e falar pessoalmente com os funcionários. Por certo, haveria entre eles alguns com corações bons e compassivos que não podiam ceder na repartição, mas o fariam fora dali, caso fossem pegos de surpresa em momentos oportunos.

Nessa hora, K., que ouvia Olga totalmente imerso, interrompeu a narrativa ao perguntar:

– E você não acha que isso poderia acontecer?

Ele sabia que a continuação da história lhe responderia a essa pergunta, mas queria descobrir logo.

– Não – Olga respondeu –, a questão não é sobre compaixão ou coisa parecida. Mesmo sendo tão jovens e inexperientes, sabíamos disso, e papai também sabia, obviamente, mas tinha se esquecido disso, assim como da maioria das outras coisas. Elaborou um plano e esperaria nas proximidades do castelo, na estrada onde os coches dos funcionários passam, e, assim que fosse possível, faria sua petição por perdão. Sinceramente, era um plano sem pé nem cabeça, mesmo se acontecesse o improvável e o pedido chegasse aos ouvidos de um funcionário. Um único funcionário seria capaz de perdoar? No melhor dos casos, apenas a instituição geral poderia fazer isso, mas é provável que nem ela pudesse perdoar, apenas orientar. Mas um funcionário conseguiria mesmo ter uma ideia sobre o caso de acordo com o que papai, aquele pobre homem envelhecido, tinha murmurado para ele, mesmo se subisse e quisesse tratar do assunto? Os funcionários são bastante instruídos, mas apenas unilateralmente, ao ouvir algo sobre sua especialidade, o funcionário consegue desenvolver uma linha de raciocínio completa logo em seguida, mas coisas sobre algum outro departamento podem ser explicadas por horas, ele talvez até concorde com a cabeça de forma respeitosa, mas não terá entendido uma única palavra. Isso tudo é óbvio; basta tentar entender os pequenos assuntos institucionais relacionados a nós mesmos, coisas irrelevantes que um funcionário resolve com um encolher de ombros, basta tentar entendê-los a fundo e faremos isso a vida inteira sem chegar a lugar nenhum. No entanto, mesmo se papai encontrasse um dos funcionários responsáveis, este não seria capaz de resolver nada sem os autos preliminares e, principalmente, não na estrada, tampouco poderia perdoar, apenas resolver o assunto institucionalmente e, para isso, indicaria novamente as vias legais, mas papai já tinha fracassado por completo em alcançar alguma coisa desse jeito. Papai já devia estar mesmo muito longe para querer penetrar, de alguma forma, com esse novo plano! Se houvesse alguma possibilidade desse tipo, por mais remota que fosse, a estrada certamente estaria repleta de pedintes, mas, por se tratar de uma impossibilidade de que até aqueles com a mais elementar formação escolar têm consciência, o local mantém-se completamente vazio. Talvez isso também fortalecesse a esperança de papai; ele a alimentava de todas as formas. O que era bastante necessário neste caso. Uma mente saudável nem entraria em grandes reflexões; logo de cara teria percebido com clareza tal impossibilidade. Quando os funcionários vão para o vilarejo ou voltam para o castelo, não fazem viagens a passeio; o trabalho espera por eles tanto no vilarejo quanto no castelo, e, por isso, trafegam em altíssima velocidade. Nem pensam em olhar pela janela do coche procurando por requerentes lá fora; os veículos estão sempre abarrotados de autos que são estudados pelos funcionários.

– Porém – K. falou –, já vi o interior do trenó de um funcionário que não tinha auto nenhum.

A narração de Olga apresentara a ele um mundo tão grande e quase inacreditável que K. não podia evitar tentar uma aproximação com suas poucas experiências, a fim de se convencer ainda mais sobre a existência desse mundo e de si próprio.

– Pode ser... – Olga concordou. – Neste caso, contudo, é ainda pior, pois o funcionário tem assuntos tão importantes a tratar que os autos são preciosos ou abrangentes demais para serem transportados junto; esses funcionários andam, então, a galope. Em todo caso, não sobraria tempo para papai. E, além disso, as viagens são mais frequentes dentro do castelo. Se um estiver em alta, a maioria desloca-se para lá; quando é outro, então todos correm nessa direção. Ainda não se descobriu quais são as regras que regulam essa mudança. Em um dia, todos vão, mudam de lugar às oito horas da manhã; dez minutos depois, seguem para um terceiro; meia hora mais tarde talvez voltem para o primeiro e fiquem lá o restante do dia, mas a possibilidade de mudança existe a qualquer momento. Apesar de todas as vias de acesso convergirem nas proximidades do vilarejo, os veículos passam por ela muito rapidamente, enquanto a velocidade é um pouco mais moderada nas proximidades do castelo. Mas, da mesma forma que a ordem das partidas é irregular e imperscrutável nas ruas, também o é a quantidade de coches. Com frequência, há dias em que não se vê um só coche; depois, no entanto, voltam a circular a rodo. Agora imagine nosso pai diante de tudo isso. Em seu melhor terno (em breve, seria seu único), ele sai de casa todas as manhãs, acompanhado dos nossos pedidos por bênçãos. Leva consigo um pequeno distintivo do Corpo de Bombeiros (que, na verdade, recebera por engano) para colocá-lo fora do vilarejo; teme mostrá-lo dentro do vilarejo, mesmo sendo tão pequeno que mal se pode ver a dois passos de distância, mas papai acha que será útil para chamar a atenção dos funcionários que passarem por ele. Não muito longe do acesso ao castelo, há uma quitanda cujo proprietário é um tal de Bertuch; ele fornece legumes ao castelo; papai escolheu um lugar para ficar no estreito pedestal de pedra da grade do jardim. Bertuch tolerava que ele fizesse isso porque fora amigo de papai antes e por ter pertencido à sua mais fiel clientela; inclusive tem um pé um pouco aleijado e achava que só papai era capaz de fazer um sapato adequado para ele. Papai ficava sentado ali dia após dia; foi um outono nublado e chuvoso, mas ele não se incomodava com o tempo; todas as manhãs, em determinada hora, colocava a mão na maçaneta e acenava-nos em despedida; à noite, voltava completamente encharcado (parecia que estava ficando cada dia mais corcunda) e jogava-se em um canto. No começo, contava-nos sobre suas breves experiências, por exemplo, que Bertuch tinha jogado uma lona sobre a cerca por dó e pela velha amizade, ou que acreditava ter reconhecido esse ou aquele funcionário em um dos coches que passara, ou que algum cocheiro tinha o reconhecido de novo e, de brincadeira, batido nele com o chicote. Mais tarde, parou de contar essas coisas; era evidente que não esperava alcançar mais nada lá, mas considerava que era sua obrigação, sua triste profissão, ir para passar o dia inteiro naquele lugar. Foi nessa época que surgiram suas dores reumatoides; o inverno aproximava-se, a neve logo começou a cair, o inverno começa cedo por aqui; então, assim como ficava sentado na pedra molhada pela chuva, continuou assim na neve. Gemia de dor durante a madrugada e, pela manhã, às vezes, questionava-se se deveria ir, mas recuperava-se e ia. Mamãe pendurava-se nele e não queria deixá-lo ir; papai, que talvez tenha ficado temeroso por causa dos membros que não lhe obedeciam mais, permitiu que fosse junto, e, assim, mamãe também foi tomada pelas dores. Íamos encontrá-los com frequência para levar comida ou apenas visitá-los, ou querendo convencê-los a voltar para casa. Quantas vezes os encontramos ali encolhidos e escorados um no outro em seu assento estreito, acocorados debaixo de uma lona fina que mal os cobria, nada além do cinza da neve e da neblina ao seu redor, nenhuma pessoa e nenhum coche a milhas de distância por dias... Que visão, K., que visão! Até que então, uma manhã, as pernas enrijecidas de papai não o tiraram mais da cama; ele estava desolado; em seu leve delírio febril, acreditou ter visto um coche parando lá em Bertuch justamente agora; um funcionário descendo para procurar papai na cerca e, balançando a cabeça desgostoso, voltando para o veículo. Nessa hora, papai começou a gritar de tal forma que parecia querer chamar a atenção do funcionário lá em cima daqui de baixo para explicar-lhe como não tinha culpa por sua ausência. E foi uma longa ausência; ele não voltou mais e precisou ficar encamado por semanas. Amália assumiu os serviços, os cuidados, o tratamento, tudo, e, na realidade, continuou fazendo isso até hoje com algumas pausas. Ela conhece ervas medicinais que acalmam as dores, quase não precisa dormir, nunca se assusta e não tem medo de nada, nunca perde a paciência e executa todo o trabalho para papai e mamãe; enquanto nós, sem conseguir ajudar em nada, perambulávamos por aí inquietos, ela permaneceu fria e silenciosa diante de tudo. Quando o pior passou e papai conseguiu voltar a sair da cama com cuidado, escorado à esquerda e à direita, Amália logo se recolheu novamente e passou-nos o bastão.

Os planos de Olga

– Naquele momento, era preciso encontrar alguma ocupação qualquer para papai, algo que ele fosse capaz de fazer, qualquer coisa que pelo menos o fizesse continuar acreditando estar aliviando a culpa da família. Não foi difícil encontrar algo do tipo; afinal, qualquer ação era tão conveniente quanto ficar sentado no jardim de Bertuch, mas encontrei uma coisa que trouxe esperança até para mim. Sempre que o assunto nas repartições, ou com os escrivães, ou em qualquer outro lugar era a nossa culpa, citavam apenas a humilhação do mensageiro de Sortini; ninguém ousava ir além disso. Bem, pensei, se as pessoas, em geral, sabem apenas da humilhação do mensageiro, mesmo que só aparentemente, então tudo poderia ser resolvido, de novo, mesmo que só aparentemente, se pudéssemos fazer as pazes com ele. Não tinham dado entrada em nenhuma denúncia, como explicaram; nenhuma repartição tinha o caso em mãos, e, portanto, o perdão cabia ao mensageiro, à sua pessoa, nada além disso. Talvez, nada disso fosse de fato importante; eram meras aparências que podiam não dar em nada de novo, mas papai ficaria feliz, e quem sabe os vários informantes que o atormentaram tanto ficassem um pouco encurralados, para sua satisfação. É claro que, primeiro, precisávamos encontrar o mensageiro. Quando contei meu plano a papai, sua primeira reação foi ficar muito bravo, tinha se tornado muitíssimo birrento; em algumas ocasiões, acreditava (e isso havia aparecido durante a doença) que sempre o impedíamos de alcançar bons resultados: primeiro pela suspensão do apoio financeiro, agora por mantê-lo na cama; por outro lado, não era mais capaz de processar totalmente ideias diferentes. Eu nem tinha terminado de contar e meu plano já fora rejeitado; ele achava que tinha que continuar esperando no jardim de Bertuch, e, como era evidente que não conseguia mais subir até lá todos os dias, tínhamos que o levar no carrinho de mão. Mas não desisti, e aos poucos ele foi se acostumando com a ideia; a única coisa que o incomodava era o fato de ficar totalmente dependente de mim nesse caso, pois só eu vi o mensageiro naquele dia, ele não o conhecia. É claro que eu também não estava completamente segura de que conseguiria reconhecê-lo, já que os criados são todos iguais. Então, começamos a ir até a Estalagem dos Cavalheiros e procurar ali entre a criadagem. Tinha sido um criado de Sortini, e Sortini não tinha mais vindo ao vilarejo, mas os senhores trocam de criados com frequência, era possível encontrá-lo no grupo de outro senhor e, mesmo se não fosse encontrado, talvez pudéssemos ter notícias dele com os outros criados. Para isso, no entanto, era preciso ficar a noite inteira na Estalagem dos Cavalheiros, e não éramos bem-vindos em lugar nenhum, muito menos em um local como aquele. Também não conseguíamos estar ali como clientes pagantes. No entanto, percebeu-se que podiam, sim, precisar de nós; você sabe bem como Frieda considerava a criadagem uma praga, mas, na verdade, na maioria, são pessoas tranquilas, mimadas e transtornadas pelo trabalho fácil. "Abençoado seja, como criado" é uma bênção proferida pelos funcionários, e, de fato, no que diz respeito ao bem-estar, os criados são os verdadeiros senhores no castelo; sabem valorizar isso e, portanto, são silenciosos e respeitáveis no castelo, onde se movimentam sob suas leis (pude comprovar isso várias vezes); aqui embaixo ainda encontramos uma reminiscência disso entre os criados, mas apenas uma reminiscência, pois, como as leis do castelo não se aplicam totalmente no vilarejo, eles se transformam. Um povo selvagem e insubordinado controlado por seus desejos não saciados em vez de um povo controlado pelas leis. A indecência deles não tem limites; sorte do vilarejo, que só podem deixar a Estalagem dos Cavalheiros sob comando, mas precisa-se tentar lidar com eles na própria Estalagem. Para Frieda, era muito difícil, e ela ficou muito satisfeita quando pôde me usar para acalmar os criados; há mais de dois anos que passo a noite inteira no estábulo com os criados pelo menos duas vezes por semana. Antes, quando papai ainda podia ir comigo à Estalagem dos Cavalheiros, ele dormia em algum lugar no bar esperando pelas notícias que eu traria logo cedo. Não eram muitas. Até hoje, não encontramos o mensageiro procurado; ele ainda deve estar entre os criados de Sortini, que o estima bastante, e deve ter acompanhado Sortini quando este retornou às mais longínquas chancelarias. Os criados, assim como nós, também não o viram mais, e, se algum deles disse que o viu nesse meio-tempo, com certeza está enganado. Assim, meu plano, na realidade, já teria falhado, mas ainda não por completo, pois não encontramos o mensageiro, e o percurso até a Estalagem dos Cavalheiros e as madrugadas passadas ali, talvez até a compaixão deles comigo, na medida do possível, acabaram com papai, e ele já está nesse estado que você viu há quase dois anos, apesar de talvez ainda estar melhor que mamãe, cujo fim, adiado apenas pelo esforço hercúleo de Amália, esperamos diariamente. No entanto, o que consegui na Estalagem dos Cavalheiros foi estabelecer certa ligação com o castelo; não me leve a mal quando digo que não me arrependo do que fiz. "Mas que grande ligação com o castelo ela poderia ter", talvez você pense. E tem razão; não é lá nenhuma grande ligação. Mas agora conheço vários criados, quase todos os criados de todos os cavalheiros que vieram ao vilarejo nos últimos anos, e, se algum dia eu fosse ao castelo, não seria uma desconhecida ali. É claro que eles são criados somente no vilarejo; no castelo, são muito diferentes e lá, provavelmente, não reconhecem mais ninguém, sobretudo alguém com quem falaram no vilarejo, não importa se no estábulo juraram milhares de vezes que ficariam muito felizes de me encontrar no castelo. Aliás, eu mesma já vivenciei o pouco que significam todas essas promessas. Mas o mais importante nem é isso. Não é apenas por meio dos criados que me relaciono com o castelo, mas, espero, talvez também por alguém lá de cima que me observe e perceba o que estou fazendo (e a administração da enorme criadagem com certeza é parte muito importante e inquietante do trabalho institucional), de modo que esse alguém que me observa talvez faça de mim um juízo mais brando que outros que ele possa conhecer, e assim, desse jeito deplorável, eu consiga continuar lutando pela nossa família e levando adiante os esforços de papai. Se olharem por esse lado, possivelmente também me perdoem por aceitar dinheiro dos criados e usá-lo para nossa família. Além disso, consegui ainda outra coisa, pode ser que você me culpe por isso também. Pelos servos, descobri como é possível chegar aos serviços do castelo por atalhos, sem os complicados processos públicos de admissão que demoram anos; você tampouco se torna funcionário público, somente um autorizado secreto e parcial sem direitos nem obrigações, e a falta de obrigações é o pior, mas tem uma coisa, já que você fica perto de tudo: a oportunidade de identificar e aproveitar as situações favoráveis; você não é funcionário, mas pode ser que arranje um trabalho qualquer por acaso, de repente falta um funcionário à mão, há um chamado, você corre até lá e se torna aquilo que não era até um segundo atrás, ou seja, um funcionário. E quando aparece uma oportunidade dessas? Às vezes, é rápido, você mal chega, quase nem olhou ao redor ainda e a oportunidade já está lá, não teve nem a presença de espírito de se apresentar como novato, mas, em outra ocasião, pode demorar ainda mais que os processos públicos de admissão, e esse semiautorizado nem consegue mais ser admitido pública e oficialmente. Há muitas incertezas, mas eles se calam, uma vez que uma admissão pública seria muito vergonhosa e um membro de uma família um tanto desonrosa já é rejeitado de antemão; quem é exposto a esse procedimento, por exemplo, fica preocupado com o resultado por anos; desde o primeiro dia, as pessoas perguntam-lhe surpresas e ficam chocadas sobre como teve coragem de se submeter a algo tão sem perspectiva, mas há esperanças; senão, como se conseguiria viver? Porém, após muitos anos, talvez já idoso, descobre sobre o indeferimento, descobre que tudo está perdido e que sua vida foi um fracasso. É claro que há exceções para esses casos também, por isso as pessoas se seduzem com tanta facilidade. No fim, até acontece a admissão de pessoas desonrosas; há funcionários que, claramente contra sua vontade, amam o cheiro de tal iguaria selvagem, farejam o ar das provas de admissão, arreganham os dentes, reviram os olhos; um homem desses é terrivelmente apetitoso para tais funcionários, e eles precisam se agarrar com firmeza nas páginas da legislação para conseguir resistir. Por vezes, porém, isso não ajuda o homem a ser admitido, apenas serve para estender infinitamente o processo de admissão que não é completamente finalizado, apenas interrompido após sua morte. Assim, tanto a admissão legal quanto a outra contam com dificuldades totalmente vagas e veladas, e, quando se permite entrar em algo assim, é muito improvável conseguir ponderar tudo com exatidão. Portanto, não nos deixamos enganar, Barnabé e eu. Sempre que voltava da Estalagem dos Cavalheiros, nos sentávamos juntos, e eu contava as novidades descobertas, discutíamos o dia inteiro, e, com frequência, o trabalho ficava parado nas mãos de Barnabé mais tempo do que deveria. E aqui talvez eu carregue uma culpa na sua acepção. Sabia que não se podia confiar muito nas histórias dos servos. Sabia que eles nunca tinham vontade de me contar sobre o castelo, sempre mudavam de assunto, era preciso implorar por cada palavra, e, quando começavam, desatavam a tagarelar coisas sem sentido; gabavam-se, um querendo superar o outro nos exageros e nas invenções, de forma que, em meio àquela gritaria sem fim no estábulo escuro, na qual um acobertava o outro, só conseguíamos aproveitar apenas algumas poucas e fracas alusões à verdade, no melhor dos casos. Eu, no entanto, contava tudo a Barnabé do jeito que me lembrava, e, ele, que ainda não era capaz de distinguir o que era verdade e o que era mentira e estava quase sedento por essas coisas devido à situação da nossa família, bebia tudo aquilo e ansiava fervorosamente por mais. E, com efeito, meu novo plano chegou em Barnabé. Não dava para obter mais nada com os servos. O mensageiro de Sortini não tinha sido encontrado, e nunca seria. Sortini parecia afastar-se cada vez mais, e, consequentemente, o mensageiro também; com frequência, sua aparência e até seu nome caíam no esquecimento, e eu precisava descrevê-lo por bastante tempo e não conseguia nada além de fazer com que se lembrassem deles com esforço, mas não sabiam de mais nada. E, no que dizia respeito à minha vida com os servos, é claro que eu não exercia qualquer influência sobre como seria julgada, só podia esperar que fosse encarada como era e que, assim, pudesse deduzir um pouco da culpa da nossa família, mas não recebi nenhum sinal externo disso. No entanto, segui adiante, pois não via em mim nenhuma outra possibilidade de obter mais nada do castelo. No entanto, vi uma possibilidade dessas em Barnabé. Pelas histórias dos servos, pude depreender com alguma vontade, e essa vontade eu tinha aos montes, que alguém que fosse aceito nos serviços do castelo podia obter muitas coisas em prol da própria família. Sim, é verdade, em que partes daquelas histórias podíamos acreditar? Não dava para determinar ao certo; a única certeza é que não em muitas. Por exemplo, quando um servo que nunca mais verei ou que provavelmente não reconheça caso o encontre de novo me assegurava animadamente que podia ajudar meu irmão a conseguir um cargo no castelo, ou, ao menos, auxiliá-lo e avivá-lo de alguma forma se Barnabé chegasse ao castelo de algum outro jeito (pois, segundo as histórias dos servos, os postulantes aos cargos tornavam-se impotentes ou desnorteados durante o prolongadíssimo período de espera, se os amigos não tomassem conta deles). Se uma coisa dessas e muitas outras me eram contadas, talvez houvesse entre elas advertências legítimas, mas as promessas relacionadas eram completamente vazias, mas não para Barnabé. Eu o alertava sobre acreditar neles, mas só o que eu contava já era suficiente para incluí-lo em meus planos. As coisas que apresentava mexiam pouco com ele; o que mais surtia efeito eram as histórias dos servos. Assim, eu dependia exclusivamente de mim mesma, ninguém conseguia se comunicar com papai e mamãe, exceto Amália; quanto mais eu seguia com o plano de papai do meu jeito, mais Amália se afastava de mim; ela conversa comigo quando está na sua frente ou na frente de outra pessoa, mas nunca mais conversou comigo sozinha; virei um brinquedo que os servos tentam quebrar com ferocidade na Estalagem dos Cavalheiros. Não consegui trocar uma única palavra confiável com eles durante dois anos; eram apenas palavras dissimuladas, inventadas ou estúpidas, então me restava apenas Barnabé, e Barnabé ainda era muito jovem. Quando vi em seus olhos o brilho que surgia ao fazer meus relatos, brilho que se mantém até hoje, assustei-me e não desisti, pois me parecia que havia muita coisa em jogo. Certamente, eu não tinha os grandes, mesmo que vazios, planos de papai, não tinha essa determinação dos homens; mantinha-me presa à retratação da ofensa ao mensageiro e ainda queria ser creditada por tal modéstia. Mas o que falhei em obter sozinha queria agora conquistar de outro modo e definitivamente usando Barnabé. Tínhamos ofendido um mensageiro e o afugentado das chancelarias da frente; o mais próximo que podíamos fazer era oferecer Barnabé como novo mensageiro, deixar que ele executasse o trabalho do mensageiro ofendido e, assim, permitir que o ofendido se mantivesse longe tranquilamente, pelo tempo que quisesse, pelo tempo que fosse necessário para esquecer a ofensa. Eu percebia muito bem a presunção em toda a modéstia do plano, que poderia dar a impressão de que queríamos dizer às instituições como os assuntos pessoais deveriam ser organizados, ou que duvidávamos que as instituições sozinhas fossem capazes de dar ordens da melhor forma possível, ou até que já tivessem feito decretos antes mesmo de pensarmos no que poderia ser feito ali. No entanto, eu também acreditava que as instituições não poderiam me interpretar tão erroneamente, ou que, se isso acontecesse, o fizessem de propósito, ou seja, que tudo o que eu estava fazendo fosse descartado de antemão, sem qualquer avaliação mais detalhada. Por isso, não desisti, e a empolgação de Barnabé cumpriu seu papel. Na época dos preparativos, Barnabé ficou tão altivo que passou a considerar o trabalho de sapateiro muito sujo para ele, futuro funcionário da chancelaria; tanto que até ousava contrariar Amália, e de forma categórica, quando ela lhe dirigia a palavra, o que era bastante raro. Fiquei feliz em conceder a ele aquela breve alegria, pois, como era fácil de prever, a alegria e a coragem duraram pouco e passaram logo, já no primeiro dia em que ele foi ao castelo. Começaram, então, os trabalhos aparentes que já contei. Foi surpreendente ver como Barnabé entrou de primeira, sem dificuldades, no castelo ou na chancelaria certa que tinha virado seu ambiente de trabalho, por assim dizer. Na época, aquele sucesso quase me deixou louca, quando Barnabé me cochichou isso à noite, ao voltar para casa; corri para Amália, agarrei-a, coloquei-a em um canto e a cobri de beijos e mordidinhas, o que a fez chorar de susto e de dor. Eu não conseguia dizer nada por causa da empolgação e não nos falávamos havia tanto tempo que adiei isso para os dias seguintes. Nos dias seguintes, porém, não havia mais nada a ser dito. Foi só aquele alcance rápido, e parou por aí. Barnabé levou essa vida monótona, de cortar o coração, por dois anos. Os servos negaram-se completamente; dei a Barnabé uma pequena carta de recomendação, relembrando os servos de suas promessas; Barnabé sacava a carta e a segurava na frente do homem assim que via um servo; às vezes, encontrava algum que não me conhecia; era irritante, pois mostrava a carta em silêncio para conhecidos desse tipo (não ousava falar lá em cima), mas ainda pior e mais vergonhoso era ninguém ajudá-lo, e foi um alívio, que certamente podíamos ter resolvido há bastante tempo, quando um servo, a quem a carta talvez já tivesse sido imposta algumas vezes, pegou-a, amassou-a e jogou-a no cesto de lixo. Ocorreu-me que ele quase poderia ter dito: "Suas cartas são tratadas de forma semelhante". Por mais infrutífero que esse tempo tivesse sido, pareceu fazer bem a Barnabé, se é que se pode chamar isso de fazer bem, pois ele envelheceu precocemente, tornou-se um homem precocemente. E, de certa forma, com uma seriedade e uma sensatez que vão além da masculinidade. Com frequência, fico bastante triste ao observá-lo e compará-lo com o jovem que era apenas dois anos atrás. Não tenho nem o consolo nem o amparo que talvez pudesse me oferecer como homem. Ele mal teria entrado no castelo sem mim, mas não depende mais de mim desde que entrou. Sou sua única confidente, mas ele me conta apenas uma pequena parte do que leva no coração. Narra várias coisas sobre o castelo, mas estamos muito longe de compreender, pelas suas histórias e pelas pequenas ações que compartilha, como tudo isso pode tê-lo transformado tanto. Em particular, é difícil entender por que ele perdeu a coragem de garoto, que chegava a nos desesperar, a ponto de agora ficar totalmente perdido como homem lá em cima. É claro que é exaustivo manter-se ali esperando inutilmente todos os dias, recomeçando todas as vezes sem qualquer perspectiva de mudança;

isso torna a pessoa cética e, por fim, inapta a fazer qualquer outra coisa que não aquela permanência desesperada. Mas por que ele não fez nenhuma objeção antes? Principalmente, por logo reconhecer que eu tinha razão e que dali não se podia tirar nada para sua ambição, talvez somente para melhorar a situação da nossa família. Lá é tudo muito modesto (exceto o humor dos criados); a ambição busca satisfação no trabalho, e, como o próprio caso, recebe um peso excessivo, o homem se perde totalmente, não há espaço para desejos infantis. No entanto, Barnabé tinha me contado que acreditava ter visto nitidamente quão grande eram o poder e o conhecimento daqueles funcionários, mesmo os duvidosos em cujas salas ele podia entrar. Como ditavam rápido com os olhos semicerrados, fazendo pequenos movimentos com as mãos; como apenas apontando um dedo, sem dizer uma palavra, desconcertavam os criados ranzinzas, fazendo-os respirar com dificuldade sob seu olhar, e riam contentes; ou como encontravam um trecho importante em seus livros escancarados e como os outros, na medida do possível naquele aperto, corriam para perto esticando os pescoços em seguida. Isso e coisas semelhantes deixaram Barnabé bastante impressionado com esses homens; ele tinha a sensação de que, se avançasse a ponto de ser notado por eles e pudesse conversar um pouco com eles (não como desconhecidos, mas como colegas de chancelaria, mesmo que de forma subordinada), seria possível obter algo imprevisível para nossa família. Mas ainda não avançou tanto e não arrisca fazer algo que possa aproximá-lo dessa situação, embora Barnabé já saiba muito bem que, apesar de sua juventude, graças às nossas infelizes condições, tinha assumido aqui dentro o posto de pai de família, um cargo de alta responsabilidade. E, agora, para confessar uma última coisa: você chegou há uma semana. Ouvi alguém dizer alguma coisa na Estalagem dos Cavalheiros, mas não liguei; um agrimensor tinha chegado; eu não sabia nem o que era isso. Na noite seguinte, todavia, Barnabé veio para casa mais cedo (eu o encontrava no meio do caminho em uma hora específica), viu Amália na sala e por isso puxou-me para a rua, apertou o rosto contra meu ombro e chorou por vários minutos. O garotinho de antigamente tinha voltado.

Aconteceu alguma coisa para a qual ele ainda não estava maduro. É como se um mundo totalmente novo se abrisse de repente, e ele não conseguisse suportar as alegrias e as preocupações trazidas por essa novidade. E não aconteceu nada além de ter recebido uma carta para lhe entregar. Contudo, não há dúvidas de que é a primeira carta, o primeiro trabalho que ele já recebeu na vida.

Olga interrompeu-se. Fez-se silêncio, exceto pela respiração pesada e às vezes rouca dos pais.

K. disse levianamente, como para complementar a história de Olga:

– Vocês fingiram para mim. Barnabé trouxe a carta como um mensageiro velho e muito ocupado; você e Amália, que estavam juntas naquela ocasião, também agiram como se o serviço de mensageiro e a carta fossem apenas coisas secundárias.

– Você precisa diferenciar nossas condutas – Olga falou. – Barnabé voltou a ser uma criança feliz por causa das duas cartas, apesar de todas as incertezas que têm em relação à função. Mas ele só expõe essas incertezas para si mesmo e para mim; quando está com você, busca honrar-se e apresentar-se como um mensageiro de verdade, de acordo com a ideia dele do que são verdadeiros mensageiros. Foi por isso, por exemplo, que tive que reformar sua calça em apenas duas horas, apesar de a expectativa pelo terno oficial ter aumentado, para que ficasse pelo menos parecida com a calça bem ajustada de um traje oficial e pudesse apresentar-se, assim, para você, que, naturalmente, era fácil de manipular nesse quesito. Barnabé é assim. Amália, no entanto, não se importa mesmo com o serviço de mensageiro e agora que parece que ele obteve algum sucesso, como ela pode notar com facilidade em Barnabé, em mim e nas nossas reuniões sussurradas, agora ela se importa menos ainda. Ela fala a verdade, nunca se deixe enganar por algo de que duvida. Então, K., se eu, por vezes, menosprezei o serviço de mensageiro, não fiz isso com a intenção de enganá-lo, mas por medo. Essas duas cartas que vieram pelas mãos de Barnabé são o primeiro sinal de graça, apesar de satisfatoriamente duvidoso, que nossa família recebe em três anos. Essa mudança, se for mesmo uma mudança, não um engano (e enganos são mais frequentes que mudanças), está relacionada à sua chegada aqui; nosso destino depende um pouco de você; talvez essas duas cartas sejam apenas o começo e a atividade de Barnabé aumente para além dos serviços de mensageiro relacionados a você (é isso que esperamos, se é que podemos esperar alguma coisa); no momento, todavia, tudo está relacionado apenas a você. Lá em cima, precisamos nos satisfazer com o que nos é atribuído; aqui embaixo, contudo, talvez nós mesmos consigamos fazer alguma coisa, a saber: garantir que você esteja a nosso favor ou, pelo menos, evitar uma rejeição, ou, o mais importante, protegê-lo com todas as nossas forças e experiências para que você não perca o vínculo com o castelo (pelo qual talvez pudéssemos viver). E qual é a melhor forma de preambular tudo isso? Fazendo com que não suspeite de nós com nossa aproximação, pois você é um forasteiro, e, por isso, certamente há suspeitas por todos os lados, suspeitas totalmente justificadas. Apesar disso, fomos menosprezados, e você foi influenciado pela opinião da maioria, sobretudo pela sua noiva; como poderíamos nos aproximar de você sem nos colocarmos contra sua noiva, por exemplo, deixando-o chateado, mesmo se essa não fosse nossa intenção? E as mensagens, que li atentamente antes que você recebesse (Barnabé não leu, não se permitiu fazer isso sendo o mensageiro); à primeira vista, não pareceram muito importantes; eram antigas e elas mesmas anulavam um pouco a própria importância ao orientá-lo a falar com o burgomestre. Diante disso, como deveríamos nos comportar em relação a você? Se enfatizássemos a importância dessas mensagens, iríamos nos tornar suspeitos por superestimar algo visivelmente desimportante; ao enaltecê-lo como o portador dessas notícias, estaríamos seguindo nossos objetivos, pois é, não os seus, e poderíamos depreciar as notícias diante dos seus olhos e decepcioná-lo muito desgostosamente. No entanto, se não déssemos muita importâncias às cartas, também seríamos suspeitos, pois por que nos ocuparíamos com a entrega dessas cartas desimportantes? Por que nossas ações e nossas palavras se contradizem? Por que decepcionamos não apenas você, o destinatário, mas também aquele que a expediu, pois certamente ele não entregou a carta para que a depreciássemos com nossas explicações para o destinatário? E é impossível ficar no meio-termo entre esses exageros, que seria avaliar as cartas corretamente, pois seu valor altera-se constantemente; as reflexões que suscitam são infinitas, e onde nos detemos atualmente é determinado somente pelo acaso, ou seja, por uma opinião aleatória. Tudo se confunde ainda mais quando o temor que temos por você intervém; não deve avaliar minhas palavras com tanto rigor. Por exemplo, citando um caso que já aconteceu uma vez, se Barnabé chega com a notícia de que você está insatisfeito com seus serviços de mensageiro e ele, assustado e sem a delicadeza dos mensageiros, se oferece para se retirar do serviço, eu seria capaz de decepcionar, de mentir, de enganar, fazer tudo de ruim se isso ajudasse a consertar o erro. Mas, pelo menos, acredito que faço isso tanto para o seu quanto para o nosso bem.

Ouviram-se batidas. Olga correu para a porta e a destrancou. A faixa de luz de uma lanterna de furta-fogo penetrou no escuro.

O visitante tardio fez perguntas aos sussurros e recebeu respostas sussurradas, mas não se deu por satisfeito e fez questão de entrar na sala. Olga não conseguia mais segurá-lo e, por isso, chamou Amália, esperando que ela fizesse de tudo para se livrar do visitante, a fim de proteger o sono dos pais. De fato, ela correu até lá, empurrou Olga para o lado, saiu para a rua e bateu a porta atrás de si. Durou apenas um instante; logo já estava de volta, e muito rapidamente conseguiu resolver o que fora impossível para Olga.

K. ficou sabendo por Olga que a visita era para ele; um dos ajudantes o estava procurando em nome de Frieda. Olga quis proteger K. do ajudante; se mais tarde K. quisesse contar a Frieda sobre sua visita, então ele mesmo poderia fazê-lo e não ser descoberto pelo ajudante. K. concordou. No entanto, rejeitou a oferta de Olga para passar a noite ali e esperar por Barnabé; por ele, talvez até tivesse aceitado, pois já estava bem tarde e parecia que agora, querendo ou não, estava de alguma forma vinculado àquela família; porém, passar a noite ali talvez fosse vergonhoso por outros motivos; já no tocante ao vínculo, parecia-lhe ser a coisa mais natural de todo o vilarejo. Ainda assim, recusou a oferta; a visita do ajudante o assustou; ele não entendia como Frieda, que sabia dos seus desejos, se unira de novo aos ajudantes, que aprenderam a temê-lo, e como Frieda não se coibiu a mandar um ajudante para procurá-lo, e somente um, enquanto o outro certamente ficara com ela. Perguntou a Olga se ali havia algum chicote, ela disse que não, mas tinha uma boa vara de vime; ele a pegou e perguntou se a casa contava com outra saída; havia uma pelo pátio, e ele apenas tinha que pular a cerca do jardim vizinho e seguir por ele até chegar na rua. K. quis fazer isso. Enquanto Olga o guiava até a cerca pelo pátio, K. tentou acalmar rapidamente suas preocupações; explicou que não estava bravo com ela por causa dos pequenos artifícios na história, pelo contrário; disse que a entendia muito bem, agradeceu a confiança nele depositada, comprovada pelas histórias que ela contou, e pediu-lhe que mandasse Barnabé imediatamente para a escola assim que voltasse, mesmo se fosse durante a madrugada. Apesar das mensagens de Barnabé não serem sua única esperança, isso seria bem ruim; não queria de forma nenhuma abrir mão delas; queria ficar com elas e não esqueceria Olga, pois, para ele, ela era quase mais importante que as mensagens em si; sua valentia, sua prudência, sua esperteza, sua abnegação para a família. Se ele tivesse que escolher entre Olga e Amália, nem precisaria pensar muito. E apertou sua mão carinhosamente enquanto já passava por cima da cerca do jardim vizinho.

Capítulo 16

Ao chegar na rua, conseguiu ver, tanto quanto a noite nublada permitia, o ajudante subir e descer lá em cima, na frente da casa de Barnabé; às vezes, parava e tentava iluminar a sala pela janela de cortinas fechadas. K. o chamou; sem parecer se assustar, o homem deixou de espionar a casa e foi em sua direção.

– Quem está procurando? – K. perguntou, testando a flexibilidade da vara de vime na coxa.

– Você – respondeu o ajudante, aproximando-se.

– E quem é você? – K. questionou de repente, pois aquele não parecia ser o ajudante. Estava mais velho, mais cansado, mais enrugado; apesar do rosto redondo, seu caminhar também estava muito diferente do caminhar ligeiro dos ajudantes; quase eletrizado nas articulações, o andar daquele homem era lento, um pouco manco, característico de um doente.

– Você não está me reconhecendo? – o homem perguntou. – Jeremias, seu antigo ajudante.

– Sei... – K. falou e puxou a vara de vime um pouco mais para fora, já a escondendo nas costas. – Mas você está muito diferente.

– É porque estou sozinho – Jeremias respondeu. – Quando estou sozinho, minha alegre juventude se vai.

– E onde está o Artur? – K. quis saber.

– Artur? – repetiu Jeremias. – Aquele fofo? Abandonou o serviço. Você foi um pouco rude e severo conosco. Aquela alma sensível não aguentou. Voltou para o castelo e está prestando uma queixa contra você.

– E você? – K. quis saber.

– Pude ficar – Jeremias respondeu. – Artur também está prestando queixa para mim.

– E vocês estão prestando queixa sobre o quê? – K. perguntou.

– Sobre o fato de você não saber brincar – Jeremias disse. – O que fizemos? Brincamos um pouco, rimos um pouco, caçoamos um pouco da sua noiva. Tudo conforme o contrato, aliás. O contrato fechado quando Galater nos mandou até você.

– Galater? – K. perguntou.

– É, Galater – Jeremias confirmou. – Ele representava Klamm na ocasião. Quando nos enviou, disse (lembro-me bem, pois aquilo nos dizia respeito): "Vocês serão os ajudantes do agrimensor". Nós dissemos: "Não conhecemos nada sobre esse trabalho". E ele respondeu: "Isso não é o mais importante; se precisar, vocês vão aprender. O mais importante, no entanto, é o animarem um pouco. Segundo os relatos que recebi, ele leva tudo muito a sério. Acabou de chegar ao vilarejo e já considera isso um grande acontecimento, apesar de, na verdade, não significar nada. É isso que vocês devem ensinar a ele".

– Bem, Galater tinha razão – K. respondeu. – Vocês cumpriram o contrato?

– Isso eu não sei – falou Jeremias. – Certamente, não foi possível nesse período tão curto. Só sei que você foi muito grosseiro, e é sobre isso que estamos prestando queixa. Não entendo como você, que não passa de um funcionário, e não é nem um funcionário do castelo, não consegue perceber que um serviço desses é um trabalho árduo e que é muito injusto dificultá-lo tanto para os trabalhadores da forma maldosa e quase infantil como você fez. Sua falta de consideração ao nos deixar congelando na cerca, ou como quase espancou Artur no colchão, logo ele, uma pessoa que se dói por dias com qualquer palavra mais rude, ou como correu tanto atrás de mim para lá e para cá na neve esta tarde, que precisei de uma hora para me recuperar da perseguição depois. Não sou mais tão jovem!

– Querido Jeremias – K. falou –, você tem razão sobre tudo isso, mas tinha que passar essas informações a Galater. Ele enviou vocês por vontade própria, eu não pedi por vocês. E, como não os tinha requisitado, poderia tê-los mandado de volta e, com certeza, preferia ter feito isso pacificamente ao invés de à força, mas era evidente que vocês não quiseram agir diferente. Por que você não conversou comigo assim tão abertamente quando chegou?

– Porque estava em serviço – Jeremias respondeu. – É óbvio.

– E agora não está mais em serviço? – K. quis saber.

– Não, agora não estou mais – respondeu Jeremias. – Artur abdicou do serviço no castelo ou o processo que deverá nos livrar permanentemente de você está, no mínimo, em andamento.

– Mas você ainda está me procurando como se estivesse em serviço – K. falou.

– Não – Jeremias discordou –, só estou lhe procurando para acalmar Frieda. Ela ficou muito infeliz ao ser deixada em troca da moça dos Barnabeses, menos pela perda que pela traição; apesar de ter previsto isso há tempos e, portanto, já ter sofrido bastante. Eu tinha acabado de me aproximar da janela da escola mais uma vez para ver se você já estava mais controlado. Contudo, você não estava lá; apenas vi Frieda sentada chorando em uma carteira escolar. Então, fui até ela e nós dois nos unimos. Já resolvemos tudo. Eu atenderei os dormitórios da Estalagem dos Cavalheiros, pelo menos enquanto meu caso não for concluído no castelo, e Frieda voltará para o bar. Será melhor para ela. Não havia motivos para ela se tornar sua esposa. Você não soube honrar o sacrifício que ela quis fazer por você. Mas a boa moça ainda estava se perguntando se não tinha acontecido alguma coisa ruim com você, queria saber se você estava mesmo com os Barnabeses. Apesar de não haver a menor dúvida de onde você poderia estar, saí mesmo assim para confirmar de uma vez por todas; afinal, depois de tanta agitação, Frieda merece, enfim, dormir tranquila, e eu também. Então, vim e não só encontrei você como também pude ver como as moças o seguem sem problemas. Principalmente a conservadora, um verdadeiro gato do mato, se deu bem com você. Bem, gosto não se discute. Em todo caso, você não precisava ter pegado o atalho pelo jardim vizinho, conheço aquele caminho.

Então era isso: o previsto aconteceu e não pôde ser evitado. Frieda o deixou. Não precisava ser nada definitivo, não era tão ruim assim. Frieda seria reconquistada; era facilmente influenciada por estranhos, até por esses ajudantes que achavam o cargo dela parecido com o deles, e, agora que tinham se demitido, conseguiram que Frieda fizesse o mesmo, mas K. só precisava aparecer em sua frente, lembrá-la de tudo que ele tinha a seu favor e ela estaria novamente arrependida, mesmo se ele pudesse justificar a visita às meninas com o êxito que creditaria a elas. No entanto, apesar dessas reflexões com as quais tentava se acalmar em relação à Frieda, não ficou mais calmo. Havia pouco, tinha se gabado de Frieda para Olga e dito que ela era seu único apoio; mas esse apoio não era lá muito firme; nem foi preciso que um poderoso interviesse para roubar Frieda dele; bastou esse ajudante pouco apetitoso, essa carne que, às vezes, dava a impressão de nem estar mais viva.

Jeremias começava a se afastar, e K. chamou-o de volta.

– Jeremias – disse –, serei sincero com você, portanto responda-me também com sinceridade. Não temos mais a relação de senhor e criado, o que alegra tanto a você quanto a mim, por isso não temos motivo para nos enganarmos. Quebro diante dos seus olhos a vara que estava guardada para você; não peguei o caminho do jardim por medo, mas porque queria surpreendê-lo e descer a vara em você. Então, não me leve mais a mal, tudo isso ficou para trás; se você não tivesse sido um criado empurrado para mim pela repartição, mas apenas um conhecido, por certo nós dois teríamos nos tolerado de forma excelente, mesmo sua aparência me incomodando um pouco. E agora podemos pensar no que deixamos passar.

– Você acha? – questionou o ajudante, apertando os olhos cansados em um bocejo. – Eu poderia explicar o caso detalhadamente para você, mas não tenho tempo, preciso encontrar Frieda. A pequenina está me esperando, ainda não assumiu o turno; consegui convencer o estalajadeiro a conceder-lhe um breve período de descanso (ela queria começar a trabalhar logo, talvez para esquecer), e queremos passar esse tempo juntos. No que diz respeito à sua sugestão, com certeza não tenho motivos para enganá-lo, tampouco, porém, para confiar qualquer coisa a você. Minha situação é diferente da sua. Enquanto prestava serviços a você, é óbvio que o considerava uma pessoa muito importante, não pelas suas características, mas por causa do contrato de serviço, e teria feito tudo o que você quisesse; agora, no entanto, você me é indiferente. Quebrar a vara também não me comove, pelo contrário; lembra-me do senhor bronco que eu tinha; não é apropriado me comparar a você.

– Você fala comigo – K. respondeu – como se tivesse muita certeza de que nunca mais precisaria ter medo de mim. Mas não é bem assim. Talvez ainda não esteja livre de mim; as decisões não são tomadas com tanta rapidez aqui.

– Às vezes, elas são tomadas ainda mais rápido que isso – replicou Jeremias.

– Às vezes – K. concordou. – Mas nada indica que assim será desta vez; pelo menos nem você nem eu temos em mãos um despacho escrito. Portanto, o processo acabou de começar a tramitar, ainda nem intervi por meio das minhas ligações, e pode acreditar que farei isso. Caso o resultado lhe seja desfavorável, você não terá feito muita coisa para agradar ao seu senhor e talvez tenha sido desnecessário quebrar a vara de vime. E ainda arrastou Frieda cantando de galo desse jeito; mas, com todo respeito que tenho pela sua pessoa (pois eu o respeito, apesar de você não me respeitar mais), tenho certeza de que basta eu dizer algumas palavras a Frieda para libertá-la das mentiras com as quais você a prendeu. Apenas mentiras seriam capazes de afastar Frieda de mim.

– Essas ameaças não me assustam – Jeremias disse. – Você não me quer como ajudante; aliás, tem receio de mim como ajudante, tem receio de todos os ajudantes, e foi apenas por receio que bateu no bom Artur.

– Pode até ser – K. falou. – E isso fez doer menos? Talvez eu possa mostrar meu receio por você desse jeito com mais frequência também. Estou vendo que os serviços de ajudante lhe trazem pouca alegria e acho muito divertido forçá-lo a executá-los, apesar de todo o receio. E, desta vez, cuidarei para recebê-lo sozinho, sem o Artur; assim, poderei dar-lhe ainda mais atenção.

– Você acha – Jeremias retrucou – que eu também tenho algum receio disso tudo?

– Acho que sim – K. respondeu. – Com certeza, você receia um pouco e, se for esperto, receará bastante. Se não fosse assim, por que ainda não foi embora para encontrar Frieda? Diga-me, você a ama?

– Se eu a amo? – Jeremias repetiu. – Ela é uma boa moça, esperta, uma conhecida amante de Klamm e, portanto, respeitável de toda forma. Se ela não para de me pedir para livrá-la de você, por que eu não deveria lhe prestar esse favor, já que não estarei fazendo mal nenhum a você também, que encontrou consolo com os malditos Barnabeses?

– Agora, vejo do que você tem medo – K. falou. – É um medo bastante preocupante; você está tentando me capturar com mentiras. Frieda pediu apenas uma coisa: livrá-la dos ajudantes que se tornaram selvagens, lascivos e devotos como cães; infelizmente, não tive tempo de atender completamente ao seu pedido e agora vejo as consequências do meu descuido.

– Senhor Agrimensor! Senhor Agrimensor! – alguém veio gritando pela rua. Era Barnabé. Vinha sem fôlego, sem se esquecer de se curvar diante de K. – Aconteceu – falou.

– Aconteceu o quê? – K. perguntou. – Você fez meu pedido a Klamm?

– Não deu – Barnabé respondeu. – Esforcei-me muito, mas não foi possível; espremi-me para chegar lá na frente, fiquei em pé o dia inteiro bem perto do púlpito, sem ser autorizado; estava tão perto que fui até empurrado uma vez pelo escrivão cuja luz eu estava tapando. Quando vi Klamm, anunciei-me com a mão erguida, o que é proibido, fui a pessoa que ficou na chancelaria por mais tempo, já estava sozinho com os criados, tive ainda a sorte de ver Klamm voltando mais uma vez, mas não foi por minha causa; ele só queria consultar alguma coisa rapidamente em um livro e logo partiu de novo; por fim, como continuei ali sem me mexer, o criado me colocou para fora quase me empurrando com a vassoura até a porta. Suportei tudo isso para que você não ficasse novamente insatisfeito com meus serviços.

– De que me adianta todo seu esforço, Barnabé – K. falou –, se ele não traz resultado nenhum?

– Mas eu trouxe resultados – Barnabé respondeu. – Quando saí da minha chancelaria (é assim que a chamo, "minha chancelaria"), vi um cavalheiro se aproximar lentamente por um dos longos corredores, todo o resto estava vazio; já estava bem tarde. Decidi esperá-lo. Era uma boa oportunidade para ficar mais um pouco; eu, com certeza, preferiria ficar por lá a ter que voltar para trazer más notícias para o senhor. De toda forma, valeu a pena esperar pelo cavalheiro; era Erlanger. Você não o conhece? É um dos primeiros secretários de Klamm. Um senhor pequeno e franzino, um pouco manco. Ele me reconheceu de imediato, é famoso por sua memória e por conhecer bem a natureza humana. Une as sobrancelhas, e isso basta para reconhecer qualquer um; com frequência, até pessoas que nunca viu, apenas ouviu falar, ou sobre as quais leu; é provável que ele nunca tenha me visto, por exemplo. Mas, apesar de reconhecer qualquer pessoa, primeiro ele pergunta, como se não tivesse certeza. "Você não é Barnabé?", ele me questionou. E, em seguida, quis saber: "Você conhece o agrimensor, não conhece?". E acrescentou: "Que bela coincidência! Estou indo para a Estalagem dos Cavalheiros agora. O agrimensor tem que me visitar lá. Estou no quarto número 15. Ele tem que ir logo. Tenho apenas algumas reuniões por lá e já estarei de volta às cinco da manhã. Diga-lhe que é muito importante para mim conversar com ele".

De repente, Jeremias começou a andar. Barnabé, que quase não tinha prestado atenção nele em meio à sua agitação, perguntou:

– O que Jeremias quer fazer?

– Encontrar Erlanger antes de mim – K. respondeu e saiu correndo atrás de Jeremias, alcançou-o, pendurou-se em seu braço e disse: – Foi acometido por um repentino ataque de saudade de Frieda, é? Não sinto menos saudade que você, portanto vamos caminhando no mesmo ritmo.

Capítulo 17

Na frente da Estalagem dos Cavalheiros, havia um pequeno grupo de homens, dois ou três deles segurando lanternas de mão, então era possível reconhecer alguns rostos. K. encontrou apenas um conhecido, Gerstäcker, o curtidor. Gerstäcker cumprimentou-o perguntando:

– Você ainda está no vilarejo?

– Sim – K. respondeu. – Vim para ficar.

– Para mim, tanto faz – Gerstäcker falou, tossiu com força e virou-se para os outros.

Descobriu-se, então, que todos estavam esperando por Erlanger. Ele já chegara, mas ainda estava conversando com Momus antes de receber os requisitados. O assunto, em geral, era o fato de não poderem esperar dentro do estabelecimento e terem que ficar em pé lá fora na neve. Não estava muito frio; mesmo assim, era descortês deixar os requisitados na frente do estabelecimento, quiçá por horas durante a madrugada. Com certeza não era culpa de Erlanger. Ele teria se oposto veementemente, mas não sabia de nada e não havia dúvida de que ficaria bastante irritado se alguém contasse isso a ele. Era culpa da estalajadeira da Estalagem dos Cavalheiros, que, em seus esforços já doentios por refinamento, não conseguia suportar que muitos requisitados entrassem no lugar de uma só vez. "Se deve ser assim e vocês precisam entrar", ela costumava dizer, "então, pelo amor de Deus, que entrem sempre um de cada vez." E, assim, fez com que os requisitados que antes esperavam em um passadiço, depois na escada, em seguida no corredor e, por fim, no bar, fossem finalmente enxotados para a rua. E, para ela, isso não bastava; considerava insuportável "estar o tempo inteiro sitiada" na própria casa, como ela mesma dizia. Tampouco entendia os motivos daquele trânsito de requisitados. "Para sujar a escada da frente da estalagem", foi o que um funcionário respondeu uma vez, possivelmente com raiva; para ela, no entanto, a resposta fora bastante plausível e costumava citá-la com prazer. Indo ao encontro dos desejos dos requisitados, esforçou-se para construírem um prédio na frente da Estalagem dos Cavalheiros, no qual os requisitados poderiam esperar. Ela preferia que as reuniões com os requisitados e os interrogatórios também fossem realizados fora da Estalagem dos Cavalheiros, mas os funcionários opuseram-se, e, quando os funcionários se opõem com seriedade, é claro que nem a estalajadeira passa por cima, apesar de ter exercido uma espécie de pequena tirania em questões secundárias pela força do seu incansável entusiasmo delicado e feminino. Presumia-se, no entanto, que a estalajadeira tivesse que continuar aguentando as reuniões e os interrogatórios na Estalagem dos Cavalheiros, pois os senhores do castelo recusavam-se a sair da Estalagem quando prestavam serviços institucionais no vilarejo. Estavam sempre com pressa, ficavam no vilarejo muito a contragosto, não tinham a menor vontade de estender sua estada ali para além do estritamente necessário, e, portanto, não era possível exigir que eles, apenas em consideração à paz na Estalagem dos Cavalheiros, perdessem tempo mudando para outro estabelecimento qualquer, atravessando a rua com todos os seus documentos. Os funcionários preferiam resolver os casos institucionais no bar ou em seus quartos, sempre que possível durante as refeições, ou na cama, antes de dormir, ou logo cedo, ao acordar, se estivessem cansados demais para levantar e quisessem ficar deitados mais um pouquinho. Portanto, parecia que a questão de construir um prédio de espera estava se aproximando de uma solução favorável, mas certamente era uma punição severa para a estalajadeira – as pessoas até riam um pouco disso – que justamente este assunto requereu a realização de inúmeras reuniões, e os corredores do estabelecimento quase nunca estavam vazios.

Os aguardantes conversavam disso tudo em meio-tom; K. notou que, apesar de a insatisfação ser grande, ninguém falou nada contra Erlanger por ter chamado os requisitados no meio da noite. Ao questionar, ficou sabendo que eles eram até muito gratos a Erlanger por isso. Ele só ia até o vilarejo por causa de sua boa vontade e da alta consideração que tinha por suas repartições; se quisesse, poderia até mandar algum secretário subordinado qualquer (o que, aliás, talvez correspondesse melhor às prescrições) e pedir que ele registrasse os protocolos. No entanto, quase sempre evitava fazer isso; queria ver e ouvir tudo, mas, para isso, precisava sacrificar suas noites, pois não incluía um período para viagens ao vilarejo nos seus planos institucionais. K. retorquiu que Klamm já viera ao vilarejo de dia e, inclusive, ficara ali por vários dias; como Erlanger, que era apenas um secretário, poderia ser mais indispensável lá no alto? Alguns sorriram condescendentes, outros emudeceram, o clima pesou para estes últimos, e K. quase não foi respondido. Apenas um deles respondeu, hesitante, que era evidente que Klamm era indispensável tanto no castelo quanto no vilarejo.

Nesse momento, a porta do estabelecimento se abriu, e Momus apareceu entre dois lampiões segurados por criados. Então disse:

– Os primeiros a serem chamados pelo senhor Secretário Erlanger são Gerstäcker e K. Os dois estão aqui?

Ambos se apresentaram, mas Jeremias passou na frente deles e entrou na casa dizendo "Sou garçom aqui", foi cumprimentado por Momus com um sorriso e um tapinha no ombro. "Tenho que prestar mais atenção em Jeremias", K. falou para si mesmo, apesar de continuar pensando que Jeremias talvez fosse muito menos perigoso que Artur, que trabalhava contra ele no castelo. Talvez fosse mais inteligente ser perturbado por eles como ajudantes que deixá-los vagando assim, de forma tão descontrolada, exercendo livremente suas intrigas, que pareciam ter um esquema especial.

Quando K. passou por Momus, este agiu como se só agora o reconhecesse como o agrimensor.

– Ah, o senhor Agrimensor – falou. – Aquele que não gosta de ser interrogado, apressando-se para o interrogatório. Comigo teria sido mais fácil naquela ocasião. Mas é isso, é difícil escolher o interrogatório certo. Como K. quis parar ao ouvir aquele discurso, Momus falou:

– Vai! Vai! Eu precisava das suas respostas naquela hora, não agora.

Ainda assim, K. respondeu, agitado pela postura de Momus:

– Vocês só pensam em si mesmos. Não respondo por causa da repartição; nem naquele dia, nem hoje.

Momus falou:

– E em quem haveríamos de pensar? Tem mais alguém aqui? Vai!

Um criado recebeu-os no corredor e levou-os pelo caminho já conhecido por K., passando pelo pátio, depois pelo portão e pela passagem um pouco rebaixada que levava para baixo. Provavelmente apenas os funcionários de cargos mais altos ficavam nos andares de cima; os secretários, por sua vez, moravam naquele andar, inclusive Erlanger, apesar de ser um dos mais superiores. O criado apagou o lampião, já que o ambiente era bem claro e iluminado por luz elétrica. Tudo ali era pequeno, mas construído com graciosidade. O espaço era muito bem aproveitado. Por pouco a altura do corredor não permitia que fosse atravessado de pé. As portas, uma quase do lado da outra, enchiam as paredes laterais que não subiam até o teto, talvez por questões de ventilação, pois com certeza os quartinhos não tinham janelas ali naquelas profundezas semelhantes a um porão. A desvantagem das paredes não totalmente fechadas era o barulho no corredor e, necessariamente, também nos quartos. Muitos dos quartos pareciam ocupados; a maior parte das pessoas estava acordada; ouviam-se vozes, marteladas, o tilintar de copos. Contudo, não parecia haver uma animação especial. As vozes eram abafadas; entendia-se apenas uma palavra aqui e ali; também não pareciam conversas; podia ser apenas alguém ditando ou lendo alguma coisa em voz alta; nos quartos de onde vinham os barulhos de copos e pratos não se ouvia nenhuma palavra, e as marteladas lembraram a K. uma história ouvida, certa vez, que dizia que alguns funcionários, para descansar um pouco do contínuo esforço mental, se ocupavam provisoriamente com marcenaria, mecânica de precisão e coisas semelhantes. O corredor em si estava vazio; havia apenas um cavalheiro pálido, franzino e alto sentado na frente de uma porta, usando um casaco de pele, sob o qual se viam seus trajes noturnos; talvez o quarto tenha ficado muito abafado para ele, por isso saiu para ler um jornal, coisa que não fazia com muita atenção, pois interrompia a leitura frequentemente com um bocejo, inclinava-se para a frente e olhava para o corredor; talvez tivesse requerido a vinda de alguém e estivesse esperando, mas a pessoa não chegava. Ao passarem por ele, o criado comentou sobre o cavalheiro com Gerstäcker:

– O Pinzgauer!

Gerstäcker concordou.

– Fazia tempo que ele não vinha aqui para baixo – disse.

– Fazia mesmo – confirmou o criado.

Por fim, chegaram na frente de uma porta que não era diferente das outras e detrás da qual, segundo o criado informara, Erlanger estava. O criado subiu nos ombros de K. e olhou no quarto pela fresta do alto.

– Ele está vestido, deitado na cama – disse o criado ao descer –, mas acho que está cochilando. Às vezes, o cansaço o invade aqui no vilarejo por causa da mudança na forma de vida. Teremos que esperar. Ele chamará quando acordar. No entanto, já aconteceu de dormir durante toda a estada no vilarejo e, ao acordar, precisar voltar imediatamente para o castelo. De toda forma, o trabalho que ele faz aqui é voluntário.

– Então, talvez seja melhor ele dormir até o fim agora – Gerstäcker falou –, pois, se sobrar algum tempo para o trabalho depois, acordará muito irritado por ter dormido e tentará resolver tudo com pressa, mal deixando espaço para que possamos argumentar.

– O senhor veio pelo perdão da carga para a construção? – o criado perguntou.

Gerstäcker confirmou com a cabeça, puxou o criado de lado e falou com ele em voz baixa; mas o criado não prestava muita atenção; olhava por cima de Gerstäcker; era superior a tudo aquilo, afagando o cabelo lenta e seriamente.

Capítulo 18

Então, olhando ao redor a esmo, K. viu Frieda ao longe, em uma curva da passagem; ela fingiu que não o reconheceu, seu olhar passou fixamente por ele; trazia na mão uma xícara e louça vazia. Ele comunicou ao criado que voltaria logo, apesar de este não prestar atenção – parecia que, quanto mais falava com o criado, mais distante ficava –, e foi em direção a Frieda. Ao alcançá-la, segurou-a pelos ombros como se tomasse posse dela novamente, fez algumas perguntas irrelevantes e tentou avaliar seus olhos. Mas ela pouco abandonou a postura firme; distraída, tentou ajeitar alguma coisa na louça e na xícara e disse:

– O que quer de mim? Vai lá com os… Ah, você sabe com quem. Posso ver que acabou de voltar da casa deles.

K. logo mudou de assunto; a conversa não deveria ocorrer assim tão de repente e começar pelo pior, não era favorável a ele.

– Pensei que estivesse no bar – ele disse.

Frieda olhou-o surpresa e passou a mão livre, suavemente, por sua testa e bochechas. Parecia que se esquecera de sua aparência e queria recuperar essa consciência; os olhos dela também tinham aquela expressão velada que surge pelo esforço ao tentar se lembrar de alguém.

– Fui recontratada no bar – disse lentamente, como se o que dissesse não fosse importante, mas conversava com K. por aquelas palavras, e isso era o mais importante. – Este trabalho não é apropriado para mim, pode ser feito por qualquer outra; qualquer uma que saiba arrumar camas, tenha um rosto simpático e não se espante com o aborrecimento dos clientes; inclusive, até o cause; qualquer uma dessas pode ser camareira. Mas no bar é diferente. Fui aceita de volta direto para o bar, apesar de o ter deixado de forma não muito benemérita da outra vez; decerto agora estou protegida. E o estalajadeiro ficou feliz por eu estar protegida, por isso foi fácil aceitar-me de volta. Quase precisaram me obrigar a aceitar o cargo; pense em que o bar me faz recordar que você entenderá o porquê. Por fim, aceitei o cargo. Hoje estou aqui só ajudando. Pepi pediu que não a envergonhássemos solicitando que deixasse o bar imediatamente e, como foi tão esforçada e cuidou de tudo da melhor forma que pôde, demos a ela um prazo de vinte e quatro horas.

– Tudo está muito bem organizado – K. falou. – Mas você deixou o bar uma vez por minha causa e agora que estamos perto de nos casar voltou para ele?

– Não vai haver casamento – Frieda respondeu.

– Por eu ter sido infiel? – K. quis saber.

Frieda confirmou com a cabeça.

– Veja bem, Frieda – K. disse –, já falamos várias vezes sobre essa suposta traição, e, no fim, você sempre precisou admitir que era uma acusação injusta. Desde então, nada mudou do meu lado; tudo continua sendo inocente do mesmo jeito que antes e não poderá mudar. Então, alguma coisa deve ter mudado do seu lado, por insinuações externas ou alguma outra coisa. Em todo caso, você está sendo injusta comigo; veja bem, como acha que são as coisas com aquelas duas moças? Uma delas, a mais morena (quase me envergonho por precisar contar tudo tão detalhadamente, mas você me provoca), a morena talvez não seja menos embaraçosa para mim do que é para você; quando posso manter distância dela de algum modo, assim o faço; ela inclusive me facilita, não há pessoa mais recatada que ela.

– Ah, é! – Frieda gritou, as palavras jorrando como contra a vontade.

K. ficou feliz ao vê-la tão envolvida; estava diferente de como queria estar. Frieda continuou:

– Você deve achar mesmo que ela é recatada; a mais sem-vergonha de todas você chama de recatada e acredita mesmo nisso, por mais inacreditável que pareça. Sinceramente, você não está fingindo, sei disso. É o que a estalajadeira da Estalagem da Ponte fala sobre você: "Não consigo suportá-lo, mas também não posso deixá-lo para lá; é tão inevitável quanto se controlar ao olhar uma criancinha que ainda está aprendendo a andar aventurando-se por aí; é preciso intervir".

– Deixe as lições dela de fora desta vez – K. falou sorrindo. – Não quero saber nada de moça nenhuma (seja ela recatada ou sem-vergonha, podemos ignorar essa parte).

– Mas por que a chama de recatada? – Frieda perguntou, irredutível.

K. considerou essa participação um bom sinal a seu favor.

– Você verificou isso ou quer rebaixar as outras falando assim?

– Nem uma coisa, nem outra – K. respondeu. – Chamo-a assim por gratidão, porque ela facilita que eu a ignore e porque, mesmo se ela se dirigisse a mim com mais frequência, não posso passar por cima de mim e deixar de ir até lá, pois seria uma grande perda para mim; preciso ir lá por causa do nosso futuro juntos, como você bem sabe. E, por isso, tenho que conversar com a outra moça também, a qual até valorizo por sua competência, prudência e altruísmo, motivos que ninguém pode afirmar serem atraentes, no entanto.

– Os servos têm outra opinião – Frieda respondeu.

– A esse respeito e a muitos outros – K. concordou. – Você quer inferir minha infidelidade pela luxúria dos servos?

Frieda calou-se e permitiu que K. pegasse a xícara de suas mãos, colocasse-a no chão, passasse o braço debaixo do dela e começasse a andar lentamente para cima e para baixo.

– Você não sabe o que é fidelidade – ela respondeu, um pouco na defensiva com aquela proximidade. – O jeito que gosta de se comportar com as moças nem é o mais importante; só o fato de ir encontrar essa família e voltar com o cheiro da sala deles nas roupas já são uma humilhação insuportável para mim. E vai embora da escola sem dizer nada e fica com eles quase a noite inteira. Deixa que a moça minta quando perguntam por você, minta com vontade, principalmente a recatada incomparável. Depois ainda sai da casa sorrateiramente por um caminho escondido, talvez até para preservar a reputação das moças, a reputação daquelas moças! Não, não vamos mais falar sobre isso!

– Sobre isso, não – K. concordou –, mas vamos falar sobre outra coisa, Frieda. Sobre isso, não há mesmo o que falar. Você sabe por que tenho que ir. Não é fácil, mas eu me esforço. Você não deveria tornar isso mais difícil do que já é. Hoje pensei em aparecer por lá por um instante para perguntar se Barnabé finalmente tinha chegado, pois ele deveria ter trazido uma mensagem importante para mim há bastante tempo. Ele não estava lá ainda, mas garantiram-me, e pareceu verdade, que chegaria muito em breve. Eu não queria que ele fosse me procurar na escola para que você não se incomodasse com sua presença. As horas se passaram, e, infelizmente, ele não chegou. No entanto, chegou outro muito malquisto. Não tive a menor vontade de deixá-lo me espionar, por isso saí pelo jardim vizinho, mas também não queria me esconder dele; então, devo admitir que fui atrás dele voluntariamente na rua com uma vara de vime bastante flexível. E isso é tudo, não há mais nada a se falar sobre esse assunto, mas sobre outro, sim. E essa história com os ajudantes? Para mim, mencioná-los é quase tão sórdido quanto a menção daquela família é para você. Compare o seu comportamento em relação a eles com o meu comportamento em relação à família. Compreendo seu repúdio contra a família e consigo até compartilhá-lo. Encontro-me com eles apenas em razão do caso; às vezes, quase tenho a impressão de estar sendo injusto ao aproveitar-me deles. Já não acontece o mesmo com você e os ajudantes! Você não negou que eles a perseguem e admitiu ser incitada por eles. Não fiquei bravo com você por causa disso; entendi que havia forças em jogo para as quais você ainda não estava preparada, mas fiquei contente por você pelo menos se defender; ajudei a protegê-la e só porque descuidei disso por algumas horas, confiando na sua fidelidade e também com a esperança de que a casa, sem dúvida, estivesse trancada e de que os ajudantes tinham sido jogados para longe definitivamente (temo que eu ainda os subestime), só porque descuidei disso algumas horas aquele tal de Jeremias que, olhando bem, não é lá um cara muito jovem nem muito saudável, já teve a audácia de aparecer na janela, e só por isso tenho que perder você, Frieda, e como cumprimento ouvir um "Não vai haver casamento"? Será que não sou eu quem devia fazer essa acusação? E, mesmo assim, eu não a faço, continuo não fazendo.

E, de novo, K. achou bom que Frieda estivesse um pouco alheia; pediu que lhe trouxesse alguma coisa para comer, pois ele não comia nada desde o meio-dia. Frieda, nitidamente aliviada com o pedido, concordou e saiu para buscar alguma coisa, não seguindo pelo corredor, onde K. suspeitava de que fosse a cozinha, mas descendo alguns degraus pela lateral. Rapidamente, trouxe um prato com frios e uma garrafa de vinho, mas era óbvio que não passavam dos restos de uma refeição: os pedaços tinham sido redistribuídos apressadamente para disfarçar; cascas de salsicha estavam ali esquecidas e a garrafa, quase vazia. K., no entanto, não falou nada a esse respeito e começou a comer com apetite.

– Você foi na cozinha? – ele perguntou.

– Não, fui ao meu quarto – ela disse. – Tenho um quarto aqui embaixo.

– Você poderia ter me levado – ele falou. – Vou descer para poder sentar-me um pouco enquanto como.

– Trarei uma cadeira para você – Frieda replicou e já saiu andando.

– Obrigado – K. falou, segurando-a. – Não descerei nem preciso de uma cadeira.

Contrariada, Frieda aguentou que ele a segurasse, deixou a cabeça pender profundamente e mordeu os lábios.

– Está bem, ele está lá embaixo – ela admitiu. – O que você esperava? Está deitado na minha cama, resfriou-se lá fora, estava morrendo de frio, quase não comeu. No fundo, é tudo culpa sua; se não tivesse perseguido os ajudantes e não fosse atrás daquela gentinha, poderíamos estar agora sentados em paz na escola. Foi você quem destruiu nossa felicidade. Acha que Jeremias seria capaz de me sequestrar enquanto estivesse em serviço?

Se for assim, você não entende nada mesmo da gigantesca organização. Ele quis vir até mim, ficou torturando-se à minha espreita, mas era tudo brincadeira, da mesma forma que um cão faminto brinca e, mesmo assim, não ousa pular em cima da mesa. A mesma coisa comigo. Ele me incitou para si, mas é meu parceiro de brincadeiras de infância. (Brincávamos juntos na encosta da colina do castelo. Bons tempos… Você nunca quis saber do meu passado.) De toda forma, nada disso era importante enquanto Jeremias fosse mantido pelo serviço, pois eu sabia da minha obrigação como sua futura mulher. Mas você perseguiu os ajudantes e ainda se vangloriou disso, como se tivesse feito alguma coisa por mim; bem, em certo sentido, não deixa de ser verdade. Seu intuito deu certo com Artur, mesmo que provisoriamente; ele é sensível e não tem a paixão destemida de Jeremias; e você também quase acabou com ele socando-o de madrugada (aquela surra foi um golpe na nossa felicidade). Ele fugiu para o castelo para prestar queixa, e, mesmo se voltar em breve, de todo modo, agora já foi. Jeremias, porém, ficou. Em serviço, ele teme qualquer olhar dos senhores, mas fora de serviço não teme nada. Veio até mim e me pegou; não pude me conter: fora esquecida por você e fui dominada por ele, meu velho amigo. Não abri o portão da escola; ele quebrou a janela e me puxou para fora. Corremos para cá; o estalajadeiro o respeita, e nada poderia ser mais bem-vindo aos clientes do que ter um garçom desses para os dormitórios, então fomos aceitos; ele não mora comigo; nós dois temos um quarto juntos.

– Apesar de tudo – K. falou –, não me arrependo por ter dispensado os ajudantes do serviço. Se sua fidelidade se limitava apenas ao vínculo empregatício dos ajudantes, como você descreve, então foi bom que tudo chegou ao fim. A felicidade do matrimônio em meio àqueles dois predadores dominados apenas sob o chicote não teria sido mesmo muito grande. Nesse caso, então até sou grato àquela família que, sem querer, fez sua parte para contribuir com nossa separação.

Eles ficaram em silêncio e voltaram a andar para lá e para cá lado a lado, sem perceber quem começara desta vez. Frieda, próxima a K., parecia irritada por ele não pegar seu braço de novo.

– Então, estaria tudo certo – K. prosseguiu –, e poderíamos nos despedir. Você poderia ir para seu senhor Jeremias, que provavelmente ainda está resfriado por ficar no jardim da escola, e que você já deixou sozinho por tempo demais, e eu poderia voltar para a escola ou, como não tenho mais nada para fazer lá sem você, para qualquer outro lugar em que for recebido. Estou apenas um bocado hesitante porque ainda tenho bons motivos para duvidar um pouco do que me contou. A sensação que tenho com Jeremias é justamente oposta. Ele esteve atrás de você durante o serviço, e não acho que o serviço o impedira por tanto tempo de sobressaltá-la seriamente. No entanto, agora que ele vê o serviço como encerrado, a coisa é diferente. Perdoe-me por explicar da seguinte forma: como você não é mais a esposa do senhor dele, não será mais tão tentadora quanto antes. Você pode até ser sua amiga de infância, mas acho que ele não dá muita importância para essas coisas sentimentais (na verdade, só o conheço pela nossa breve conversa de hoje à noite). Não sei por que ele lhe parece assim tão passional. A linha de raciocínio dele me parece particularmente fria. Ele recebeu de Galater alguma tarefa relacionada a mim, talvez não muito favorável à minha pessoa, esforçou-se para cumpri-la com certa dedicação ao trabalho, devo admitir (essa dedicação não é muito rara por aqui), e ela incluía arruinar nossa relação; talvez ele tenha tentado de diferentes formas, e uma delas foi incitá-la com aquela sua languidez lasciva; outra (e, nessa, a estalajadeira o ajudou) foi confabular sobre minha infidelidade; seu ataque foi bem-sucedido; talvez ele esteja cercado por alguma recordação de Klamm que possa ter ajudado. É verdade que ele perdeu seu posto, mas talvez justamente no momento em que não precisava mais dele agora está colhendo os frutos do seu trabalho e tirando você pela janela da escola, assim seu trabalho está concluído e, afastado da sua dedicação ao serviço, ficará cansado; quiçá fosse melhor estar no lugar de Artur, que não está prestando queixa nenhuma, mas vangloriando-se e recebendo novas tarefas, mas era preciso que alguém ficasse para trás para acompanhar o desenrolar das coisas. Cuidar de você é uma obrigação um pouco enfadonha para ele. Não há nem sinal de amor por você, ele afirmou isso abertamente para mim; é claro que ele a respeita bastante por ser amante de Klamm e, com certeza, gosta de se aninhar em seu quarto e sentir-se um pequeno Klamm, mas acaba por aí; você mesma não significa nada para ele agora; abrigá-la aqui é apenas um apêndice da sua tarefa principal; ficou para não lhe perturbar, mas apenas provisoriamente, enquanto não recebe novidades do castelo e você trata do seu resfriado.

– Como você gosta de difamá-lo! – Frieda falou fechando as mãozinhas.

– Difamá-lo? – K. replicou. – Não, não quero difamá-lo. Mas pode ser que eu esteja sendo injusto com ele, isso é possível mesmo. O que falei sobre ele não é superficial; pode ser interpretado de outra maneira. Mas difamá-lo? O único fim que eu teria para difamá-lo seria competir com ele pelo seu amor. Se isso fosse preciso e se a difamação fosse um meio apropriado, eu não hesitaria em difamá-lo. Ninguém poderia me condenar por isso; ele tem vantagem em relação a mim graças ao seu empregador, e eu, portanto, dependente apenas de mim mesmo, teria o direito de difamá-lo um pouco. De todo modo, seria um meio de defesa relativamente inocente e, no fim, também impotente. Portanto, pode abaixar os punhos.

E K. segurou as mãos de Frieda nas suas; ela quis livrar-se dele, mas sorrindo e sem muito esforço.

– Mas não preciso difamá-lo – K. continuou –, porque você não o ama, apenas acredita nisso e será grata se eu a afastar dessa ilusão. Veja só, se alguém quisesse me afastar de você sem ser à força, mas com o maior cuidado possível, isso precisaria ser feito pelos dois ajudantes. Jovens aparentemente bons, infantis, divertidos, irresponsáveis enviados lá de cima, do castelo, com uma pitada de memórias da infância. Tudo é bastante adorável, principalmente porque eu, de certa forma, sou o oposto disso, sempre correndo atrás de negociações que você não compreende por completo, que a deixam nervosa, que me fazem reunir-me com pessoas que você odeia e que, de alguma forma, transfere tudo isso para mim, apesar da minha inocência. Tudo isso não passa de um aproveitamento vil, porém muito esperto, das deficiências da nossa relação. Toda relação tem seus pontos fracos, inclusive a nossa; viemos de mundos completamente diferentes, e, desde que nos conhecemos, nossas vidas tomaram um rumo totalmente novo; ainda estamos inseguros porque tudo é novidade. Não estou falando por mim, isso nem é tão importante; no fundo, sinto-me abençoado desde que você pôs seus olhos em mim pela primeira vez; e não é difícil se acostumar com essa bênção. Você, no entanto, foi arrancada de Klamm, isso sem falar de todo o resto. Não consigo nem dimensionar o que isso significa, mas, aos poucos, pude ter uma noção; as pessoas passam a cambalear, não se encontram mais direito, e, mesmo se eu estivesse pronto para sempre segurar você, não estava sempre presente, e, quando estava de fato presente, às vezes você ficava presa em seus devaneios ou em coisas mais reais, como a estalajadeira. Resumindo, houve momentos nos quais você desviou o olhar de mim, sentia falta de algum lugar meio indefinido, pobrezinha, e, nesse ínterim, era suficiente as pessoas adequadas aparecerem na direção do seu olhar que você já se perdia nelas, sucumbia à frustração de que eram apenas instantes, fantasmas, velhas recordações; no fundo, uma vida pregressa cada vez mais esvaecida e que poderia ser sua verdadeira vida até hoje. Um engano, Frieda, mas não o último, se observarmos direito; uma dificuldade desprezível para nossa união definitiva. Recomponha-se, pense bem: se você também estivesse pensando que os ajudantes tinham sido enviados por Klamm (e isso nem é verdade, foi Galater quem os mandou), e se eles também pudessem cativá-la com a ajuda dessa ilusão de que você acreditava encontrar os rastros de Klamm na sujeira e na lascívia deles (da mesma forma que alguém acredita ver uma pedra preciosa perdida em um palheiro, mesmo se, na realidade, a pedra não pudesse ser encontrada ali, ainda que ali estivesse), eles não passam de caras da mesma laia dos servos do estábulo, exceto pelo fato de não terem a mesma saúde deles; basta tomar um arzinho fresco para já ficarem doentes e se jogarem na cama, o que, aliás, sabem escolher com esperteza servil.

Frieda apoiara a cabeça no ombro de K.; de braços cruzados andavam em silêncio para cima e para baixo.

– Se nós… – Frieda falou lenta e tranquilamente, de forma quase aprazível, como se soubesse que a tranquilidade no ombro de K. lhe era garantida por um período muito curto, mas que ela queria aproveitar até o último instante –, se nós tivéssemos ido embora naquela primeira noite, poderíamos estar seguros em algum lugar, sempre juntos, sua mão sempre próxima o bastante para que eu pudesse segurá-la; como preciso de você perto de mim; como, desde que o conheci, me sinto perdida quando você não está por perto; ter você por perto, acredite, é o único sonho que tenho, nenhum outro.

Foi então que alguém gritou em um corredor lateral; era Jeremias; ele estava parado no último degrau em mangas de camisa, com uma estola de Frieda jogada por cima do corpo. Da forma como se apresentava ali, o cabelo despenteado, a barba fina chupada, os olhos cansados arregalados em súplicas e acusações, as bochechas escuras ruborizadas formadas por uma carne mole, as pernas peladas tremendo de frio, fazendo as longas franjas da estola tremerem junto, parecia um enfermo fugido de um hospital, que não provocava nenhum outro pensamento que não fosse levá-lo de volta para a cama. Foi isso mesmo que Frieda pensou em fazer; separou-se de K. e logo estava lá embaixo com ele. A proximidade dela, o modo cuidadoso com o qual ajustou o lenço ao seu redor, a pressa com que queria levá-lo de volta para o quarto pareceram fortalecê-lo um pouco; parecia que reconhecia K. apenas agora.

– Ah, o senhor Agrimensor – disse ele, acariciando a bochecha de Frieda para agradá-la, pois ela não queria mais saber de conversa. – Perdoe-me a intromissão. É que não estou passando nada bem, isso pode ser desculpado. Acho que tenho febre, preciso tomar um chá e suar um pouco. Aquela maldita cerca no jardim da escola, ainda pensarei muito nisso, e agora tenho que perambular de madrugada resfriado. A gente sacrifica nossa saúde sem perceber por coisas que, na realidade, nem valem a pena. O senhor, todavia, senhor Agrimensor, não precisa se incomodar comigo; entre aqui em nosso quarto, faça uma visita a um doente e diga a Frieda o que ainda precisa ser dito. Quando duas pessoas próximas se separam, é claro que têm muitas coisas para conversar nos últimos instantes, coisas incompreensíveis a um terceiro acamado que aguarda pelo prometido chá. Mas entre, entre, ficarei bem quietinho.

– Chega, chega – disse Frieda puxando-o pelo braço. – Ele está com febre e não sabe o que está falando. Você, K., eu lhe peço, não venha junto. O quarto é meu e de Jeremias; na verdade, é mais meu, e proíbo-o de entrar. Você está me seguindo. Ah, K., por que está me seguindo? Nunca mais voltarei para você, nunca mais; tenho calafrios só de pensar nessa possibilidade. Vá lá com a sua moça; ela estava sentada ao seu lado na bancada do aquecedor em mangas de camisa, como me contaram, e, se alguém chega para buscá-lo, pega você no pulo com ela. É evidente que você se sente em casa, já que gosta tanto de ficar por lá. Sempre o afastei dali; mesmo com pouco sucesso, mantive-o afastado, mas isso acabou, você está livre. Tem uma bela vida pela frente; talvez precise brigar um pouco com os servos por causa daquela lá; quanto à outra, não há ninguém no céu nem na terra que se ressentirá com você por ela. A união já está previamente abençoada. Não diga nada contra; com certeza, você pode refutar tudo, mas, no fim, nada será refutado. Imagine só, Jeremias, se ele tivesse refutado tudo! – eles comunicaram-se com um aceno de cabeça e sorriram. – Mas – Frieda prosseguiu –, supondo-se que tivesse mesmo refutado tudo, de que teria adiantado, o que me importaria? A forma como vocês se aproximam é coisa sua, não minha. O que me importa é cuidar de você até você ficar saudável de novo, como já foi uma vez, antes de K. atormentá-lo por minha causa.

– O senhor não virá mesmo conosco, senhor Agrimensor? – Jeremias perguntou, mas foi finalmente levado embora por Frieda, que não se virou mais para K.

Lá embaixo via-se uma pequena porta, ainda mais baixa que as portas daquele corredor (não apenas Jeremias tinha que se curvar para passar por ela, mas Frieda também); parecia que lá dentro estava claro e quente; ouviu-se um sussurrar, quem sabe uma gentil persuasão para colocar Jeremias na cama, e a porta foi fechada em seguida.

Só nesse instante, K. percebeu como o corredor ficara silencioso, e não apenas naquela parte onde estivera com Frieda e que parecia fazer parte da área funcional da estalagem, mas também no longo corredor dos quartos que antes estavam tão animados. Então, os cavalheiros finalmente haviam pegado no sono. K. também estava muito cansado; talvez não tivesse se defendido de Jeremias da forma que deveria por causa do cansaço. Provavelmente, teria sido mais inteligente seguir o comportamento de Jeremias, que visivelmente estava exagerando com aquele resfriado (aquela lamúria dele não vinha do resfriado, era coisa de nascença e não podia ser combatida com nenhum chá curandeiro); ele deveria ter seguido o exemplo de Jeremias, mostrado seu cansaço realmente grande, se abaixado ali no corredor, o que por si só já lhe faria muito bem, cochilado um pouco e, quem sabe, também não receber alguns cuidados. Mas talvez ele não se saísse tão bem quanto Jeremias, que, com certeza, vencera aquela competição por compaixão, provavelmente com razão, e talvez todas as outras lutas. K. estava tão cansado que pensou se não poderia tentar entrar em um daqueles quartos. Por certo, havia alguns vazios, e dormir em uma daquelas belas camas seria uma compensação para muitas coisas. Também gostaria de uma bebida para dormir. Havia uma pequena jarra de rum na bandeja que Frieda deixara no chão. K. não se afligiu com o esforço do caminho de volta e esvaziou a garrafinha.

Agora, pelo menos, sentia-se fortalecido o suficiente para encontrar Erlanger. Procurou pela porta do quarto de Erlanger, mas, como o criado e Gerstäcker não estavam mais por ali e todas as portas eram iguais, não conseguiu encontrá-la. No entanto, acreditava se lembrar em que altura do corredor ela ficava e decidiu abrir uma porta que talvez fosse a que estava procurando. A tentativa não era de todo perigosa; se fosse o quarto de Erlanger, ele iria recebê-lo; se fosse o quarto de outra pessoa, era possível desculpar-se e ir embora; e, se a pessoa estivesse dormindo, o que era mais provável, a visita de K. nem seria notada. Só seria ruim mesmo se o quarto estivesse vazio, pois K. não conseguiria resistir à tentação de deitar-se e dormir infinitamente. Olhou mais uma vez à esquerda e à direita do corredor para ver se não vinha ninguém que pudesse informá-lo e eliminar aquele risco, mas o longo corredor estava silencioso e vazio. Então K. ouviu à porta; não havia nenhum hóspede. Bateu tão leve que, se alguém estivesse dormindo, não poderia acordar, e, como nada aconteceu, abriu a porta com o maior cuidado. No entanto, foi recebido por um gritinho.

Era um quarto pequeno; mais da metade estava ocupada por uma cama larga; uma luminária elétrica flamejava na mesinha de cabeceira; ao lado dela, via-se uma maleta de viagem. Na cama, totalmente escondido pela coberta, alguém se mexia inquieto e, por uma fresta entre a coberta e o lençol, sussurrou:

– Quem é?

Agora K. não podia mais ir embora sem dizer nada; insatisfeito, olhou para a cama ampla, infelizmente ocupada, e lembrou-se então da pergunta e disse seu nome. O efeito causado pareceu bom; o homem da cama afastou um pouco a coberta do rosto, porém temeroso; parecia disposto a cobri-lo de volta se alguma coisa lá fora não estivesse certa. Em seguida, abaixou o cobertor sem pensar e sentou-se ereto. Com certeza não era Erlanger. Era um cavalheiro pequeno de aparência sadia; seu rosto carregava certo desarranjo, pois as bochechas eram redondas e infantis, os olhos eram alegres e infantis, mas a testa comprida, o nariz arrebitado, a boca fina, cujos lábios pouco conseguiam permanecer unidos, e o queixo quase escondido não tinham nada de infantis, mas revelavam um raciocínio elevado. Sem dúvida era a satisfação, a satisfação consigo mesmo, que lhe conferia aquela forte reminiscência de uma infância saudável.

– O senhor conhece Friedrich? – ele perguntou.

K. negou.

– Mas ele conhece o senhor – falou o homem sorrindo.

K. concordou com a cabeça; pessoas que o conheciam era o que não faltavam; inclusive, isso era um dos principais obstáculos em seu caminho.

– Sou o secretário dele – revelou o homem. – Meu nome é Bürgel.

– Desculpe-me – K. respondeu, tateando pela maçaneta. – Confundi sua porta com a de outra pessoa. Fui chamado para falar com o secretário Erlanger.

– Que pena – Bürgel falou. – Não pelo senhor ter sido chamado em outro lugar, mas por ter confundido as portas. Agora que fui acordado, com certeza não conseguirei pegar no sono de novo. Mas o senhor não deve se preocupar com isso, é uma falta de sorte minha. Por que as portas não podem ser trancadas aqui, não é? Com certeza, deve haver um motivo. Segundo um velho ditado, as portas dos secretários devem ficar sempre abertas. Mas não era preciso levá-lo assim tão ao pé da letra. – Bürgel olhou para K. com ar questionador e alegre, contradizendo sua queixa; parecia bem descansado; com certeza, Bürgel nunca estivera tão cansado quanto K. estava agora. – Para onde o senhor quer ir agora? – quis saber. – São quatro horas. O senhor acordará quem quer que queira visitar agora, e nem todos estão acostumados a importunações como eu; nem todos lidarão com tanta paciência; os secretários são um povo nervoso. Por isso, fique aqui um pouquinho. Eles começam a levantar por volta das cinco horas, então o senhor conseguirá cumprir melhor sua intimação. Solte a maçaneta de uma vez por todas e sente-se em algum lugar; o espaço aqui realmente é limitado; é melhor sentar-se na beira da cama. O senhor estranha por eu não ter nem mesa nem cadeira? Pois é, eu poderia escolher entre receber um quarto totalmente mobiliado com uma cama de hotel estreita ou essa cama grande e nada além do lavatório. Escolhi a cama grande; afinal, a cama é o principal em um quarto! Ah, essa cama deve ser uma verdadeira delícia para os dorminhocos, aqueles que conseguem se esticar e dormir bem. É boa até para mim, que estou sempre cansado sem conseguir dormir; passo grande parte do dia nela, cuido de toda a correspondência nela, faço reuniões com os requisitados aqui. Funciona muito bem. Realmente, não há lugar para os requisitados se sentarem, mas eles lidam bem com isso; inclusive, até preferem ficar em pé e o protocolista sentir-se bem do que se sentar confortavelmente e ouvir ralhação. Então, tenho apenas esse lugar na beira da cama para oferecer, mas não é um lugar oficial e destinado apenas para as conversas noturnas. Mas o senhor está tão quieto, senhor Agrimensor…

– Estou muito cansado – falou K., que, ao ouvir o convite, se sentou na cama de imediato, grosseira e desrespeitosamente, e encostou-se na coluna do dossel.

– É claro – Bürgel respondeu sorrindo. – Aqui todo mundo está cansado. Eu, por exemplo, não trabalhei pouco ontem nem hoje. Está totalmente fora de cogitação pegar no sono agora; no entanto, se acontecer o muito improvável e eu dormir enquanto o senhor ainda estiver aqui, então, por favor, fique quieto e não abra a porta. Mas não precisa ter medo; com certeza não pegarei no sono, e, se isso acontecer, será apenas por alguns minutos. Comigo é assim; talvez por estar tão acostumado com o trânsito dos requisitados, durmo com mais facilidade quando tenho companhia.

– Durma então, por favor, senhor Secretário – K. respondeu, feliz com essa informação. – Se o senhor permitir, então dormirei um pouco também.

– Não, não – Bürgel sorriu novamente. – Infelizmente, não consigo pegar no sono com um mero convite, apenas durante uma conversa pode surgir a oportunidade para isso; sendo sincero, é a conversa que me faz dormir. É, os nervos sofrem nos nossos negócios. Eu, por exemplo, sou secretário de coligação. O senhor não sabe o que é isso? Pois bem, sou o elo mais forte – neste momento, esfregou as mãos apressadamente em espontânea animação – entre Friedrich e o vilarejo; faço a ligação entre seus secretários do castelo e seus secretários do vilarejo; fico com mais frequência no vilarejo, mas não sempre; a qualquer momento, posso ser solicitado a subir para o castelo. O senhor viu ali a maleta de viagem? É uma vida agitada, nem todo mundo se adapta. Por outro lado, é verdade que não consigo mais ficar longe de trabalhos desse tipo, porque todos os outros me parecem sem graça. Como são as coisas na agrimensura?

– Não estou fazendo esse trabalho, não fui contratado como agrimensor – K. falou. Não estava pensando muito sobre o assunto; na verdade, não via a hora que Bürgel pegasse no sono, mas fazia isso apenas por uma sensação de obrigatoriedade consigo mesmo. No fundo, acreditava saber que o momento do sono de Bürgel estava tão distante que nem podia ser visto.

– Isso é curioso – Bürgel disse balançando a cabeça vigorosamente, puxando um bloco de notas debaixo do cobertor para anotar alguma coisa. – O senhor é agrimensor e não tem nenhum trabalho de agrimensura.

K. concordou mecanicamente; esticara o braço esquerdo para cima na coluna da cama e deitara a cabeça nele; tentara ficar confortável de várias maneiras, e essa posição foi a mais confortável de todas; agora conseguia prestar um pouco mais de atenção ao que Bürgel dizia.

– Estou disposto – Bürgel acrescentou – a acompanhar este caso. As coisas não acontecem assim aqui conosco; não permitimos que uma força técnica seja inexplorada. E isso deve ser um mal-estar para o senhor também, não é? O senhor não sofre com isso?

– Sofro, sim – K. falou lentamente e sorriu consigo mesmo, pois justamente agora ele não estava sofrendo nem um pouco com isso. A oferta de Bürgel também não lhe causou grande impacto. Não passava de bravata. Sem saber das condições sob as quais a convocação de K. fora realizada, das dificuldades encontradas na comunidade e no castelo, das complicações que já haviam surgido ou sido solucionadas durante a gigantesca estada de K., sem saber de nada e, sem nem mostrar que tinha ao menos uma noção de tudo isso, assumindo-se que é o que deve ser feito primeiro por um secretário, ele se ofereceu para arrumar o caso lá em cima em um piscar de olhos com a ajuda do pequeno bloco de notas.

– Parece que o senhor já passou por algumas decepções – Bürgel disse, mostrando novamente algum conhecimento da natureza humana que K. buscava, de tempos em tempos, desde que entrou no quarto, para não subestimar Bürgel, mas, na sua situação, era difícil avaliar adequadamente qualquer outra coisa que não fosse o próprio cansaço. – Não – Bürgel falou, como se estivesse respondendo a um pensamento de K. e quisesse gentilmente o poupar do esforço de dizê-lo em voz alta. – O senhor não pode se deixar abater pelas decepções. Aparentemente, algumas medidas já foram tomadas para abatê-lo, e, quando alguém novo chega aqui, parece que os obstáculos são completamente intransponíveis. Não quero examinar como as coisas realmente estão acontecendo; talvez a aparência corresponda mesmo à realidade; na minha posição, falta a distância correta para determinar isso, mas anote o que estou falando: às vezes, ainda surgem oportunidades que quase não correspondem à situação geral; oportunidades nas quais é possível avançar mais com uma palavra, com um olhar, com um sinal de confiança do que seria possível com esforços exaustivos de uma vida inteira. Pois é assim que é. Nesse sentido, portanto, essas oportunidades correspondem à situação geral, uma vez que nunca são aproveitadas. "Mas por que elas não são aproveitadas?", é o que volto a perguntar.

K. não sabia. No entanto, notou ser provável que o que Bürgel falava se referia bastante a ele, mas agora sentia grande aversão a todas as coisas que concerniam a ele; virou a cabeça um pouco de lado como se, assim, liberasse o caminho para as perguntas de Bürgel e, desse modo, não pudesse mais ser afetado por elas.

– Trata-se – Bürgel prosseguiu, espreguiçou-se e bocejou, o que representava uma confusa contradição para a seriedade de suas palavras –, trata-se de uma constante reclamação dos secretários serem obrigados a realizar a maioria dos interrogatórios do vilarejo durante a madrugada. Mas por que reclamam disso? Por ser muito exaustivo? Por que prefeririam utilizar a madrugada para dormir? Não, com certeza não reclamam disso. É claro que há secretários mais ou menos dedicados, como em todo lugar, mas nenhum deles reclama de fadiga em excesso, pelo menos não publicamente. Não é do nosso feitio. Nesse sentido, não sabemos qual é a diferença entre horário normal e horário de trabalho. Essas diferenças são desconhecidas para nós. Então, o que os secretários têm contra os interrogatórios noturnos? Seria por respeito aos requisitados? Não, não, isso também não é. Os secretários não respeitam os requisitados, embora não sejam menos desrespeitosos com eles que o são consigo mesmos; são apenas desrespeitosos na mesma medida. Na realidade, esse desrespeito não passa do cumprimento rigoroso e da execução do serviço; o maior respeito que os requisitados poderiam desejar. No fundo, ele é totalmente aceito (um observador superficial com certeza não percebe isso); pois é, nesses casos, por exemplo, são justamente os interrogatórios noturnos que os requisitados aprovam; não há nenhuma queixa contra os interrogatórios noturnos. Qual é o motivo da rejeição dos secretários, então?

K. não sabia disso também; sabia tão pouco que mal conseguia diferenciar se Bürgel queria mesmo uma resposta ou se era uma pergunta retórica. "Se me deixar deitar na sua cama", pensou, "amanhã à tarde, ou melhor, à noite, responderei a todas as suas perguntas." Mas Bürgel parecia não estar prestando atenção nele de tanto que estava entretido com a pergunta que ele próprio fizera.

– Segundo o que sei e de acordo com minhas próprias experiências, os secretários têm a seguinte opinião sobre os interrogatórios noturnos: a madrugada é pouco apropriada para negociações com os requisitados porque é difícil, se não impossível, preservar completamente o caráter institucional delas durante a noite. Não se trata das aparências; é claro que as formas podem ser observadas com tanto rigor de madrugada quanto de dia, se desejado. Não é isso, mas a avaliação institucional padece de madrugada. Involuntariamente, tendemos a avaliar as coisas de uma perspectiva mais particular durante a noite; as afirmações dos requisitados ganham mais peso que o apropriado; ponderações sobre outras situações dos requisitados, que não cabem ao caso, seus sofrimentos e suas preocupações misturam-se à avaliação. Os necessários limites entre requisitados e funcionários, mesmo que aparentemente impecáveis, afrouxam-se, e os momentos que deveriam ser ocupados apenas pelo ir e vir de perguntas e respostas às vezes parecem aos poucos se transformar em uma curiosa e totalmente inadequada troca entre pessoas. Pelo menos é o que dizem os secretários, ou seja, pessoas que contam com uma sensibilidade extremamente aflorada para essas coisas graças à profissão. Mas, mesmo elas (já falamos sobre isso várias vezes em nossos grupos), pouco notam os impactos negativos durante os interrogatórios noturnos; pelo contrário, esforçam-se de antemão para lutar contra eles e, no fim, acreditam ter conseguido oferecer serviços realmente excelentes. No entanto, ao ler os protocolos depois, com frequência surpreendemo-nos com suas fraquezas óbvias. E são esses erros, sempre favorecendo os requisitados de modos meio injustificáveis, que não podem ser consertados, ao menos não de acordo com nossas normas por meio das breves vias habituais. Com certeza, serão corrigidos por uma repartição de controle, mas esta aproveitará apenas o direito de não poder mais prejudicar o requisitado em questão. Sob essas circunstâncias, as reclamações dos secretários não estão totalmente justificadas?

K. cochilara um pouquinho e, agora, estava sendo incomodado de novo. "Por que isso? Por que isso?", era o que se perguntava e, com as pálpebras abaixadas, olhava para Bürgel não como um funcionário que lhe fazia perguntas difíceis, mas apenas como uma coisa qualquer que o impedia de dormir e cuja outra finalidade ele não conseguia descobrir. Bürgel, no entanto, totalmente entregue à sua linha de raciocínio, sorriu, como se tivesse acabado de confundir um pouco K. Contudo, estava pronto para trazê-lo de volta ao caminho certo.

– No entanto – continuou –, não se pode dizer que essas reclamações sejam totalmente justificadas. Os interrogatórios noturnos não estão prescritos em nenhum lugar; portanto, não estamos descumprindo nenhuma norma ao tentar evitá-los, mas as relações, o excesso de trabalho, o modo como os funcionários ficam ocupados no castelo, sua difícil disponibilidade, a prescrição afirmando que o requisitado deve ser submetido ao interrogatório apenas após a conclusão do restante da investigação, mas imediatamente após, tudo isso e muito mais tornaram os interrogatórios noturnos uma necessidade incontornável. Portanto, já que se tornaram uma necessidade (é o que estou dizendo), pode-se dizer que resultam das normas, mesmo que indiretamente, e protestar contra a existência dos interrogatórios noturnos quase significa (é claro que estou exagerando um pouco; portanto, posso dizer isso como um exagero) protestar contra as normas. Por outro lado, os secretários continuam autorizados a tentar se proteger dos interrogatórios noturnos e de suas desvantagens, mesmo que talvez apenas aparentes, dentro das normas e do jeito que der. E fazem isso mesmo, em grande medida, inclusive. Somente aceitam assuntos de negociação sobre os quais há pouquíssimo a temer em todos os sentidos, verificam tudo antes das negociações e, se o resultado da verificação assim o exige, cancelam todas as audiências, inclusive em cima da hora, fortalecem-se chamando o requisitado cerca de dez vezes antes de realmente atendê-lo, gostam de ser representados por colegas que não estão aptos para o caso em questão e que, por isso, podem tratar o assunto com maior superficialidade, marcam as negociações pelo menos para o início ou o fim da madrugada e evitam os horários intermediários; há ainda muitas outras medidas; eles não se dobram com facilidade; os secretários são quase tão resistentes quanto vulneráveis.

K. estava dormindo; não era um sono de verdade; ouvia as palavras de Bürgel talvez melhor que quando estava desperto e morto de cansaço; seu ouvido recebia cada uma das palavras, mas a cansativa consciência sumira; sentia-se livre; nem Bürgel o segurava mais; às vezes, procurava sentir Bürgel de novo, não se aprofundara no sono, estava submerso. Ninguém mais poderia tirar isso dele. Parecia-lhe que conquistara uma grande vitória e uma multidão o acompanhava para comemorá-la; ele ou alguma outra pessoa ergueu uma taça de champanhe para brindar essa vitória. E, para que todos soubessem sobre o que se tratava, a luta e a vitória foram repetidas mais uma vez, ou talvez nem foram repetidas, mas acabavam de começar e já estavam sendo comemoradas com antecedência, e não deixariam de festejá-las, pois o desfecho certamente teria final feliz. Um secretário desnudo, muito semelhante à estátua de um deus grego, estava sendo acossado por K. na luta. Era muito engraçado, e K. ria suavemente no sono, ver o secretário, em sua postura orgulhosa, assustar-se sempre que K. avançava, tentando usar o braço esticado de susto e os punhos fechados para cobrir sua nudez, mas sendo lento demais todas as vezes. A luta não durou muito tempo; K. avançava a cada passo, e eram passos enormes. Aquilo era uma luta, afinal? Não havia nenhum obstáculo sério, apenas um pipiar do secretário aqui e ali. Aquele deus grego piava como uma menina a quem se faz cócegas. Por fim, ele foi embora; K. estava sozinho em um espaço grande, pronto para a luta; virou-se procurando o inimigo, mas não tinha mais ninguém ali; a multidão também foi embora, só sobrou a taça de champanhe quebrada no chão. K. acabou com ela com um pisão, mas os cacos o espetaram e, com um espasmo, acordou novamente; parecia uma criancinha sendo despertada. No entanto, ao ver o peito desnudo de Bürgel após o sonho, pensou: "Aqui está seu deus grego! Arranque-o da cama".

– Apesar de todas as medidas de precaução, os requisitados têm a oportunidade de aproveitar essa fraqueza noturna dos secretários – Bürgel disse levantando o rosto pensativamente para o teto enquanto procurava algum exemplo, sem conseguir se lembrar de nenhum –, pressupondo-se que seja mesmo uma fraqueza. É claro que se trata de uma oportunidade muito rara ou, melhor dizendo, quase inédita. Ela consiste em os requisitados virem no meio da madrugada sem serem anunciados. O senhor talvez se espante por isso acontecer tão raramente, apesar de parecer tão óbvio. Pois bem, o senhor não conhece direito nossos comportamentos. Mas já deve ter percebido a integridade da organização institucional. Decorre dessa integridade, no entanto, que toda pessoa que tenha algum interesse ou precise ser ouvida por qualquer outro motivo receba imediatamente a intimação, sem demora, inclusive antes mesmo de ter preparado o caso; pois é, inclusive antes de saber do que se trata. Não entramos em um acordo desta vez, pelo menos não na maioria das vezes, pois a situação geralmente ainda não está tão maturada, mas há a intimação, o sujeito não chegará mais desavisado; pode, no máximo, chegar na hora errada, então indicarão a ele a data e a hora da intimação. Ele voltará no horário correto, via de regra, será dispensado, não há mais qualquer dificuldade. A intimação nas mãos do requisitado e a anotação nos autos nem sempre são armas de defesa suficientes para os secretários, mas ainda assim são fortes. Todavia, isso se aplica somente ao secretário competente pelo caso no momento. Qualquer outro sujeito ainda está livre para surpreender os outros durante a madrugada. No entanto, quase ninguém o faz, pois é praticamente inútil. Primeiro, isso deixaria o secretário competente bastante furioso; nós secretários não somos ciumentos em relação ao trabalho; todos temos uma carga de trabalho bastante alta; na realidade, não há qualquer mesquinharia a esse respeito, mas não devemos aceitar interferências na competência por parte do requisitado. Alguns já perderam o jogo porque, ao acreditarem não avançar no órgão competente, tentam esgueirar-se para os menos competentes. Tais tentativas, aliás, também devem fracassar, pois um secretário não competente, mesmo se for surpreendido de madrugada e tiver a melhor das intenções para ajudar, não conseguirá intervir mais que um advogado qualquer graças à sua falta de competência ou, no fundo, conseguirá muito menos, pois lhe falta tempo (mesmo se pudesse fazer alguma coisa, uma vez que conhece os caminhos secretos da justiça melhor que todos os senhores da classe advocatícia), simplesmente lhe falta tempo, nem que seja um segundo, para lidar com coisas que não são da sua competência. Diante disso, quem usaria suas madrugadas para conversar com secretários não competentes? Certamente os requisitados também estarão muito ocupados se quiserem atender às intimações e aos acenos dos órgãos competentes, além de suas outras ocupações; digo "muito ocupados" do ponto de vista dos requisitados; é claro que passa muito longe de ser o mesmo "muito ocupados" do ponto de vista dos secretários.

K. concordou sorrindo. Acreditava ter entendido tudo agora; não porque estava se preocupando com aquilo, mas porque estava convencido de que adormeceria completamente no próximo minuto, desta vez sem sonhos nem interrupções; entre os secretários competentes de um lado e os não competentes do outro, e na frente da multidão de requisitados muito ocupados, ele cairia em um sono profundo e, assim, fugiria de todos. Acostumara-se tanto com a voz de Bürgel, aquela voz baixa, complacente, trabalhando sem êxito para o próprio sono, que ela mais promoveria que atrapalharia seu sono. "Estale, estale, moinhozinho", pensou. "Estale, estale só para mim."

– Onde está, então – Bürgel falou, brincando com dois dedos no lábio inferior, os olhos bem abertos, o pescoço espichado, como se estivesse chegando perto de um mirante encantador após uma caminhada exaustiva –, onde está essa oportunidade mencionada, tão rara que não aparece para quase ninguém? O segredo está nas normas sobre a competência. A saber, em uma grande organização viva, não é nem pode ser possível que cada caso tenha apenas um secretário específico. Acontece que um deles tem a competência principal, mas, em certa medida, muitos outros têm alguma responsabilidade, mesmo que menor. Quem sozinho seria capaz de reunir em sua mesa todas as relações, mesmo da menor ocorrência? Seria o maior dos trabalhadores. Mesmo o que acabei de dizer sobre uma competência principal já é um pouco demais. Será que as menores responsabilidades já não comportam o todo? Nesse caso, o crucial não é a paixão com a qual o caso é agarrado? E ela não é sempre a mesma, não está sempre com força total? Pode ser que os secretários difiram em tudo, e há inúmeras diferenças, mas não na paixão; nenhum deles seria capaz de se conter ao receber uma solicitação para tratar de um caso, mesmo com a menor das responsabilidades. Aparentemente, no entanto, temos que dar a impressão de estarmos tratando do assunto de forma organizada; por isso, apresentamos aos requisitados um secretário específico em primeiro plano, que será sua referência institucional. No entanto, não necessariamente aquele será o secretário com a maior competência pelo caso. Quem decide isso é a organização e as demandas especiais do momento. Esse é o ponto. Agora, imagine só, senhor Agrimensor, a oportunidade que um requisitado não teria se, por acaso, apesar de tudo o que já descrevi e não obstante tantos obstáculos, ainda assim, no meio da noite, ele surpreendesse um secretário que tivesse certa responsabilidade pelo caso em questão. O senhor nem pensou em uma oportunidade como essa? Imagino mesmo. Não é nem preciso pensar nela, uma vez que quase nunca acontece. Que grãozinho mais especial, diminuto, sortudo e de formato muito preciso esse requisitado precisa ser para passar por essa peneira tão intransponível? O senhor acha que nunca acontecerá? O senhor tem razão, nunca acontecerá mesmo. Mas, uma noite (quem é capaz de garantir tudo?), acontece. Contudo, entre meus conhecidos, não sei de ninguém que tenha passado por algo assim, mas isso não comprova muita coisa; conheço poucas pessoas se compararmos à quantidade de gente que vem aqui; além disso, não podemos ter certeza de que um secretário admita que algo assim tenha acontecido com ele. Trata-se de uma questão séria muito pessoal que, em certa medida, tange a vergonha institucional. Ainda assim, minhas experiências talvez comprovem que se trata de uma coisa tão rara que só existe em boatos, nada mais a confirma, e é até um grande exagero temê-la. Mesmo que acontecesse (se você acreditar na possibilidade), é possível torná-la formalmente inofensiva, e isso é muito fácil, comprovando que não há lugar para ela neste mundo. De todo modo, não é saudável se esconder dela morrendo de medo embaixo de um cobertor sem ousar olhar para fora. E, mesmo se a completa impossibilidade tomasse forma de repente, então será que tudo já estaria perdido? Pelo contrário. Tudo estar perdido é ainda mais improvável que o mais improvável. Bom, a coisa já é bastante ruim se o requisitado estiver no quarto. O coração aperta. "Por quanto tempo você conseguiria resistir?", é o que nos perguntamos. Mas não haverá resistência, sabemos disso. Deve-se apenas ver a situação da forma certa. O requisitado nunca antes visto, mas sempre esperado, esperado com verdadeira ânsia, o tempo inteiro considerado inacessível com razão, está sentado aí. Por meio de sua presença muda, convida-o para entrar em sua pobre vida, envolver-se como se fosse sua posse e sofrer junto em meio àquelas fracassadas solicitações. É um convite encantador na noite silenciosa. A gente aceita e, na realidade, deixa de ser funcionário público. Trata-se de uma situação na qual logo será quase impossível recusar um pedido. Mais precisamente, fica-se desesperado; e, mais certamente ainda, fica-se muito feliz. Desesperado por estar indefeso sentado aqui esperando pelo pedido do requisitado, sabendo que, uma vez proferido, deverá ser atendido mesmo que, até onde seja possível ignorá-lo, dilacere formalmente a organização institucional; isso é a coisa mais irritante que alguém pode encontrar na prática. Sobretudo (excluindo-se todo o resto) porque há também uma escalada da hierarquia acima de qualquer termo que deve ser forçosamente considerada nesse momento. Pelo nosso cargo, não estamos autorizados a atender pedidos como este em questão, mas nossa força institucional também cresce, de alguma forma, com a proximidade desse requisitado noturno; nos obrigamos a fazer coisas fora da nossa área; pois é, também as cumprimos. Assim como o predador na floresta, o requisitado obriga--nos a fazer vítimas noturnas que jamais conseguiríamos de outra forma; pois, então, assim é quando o requisitado ainda está aí, nos fortalece, nos obriga e nos empenha, e tudo segue ainda meio sem sentido; como será depois, quando tudo tiver passado, o requisitado tiver ido embora saturado e despreocupado e nós ficaremos aqui, sozinhos, impotentes em face do nosso abuso profissional. Não é nem possível imaginar! E, apesar de tudo, estamos felizes. Quão suicida pode ser a felicidade! É claro que poderíamos nos esforçar para esconder do requisitado a verdadeira situação. Ele mesmo quase não percebe nada. Pensa que entrou sem querer em um quarto diferente daquele que queria, provavelmente por qualquer motivo irrelevante e acidental (exausto, decepcionado, desrespeitado e indiferente pela exaustão e pela decepção), fica sentado ali inconsciente e imerso em pensamentos, se é que está pensando em alguma coisa com seus enganos ou seu cansaço. Não tem como se livrar dele? Não tem. Na tagarelice dos felizes, é preciso explicar-lhe tudo. É preciso, sem poder se poupar nem um pouco, mostrar em detalhes o que aconteceu e os motivos pelos quais isso aconteceu; quão extraordinariamente rara e única é essa grande oportunidade. É preciso mostrar como o requisitado se deparou com essa oportunidade em meio à completa desesperança, realmente da forma que apenas um requisitado seria capaz de se deparar; como agora, se quisesse, senhor Agrimensor, poderia desvendar tudo e, para isso, não precisasse fazer nada além de proferir seu pedido cujo cumprimento já está preparado, pois é, já está bem na sua frente, é preciso mostrar tudo isso; é esse o momento difícil para o funcionário. Quando isso também for feito, senhor Agrimensor, então aconteceu o que era mais necessário, e é preciso dar-se por satisfeito e esperar.

K. estava dormindo, alheio a tudo o que acontecia. Sua cabeça, que a princípio estava apoiada no braço esquerdo erguido na coluna da cama, escorregara no sono e agora pendia livre, lentamente afundando cada vez mais; o apoio do braço não foi mais suficiente; inconsciente, K. conseguiu outro colocando a mão direita no cobertor e, ao fazer isso, acidentalmente agarrou o inquiridor pé de Bürgel embaixo da coberta. Bürgel olhou para ele e deixou-o ficar com o pé, por mais incômodo que fosse.

Então, ouviram-se algumas fortes batidas na parede lateral. K. assustou-se e olhou para a parede.

– O agrimensor não está aí? – perguntaram.

– Está – Bürgel respondeu, livrando o pé de K. e esticando-se de repente com a força e o propósito de um garotinho.

– Mande-o vir logo, de uma vez por todas – disseram, sem levar em consideração Bürgel ou a possibilidade de ainda precisar de K.

– É Erlanger – Bürgel sussurrou, sem parecer se surpreender por Erlanger estar no quarto ao lado. – Vá encontrá-lo logo, ele já está ficando irritado, tente acalmá-lo. Ele dormiu bem; porém nós dois falamos muito alto; não é possível se controlar nem controlar o volume da voz quando falamos sobre certas coisas. Pois bem, vá agora, o senhor parece não estar conseguindo se livrar da sonolência. Vá, o que o senhor ainda quer aqui? Não, não precisa se desculpar pelo sono, por que faria isso? O corpo tem forças até determinado limite; quem poderia dizer que esse limite agora seria mais importante que nunca? Pois é, ninguém. É assim que o mundo corrige seu percurso e mantém o equilíbrio. É uma ordem tão excelente que nem se pode imaginar e desoladora sob outros aspectos. Então, vá agora, não sei por que o senhor está me olhando assim. Se relutar por muito tempo, Erlanger virá atrás de mim, e eu gostaria muito de evitar isso. Vá agora. Quem sabe o que o espera do outro lado? Aqui é um lugar cheio de oportunidades. No entanto, com certeza, há oportunidades que são grandes demais para serem aproveitadas; há coisas que fracassam em si mesmas. É, é impressionante mesmo. Em todo caso, espero conseguir dormir um pouco agora. Certamente, já são cinco horas, e a agitação começará em breve. Se o senhor puder ir saindo, por favor!

Anestesiado pelo despertar repentino de um sono profundo, ainda precisando dormir muito, com o corpo todo dolorido por causa da postura desconfortável, K. demorou e não conseguiu se levantar; segurou a testa e olhou para o colo. Nem mesmo as contínuas despedidas de Bürgel conseguiram fazer com que se mexesse e saísse, mas, lentamente, foi tomando consciência da sensação de inutilidade causada ao ficar naquele quarto por mais tempo. Aquele quarto lhe parecia indescritivelmente desolador. Ele não sabia se ficara assim agora ou se sempre fora desse jeito. Nem seria capaz de pegar no sono de novo ali. Essa convicção foi o fator decisivo; sorrindo um pouco, levantou-se, apoiou-se onde conseguiu, na cama, na parede, na porta, e saiu, como se já tivesse se despedido de Bürgel havia bastante tempo, sem dizer uma palavra.

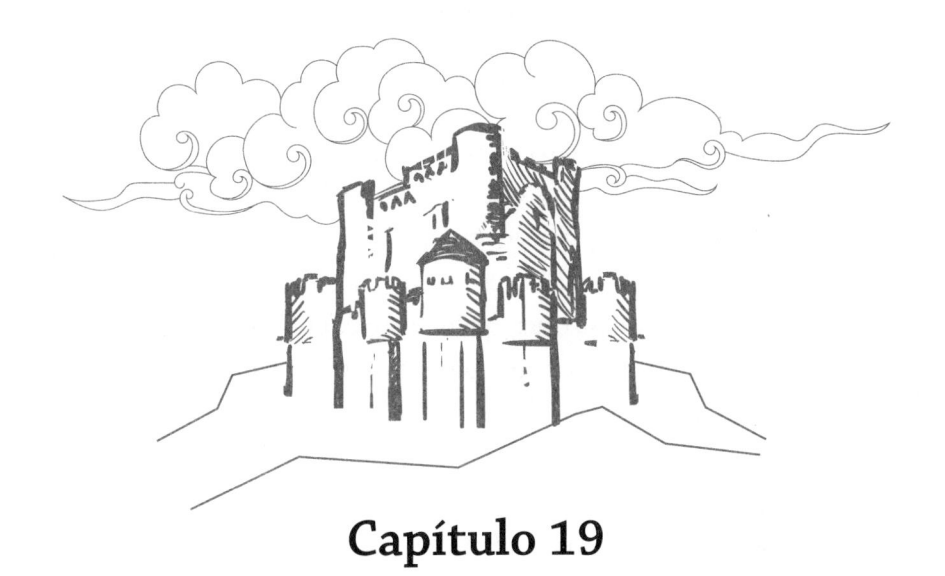

Capítulo 19

Era possível que ele passasse batido de novo pelo quarto de Erlanger se o homem não estivesse parado ali com a porta aberta acenando para ele. Um aceno único e rápido com o dedo indicador. Erlanger já estava pronto para partir, vestia um casaco de pele preto com gola apertada abotoada até o alto. Um criado entregava as luvas e ainda segurava um gorro de pele.

– Faz tempo que o senhor deveria ter vindo – Erlanger disse.

K. quis se desculpar. Com um cansado fechar de olhos, Erlanger mostrou que dispensava aquilo.

– Trata-se do seguinte – começou. – Antes, uma tal de Frieda servia no bar; só sei o nome dela, não a conheço pessoalmente e não é ela quem me preocupa. Às vezes, essa Frieda servia cerveja para Klamm. Agora, parece que há outra moça lá. Bem, é claro que essa mudança é indiferente, talvez para todo mundo, com certeza para Klamm. Quanto maior é o trabalho, e o trabalho de Klamm, sem dúvida, é o maior de todos, menos força sobra para se defender do mundo externo; por conseguinte, qualquer mudança indiferente nas coisas mais indiferentes possíveis podem incomodar seriamente. A mínima mudança na escrivaninha, a limpeza de uma mancha de sujeira que desde sempre estivera por lá, tudo isso pode incomodar, inclusive uma nova garçonete. Bem, mesmo se tudo isso incomoda e atrapalha o trabalho de alguém, não incomodará Klamm; não há nem o que discutir. Mesmo assim, somos obrigados a proteger o bem-estar de Klamm resolvendo nós mesmos incômodos que não são incômodos para ele (talvez nada o incomode), quando consideramos que se trata de possíveis incômodos. Não por causa dele; não resolvemos tais incômodos em prol do trabalho dele, mas por nossa causa, pelo nosso conhecimento e pela nossa tranquilidade. Portanto, essa tal Frieda deve voltar imediatamente para o bar; pode ser que ela incomode ao voltar; então, nesse caso, a mandaremos embora de novo; por enquanto, porém, ela deve voltar. Disseram-me que o senhor mora com ela, então cuide para seu retorno imediato. Não se deve levar para o lado pessoal, isso é evidente, e, portanto, não permitirei que o assunto continue a ser discutido. Já estou indo muito além do necessário ao mencionar que, se o senhor provar seu valor neste pormenor, o fato poderá ser utilizado em favor de seu progresso. Isso é tudo que tenho para lhe falar – ele fez um aceno de cabeça para se despedir de K., colocou o gorro de pele entregue pelo criado e subiu o corredor rapidamente, mas mancando um pouco, seguido pelo criado.

De vez em quando, os mandados emitidos ali eram muito fáceis de cumprir, mas essa facilidade não animou K. Não apenas porque o mandado se referia a Frieda, e foi proferido como ordem, mas soou muito mais como chacota para K., principalmente porque K. via nele a inutilidade de todos os seus esforços. Os mandados passavam por ele, tanto os desfavoráveis quanto os favoráveis, e mesmo os favoráveis certamente teriam um desfecho desfavorável; em todo caso, todos passavam por ele, que estava muito no fundo do poço para capturá-los, ou para calá-los e fazer ouvir sua voz. O que você faria se Erlanger o mandasse embora com as mãos? E, mesmo se não mandasse, o que poderia dizer a ele? No entanto, K. estava ciente de que, hoje, o cansaço o atrapalhara mais que todas as circunstâncias desfavoráveis, porque ele, que acreditou poder confiar em seu corpo, e, se não estivesse convencido disso, não teria nem saído de casa; porque não conseguiu suportar algumas noites ruins e uma noite insone; porque sentia aquele cansaço incontrolável justamente ali, onde ninguém estava cansado, ou melhor, onde todos estavam sempre cansados, mas sem deixar que isso atrapalhe seu trabalho; pois é, pelo contrário, parecia que os estimulava. Podia-se concluir que o tipo de cansaço deles era totalmente diferente do que K. sentia. Aqui, com certeza, sentiam aquele cansaço de um trabalho satisfatório. Algo que parecia cansaço por fora, mas que, na verdade, era uma tranquilidade e uma paz inabaláveis. Ficar um pouco cansado no meio da tarde faz parte do decorrer natural e satisfatório do dia. Aqui, os cavalheiros estão sempre no meio da tarde, K. falou para si mesmo.

O pensamento correspondia bastante ao momento, pois agora, às cinco horas, o corredor inteiro já estava animado. Aquela algazarra dos quartos tinha alguma coisa de muito alegre. Uma vez soou como o júbilo de crianças se preparando para um passeio; outra vez pareceu que haviam aberto um galinheiro: a alegria em total harmonia com o dia que despertava; em algum lugar, o bocejo de um cavalheiro até pareceu o cantar de um galo. O corredor em si ainda estava vazio, mas as portas já estavam em movimento; o tempo inteiro uma delas se abria e rapidamente se fechava de volta; o corredor estava cheio daquele abrir e fechar de portas. À luz da manhã, pela fresta das paredes que não chegavam até o teto, K. via as cabeças desgrenhadas aparecerem e sumirem lá no alto. À distância, empurrado por um criado, vinha lentamente um pequeno carrinho carregado de autos. Um segundo criado acompanhava ao lado, tinha uma lista na mão e comparava os números das portas com os dos autos. O carrinho parava na frente da maioria das portas; normalmente, a porta se abria e o quarto recebia os autos correspondentes; às vezes, apenas uma folhinha (nesses casos, uma breve conversa ocorria entre o quarto e o corredor, talvez repreendendo os criados). Se a porta permanecesse fechada, os autos eram empilhados cuidadosamente na soleira. Nesses casos, K. tinha a sensação de que a movimentação das portas ao redor não diminuía, apesar de os autos já terem sido distribuídos naquela área, mas intensificava-se. Talvez os outros estivessem ansiosos espiando os autos inexplicavelmente não retirados das soleiras das portas; eles não conseguiam compreender como alguém que precisava apenas abrir a porta para tomar posse de seus autos não fazia isso;

quiçá era até possível que os autos que realmente ficassem lá fora fossem distribuídos entre os outros cavalheiros, que agora verificavam constantemente para se convencerem de que os autos ainda estavam na soleira e para descobrirem se havia esperança para eles. No geral, esses autos que ficavam para trás formavam grandes maços; e K. pressupôs que haviam sido deixados para trás provisoriamente por ostentação, por malícia ou por um orgulho encorajador e justificado dos colegas. Essa suposição era corroborada quando, algumas vezes, as sacolas de autos eram puxadas de repente e com muita rapidez para dentro dos quartos, sempre quando ele deixava de olhar naquela direção após contemplar por bastante tempo, e a porta permanecia imóvel como antes; nessas ocasiões, a movimentação das portas ao redor também acalmava, decepcionadas ou talvez satisfeitas por aquele objeto, motivo de constante irritação finalmente ter sido eliminado, porém voltavam a se mexer aos poucos, depois.

K. observava tudo aquilo não apenas curioso, mas também participativo. Quase se sentia no meio daquela engrenagem; olhava para lá e para cá e, mesmo a uma distância considerável, seguia e prestava atenção no trabalho de distribuição dos criados, que já haviam se virado para ele, algumas vezes, com o olhar firme, a cabeça abaixada, os lábios abertos. Quanto mais prosseguiam, menos facilidade tinham para avançar, ou a lista não estava muito correta, ou os criados nem sempre conseguiam distinguir bem os autos, ou os cavalheiros faziam objeções por outros motivos. Em todo caso, era preciso que algumas distribuições fossem refeitas, então o carrinho voltava e negociavam sobre a devolução dos autos pela fresta da porta. As negociações em si apresentavam grandes dificuldades; quando se tratava de uma devolução, acontecia, com frequência, de as portas que haviam acabado de estar na mais animada das movimentações agora estarem implacavelmente fechadas, como se não quisessem saber de mais nada sobre o assunto. Então, as verdadeiras dificuldades começavam. Aquele que acreditava ter direito aos autos ficava muitíssimo impaciente, fazia muito barulho em seu quarto, batia palmas, batia os pés, não parava de gritar para o corredor o número de um auto específico pela fresta da porta. Com frequência, o carrinho era deixado totalmente sozinho nessas horas. Um dos criados ficava ocupado em acalmar o impaciente e o outro lutava pela devolução na frente da porta fechada. Ambos passavam sufoco. Comumente, o impaciente ficava com menos paciência ainda com as tentativas para acalmá-lo; nem conseguia mais prestar atenção às palavras vazias do criado; ele não queria consolo, queria autos; um desses senhores até jogou uma bacia cheia d'água no criado pela fresta aberta. O outro criado, nitidamente de categoria superior, passava um sufoco ainda maior. Se o cavalheiro em questão permitia-se entrar em negociações, seguiam-se conversas técnicas nas quais o criado citava sua lista, o senhor citava seus apontamentos e os autos que deveria devolver, mas os segurava com tanta força que quase não deixava nem um cantinho visível para os cobiçosos olhos do criado. Então, pelas novas evidências, o criado precisava voltar até o carrinho, que sempre andava sozinho um pouco mais para a frente por causa do corredor levemente inclinado, ou ir até o cavalheiro que estava reivindicando os autos e trocar os argumentos do proprietário atual por novos contra-argumentos. Essas negociações demoravam muito tempo; volta e meia entravam em acordo, o cavalheiro cedia parte dos autos ou recebia outros como compensação, uma vez que fora apenas um equívoco; acontecia também de alguém precisar renunciar de todos os autos solicitados sem receber nada em troca, seja porque o cavalheiro foi apertado pelas comprovações do criado, seja porque se cansara da contínua negociação; nesses casos, porém, não entregava os autos ao criado, mas decidia de repente e jogava-os longe no corredor, fazendo a costura se desfazer e as folhas voarem, e os criados tinham muito trabalho para organizar tudo de novo. Mas isso tudo era relativamente mais fácil que quando o criado não recebia nenhuma resposta para seu pedido de devolução; nesses casos, ficava parado na frente da porta fechada, pedia, implorava, citava sua lista, recorria aos regulamentos, tudo em vão; da porta não se ouvia um pio, e era evidente que o criado não tinha direito de entrar sem autorização. Então, às vezes, até esse excelente criado também perdia o autocontrole, voltava para seu carrinho, sentava-se nos autos, limpava o suor da testa e distraía-se um pouco, não por muito tempo, balançando os pés, desamparado. O interesse era enorme e despertado por todos os lados; o cochicho predominava; quase nenhuma porta ficava parada, e, no topo do parapeito, curiosamente, rostos quase totalmente envoltos por lenços, além de não se manterem quietos em seu lugar, assistiam a todos os eventos. Em meio àquela agitação, K. se deu conta de que a porta de Bürgel ficara fechada o tempo inteiro; os criados já tinham passado por aquela parte do corredor e nenhum auto foi atribuído a Bürgel. Talvez ainda estivesse dormindo, e isso significaria que era um sono bastante saudável com todo aquele barulho, mas por que ele não recebera nenhum auto? Pouquíssimos quartos haviam sido pulados desse jeito e, provavelmente, eram quartos desocupados. Por outro lado, no quarto de Erlanger, já havia um novo e particularmente inquieto visitante. Erlanger deve ter sido literalmente expulso por ele durante a madrugada, o que pouco combinava com seu jeito frio e distante, mas o fato de estar esperando por K. na soleira da porta dava a entender isso mesmo.

Mesmo com todas as observações periféricas, K. sempre retornava logo para os criados; decerto para aqueles criados não se aplicava o que K. ouvira falar sobre os criados em geral, sobre letargia, sua vida confortável, sua presunção; certamente havia exceções entre os criados ou, o que era mais provável, diversos grupos entre eles; afinal, K. notara que ali existiam muitas distinções que ele mal percebera até agora. A obstinação daquele criado agradava-o em particular. Ele não se deixava abater na luta contra esses pequenos e pertinazes quartos (para K., com frequência, parecia uma luta contra os quartos, pois quase não conseguia ver seus ocupantes). Apesar de se abater (quem não ficaria abatido?), após breve descanso, escorregava do carrinho e dirigia-se empertigado, os dentes cerrados, de volta para a porta a ser conquistada. E acontecia de ser rechaçado duas ou três vezes de forma muito simples, apenas pelo maldito silêncio, e, ainda assim, não ser derrotado. Quando via que não conseguiria nada com uma investida clara, tentava outra abordagem, como a trapaça, se é que K. interpretara direito. Ele fingia ter desistido da porta, esperava que seu silêncio se esgotasse, virava-se para outras portas e, depois de um tempo, voltava, chamava o outro criado, tudo de forma espalhafatosa e em alto volume, e começava a acumular os autos na soleira da porta fechada como se tivesse mudado de ideia e o certo não era tirar coisas daquele cavalheiro, mas atribuí-las a ele. Em seguida, seguia adiante, mas sempre ficando de olho na porta, e, então, quando o cavalheiro em breve a abria com cuidado para puxar os autos para dentro, como normalmente acontecia, o criado chegava rapidamente em passos largos, colocava o pé entre a porta e o batente e, assim, obrigava o cavalheiro a conversar com ele cara a cara, o que, normalmente, levava a um resultado parcialmente satisfatório. E, se isso não funcionasse ou não lhe parecesse a forma correta com aquela porta específica, tentava outra coisa. Por exemplo, dedicava-se ao cavalheiro a quem os autos deveriam ser entregues. Nesses casos, deixava o outro criado de lado, que não parava de trabalhar mecanicamente, um auxílio realmente inútil, e começava a conversar pessoalmente com o cavalheiro aos cochichos, segredando, a cabeça enfiada no quarto; talvez fizesse promessas ao homem e lhe garantisse que o outro cavalheiro receberia uma punição adequada na próxima distribuição; pelo menos apontava para a porta do opositor com frequência e ria, desde que seu cansaço permitisse. No entanto, houve casos, um ou dois, nos quais realmente desistia de todas as tentativas, mas K. acreditava também ser uma desistência apenas aparente ou, no mínimo, justificada, pois seguia em frente, calmamente, tolerando o barulho do cavalheiro injustiçado sem se virar, e apenas uma piscada momentânea e prolongada dos olhos indicava que estava incomodado com o barulho. Aos poucos, porém, o cavalheiro também se acalmava; como o choro ininterrupto de uma criança transforma-se gradualmente em soluços isolados, o mesmo acontecia com sua gritaria; mas, mesmo após tudo ficar completamente em silêncio, vez ou outra, ouvia-se de novo um grito isolado ou um rápido abrir e fechar de portas. De qualquer forma, parecia ser provável que os criados haviam feito a coisa certa. Por fim, restou apenas um cavalheiro que não queria se acalmar, ficou em silêncio por bastante tempo apenas para se recuperar e recomeçou tudo depois, não com menos força que antes. Não era possível entender totalmente por que gritava e reclamava daquele jeito; talvez nem fosse por causa da atribuição dos autos. Nesse meio-tempo, o criado concluiu seu trabalho; apenas um único auto; na realidade, um papelzinho, uma folha de um bloco de notas fora deixada para trás no carrinho por culpa do auxiliar, e, agora, não sabiam para quem deveria ter sido entregue. "Poderia muito bem ser meu auto", foi o que passou pela cabeça de K. O burgomestre falou várias vezes que era o menor dos menores casos. E K. tentou então se aproximar do criado, que olhava pensativamente para a folha, apesar de, no fundo, ele mesmo considerar essa hipótese aleatória e ridícula; não foi muito fácil, pois o criado não retribuía bem a simpatia de K.; mesmo no meio do trabalho mais severo, conseguiu achar um tempo para observar K. com raiva ou com impacientes e nervosas olhadelas para trás. Apenas agora, após concluir a distribuição, parecia ter se esquecido um pouco dele; estava indiferente, sua completa exaustão deixava isso claro; também não se esforçou muito com a folha, talvez nem estivesse lendo-a, apenas fingindo, e, apesar de provavelmente ter alegrado qualquer um dos cavalheiros ali naqueles quartos entregando-lhe a folhinha, decidiu fazer diferente; estava saturado daquela distribuição; com o indicador nos lábios, fez sinal para que seu companheiro não dissesse nada e (K. ainda estava bem longe dele) rasgou a folha em pedacinhos, que guardou no bolso. Foi a primeira irregularidade que K. viu ali nos escritórios; no entanto, também era possível que a tivesse interpretado mal. E, mesmo se fosse uma irregularidade, era perdoável; era impossível os criados trabalharem sem errar nas circunstâncias que ali reinavam; uma hora a raiva e a inquietação acumuladas tinham que explodir; e, se elas se mostrassem apenas no rasgar de uma pequena folhinha, era bastante inocente. A voz do cavalheiro que não se acalmava por nada ainda imperava no corredor, e os colegas, que não tinham se tratado muito amigavelmente em outras ocasiões, pareciam concordar em relação ao barulho; paulatinamente, era como se o cavalheiro tivesse assumido a tarefa de fazer barulho por todos eles, que o estimulavam a continuar com aclamações e acenos de cabeça. Mas o criado não ligou mais para ele, acabara seu trabalho, apontou para o outro criado segurar o puxador do carrinho e, assim, foram embora do mesmo jeito que vieram, mas agora mais satisfeitos e tão rápido que o carrinho pulava na sua frente. Contorceram-se apenas uma vez e olharam para trás quando o homem que não parava de gritar (e de cuja porta K. agora estava se aproximando, porque queria entender o que o senhor realmente queria) percebeu que não conseguiria um bom resultado com a gritaria e descobriu o botão de uma campainha elétrica; então, satisfeito pelo alívio que isso trouxe, em vez de gritar, começou a tocar a campainha sem parar. Ouviu-se um grande murmúrio de aprovação vindo dos outros quartos; parecia que o senhor estava fazendo algo que todos gostariam de ter feito havia tempos, mas, por motivos desconhecidos, não fizeram. Será que era o serviço, será que era Frieda que o cavalheiro estava chamando com a campainha? Se fosse, teria que tocar bastante. Frieda estava ocupada em envolver Jeremias em toalhas úmidas e, mesmo quando ficasse saudável, ela continuaria sem tempo, pois ficaria deitada em seus braços. Mas o chamado teve mesmo efeito imediato. Ao longe, com bastante pressa, vinha o próprio estalajadeiro da Estalagem dos Cavalheiros vestido de preto e abotoado como sempre; mas corria como se tivesse perdido a dignidade; os braços estavam semiabertos, como se tivesse sido chamado por um grande infortúnio e viesse para apanhá-lo e sufocá-lo em seu peito, e, a cada pequeno toque irregular da sineta, parecia dar um pulinho e acelerar ainda mais. A uma boa distância atrás dele aparecia agora, também, sua esposa, que corria com os braços igualmente estendidos, mas seus passos eram curtos e afetados, e K. pensou que ela chegaria tarde demais, que o estalajadeiro faria tudo que necessário antes. E, para dar espaço para o estalajadeiro passar, K. encostou-se na parede. Mas o estalajadeiro parou justamente na frente de K., como se ele fosse seu destino, e logo a estalajadeira também estava lá, e ambos o encheram de acusações que ele não entendeu naquela pressa e naquela surpresa, principalmente porque a campainha do cavalheiro misturava-se à fala e outras campainhas começaram a funcionar, agora não mais em tom de urgência, mas de brincadeira, em abundante alegria.

Por querer entender melhor sua culpa, K. aceitou ser carregado embaixo do braço do estalajadeiro e assim se afastar daquele barulho que não parava de aumentar, pois, atrás dele, as portas começaram a se abrir totalmente (K. não se virou, uma vez que estava sendo persuadido pelo estalajadeiro e, com ainda mais vigor, pela estalajadeira do outro lado), e o corredor avivava-se; parecia que um trânsito desenvolvia-se ali como uma ruela vívida e estreita; decerto, as portas à frente esperavam impacientes que K. finalmente passasse para poderem libertar os cavalheiros, e as campainhas continuavam a soar como se festejassem uma vitória. Então, enfim (eles já estavam no pátio branco e silencioso onde alguns trenós aguardavam), K., aos poucos, começou a entender do que se tratava. Nem o estalajadeiro nem a estalajadeira podiam acreditar que K. ousaria fazer uma coisa daquelas. "Mas o que ele fez?", era o que K. não parava de se perguntar, mas não conseguia questionar, porque a culpa era óbvia demais para os dois e, portanto, nem de longe pensavam em sua boa-fé. Muito lentamente, K. foi compreendendo tudo. Não tinha o direito de ficar no corredor; no máximo estava autorizado a acessar o bar, e mesmo isso apenas por camaradagem e contra qualquer revogação. Se fora intimado por um cavalheiro, é claro que deveria comparecer ao local da intimação, mas sempre ciente de que estava em um lugar que não lhe cabia (será que não tinha o mínimo de bom senso?), um lugar para onde fora chamado por um senhor muito a contragosto e apenas porque a ocasião institucional necessitava e desculpava. Nesse caso, tinha mesmo que se apresentar rapidamente, ser submetido ao interrogatório e, em seguida, sumir o mais rápido possível. Será que não notara a sensação de não pertencimento ali no corredor? E, se percebeu, como conseguiu ficar perambulando por ali como um animal no pasto? Será que não fora intimado para um interrogatório noturno e não sabia por que os interrogatórios noturnos tinham sido implementados? Os interrogatórios noturnos (e aqui K. recebeu uma nova explicação para seu significado) visavam apenas possibilitar aos cavalheiros ouvir os requisitados cujo semblante era insuportável durante o dia; ouvi-los rapidamente, à noite, sob luz artificial, com a possibilidade de esquecer toda aquela odiosidade durante o sono logo após o interrogatório. No entanto, o comportamento de K. escarnecera todas as precauções. Até os fantasmas somem pela manhã, mas K. ficara lá, as mãos enfiadas nos bolsos, como se esperasse que, ao não se afastar, o corredor inteiro com todos os quartos e os cavalheiros se distanciassem. E isso certamente teria acontecido (ele podia ter certeza disso) se fosse possível, pois a delicadeza dos cavalheiros não conhece fronteiras. Nenhum deles seria capaz de enxotá-lo ou, ao menos, dizer a ele o óbvio, que ele finalmente tinha que ir embora; nenhum deles faria isso, apesar de provavelmente tremerem de agitação com a presença de K. e perderem a manhã, seu horário preferido, por causa dele. Em vez de o atacar, preferem sofrer, embora também tenham esperança de que K. finalmente perceba, aos poucos, o que saltava aos olhos e, de forma correspondente ao sofrimento dos cavalheiros, ele mesmo sofrera ali embaixo até não conseguir mais suportar ficar parado ali no corredor de manhã, o que era terrivelmente inadequado e nítido para todos. Vã esperança. Eles não sabem ou não querem saber, em sua amabilidade e condescendência, que também há corações insensíveis, duros, que não podem ser abrandados nem por respeito. Não é verdade que, quando o dia chega, até a mariposa, pobre animal, procura um canto tranquilo, achata-se e gostaria de sumir, infeliz por não conseguir? K., por sua vez, ficava ali parado no lugar mais visível de todos, e, se pudesse impedir a chegada do dia, assim o faria. Apesar de não poder impedi-lo de chegar, infelizmente pode atrasá-lo e dificultá-lo. E não é que viu, inclusive, a distribuição dos autos? Algo que ninguém está autorizado a ver, exceto os envolvidos mais próximos. Algo que nem o estalajadeiro nem a estalajadeira podem ver na própria casa. Algo de que ouvem falar vagamente, como hoje pelos criados. Será que não percebeu a dificuldade com a qual a distribuição dos autos foi realizada na sua frente, algo inconcebível em si, uma vez que cada um dos cavalheiros serve apenas aos casos, nunca pensa em benefício próprio e, portanto, precisou trabalhar com todas as forças para que a distribuição dos autos, esse trabalho importante e fundamental, ocorresse com rapidez, tranquilidade e perfeição? E K. nem de longe percebeu que a principal causa de todas as dificuldades era a necessidade de realizar a distribuição de portas quase fechadas, sem que os cavalheiros tivessem a possibilidade de se comunicar imediatamente entre si da forma como sabem fazer, obviamente, ao passo que a distribuição feita pelos criados demora quase uma hora, nunca consegue ser realizada sem queixas, é um tormento contínuo para cavalheiros e criados e provavelmente pode ter consequências nocivas para o trabalho posterior. E por que os senhores não puderam se comunicar entre si? Pois é, será que K. ainda não entendeu? A estalajadeira (e o estalajadeiro confirmou também) nunca passara por algo parecido, e eles já tiveram que lidar com várias pessoas indisciplinadas. Coisas que nem pensam em falar precisam ser ditas para ele com todas as letras; caso contrário, ele não entende nem o mais elementar. Pois bem, já que é preciso dizer: por causa dele, única e exclusivamente por causa dele, os cavalheiros não puderam sair de seus quartos, pois, pela manhã, logo após o sono, estão muito envergonhados, muito sensíveis para se submeterem a olhares desconhecidos; sentem-se nus demais para se mostrarem, mesmo se estiverem completamente vestidos. É difícil dizer do que sentem vergonha; talvez esses eternos trabalhadores se envergonhem só por terem dormido. Mas talvez vá além de apenas se mostrarem; talvez tenham vergonha de ver pessoas desconhecidas; não querem ser confrontados agora de repente, pela manhã, com aquilo que felizmente foi superado com a ajuda dos interrogatórios noturnos, ou seja, o semblante tão difícil de suportar dos requisitados, para dizer a verdade nua e crua. Eles não são maduros o suficiente para tal. Que tipo de pessoa não respeita isso? Bem, tem que ser uma pessoa como K. Alguém que desdenha de tudo, da legislação e da mais ordinária consideração humana com essa indiferença e essa dormência apáticas; que não liga por quase ter impossibilitado a distribuição dos autos e por ter maculado a reputação do estabelecimento; que foi capaz de fazer o que nunca fora feito: desesperar os cavalheiros a ponto de eles próprios começarem a se defender, agarrar a campainha depois de uma autossuperação inconcebível para uma pessoa normal e chamar ajuda para se livrar de K., o inimpressionável! Eles, os cavalheiros, clamando por ajuda! Se não fossem o estalajadeiro, a estalajadeira e toda a sua equipe, se tivessem ousado aparecer diante dos cavalheiros de manhã sem serem chamados, nem que fosse apenas para buscar ajuda e em seguida desaparecer. Tremendo de indignação com K., desolados por sua impotência, os cavalheiros teriam esperado aqui na frente do corredor; o som jamais esperado foi sua salvação. Bem, o pior já passou! Agora, podiam dar uma espiada na contente agitação dos cavalheiros finalmente libertos de K.! Para K., com certeza, ainda não acabou; ele será responsabilizado pelo que aconteceu aqui.

Nesse meio-tempo, chegaram no bar; não estava muito claro por que o estalajadeiro levara K. até ali, apesar de toda a preocupação; talvez tenha percebido que o cansaço de K. o impossibilitaria de deixar o estabelecimento. Sem esperar um convite para se sentar e aguardar, K. logo afundou em um dos barris. A penumbra era agradável. Apenas uma lâmpada elétrica fraca brilhava em cima das torneiras de cerveja do grande cômodo. Lá fora, também estava muito escuro; parecia que nevava com bastante força. Era preciso agradecer por estar ali aquecido e ter cuidado para não ser mandado embora. O estalajadeiro e a estalajadeira ainda estavam parados na sua frente, como se ele continuasse representando perigo, como se sua total falta de confiança não excluísse a possibilidade de ele se levantar de repente e tentar infiltrar-se de novo no corredor. Os dois também estavam cansados pelo susto noturno e pelo despertar antecipado, sobretudo a estalajadeira, que trajava um conjunto marrom, com uma saia larga que fazia um barulho semelhante à seda, abotoado um pouco desajeitadamente (na pressa, onde ela encontrara aquela roupa?), e mantinha a cabeça apoiada no ombro do marido, apertava os olhos com um lencinho fino e direcionava a K., enquanto isso, um olhar infantil e bravo. Para tranquilizar o casal, K. falou que tudo o que eles haviam lhe contado agora era novidade e que, apesar do seu desconhecimento, não teria ficado tanto tempo no corredor, onde realmente não tinha nada para fazer, e, com certeza, não queria atrapalhar ninguém, mas tudo acontecera apenas por causa do enorme cansaço. Agradeceu-lhes por terem dado fim àquela cena patética;

se precisassem responsabilizá-lo, faria isso com prazer, pois só assim conseguiria evitar que seu comportamento fosse interpretado erroneamente, de maneira geral. A culpa era única e exclusivamente do cansaço, nada além disso. E esse cansaço, por sua vez, advinha da falta de costume com a fadiga causada pelos interrogatórios. Ambos sabiam que ele não estava ali havia muito tempo. Conforme for acumulando experiência no assunto, coisas parecidas não tornarão a acontecer. Era possível que ele levasse os interrogatórios muito a sério, mas, com certeza, aquilo não era ruim. Fora submetido a dois interrogatórios consecutivos, um com Bürgel e outro com Erlanger, e particularmente o primeiro deixou-o exausto; o segundo, no entanto, não durou muito tempo. Erlanger apenas lhe pediu um favor, mas ele percebeu que não conseguia aguentar os dois de uma vez; talvez algo assim fosse demais até para outra pessoa, como para o senhor Estalajadeiro. Na verdade, ele saiu meio trôpego do segundo interrogatório. Era quase uma espécie de embriaguez; vira e ouvira os dois cavalheiros pela primeira vez e precisava responder a eles. Tanto quanto sabia, tudo ocorrera muito bem, mas aí houve alguma infelicidade e dificilmente alguém poderia julgá-lo culpado pelo que acontecera antes. Era uma pena que Erlanger e Bürgel não notaram seu estado; com certeza, teriam tomado conta dele e evitado todo o resto, mas Erlanger, evidentemente, precisava ir embora para o castelo logo após o interrogatório, e Bürgel estava exausto, quiçá por causa daquele interrogatório (então, como K. deveria ter sobrevivido intacto a ele?), e pegara no sono, perdendo até toda a distribuição dos autos. Se uma oportunidade semelhante tivesse sido oferecida a K., ele a teria aceitado com satisfação e evitado todas as visões proibidas; era, inclusive, mais fácil, pois, na realidade, não estava apto a ver nada, e, portanto, até os senhores mais sensíveis poderiam ter se apresentado destemidamente.

K. sentiu que ganhou pontos com o estalajadeiro ao mencionar os dois interrogatórios, sobretudo o de Erlanger, e pelo respeito com o qual falara dos cavalheiros. Parecia que o pedido de K. para colocar uma tábua ali nos barris e deixá-lo dormir pelo menos até o amanhecer estava prestes a ser atendido pelo estalajadeiro, mas a estalajadeira era visivelmente contra, vestindo aquela roupa, cuja desordem parecia notar apenas agora, ajeitando inutilmente aqui e ali, fazia que não com a cabeça sem parar; parecia que uma briga antiga referente ao asseio do estabelecimento estava sendo trazida à tona de novo. Em seu cansaço, K. atribuiu uma importância exagerada à conversa do casal. Ser expulso dali naquele momento lhe parecia a maior infelicidade vivida até então. Isso não poderia acontecer, mesmo se o estalajadeiro e a estalajadeira se unissem contra ele. Encolhido no barril, observava-os de tocaia, até que a estalajadeira, em sua afetação fora do comum já notada por K. havia bastante tempo, virou-se de lado de repente (talvez eles já estivessem conversando sobre outras coisas) e gritou:

– Veja como ele me olha! Mande-o embora de uma vez por todas!

K., no entanto, aproveitando a oportunidade e quase indiferente e totalmente convencido de que iria ficar, disse:

– Não estou olhando para você, mas para suas roupas.

– O que tem a minha roupa? – a estalajadeira perguntou agitada.

K. deu de ombros.

– Vamos! – a estalajadeira falou ao estalajadeiro. – Ele está bêbado, esse canalha. Deixa ele dormir aí para passar essa bebedeira!

E, chamando Pepi, que surgiu do escuro toda descabelada, cansada, com uma vassoura frouxa na mão, mandou que jogasse um travesseiro qualquer para K.

Capítulo 20

Ao acordar, K., a princípio, pensou que quase nem dormira; o cômodo continuava vazio e quente, as paredes estavam na penumbra, aquela única lâmpada sobre as torneiras de cerveja estava apagada, a noite também caía atrás das janelas. No entanto, ao se espreguiçar, o travesseiro cair no chão e a cama e o barril estalarem, Pepi veio rapidamente, e ele descobriu que já era noite e dormira bem mais de doze horas. A estalajadeira perguntara por ele algumas vezes ao longo do dia, Gerstäcker também, que o esperava ali de manhã com uma cerveja, enquanto K. conversava com a estalajadeira, mas não se arriscou a incomodá-lo mais; só esteve ali uma outra vez para procurar por ele, e, por fim, parece que Frieda também viera, parou por um momento diante de K., porém não aparecera por causa dele, mas porque havia diversas coisas a preparar, já que deveria assumir seu antigo serviço à noite.

– Ela não gosta mais de você? – Pepi perguntou enquanto lhe dava café e bolo. No entanto, não perguntava mais por maldade com aquele seu jeito de antes, mas com tristeza, como se tivesse conhecido a maldade do mundo durante aquele período, abdicado de toda a própria maldade e percebido seu despropósito; conversava com K. como se compartilhasse do mesmo sofrimento e, quando K. provou o café e ela percebeu que ele não o achara doce o bastante, saiu e lhe trouxe o açucareiro inteiro. A tristeza, no entanto, não a impediu de hoje se enfeitar ainda mais do que da última vez; o cabelo, cuidadosamente queimado na testa e nas têmporas, estava repleto de laços e fitas trançadas, e no pescoço usava uma correntinha pendurada que caía pelo decote profundo. Quando K., satisfeito por estar finalmente desperto e pela oportunidade de tomar um bom café, tentou puxar um lacinho para desatá-lo sem que ela percebesse, Pepi falou cansada:

– Deixe-me em paz – e sentou-se em um barril ao seu lado. K. nem precisou perguntar o que a incomodava; ela mesma começou a contar, o olhar fixo no bule de café de K., como se precisasse de uma distração durante a narração, como se não conseguisse aceitar totalmente sua dor mesmo ao lidar com ela, pois estava além de suas forças. Primeiro K. descobriu que, na verdade, ele era o responsável pela infelicidade de Pepi, que, contudo, não o culpava por isso. E balançava a cabeça afirmativamente com assiduidade durante a narração, para que K. não tivesse tempo de contrariá-la. A princípio, ele tirara Frieda do bar e possibilitara a ascensão de Pepi. Era inimaginável que Frieda poderia pensar em deixar seu posto de outro modo; ficava sentada ali no bar como uma aranha na teia, os fios espalhando-se por todo o canto, e só ela sabia onde iam; teria sido impossível tirá-la contra a própria vontade; apenas o amor a um inferior, ou seja, algo que não fosse compatível com sua posição, seria capaz de removê-la de seu lugar. E Pepi? Será que já pensara em conquistar aquele cargo? Ela era camareira, tinha um emprego insignificante e pouco promissor, mas sonhava com um grande futuro, como qualquer garota; sonhar não é proibido, afinal, mas não pensava seriamente em uma ascensão; estava conformada com o que conquistara. Então, Frieda sumiu de repente do bar, e isso aconteceu tão repentinamente que o estalajadeiro nem tinha à mão uma substituta adequada, olhou ao redor e seu olhar deparou-se com Pepi, que, obviamente, se apresentara de acordo. Naquele momento, ela amou K. de uma forma que jamais amara alguém; por meses, esteve sentada lá embaixo naquele seu cubículo minúsculo e escuro, onde já estava preparada para passar anos, e, no pior dos casos, toda a vida sem ser notada;

então, de repente, K. aparecera, um herói salvador de jovens donzelas que abriu os caminhos para sua ascensão. É claro que ele não sabia nada sobre ela, nem agiu por sua causa, mas isso não abalava sua gratidão; na noite que antecedeu sua admissão (que ainda não era certa, mas bastante provável), passou horas conversando com ele, sussurrando agradecimentos em seu ouvido. Aos seus olhos, o fato de ser justamente Frieda o fardo que ele decidira carregar exaltava ainda mais a atitude; havia um inexplicável altruísmo da parte dele ao enamorar-se de Frieda para soerguer Pepi. Frieda, uma moça feia, envelhecida, magricela, com aquele cabelo curto e ralo e, principalmente, uma moça fingida, que sempre tem um segredo a esconder, decerto relacionado à sua aparência; a miséria não deixa dúvidas no rosto e no corpo, mas ela deve ter ao menos outros segredos que ninguém é capaz de verificar, como sua suposta relação com Klamm. A Pepi até ocorreram esses pensamentos na ocasião: será possível que K. ame Frieda de fato? Será que não está enganado ou, quem sabe, não esteja enganando apenas Frieda e talvez o único resultado de tudo isso seja a ascensão de Pepi? Então K. se dará conta do engano, ou desistirá de fingir e não olhará mais para Frieda, apenas para Pepi, o que não poderia ser uma ilusão insana de Pepi, pois ela poderia muito bem ser trocada por Frieda, uma moça por outra, isso ninguém pode negar; afinal de contas, fora o cargo de Frieda e o glamour que ela sabia conferir a ele que cegaram K. naquele momento. Então, Pepi sonhara que, após ter conseguido o cargo, K. viria suplicante até ela, que teria que escolher entre ouvir os pedidos de K. e perder o cargo ou dispensá-lo e continuar ascendendo. E ela já decidira: renunciaria a tudo e se entregaria a ele, e o ensinaria sobre o verdadeiro amor, que ele nunca seria capaz de conhecer com Frieda, independentemente de qualquer cargo honorário do mundo. Mas o que aconteceu foi diferente. E de quem era a culpa? Sobretudo de K., mas também da lábia de Frieda. Sobretudo de K.; afinal, o que ele queria, que tipo de pessoa estranha é? Quais são suas pretensões, que assuntos tão importantes são esses que o ocupam e o fazem se esquecer da melhor, mais próxima e mais bela das coisas? Pepi é a vítima, e tudo é bobo, e tudo está perdido; se alguém tivesse a coragem de incendiar e queimar toda a Estalagem dos Cavalheiros, mas queimá-la completamente sem deixar rastro nenhum, queimar como um papel incendeia-se no fogo, esse alguém seria o escolhido de Pepi. Pois é, Pepi chegou aqui no bar quatro dias atrás, pouco antes do almoço. O trabalho aqui não é fácil; aliás, é quase um trabalho homicida, mas o que está em jogo também não é pouco. Antes Pepi não estivera ali durante o dia, e, mesmo se friamente nunca tivesse pensado em assumir esse cargo, fizera valiosas observações e sabia o que ele trazia consigo; ela não assumira aquele cargo despreparada. Não é possível assumi-lo sem preparo, senão o perderia já durante as primeiras horas. Ah, se eu quisesse agir como camareira aqui! Como camareira, acontece bastante de o tempo passar despercebido e esquecido; é como trabalhar em uma mina; pelo menos, é assim no corredor dos secretários; lá vemos apenas alguns poucos requisitados apressarem-se para lá e para cá o dia inteiro e nem ousamos olhar para cima; não há ninguém além das outras duas ou três camareiras, todas igualmente amarguradas. Não podemos sair do dormitório, sobretudo pela manhã, pois os secretários gostam de ficar sozinhos; a comida é levada pelos servos da cozinha, então as camareiras normalmente não têm nada para fazer; também não podemos aparecer no corredor durante as refeições. As camareiras só podem arrumar enquanto os cavalheiros estiverem trabalhando, mas não os quartos ocupados, obviamente, somente os quartos vazios, e o serviço deve ser feito bem silenciosamente para não atrapalhar o trabalho dos cavalheiros. Mas como é possível arrumar em silêncio se os cavalheiros ficam nos quartos por vários dias, inclusive os servos, aquela corja imunda que fica brincando lá dentro? Então, quando os quartos finalmente são liberados às camareiras, estão em tal estado que nem um dilúvio seria capaz de limpá-los. É verdade que são cavalheiros elevados, mas é preciso lutar com todas as forças para superar o nojo deles e conseguir arrumar após irem embora. As camareiras realmente não têm muito trabalho, mas o que têm é lamentável. E nunca recebem uma palavra amiga, só acusações, principalmente a mais irritante e frequente de todas: que autos se perderam durante a arrumação. Na realidade, nada se perde, todo e qualquer papelzinho é entregue ao estalajadeiro, mas os autos, de fato, são perdidos, só que não pelas moças. Então, chegam as comissões e as moças precisam sair de seus dormitórios. A comissão revira as camas, as moças não têm posse de nada, seus poucos pertences ficam em um cesto costeiro, mas a comissão procura por horas mesmo assim. É claro que não encontram nada; como os autos iriam parar ali? O que as moças farão com autos? Mas o resultado são novamente xingamentos proferidos pelo estalajadeiro e ameaças por parte da comissão decepcionada. E nunca há tranquilidade, nem de noite, nem de dia; é barulho por quase toda a madrugada e na primeira alvorada. Se, ao menos, não fosse preciso morar lá; mas é preciso, pois também é função das camareiras levar para os quartos as miudezas da cozinha pedidas nos intervalos, sobretudo de madrugada. Sempre a batida repentina na porta das camareiras, a prescrição do pedido, a ida até a cozinha, o despertar dos meninos da cozinha que estavam dormindo, o deixar da xícara com as coisas pedidas na frente da porta das camareiras, onde os servos as buscam; como é triste tudo aquilo. Mas isso nem é o pior. Muito pior é quando não chega nenhum pedido, quando noite adentro, no momento em que todos já deveriam estar dormindo, e a maioria de fato está, começam a andar sorrateiramente perto da porta das camareiras. Quando isso acontece, todas as moças se levantam da cama (as camas ficam uma sobre as outras, há pouquíssimo espaço ali; todo o dormitório das moças, na realidade, não passa de um grande armário com três prateleiras), ouvem à porta, ajoelham-se, abraçam-se com medo. E o furtivo continua sendo ouvido na frente da porta. Todas ficariam felizes se ele finalmente entrasse, mas isso não acontece, ninguém entra. É preciso dizer que não se trata imprescindivelmente de uma ameaça; talvez seja apenas alguém caminhando para cima e para baixo na frente da porta, pensando se deve fazer um pedido sem conseguir decidir. Talvez seja só isso, mas também pode ser algo bem diferente. Na realidade, não se conhecem os cavalheiros; eles quase não são vistos. Em todo caso, as moças morrem de medo lá dentro e, quando enfim as coisas se acalmam lá fora, encostam-se na parede e não têm forças suficientes para subir de volta em suas camas. É esta vida que está esperando pelo retorno de Pepi; ela voltará a ocupar seu lugar no dormitório das camareiras ainda esta noite. E por quê? Por causa de K. e de Frieda. De volta a essa vida da qual ela acabara de se livrar, da qual se livrara com a ajuda de K, mas também com seu grande esforço; pois as moças descuidam--se lá naquele serviço, até as que antes eram mais cuidadosas. Para quem elas iriam se enfeitar? Ninguém as vê; no melhor dos casos, apenas a equipe da cozinha; aquelas que se contentam com isso podem até se enfeitar. Mas, ainda assim, estão sempre nos seus quartinhos ou nos aposentos dos senhores, nos quais é uma leviandade e um desperdício pisar ali com roupas imaculadas. Sempre há aquela luz artificial e aquele ar abafado (o aquecimento é contínuo), e, na verdade, está sempre cansada. Pois a melhor forma de aproveitar a única tarde livre da semana é dormindo calma e tranquilamente em algum cômodo de madeira da cozinha. Para que se enfeitar, então? É, quase nem nos trocamos. E, então, Pepi é transferida de repente para o bar, onde era preciso fazer justamente o oposto caso quisesse se firmar ali; onde se estava sempre diante dos olhos das pessoas; entre elas, cavalheiros bastante refinados e atenciosos; portanto, era preciso estar sempre com a aparência mais elegante e agradável possível. É, foi uma grande mudança. E Pepi pode dizer para si mesma que não deixou passar nada. Pepi não se preocupava em como as coisas acabariam depois. Sabia que tinha as habilidades necessárias para essa função; estava bastante certa disso, e mantém essa certeza, inclusive agora, e ninguém poderá tirar isso dela, nem hoje, o dia da sua derrocada. Bem, ela mesma pôde comprovar logo nos primeiros momentos que não foi fácil, pois era mesmo uma pobre camareira sem vestidos nem adornos, e porque os cavalheiros não têm paciência para esperar o desenrolar das coisas; querem uma garçonete de imediato sem transição, como eles merecem, senão se viram para o outro lado. Pode-se pensar que suas expectativas nem eram tão grandes, uma vez que Frieda era capaz de satisfazê-las. Mas não é verdade. Pepi refletiu com frequência sobre isso, esteve com Frieda várias vezes e dormiu com ela por um período. Não é fácil rastrear Frieda, e quem não prestar bastante atenção (e que cavalheiro presta bastante atenção?)

logo é despistado por ela. Ninguém sabe melhor que a própria Frieda quão lastimável é sua aparência; quando a vemos soltar os cabelos pela primeira vez, por exemplo, juntamos as mãos com pesar. O certo seria que uma moça como aquela nem se tornasse camareira; ela também sabia disso, o que a fazia chorar algumas noites, encostar-se em Pepi para colocar o cabelo de Pepi na própria cabeça. No entanto, quando está em serviço, todas as dúvidas desaparecem, ela comporta-se como a mais bela de todas e sabe o jeito certo de insuflar cada um. Ela conhece as pessoas, esta é sua verdadeira arte. E também mente com rapidez e ludibria bem para que as pessoas não tenham tempo de avaliá-la minuciosamente. É claro que isso não dura muito tempo; as pessoas têm olhos que, por fim, hão de estar certos. Mas, no momento em que percebe esse risco, já tem outro artifício preparado; nos últimos tempos, por exemplo, foi sua relação com Klamm! Sua relação com Klamm! Não acredite nisso, você mesmo pode verificar; vá até Klamm e pergunte a ele. Muito esperta, muito esperta… E, se você não quiser se arriscar a ir falar com Klamm por causa de uma pergunta como essa, talvez não seja recebido nem com perguntas infinitamente mais importantes e Klamm esteja totalmente inacessível a você (e apenas a você e seus semelhantes, pois Frieda, por exemplo, pula lá dentro quando quer), se for esse o caso, ainda assim você poderá verificar, só precisa esperar! Com certeza, Klamm não conseguirá suportar um boato falso como esse por muito tempo; decerto ele está indo atrás disso como um louco, acha extremamente importante tudo o que falam sobre ele no bar e nos quartos de hóspedes e, se for alguma coisa falsa, ele logo corrigirá.

Mas ele não corrige; portanto, não há o que ser corrigido e se trata da mais pura verdade. Na realidade, a única coisa que se vê é Frieda levando a cerveja para o quarto de Klamm e saindo de lá com o pagamento; mas aquilo que não se vê é contado por Frieda, e temos que acreditar. Ela não conta nada, é claro que não sairá divulgando tais segredos por aí; não, os segredos dela se espalham sozinhos, e, uma vez divulgados, ela não evita mais conversar sobre eles, mas o faz com discrição, sem afirmar nada, referindo-se exclusivamente ao que já está no domínio público. Não fala sobre tudo, por exemplo, sobre o fato de Klamm beber menos cerveja que antes desde que ela está no bar; não muito menos cerveja, mas uma quantidade significativamente menor, disso ela não fala, mas para isso pode haver diversos motivos; chegou a hora de Klamm gostar menos de cerveja, ou ele se esquece de tomar cerveja por causa de Frieda. Em todo caso, por mais surpreendente que seja, Frieda é a amante de Klamm. Mas o que basta a Klamm pode não impressionar os outros; e assim, quando menos se esperava, Frieda tornou-se uma grande beldade, exatamente a moça de que o bar precisava; é, quase bonita demais, poderosa demais, logo o bar não era mais suficiente para ela. E, realmente, as pessoas estranhavam por ela ainda estar no bar; ser garçonete é bastante coisa; desse ponto de vista, a relação com Klamm parece bastante verossímil; no entanto, se a garçonete for a amante de Klamm, por que ele a deixa no bar, e assim por tanto tempo? Por que não a faz crescer? As pessoas podem ouvir milhares de vezes que não há nenhuma contradição aqui, que Klamm tem seus motivos para agir assim, ou que talvez a ascensão de Frieda chegue de repente, quem sabe muito em breve, mas nada disso tem muito efeito; as pessoas têm determinadas concepções e não se afastam delas por muito tempo, por mais que se tente. Contudo, ninguém mais duvidava de que Frieda era a amante de Klamm, e mesmo aqueles que sabiam de outras coisas já estavam cansados demais para duvidar. "Que seja a amante de Klamm então, inferno", pensavam, "mas, se assim for, queremos notar o progresso dela." No entanto, não se notava nada, e Frieda ficou no bar até agora e, secretamente, estava muito feliz por se manter assim. Mas perdeu prestígio entre as pessoas, e é claro que isso não passou despercebido; normalmente ela percebe as coisas antes mesmo de acontecerem. Uma moça realmente bela e adorável não precisa fazer uso de arte nenhuma, uma vez acostumada com o bar; contanto que seja bela, continuará como garçonete, a menos que aconteça algum incidente particular e infeliz. Uma moça como Frieda, no entanto, precisa estar sempre preocupada com o cargo; é claro que ela é inteligente o bastante para não demonstrar; em vez disso, cuida em reclamar dele e amaldiçoá-lo. Mas, em segredo, está sempre observando o clima. Foi assim que viu as pessoas se tornarem indiferentes; a aparição de Frieda não significava mais nada que valesse a pena levantar os olhos; nem mesmo os servos se preocupavam com ela; era compreensível que ficassem com Olga e moças desse tipo; ela percebeu também o comportamento do estalajadeiro, que a tratava como se fosse cada vez menos indispensável; nem sempre é possível descobrir novas histórias sobre Klamm, tudo tem limite, e, assim, a boa Frieda decidiu fazer algo novo. Se, ao menos, alguém tivesse sido capaz de perceber isso logo de cara! Pepi tinha suas suspeitas, mas não percebeu tudo, infelizmente. Frieda decidiu fazer um escândalo; ela, a amante de Klamm, iria se jogar nos braços de outro qualquer; se possível, o mais pífio de todos. Isso traria visibilidade, as pessoas falariam do assunto por bastante tempo e, então, finalmente, se lembrariam do que significa ser a amante de Klamm, descartando essa honra no êxtase de um novo amor. O difícil seria encontrar o homem adequado para fazer essa jogada inteligente. Não podia ser um conhecido de Frieda, nem mesmo um dos servos; provavelmente ele a encararia com os olhos arregalados e iria embora; além do mais, não era sério o bastante; e, mesmo com a maior retórica, seria impossível espalhar que Frieda fora atacada por ele sem conseguir se defender e, portanto, sucumbira em um momento inconsciente. E, além de precisar ser o mais pífio de todos, também tinha que ser alguém capaz de convencer que, apesar do seu jeito enfadonho e grosseiro, não sentia falta de ninguém menos que Frieda e cujo maior anseio (crê em Deus pai!) é justamente se casar com Frieda. Melhor ainda se pudesse ser um homem ainda mais infame; se possível, mais inferior que um servo, muito abaixo de um servo, mas, ainda assim, um homem do qual nem toda garota desse risada e sobre o qual talvez alguma outra moça opinante possa encontrar algo atraente. Mas onde podemos encontrar um homem desses? É provável que outra garota passaria a vida inteira procurando por ele em vão. A sorte de Frieda levou o agrimensor ao bar, quem sabe na exata noite em que pensara no plano pela primeira vez. O agrimensor! Sim, K. pensa sobre o quê? O que ele tem de especial na cabeça? Será que conseguirá algo especial? Um bom emprego, uma condecoração? Ele quer alguma coisa nesse sentido? Bem, então deveria ter atuado de outra forma desde o início. Ele não é nada; é uma lástima olhar para sua situação. Ele é agrimensor, talvez isso até seja alguma coisa; quer dizer que aprendeu algo, mas, se não souber usar isso para começar a fazer alguma coisa, então volta a não ser nada. Além disso, faz exigências sem ter o menor respaldo, e não faz exigências diretas, mas nota-se que faz algumas, e isso, por si só, já é irritante. Se ao menos soubesse que até uma camareira está lhe fazendo uma doação ao conversar com ele por bastante tempo... E, com todas essas exigências especiais, cai na pior das armadilhas logo na primeira noite. Será que não tem vergonha? O que Frieda tinha para impressioná-lo tanto? Mas agora ele conseguia entender. Será que poderia mesmo ter gostado dela, aquela coisa macilenta e amarelada? Ah, não, ele nem olhou para ela; bastou ela dizer que era amante de Klamm para ele, aquilo ainda era novidade, e, pronto, estava perdido! Ela, no entanto, teve que se mudar; é claro que agora não havia mais lugar para ela na Estalagem dos Cavalheiros. Pepi encontrou-a ainda na manhã antes da mudança, a equipe correu para se reunir, todos curiosos com a cena. E sua força ainda era tão grande que lamentamos por ela; até seus inimigos lamentaram por ela; suas suposições mostraram-se certas já logo no início; jogar-se fora para um homem como aquele parecia inimaginável e um golpe do destino para todos; as mocinhas da cozinha, que obviamente admiram qualquer garçonete, estavam inconsoláveis. Até Pepi ficou mexida com aquilo, não conseguiu se conter totalmente, mesmo sua atenção estando direcionada a outra coisa. Ela percebeu que, na verdade, Frieda estava muito pouco triste. No fundo, fora atingida por uma infelicidade terrível e, inclusive, agia como se estivesse muito infeliz, mas não era o bastante. Pepi não foi enganada por aquele joguinho. Então, o que a mantinha em pé? Seria a alegria do novo amor? Bem, essa hipótese foi descartada. Mas o que era, afinal? O que lhe dava forças para ser friamente amigável até com Pepi, que fora nomeada sua sucessora? Na ocasião, Pepi não teve muito tempo para refletir sobre isso; tinha muito a fazer com os preparativos para o novo emprego. Era provável que precisasse assumi-lo em poucas horas e não estava com um penteado bonito, não tinha um vestido elegante, nem roupas de baixo delicadas, nem sapatos dignos de serem usados. Era preciso conseguir tudo isso em poucas horas; se não fosse possível se equipar adequadamente, era melhor renunciar ao cargo, pois certamente o perderia na primeira meia hora. Bem, ela conseguiu, em partes. Tinha talento especial para penteados; uma vez a estalajadeira até mandou chamá-la para pentear seu cabelo; ela tem uma leveza especial nas mãos; além disso, seu volumoso cabelo obedece e fica do jeito que se quer. Também houve ajuda para o vestido. Suas duas colegas mantiveram-se fiéis a ela; ficam honradas quando uma moça do grupo vira garçonete; depois, quando tivesse chegado ao poder, Pepi poderia conseguir algumas vantagens para elas. Uma das moças, havia muito tempo, tinha um tecido caro, era seu tesouro; com frequência, deixava que as outras o admirassem, e sempre sonhava em utilizá-lo para si de um jeito encantador, e, como Pepi precisava dele naquele momento (foi muito fofo da parte dela), ela o sacrificou. E, muito dispostas, ambas a ajudaram a costurar, não poderiam ter sido mais dedicadas, mesmo se estivessem costurando para si mesmas. Inclusive, foi um trabalho muito feliz e animador. Ficaram sentadas cada uma na sua cama, uma em cima, a outra embaixo, costurando e cantando e passando entre si as partes prontas e os acessórios. O coração de Pepi aperta ao se recordar e perceber que tudo foi em vão, que ela voltará para as amigas de mãos vazias! Que desgraça e que dívida descuidada, sobretudo a de K.! Como todas ficaram felizes com o vestido, parecia a garantia para o sucesso, e, no fim, ao encontrarem espaço para mais uma fitinha, desapareceram todas as dúvidas. E ele não é bonito mesmo, o vestido? Agora já está um pouco gasto e manchado, Pepi não tem outro e precisa usar este dia e noite, mas ainda se vê como é bonito; nem a maldita dos Barnabeses seria capaz de fazer um melhor. E, apesar de ser apenas um vestido, pode ser alterado apertando e alargando em cima e embaixo, conforme necessário; isso é uma vantagem especial, e foi ela quem inventou. Também não é difícil costurar para ela. Pepi não se gaba disso; tudo serve em moças jovens e saudáveis. Muito mais difícil foi conseguir as roupas de baixo e os sapatos, e foi aí que o fracasso realmente começou. As amigas também ajudaram aqui da melhor forma que puderam, mas não puderam muito. As roupas íntimas que haviam reunido e remendado eram toscas, e, em vez de botinhas de salto, tinha apenas os sapatos de ficar em casa, que preferimos esconder a exibir. Pepi foi consolada, disseram que Frieda também não se vestia muito bem e, às vezes, andava tão maltrapilha que os clientes preferiam ser servidos pelos rapazes do porão que por ela. Isso era verdade, mas Frieda podia agir assim, já conquistara graça e prestígio; quando uma dama aparece vestida porca e desleixadamente uma vez, é perdoável, mas uma novata como Pepi? Ademais, Frieda não era capaz de se vestir bem; não tinha o menor bom gosto; não há o que fazer quando se tem uma pele tão amarelada, mas também não precisa vestir uma blusa creme com um decote tão fundo como Frieda faz, atacando os olhos com todo aquele amarelo. E, mesmo se não fosse isso, ela era muito sovina para se vestir bem; guardava tudo o que ganhava, e ninguém sabia para quê. Não precisava de dinheiro no serviço, lidava bem com mentiras e truques. Pepi não quis nem conseguiu seguir esse exemplo e, por isso, tinha o direito de se enfeitar para se fazer valer desde o início. Se tivesse artifícios mais fortes, teria se mantido vitoriosa, apesar de toda a esperteza de Frieda e de toda a burrice de K. Tudo começou tão bem... Com sua experiência prévia, ela já estava ciente das atitudes e do conhecimento necessários. Mal chegara no bar e já estava ambientada. Ninguém sentia falta de Frieda no trabalho. Só no segundo dia, alguns clientes quiseram saber onde Frieda estava. Não houve erros, o estalajadeiro estava satisfeito; no primeiro dia, ele não saiu do bar por medo, depois aparecia só uma hora ou outra e, por fim, como o caixa bateu (as entradas estavam, em média, até um pouco maiores que na época de Frieda), ele passou a deixar tudo nas mãos de Pepi. Ela trouxe novidades. Frieda teve que abrir mão de direitos não por dedicação, mas por avareza, por prepotência, por medo e, ao menos em partes, sobretudo se tivesse alguém olhando, cuidava dos servos; Pepi, no entanto, passara todo esse trabalho aos rapazes do porão, que eram muito mais adequados para a função. Assim, sobrava mais tempo para os aposentos dos cavalheiros; os clientes eram atendidos com rapidez; e ela ainda conseguia trocar algumas palavras com cada um deles, não como Frieda, que nitidamente dava atenção exclusiva a Klamm e considerava qualquer palavra, qualquer aproximação de outra pessoa um incômodo a ele. Isso, com certeza, também era inteligente, pois, quando dava liberdade a alguém, era uma oportunidade sem igual. Pepi, no entanto, odeia tais artifícios, e, no começo, eles não são úteis. Pepi era simpática com todos, e todos correspondiam com simpatia. Era visível que todo mundo ficara feliz com a mudança; quando os cavalheiros, exaustos de tanto trabalhar, finalmente podem se sentar para tomar uma cervejinha, é possível transformá-los por completo com uma palavra, um olhar, um dar de ombros. As mãos passavam pelos cachos de Pepi com tanta avidez que ela precisava refazer o penteado dez vezes por dia; ninguém se opunha ao charme daqueles cachos e daqueles laços, nem mesmo o cabeça oca do K. Foi assim que aqueles dias agitados e cheios de trabalho, porém exitosos, voaram. Ah, se não tivessem passado tão rápido, se ela pudesse ter alguns dias a mais! Quatro dias são muito pouco, mesmo esforçando-se até a exaustão; talvez o quinto dia seria suficiente, mas quatro dias eram muito pouco. Pepi até teria conquistado entusiastas e feito amigos em quatro dias se tivesse confiado em todos os olhares, mas estava mesmo nadando em um mar de afeição quando se aproximava com as canecas de cerveja; um escritor chamado Bartmeier encantara-se com ela, dera-lhe aquela correntinha com o pingente com sua foto dentro, o que fora um atrevimento; isso e muito mais acontecera, mas foram apenas quatro dias; se Pepi tivesse se esforçado para isso, em quatro dias, Frieda teria sido quase esquecida, mas não completamente; e poderia mesmo ter sido esquecida, quiçá até antes, se não tivesse se precavido e se mantido na boca das pessoas graças ao grande escândalo. Ela se reinventara para as pessoas que queriam vê-la de novo apenas por curiosidade; aquilo que antes as deixava entediadas e saturadas agora ganhara novo fôlego, e o mérito era do até então totalmente indiferente K.; com certeza, os cavalheiros não teriam abdicado de Pepi, desde que ficasse por ali e atuasse com sua presença, mas eram, na maioria, homens velhos; seus hábitos dificilmente mudam, demora um pouco até se acostumarem com uma nova garçonete; mesmo se a troca for bastante benéfica, levam-se alguns dias, mesmo contra a vontade dos cavalheiros; demoram-se alguns dias, talvez apenas cinco dias, mas quatro dias não são suficientes. Pepi será vista para sempre apenas como a temporária. E, possivelmente, o maior dos infortúnios: nesses quatros dias, Klamm não desceu do quarto de hóspedes, apesar de ter estado no vilarejo nos dois primeiros dias. Se tivesse vindo, teria sido o teste mais decisivo de Pepi; contudo, o teste que ela menos temia, que mais a animava. Ela não se tornaria a amante de Klamm (é melhor nem falar sobre essas coisas em voz alta) nem teria mentido a esse respeito, mas, ao menos, teria colocado o copo de cerveja em sua mesa de forma tão agradável quanto Frieda colocava, teria cumprimentado-o belamente e se apresentado belamente sem a importunação de Frieda, e, se Klamm procurasse alguma coisa no olhar de uma moça, teria encontrado e ficaria totalmente satisfeito com os olhos de Pepi. Mas por que ele não veio? Foi coincidência? Antes, Pepi também teria pensado nisso. Ela esperou por ele durante os dois dias inteiros, esperou inclusive à noite. "Klamm virá agora", ela não parava de pensar, andando para lá e para cá por nenhum outro motivo senão a inquietação da expectativa e o desejo de ser a primeira a vê-lo imediatamente ao entrar. Essa frustração permanente deixou-a esgotada; talvez fosse por isso que não conseguiu oferecer tanto quanto poderia. Quando tinha algum tempinho, esgueirava-se corredor acima, onde é estritamente proibida a entrada de funcionários, apertava-se em um canto e esperava. "Se Klamm viesse ao menos agora…", eu pensava; se pudesse tirar o homem de seu quarto e descer para o quarto de hóspedes com ele em meus braços. Eu não colapsaria com esse peso, e seria um peso bem grande. Mas ele não veio. Faz tanto silêncio naquele corredor de cima que não dá para imaginar se você nunca esteve por lá. É tão silencioso que não dá para aguentar por muito tempo, o silêncio expulsa você. Mas ela voltava; dez vezes afugentada, dez vez mais Pepi subia. Foi em vão. Se Klamm quisesse vir, viria; no entanto, se não quisesse vir, Pepi não o atrairia para fora, mesmo quase sufocando ali no canto com as palpitações do coração. Foi em vão, mas, se ele não viesse, aí quase tudo teria sido em vão. E ele não veio. Hoje, Pepi sabe por que Klamm não veio. Frieda teria tido uma conversa sincera se visse Pepi no canto no corredor de cima, as duas mãos no coração. Klamm não desceu porque Frieda não permitiu. Ela não fizera isso com pedidos; seus pedidos não se impunham a Klamm. Mas ela tem suas ligações, aquela aranha, ligações das quais ninguém sabe. Se Pepi diz algo a algum cliente, ela diz abertamente, até a mesa do lado poderia ouvir. Frieda não tem nada a dizer, coloca a cerveja na mesa e vai embora; apenas sua anágua de seda, a única coisa com a qual gastou dinheiro, faz barulho. Quando enfim diz alguma coisa, não o faz abertamente, mas sussurrando para o cliente; inclina-se tanto que faz a mesa vizinha espichar as orelhas. Talvez o que diga até seja irrelevante, mas nem sempre; ela tem ligações, uma amarrada na outra, e a maioria falha (quem se preocuparia com Frieda por muito tempo?), mas uma ou outra ainda se mantêm. Ela começou a usar essas ligações agora. K. deu-lhe oportunidade para isso; em vez de se sentar com ela e monitorá-la, mal para quieto em casa, fica andando por aí, faz reuniões aqui e acolá, dá atenção a tudo, exceto a Frieda, e, por fim, para dar-lhe ainda mais liberdade, muda-se da Estalagem da Ponte para a escola vazia. Um belo início de lua de mel, isso tudo. É fato que Pepi com certeza será a última a fazer acusações a K. por não conseguir ficar com Frieda; não dá para ficar com ela mesmo. Mas por que não a deixou de uma vez, por que continuou voltando para ela, por que deu a impressão de estar lutando por ela em suas andanças? Parece que descobriu sua verdadeira insignificância ao entrar em contato com Frieda e quer se fazer digno de Frieda, quer enrolar-se de alguma forma; portanto, ele renuncia provisoriamente à companhia para ter que compensar as carências depois sem ser perturbado. Enquanto isso, Frieda não perde tempo, fica sentada na escola, provavelmente onde K. a deixou, e observa a Estalagem dos Cavalheiros, e observa K. Tem à disposição mensageiros excelentes: os ajudantes de K., que ele cede a ela por completo (e não sabemos por que, mesmo após conhecermos K., não sabemos por quê). Ela os envia aos velhos amigos, lembra-se deles, reclama por ser mantida presa por um homem como K., corre atrás de Pepi, informa sobre sua futura chegada, pede ajuda, jura não revelar nada a Klamm, age como se Klamm precisasse ser poupado e, portanto, não pode descer ao bar em hipótese nenhuma. O que ela gasta poupando Klamm usa para se aproveitar do estalajadeiro a seu favor, alertando para o fato de que Klamm não virá mais. Como ele poderia vir se lá embaixo é uma Pepi que está servindo? É claro que o estalajadeiro não tem culpa, essa Pepi foi a melhor substituta que pôde encontrar, mas não é razoável nem para alguns dias. K. não sabe de nada sobre toda essa atuação de Frieda; quando não está andando por aí, deita-se alheio aos seus pés enquanto ela conta as horas que ainda a separam do bar. Mas os ajudantes não desempenham somente o serviço de mensageiro, eles cuidam também para que K. sinta ciúme e, assim, o mantêm em banho-maria! Frieda conhece os ajudantes desde a infância; certamente eles não guardam segredos entre si, mas começam a honrar K., sentem falta uns dos outros, e, assim, surge para K. o risco de desenvolver um grande amor. E K. faz tudo o que Frieda quer, até o mais contraditório; deixa-se enciumar pelos ajudantes, porém consente que os três fiquem juntos enquanto sai sozinho em suas andanças. É quase o terceiro ajudante de Frieda. Então, Frieda finalmente decide dar seu grande golpe com base em suas observações: decide voltar. E, realmente, isso ocorre no momento certo; é impressionante como Frieda, a Esperta, identifica e se aproveita disso; essa força da observação e da decisão é a arte inigualável de Frieda; quão diferente seria sua vida se Pepi a tivesse. Se Frieda tivesse ficado mais um ou dois dias na escola, Pepi não poderia mais ser afugentada, iria se tornar garçonete em definitivo, seria amada e mantida por todos, teria ganhado dinheiro suficiente para complementar as provisões improvisadas com primor; mais um ou dois dias e Klamm não poderia mais ser afastado do quarto de hóspedes por intriga nenhuma; viria, beberia, se sentiria acolhido e ficaria muitíssimo satisfeito com a mudança, se é que perceberia a ausência de Frieda; mais um ou dois dias e Frieda estaria total e completamente esquecida. Frieda e seu escândalo, suas ligações, os ajudantes, tudo, nunca mais ela seria mencionada.

Quem sabe, então, ela poderia se aproximar mais de K. e, de fato, aprender a amá-lo, pressupondo-se que seja capaz disso? Não, isso também não. Pois K. é outro que só precisa de mais um dia para ficar saturado dela, para perceber quão vergonhosamente ela o engana sobre tudo, sobre sua suposta beleza, sua suposta fidelidade e, principalmente, sobre o suposto amor de Klamm; ele só precisa de mais um dia, nada além disso, para expulsá-la de casa com todos aqueles ajudantes sujos; achamos que nem K. precisa mais disso. E então, agora que a cova começava a se fechar sobre ela entre esses dois riscos, em sua ingenuidade, K. ainda deixa o último e mais estreito caminho livre para ela, e então ela escapa (quase ninguém mais esperava por isso, vai contra a natureza); de repente, ela aparece como aquela que se livrará de, K., que ainda a ama e ainda a segue, e aparece como a salvadora para o estalajadeiro, sob a pressão auxiliar dos amigos e dos ajudantes, muito mais atraente que antes por causa do escândalo, comprovadamente desejada pelos mais pífios e pelos mais nobres, entregando-se apenas momentaneamente aos pífios e logo os dispensando, como é de costume, e depois se tornando de novo inacessível para eles e todos os outros; só para que o que antes já era justificavelmente duvidoso se torne uma convicção agora. Então, ela voltará, o estalajadeiro, olhando de esguelha para Pepi, hesita (será que ele deve se livrar dela, que foi tão bem?), mas logo é convencido; há muita coisa a favor de Frieda, e, o principal, ela fará o quarto de hóspedes voltar a receber Klamm. E então chegamos no agora, nesta noite. Pepi não esperará Frieda chegar e triunfar com a assunção do cargo. Ela já entregou o caixa à estalajadeira, já pode ir embora. O escaninho da cama lá embaixo, no dormitório das meninas, está preparado para ela, que chegará e será recebida pelas amigas aos prantos, arrancará o vestido do corpo, as fitas dos cabelos e jogará tudo em um canto bem escondido para que não se lembre desnecessariamente de uma época que deve ficar esquecida. Então, pegará o grande balde e a vassoura, cerrará os dentes e partirá para o trabalho. Mas antes ela precisava contar tudo a K. para que ele veja com clareza, apesar de ainda parecer incapaz de compreender sem ajuda, quão terrivelmente tratou Pepi e quão infeliz a fez. É claro que também se aproveitaram dele nisso tudo.

Pepi terminou. Respirando fundo, limpou algumas lágrimas dos olhos e das bochechas e olhou para K. balançando a cabeça, como se quisesse dizer que, no fundo, nem se tratava da sua infelicidade; ela a suportaria e não precisava da ajuda nem do consolo de ninguém, principalmente de K. Apesar de sua juventude, ela conhecia a vida, e sua infelicidade era apenas uma confirmação dos seus conhecimentos, mas tratava-se de K.; quis apresentar a ele um quadro, mesmo após o aniquilamento de todas as suas esperanças; ela ainda achou que fazer isso era necessário.

– Mas que imaginação selvagem você tem, Pepi – K. falou. – Não pode ser verdade que você descobriu todas essas coisas só agora; não passam de sonhos dos escuros e apertados dormitórios femininos lá de baixo, sonhos que lá têm lugar, mas aqui, no bar aberto, são bastante curiosos. É óbvio que você não seria capaz de se afirmar aqui com essas ideias. Mesmo seu vestido e seu penteado, dos quais você tanto se gaba, são apenas monstros nascidos do escuro e das camas dos seus dormitórios; com certeza, lá eles são muito bonitos, mas aqui todos riem deles, às escondidas ou abertamente. E o que mais você falou? Que se aproveitaram e mentiram para mim? Não, querida Pepi, não se aproveitaram nem mentiram para mim, tampouco para você. É verdade que Frieda me deixou ou, como você disse, escapou com um ajudante; você vê o vislumbre da verdade; também é verdade que seja muito improvável que ela se torne minha esposa, mas é bastante incorreto dizer que eu ficaria saturado dela, ou que a expulsaria de casa no dia seguinte, ou que ela me traiu da forma que uma mulher normalmente trai um homem. Vocês, camareiras, estão acostumadas a espionar pelos buracos das fechaduras e, assim, pensam que podem supor o quadro geral a partir de um detalhe de fato observado, o que é tão impressionante quanto falso. As consequências disso, por exemplo, são eu saber muito menos que você, nesse caso. De longe, não sei explicar tão bem quanto você os motivos pelos quais Frieda me deixou. Para mim, a explicação mais provável me parece ser algo que você mencionou, mas não esmiuçou, que foi tê-la deixado de lado. Infelizmente isso é verdade; eu a deixei de lado, mas isso teve motivos especiais que não vêm ao caso agora;

eu ficaria feliz se ela voltasse para mim, mas logo tornaria a deixá-la de lado. É isso. Enquanto ela esteve comigo, continuei com minhas andanças, escarnecidas por você; agora que ela foi embora, estou quase desocupado, cansado, desejando ficar cada vez mais desocupado. Você não tem nenhum conselho para mim, Pepi?

– Tenho – Pepi respondeu, animando-se de repente e segurando K. pelos ombros. – Nós dois fomos enganados, vamos ficar juntos. Venha comigo lá para baixo, com as meninas!

– Enquanto você continuar reclamando sobre ter sido enganada – K. falou –, não poderemos concordar. Você quer continuar sendo enganada porque gosta disso e o assunto mexe com você. A verdade, no entanto, é que você não é adequada para esse emprego. Quão clara precisa ser essa falta de adequação se até eu, que sou o mais ignorante de todos, na sua opinião, percebo isso? Você é uma boa garota, Pepi; mas isso não é tão fácil de perceber; eu, por exemplo, a princípio, a achei desagradável e arrogante, mas você não é assim; o emprego a deixou confusa porque você não é adequada para ele. Não quero dizer que seja um cargo muito alto para você; não se trata de nada sobrenatural; talvez, se olharmos bem, ele seja um pouco mais louvável que sua função anterior, mas, no geral, a diferença não é tão grande; são tão semelhantes que podem até ser confundidos; é, poderíamos quase afirmar que é preferível ser camareira que trabalhar no bar, pois lá embaixo vocês ficam sempre entre os secretários; aqui, por outro lado, apesar de também terem que servir os superiores dos secretários nos quartos de hóspedes, é preciso lidar com uma gente bastante reles, como comigo, por exemplo; eu não tenho direito de ficar em nenhum outro lugar a não ser aqui no bar, e a oportunidade de interagir comigo deve ser considerada mais honrosa que todas as outras? Bem, a você parece que sim, e talvez tenha seus motivos. Mas justamente por isso você não é adequada. É um emprego como qualquer outro, mas para você é o reino dos céus, por isso você lida com tudo com um esforço exagerado, arruma-se como acha que os anjos se arrumam (na verdade, eles são bem diferentes disso), fica inquieta por causa do cargo, sente que está sendo seguida o tempo inteiro, usa uma simpatia excessiva para tentar ganhar todos aqueles que acredita poderem apoiá-la, mas incomoda-os com isso e afasta-os, pois os homens querem ter paz aqui na taberna e não juntar as preocupações da garçonete às suas próprias. É possível que nenhum dos clientes mais nobres tenha realmente notado a saída de Frieda, mas hoje sabem disso e, de fato, sentem falta dela, pois Frieda fazia tudo completamente diferente. Não importa como era fora daqui e quanto sabia apreciar seu emprego, ela era bastante experiente no serviço, fria e controlada, você mesma disse isso, sem, no entanto, conseguir se beneficiar com a lição. Você já prestou atenção no olhar dela? Quase nem era mais o olhar de uma garçonete; já era quase o olhar de uma estalajadeira. Olhava para tudo e todos, e o olhar que deixava para trás ainda era forte o bastante para acabar com qualquer um. O que importa se talvez é um pouco magra e envelhecida, se poderia ter um cabelo mais limpo, são miudezas se comparadas ao que ela realmente tinha, e aqueles que se incomodavam com tais deficiências mostravam que lhes faltava a visão do todo. Com certeza, não se pode acusar Klamm disso, e é apenas o ponto de vista errôneo de uma jovem e inexperiente moça que a impede de acreditar no amor de Klamm por Frieda. Klamm lhe parece inalcançável (e isso com razão), e, por isso, você crê que Frieda também não seria capaz de se aproximar dele. Você está errada. Eu seria capaz de acreditar só na palavra de Frieda, mesmo se não tivesse provas irrefutáveis. Por mais inacreditável que lhe pareça e por menos que você consiga associar isso à sua noção de mundo, e de funcionalismo, e de distinção, e de influência da beleza feminina, é verdade, assim como nós dois estamos sentados aqui lado a lado e coloco sua mão entre as minhas, assim se sentavam também lado a lado Klamm e Frieda, como se fosse a coisa mais natural do mundo, e ele certamente descia; pois é, até apressava-se, ninguém ficava à sua espreita no corredor e negligenciava o restante do trabalho. Klamm esforçava-se sozinho por aparecer, e as falhas na vestimenta de Frieda, que tanto aterrorizam você, não o incomodavam nem um pouco. Você é que não quer acreditar nela! E não sabe o papel de boba que está fazendo, como evidencia sua inexperiência desse jeito! Até alguém que não soubesse de nada sobre a relação com Klamm precisaria reconhecer no jeito dela que tal relação fora moldada por alguém superior a você, a mim e a todo o povo do vilarejo, e que suas conversas iam além das brincadeiras normais entre clientes e garçonetes, que parecem ser o objetivo da sua vida. Mas estou sendo injusto com você, que também reconheceu muito bem os méritos de Frieda, notou seu poder de observação, sua firmeza, a influência que ela tem sobre as pessoas, mas você está interpretando tudo errado; acredita que ela usa tudo de forma egoísta para benefício próprio e para o mal, ou até como arma contra você. Não, Pepi, mesmo se ela tivesse essas flechas, não conseguiria atirá-las de uma distância tão curta. E egoísta? Seria mais correto dizer que ela sacrificou tudo o que tinha e ansiava por nos dar a oportunidade de nos afirmarmos em postos mais altos; no entanto, nós dois a decepcionamos e, por isso, a obrigamos a voltar para cá. Não sei se é isso mesmo, também não tenho clareza sobre minha própria culpa, e, quando me comparo a você, ocorre-me algo nesse sentido; talvez nós dois tenhamos nos empenhado demais, esbravejado demais, sido infantis e inexperientes demais ao nos esforçarmos para conseguir algo que seria obtido de modo fácil e imperceptível com a tranquilidade e a objetividade de Frieda, por exemplo, mas nos esforçamos para obter aos prantos, com arranhões e puxões (como uma criança que puxa a toalha de mesa e não ganha nada com isso, só joga fora todo seu esplendor, inacessível para sempre); não sei se é isso mesmo, mas sei que também não é como você está dizendo.

– Bem – Pepi respondeu –, você está apaixonado por Frieda porque ela o abandonou; não é difícil se apaixonar por ela quando ela está longe. Mas, mesmo que as coisas sejam como você quer e mesmo se tiver razão em rir da minha cara, o que quer fazer agora? Frieda o abandonou, você não tem esperanças de que ela volte, seja conforme as minhas explicações ou as suas, e, mesmo se ela voltar, você precisa ficar em algum lugar neste período; está frio, você não tem nem trabalho nem cama; venha conosco, você gostará das minhas amigas, vamos acolhê-lo bem; você nos ajuda com o trabalho, que realmente é pesado para as meninas sozinhas; não ficaremos jogadas à nossa própria sorte e não teremos mais medo durante a noite. Venha conosco! Minhas amigas também conhecem Frieda; contaremos histórias sobre ela até você ficar saturado. Venha! Também temos fotos de Frieda e as mostraremos a você. Antes Frieda era ainda mais reservada que hoje, você quase não a reconhecerá, exceto pelos seus olhos, que já sapeavam naquela época. Então, você vem?

– É permitido? Ontem mesmo foi um escândalo enorme porque fui pego no seu corredor.

– Porque você foi pego, se ficar conosco, não será pego. Ninguém saberá de você, só nós três. Ah, vai ser tão divertido. A vida lá já está me parecendo bem mais suportável que alguns instantes atrás. Talvez eu nem perca tanta coisa por ter que ir embora daqui. Viu, nós três nunca ficamos entediadas, é preciso adoçar um pouco a vida, que já nos foi amargada na juventude; pois é, nós três ficamos juntas, vivemos da forma mais bela possível lá; você vai gostar principalmente de Henriette, mas de Emilie também; já falei de você para elas. Lá, essas histórias são ouvidas como fantásticas, como se nada pudesse acontecer de verdade fora do dormitório; lá é quente e apertado e nos apertaremos ainda mais; não, apesar de sermos deixadas à nossa própria sorte, nunca ficamos cheias umas das outras; pelo contrário, quando penso nas minhas amigas, parece quase certo voltar; por que eu deveria evoluir mais que elas? Era justamente isso que nos mantinha juntas, o futuro de nós três estava bloqueado do mesmo jeito e, mesmo assim, desgarrei-me e fui separada delas. É claro que não as esqueci e minha próxima preocupação era fazer alguma coisa por elas; meu próprio emprego ainda estava em risco (eu não fazia ideia do quão em risco estava), e eu já tinha conversado com o estalajadeiro sobre Henriette e Emilie. Ele não foi completamente irredutível em relação a Henriette, mas para Emilie, que é muito mais velha que nós, deve ter mais ou menos a idade de Frieda, o estalajadeiro não deu nenhuma esperança. Mas, veja só, elas nem querem sair de lá, sabem que a vida levada ali é sofrida, mas já aceitaram, aquelas boas almas; acho que suas lágrimas de despedida eram mais pela tristeza ao me ver tendo que deixar nosso dormitório compartilhado, precisar sair no frio (para nós, parece que tudo o que está fora do quarto é frio) e ter que lidar com pessoas grandes e desconhecidas em ambientes grandes e desconhecidos com nenhum outro fim senão ganhar a vida, o que eu conseguia fazer bem até então ali naquele domicílio em comum. É provável que elas nem se espantem ao me ver voltando agora e chorem e lamentem meu destino apenas para me comprazer um pouco. Depois, olharão para você e perceberão que foi bom eu ter ido embora. Ficarão felizes por agora termos um homem para nos ajudar e proteger; também ficarão encantadas por tudo ter que se manter em segredo, e tal segredo nos aproximará ainda mais. Venha, por favor, venha conosco! Você não terá obrigação nenhuma e não estará atrelado ao dormitório para sempre, como nós estamos. Quando chegar a primavera e você encontrar um emprego em algum lugar e não quiser mais ficar conosco, pode ir embora; no entanto, precisa guardar segredo e não nos dedurar, senão seria nosso fim na Estalagem dos Cavalheiros, e é claro que você também precisará tomar cuidado quando estiver conosco e não aparecer em nenhum lugar que não considerarmos seguro e, principalmente, precisará seguir nossas recomendações; você só será obrigado a isso, que deve ser tão importante para você quanto é para nós; de resto, estará totalmente livre; o trabalho que lhe daremos não será pesado, não há o que temer em relação a isso. Então, você vem?

– Quanto tempo ainda falta para a primavera? – K. quis saber.

– Para a primavera? – Pepi repetiu. – O inverno é longo aqui; um inverno bastante longo e constante. Sobre isso, no entanto, não reclamamos lá embaixo, estamos protegidas contra o inverno. Bem, uma hora a primavera e o verão devem chegar, e, com certeza, eles têm seu tempo; mas agora, de memória, a primavera e o verão parecem tão curtos, como se não durassem mais que dois dias, e mesmo nesses dias, mesmo no mais belo dos dias, às vezes ainda neva um pouco.

Então, a porta se abriu. Pepi encolheu-se assustada; seus pensamentos a tinham levado para bem longe do bar, mas não era Frieda, e sim a estalajadeira. Ela ficou surpresa por K. ainda estar por ali. K. desculpou-se dizendo que estava esperando pela estalajadeira ao mesmo tempo em que agradecia por terem permitido que passasse a noite ali. A estalajadeira não entendeu por que K. estava esperando por ela. K. disse que fora impressão de que a estalajadeira ainda queria falar com ele, e pediu desculpas caso estivesse enganado; em todo caso, precisava ir embora agora, largara a escola sozinha por muito tempo, ele era criado lá, foi tudo culpa da intimação do dia anterior, ele tinha pouquíssima experiência nessas coisas e, certamente, não causaria à estalajadeira mais aborrecimentos como os de ontem. E inclinou-se para ir embora. A estalajadeira olhava para ele como se estivesse sonhando. O olhar também segurou K. por mais tempo do que queria. Então, ela riu um pouco e só despertou por causa da expressão de surpresa de K.; parecia esperar uma resposta para sua risada e acordava somente agora, já que a resposta não veio.

– Acho que ontem você teve a audácia de falar alguma coisa sobre minhas roupas.

K. não conseguiu se lembrar.

– Ah, você não se lembra? Depois da audácia, vem a covardia.

K. desculpou-se usando o cansaço do dia anterior; era bastante provável que tivesse tagarelado alguma coisa ontem; de toda forma, não conseguia mais se lembrar. O que ele poderia ter falado sobre as roupas da dona Estalajadeira? Que nunca vira roupas tão bonitas assim. Pelo menos, nunca vira uma estalajadeira trabalhar em roupas como aquelas.

– Pode parar com as observações! – a estalajadeira interrompeu rapidamente. – Não quero ouvir mais nenhuma palavra sua sobre roupas. Minhas roupas não são da sua conta. Proíbo-o de fazer isso de uma vez por todas.

K. inclinou-se mais uma vez e dirigiu-se para a porta.

– O que quer dizer com isso? – a estalajadeira gritou em suas costas. – Que nunca viu uma estalajadeira trabalhar em roupas assim? Que observações mais sem sentido são essas? Não tem o menor cabimento. O que quer dizer com isso?

K. virou-se e pediu à estalajadeira que não ficasse nervosa. É claro que as observações não faziam sentido. Ele não entendia nada de roupas. Para ele, qualquer roupa sem remendos e limpa já parecia excelente. Só ficara surpreso ao ver a dona Estalajadeira aparecer ali no corredor, em plena madrugada, com um conjunto de noite tão belo entre todos aqueles homens malvestidos, só isso.

– Muito bem – a estalajadeira disse –, parece que você finalmente se lembrou da observação que fez ontem. E a complementa com ainda mais bobagens. É verdade que você não entende nada de roupas mesmo. Então, por favor (e quero pedir isso de verdade), deixe de ficar avaliando o que são roupas excelentes, conjuntos de noite inadequados ou coisa que o valha... Além do mais – ao dizer isso, ela pareceu ter sido tomada por um calafrio –, você não tem que se preocupar com as minhas roupas, ouviu bem?

E, quando K. quis começar a se virar mais uma vez em silêncio, ela perguntou:

– De onde tirou esses conhecimentos sobre roupas?

K. deu de ombros; não tinha conhecimento nenhum.

– Você não tem nenhum – a estalajadeira concluiu. – Portanto, não deve fingir que tem. Venha comigo até o escritório, quero lhe mostrar uma coisa. Quem sabe assim você deixa de ser audacioso de uma vez por todas.

Ela seguiu na frente e passou pela porta; Pepi pulou para K. com a desculpa de receber o pagamento dele, e os dois falaram-se rapidamente; era muito fácil, pois K. conhecia o pátio cujo portão dava para o lado da rua; ao lado do portão havia uma pequena portinhola. Pepi estaria atrás dela daqui a aproximadamente uma hora e a abriria após três batidas.

O escritório particular ficava em frente ao bar, apenas era preciso atravessar o corredor; a estalajadeira já estava no cômodo iluminado e olhava impaciente para K. Mas atrapalharam outra vez. Gerstäcker esperava no corredor e queria conversar com K. Não foi fácil se livrar dele; a estalajadeira também ajudou e chamou a atenção de Gerstäcker para sua importunação. "Para onde? Para onde?", ouviu-se Gerstäcker falar ainda enquanto fechavam a porta, e as palavras misturaram-se com suspiros e tosses terríveis.

Era um cômodo pequeno e superaquecido. Nas paredes estreitas, havia um púlpito e uma caixa registradora de ferro; nas paredes compridas havia um armário e uma otomana. O armário ocupava quase todo o espaço; não apenas se estendia por toda a parede comprida, mas também era bem fundo, o que estreitava bastante o cômodo; três portas de correr eram necessárias para abri-lo por completo. A estalajadeira indicou a otomana para K. se sentar, e ela sentou-se na cadeira giratória ao lado do púlpito.

– Você não estudou alfaiataria? – a estalajadeira perguntou.

– Não, nunca – K. respondeu.

– O que faz mesmo?

– Sou agrimensor.

– E o que é isso?

K. explicou, e a explicação a fez bocejar.

– Você não está falando a verdade. Por que não fala a verdade?

– Você também não está falando a verdade.

– Eu? Está começando com a audácia de novo? E, mesmo se eu não estiver falando a verdade, é a você que tenho que responder? E sobre o que não estou falando a verdade?

– Você não é só estalajadeira, como gosta de dizer.

– Olha só! Você está cheio das descobertas! E o que sou então? Sua audácia está ficando realmente fora do controle.

– Não sei o que mais você é. Só estou vendo que é uma estalajadeira e usa roupas que não são adequadas a uma estalajadeira e, até onde sei, roupas que mais ninguém do vilarejo usa.

– Agora chegamos ao ponto. Você não consegue esconder, talvez nem seja audacioso; só age como uma criança que sabe de alguma bobagem qualquer e não é capaz de escondê-la. Fale logo! O que tem de especial com essa roupa?

– Você ficará brava se eu disser.

– Não, darei risada, será uma besteira infantil de qualquer jeito. O que têm as roupas, afinal?

– Quer mesmo saber? Então está certo. Elas são de um bom material, realmente excelentes, mas ultrapassadas, geralmente emperiquitadas demais, gastas e não combinam nem com a sua idade, nem com o seu corpo, nem com o seu emprego. Notei-as desde a primeira vez que a vi há cerca de uma semana aqui, no corredor.

– Então é isso! Elas são ultrapassadas, emperiquitadas e o que mais? E como sabe de tudo isso?

– Só estou vendo, não é preciso formação para isso.

– Você só está vendo. Não precisa pesquisar em nenhum lugar e já sabe tudo sobre as tendências da moda. Então você me será indispensável, pois tenho uma queda por roupas bonitas. E o que vai dizer sobre este armário cheio de roupas? – ela empurrou as portas de correr para o lado; via-se uma roupa ao lado da outra, apertadas por toda a extensão do armário; a maioria era de roupas escuras, cinza, marrons, pretas, todas penduradas e dispostas meticulosamente. – Estas são minhas roupas, todas ultrapassadas e emperiquitadas, como você falou. Mas são só as roupas que não cabem no meu quarto lá de cima, onde tenho mais dois cheios, dois armários quase tão grandes quanto este. Está surpreso?

– Não, eu esperava por algo do tipo; tinha falado que você não é apenas estalajadeira; você visa a alguma outra coisa.

– Viso apenas a me vestir bem, e você é um tolo, ou uma criança, ou uma pessoa muito malvada e perigosa. Vá, vá logo!

K. já estava no corredor quando Gerstäcker agarrou-o com firmeza pelo braço e a estalajadeira gritou de novo:

– Amanhã receberei uma roupa nova; talvez eu mande procurá-lo.

Gerstäcker, irritado e esgrimindo com a mão como se quisesse silenciar de longe a estalajadeira que o importunava, convidou K. a ir com ele. A princípio não quis entrar em maiores explicações. Mal prestou atenção na objeção de K., dizendo que precisava ir à escola. Só quando K. resistiu a ser arrastado por ele é que Gerstäcker lhe disse que não devia se preocupar, K. iria ter tudo de que precisava na casa dele; podia dispensar o posto que ocupava na escola; K. podia finalmente ir com ele; Gerstäcker passara o dia inteiro à espera dele, sua mãe não fazia ideia de onde ele estava. Cedendo lentamente, K. perguntou por que, afinal, Gerstäcker queria lhe dar casa e sustento. O homem lhe deu uma resposta evasiva, dizendo que precisava da ajuda de K. com os cavalos. Possuía outros negócios, também, e K. não devia lhe causar dificuldades desnecessárias. Se estivesse querendo pagamento, ele iria providenciá-lo também. Mas, nesse ponto K. estacou, apesar de estar sendo arrastado.

Ele não entendia nada sobre cavalos. Não era preciso, disse Gerstäcker impaciente, juntando as mãos de raiva para mover K. a ir junto com ele.

– Não sei por que razão quer me levar – disse K. Para Gerstäcker, era indiferente o que K. sabia ou deixava de saber.

– Porque acredita que eu possa obter de Erlanger alguma coisa a seu favor – acrescentou K.

– Sem dúvida – disse Gerstäcker. – Por que outro motivo eu me importaria com você?

K. riu, se pendurou no braço de Gerstäcker e se deixou conduzir por ele no meio da escuridão.

A sala na cabana de Gerstäcker estava iluminada fracamente só pela chama do fogão e por um toco de vela, sob cuja luz alguém, inclinado em um nicho debaixo das traves do teto, que ali se projetavam oblíquas, lia um livro. Era a mãe de Gerstäcker. Ela estendeu a K. a mão trêmula e o mandou sentar-se ao seu lado. Falava com esforço, era preciso se esforçar para entendê-la, mas o que ela disse[1]

---

[1] O livro termina bruscamente no meio de uma frase. Os estudiosos contam que a obra foi publicada postumamente, em 1926, e que os originais foram salvos de serem queimados (pelo próprio Kafka) por Max Brod, amigo e testamenteiro do autor. Brod, aliás, salvou-os duas vezes: a primeira, ao impedir que Kafka os destruísse; e a segunda, ao evadir-se de Praga, em 1939, após a ocupação nazista, levando consigo o espólio literário do amigo. Daí resultou o fato de a obra estar incompleta. (N.E.)